Beignets de tomates vertes

DU MÊME AUTEUR
AU CHERCHE MIDI

Traduits de l'anglais (États-Unis)
par Jean-Luc Piningre :

Miss Alabama et ses petits secrets, 2014
La Dernière Réunion des filles de la station-service, 2015
Nous irons tous au paradis, 2016
Toute la ville en parle, 2019
Retour à Whistle Stop, 2021

Fannie Flagg

Beignets de tomates vertes

Traduit de l'anglais (États-Unis)
par Philippe Rouard

cherche midi

Vous pouvez consulter notre catalogue général
et l'annonce de nos prochaines parutions sur notre site :
www.cherche-midi.com

Directeur de collection : Arnaud Hofmarcher

Titre original : *Fried Green Tomatoes at the Whistle Stop Cafe*
Éditeur original : Random House, New York

92, avenue de France
75013 Paris

Mis en pages par Nord Compo
Dépôt légal : mars 2021
ISBN 978-2-7491-6759-6

À Tommy Thompson

Je suis peut-être assise ici, à la maison de retraite de Rose Terrace, mais dans ma tête je suis là-bas, au café de Whistle Stop, en train de déguster une assiette de beignets de tomates vertes.

Mrs. Cleo Threadgoode,
juin 1986

LA GAZETTE DE WEEMS

(Bulletin hebdomadaire de Whistle Stop, Alabama)

12 juin 1929

Inauguration du café

Le Whistle Stop Café a ouvert ses portes la semaine dernière, juste à côté de la poste où je travaille. Les propriétaires, Idgie Threadgoode et Ruth Jamison, m'ont dit que l'affaire démarrait bien. Idgie fait savoir à tous ceux qui la connaissent de ne pas s'inquiéter, ce n'est pas elle qui cuisine, mais deux femmes de couleur, Sipsey et Onzell ; et Big George, le mari d'Onzell, s'occupe du barbecue.

Idgie informe tous ceux qui ne le sauraient pas encore que le petit déjeuner est servi de cinq heures trente à sept heures trente, et qu'on peut avoir des œufs au plat, du gruau de maïs, des petits pains au lait, du bacon, de la saucisse, du jambon à la sauce piquante et du café, le tout pour vingt-cinq cents.

À midi et le soir, il y a : du poulet frit, des côtes de porc en sauce, du poisson-chat, ou un assortiment de grillades, accompagné d'un choix de trois légumes, de petits pains au lait ou au maïs, boisson et dessert... pour trente-cinq cents.

Comme légumes, on a le choix entre : du maïs à la crème, des beignets de tomates vertes, des gombos, des petits navets frits, des patates douces braisées, des haricots blancs ou des haricots de Lima.

Et pour dessert, de la tarte.

Ma chère moitié, Wilbur, et moi, nous y avons dîné l'autre soir. C'était tellement bon que le drôle se demande s'il ne va pas prendre pension au Whistle. Ah ! si ça pouvait être vrai ! Je passe mon temps à lui faire la cuisine, et il n'est jamais rassasié.

À propos, Idgie dit que l'une de ses poules a pondu un œuf contenant un billet de dix dollars.

... Dot Weems...

Maison de retraite de Rose Terrace

OLD MONTGOMERY HIGHWAY, BIRMINGHAM, ALABAMA

15 décembre 1985

Evelyn Couch avait accompagné son mari, Ed, venu rendre visite à sa mère, Big Momma, arrivée récemment et bien malgré elle à Rose Terrace. Evelyn leur avait faussé compagnie et s'était réfugiée dans le salon des visiteurs afin de déguster en paix sa barre de nougat enrobé de chocolat, mais à peine s'était-elle assise que la vieille dame à côté d'elle lui adressait la parole :

— Vous pouvez toujours me demander qui s'est marié en quelle année et avec qui et même comment était la robe de la mariée, neuf fois sur dix je pourrai vous le dire, mais jamais, au grand jamais, je ne saurais vous dire quand je suis devenue vieille. Ça m'est comme tombé dessus sans crier gare. La première fois que je m'en suis aperçue, c'était en juin de cette année, quand je suis entrée à l'hôpital pour me faire enlever la vésicule... je ne sais pas s'ils l'ont gardée ou s'ils l'ont jetée à la poubelle. Il y avait cette infirmière bâtie comme un percheron qui venait de me redonner un de ces lavements dont ils ont la marotte ici quand j'ai remarqué cette espèce de brassard à mon bras et l'inscription qu'il portait : *Mrs. Cleo Threadgoode... quatre-vingt-six ans.* Imaginez-moi ça !

» Après ça, quand je suis rentrée chez moi, j'ai dit à mon amie Mrs. Otis qu'il ne nous restait plus qu'à attendre de claquer... Elle m'a répliqué qu'elle préférait dire "s'éteindre". La pauvre, je n'ai pas eu le cœur de lui dire qu'on n'était pas des lumières et que, de toute façon, péter les plombs, s'éteindre ou claquer, c'était du pareil au même...

» Mrs. Otis et moi nous sommes de Whistle Stop, un petit patelin à un peu moins de vingt kilomètres d'ici, à côté de la gare de triage... Ça faisait trente ans qu'elle habitait dans ma rue, mais, quand son mari est mort, son fils et sa bru se sont empressés de la faire entrer ici, à Rose Terrace, et ils m'ont demandé de venir avec elle. Je leur ai répondu que je voulais bien lui tenir compagnie pendant quelque temps... elle ne le sait pas encore mais je retournerai chez moi dès qu'elle se sera acclimatée.

» On n'est pas trop mal ici. L'autre jour, ils nous ont donné des broches fantaisie pour la Noël. La mienne est une grappe de petites boules rouges, et celle de Mrs. Otis représente un père Noël. Mais j'ai été triste de ne pouvoir prendre ma minette avec moi.

» Ils ne veulent ni chiens ni chats ici, et ma bête me manque. J'ai toujours eu des chats, toute ma vie. Je l'ai confiée à ma petite voisine ; elle arrose aussi mes géraniums. J'ai quatre jardinières en ciment sous le porche, et toutes sont en fleur.

» Mon amie Mrs. Otis n'a que soixante-dix-huit ans et elle est très gentille, mais c'est une anxieuse. Je gardais mes calculs biliaires dans un bocal sur ma table de nuit. Eh bien, elle m'a demandé de les cacher ; ça la déprimait, m'a-t-elle dit. Mrs. Otis est fragile. Moi, comme vous le voyez, je suis solide. Une forte ossature, et bien rembourrée.

» Mais je n'ai jamais conduit de voiture... et ça m'a valu de rester souvent en plan dans ma vie. Je bougeais rarement de chez moi. J'attendais qu'on vienne me chercher pour aller dans les magasins ou chez le docteur ou à l'église. Il y a quelques années, on pouvait encore se rendre en tramway à Birmingham, et puis ils ont supprimé la ligne. Si je pouvais revenir en arrière, la première chose que je ferais, ce serait de passer mon permis de conduire.

» Vous savez, c'est curieux ces petites choses qui vous manquent quand on est loin de chez soi. Moi, c'est surtout l'odeur du café et du bacon frit, le matin. Ici il n'y a pas d'odeurs de cuisine, et vous ne verrez jamais rien de frit. Tout est bouilli, et sans sel ! C'est pas moi qui donnerais un seul cent pour un truc bouilli, et vous ? (La vieille dame n'attendit pas la réponse.) J'adore manger mes crackers ou du pain de maïs avec du babeurre, l'après-midi. Je les émiette dans le bol et je les mange à la petite cuiller, mais on ne peut pas manger en public comme à la maison, pas vrai ? Et le bois aussi me manque.

» Ma maison n'est qu'une petite baraque en bordure de la voie ferrée, avec un living, une chambre et une cuisine. Mais elle est tout en bois de pin. J'aime le bois. C'est chaud. Je trouve le plâtre... froid, comme amidonné.

» J'ai apporté un tableau que j'avais à la maison... Une jeune fille sur une balançoire ; on voit un château derrière, et il y a de jolies bulles bleues dans le ciel. Je voulais l'accrocher dans ma chambre mais l'infirmière m'a dit que la jeune fille était nue jusqu'à la taille et que ce ne serait pas convenable. Je vais vous dire, ça fait cinquante ans que j'ai ce tableau et je ne me suis jamais aperçue qu'elle avait les seins nus. Et laissez-moi vous dire que les vieux qui sont ici sont trop miros pour le remarquer. Mais ce sont des méthodistes qui tiennent la maison, alors ma jeune fille est dans le placard avec mes calculs.

» Vous savez, je serai rudement contente de rentrer chez moi... Bien sûr, il y a un drôle de fourbi. Ça fait un moment que je n'ai pas pu balayer. Il y avait des geais dans le jardin qui faisaient un boucan d'enfer, je suis sortie et je leur ai jeté le balai. Vous ne me croirez pas, mais ce foutu balai est resté coincé dans l'arbre. Faudra que je demande à quelqu'un d'aller me le chercher quand je reviendrai.

» Bref, l'autre soir, quand le fils de Mrs. Otis nous a raccompagnées après le thé que l'église a donné pour la Noël, il a pris la route qui longe la voie ferrée, juste là où il y avait le café, et on est passés devant la vieille maison des Threadgoode dans First Street. Oh, ce n'est plus qu'une ruine à présent, mais comme on descendait la rue les phares ont balayé les fenêtres et, pendant un instant, j'ai eu l'impression de revoir la maison comme elle était il y a près de soixante-dix ans de ça, tout éclairée et pleine de rires et de bruit. Il me semblait entendre Essie Rue poussant la goualante sur le piano dans le salon, des chansons comme *Buffalo Gai, Won't You Come out Tonight* ou *The Big Rock Candy Mountain,* et c'était comme si je voyais Idgie Threadgoode assise à califourchon sur une branche du savonnier en train de hurler comme un coyote à chaque fois qu'Essie Rue se mettait à chanter. Elle disait toujours qu'Essie était douée pour le chant autant qu'une vache pour la danse. D'être passée devant cette maison, alors que j'étais déjà malade de ne plus être chez moi, ça m'en a rappelé, des choses...

» Je m'en souviens comme si c'était hier, mais comment pourrait-on oublier la famille Threadgoode, quand on est née dans la maison d'à côté et qu'on a épousé l'un des garçons ?

» Ils étaient neuf enfants, et trois des filles, Essie Rue et les jumelles, avaient à peu près mon âge. J'allais toujours jouer chez eux et même des fois je restais pour dormir. J'avais quatre ans quand ma mère est morte de phtisie, et puis à la mort de P'pa, là-bas à Nashville, les Threadgoode m'ont prise avec eux. Quand il y a de la place pour neuf, il y en a pour dix...

LA GAZETTE DE WEEMS

(Bulletin hebdomadaire de Whistle Stop, Alabama)

8 octobre 1929

De la chute des corps célestes

Mrs. Biddie Louise Otis, qui habite au 401 First Street, a signalé que dans la nuit de jeudi une météorite d'un kilo avait crevé le toit de sa maison, manquant de peu la toucher. Son poste de radio, lui, n'a pas eu autant de chance. Elle a déclaré qu'au moment où s'est produit l'incident elle était assise sur le divan, car son chien occupait le fauteuil, et qu'elle venait juste d'allumer son poste. Le toit de sa maison présente un trou de trente centimètres de diamètre et sa radio est fendue en deux.

Bertha et Harold Vick ont célébré leur anniversaire de mariage sur la pelouse devant leur maison afin que tous les voisins en profitent. Félicitations à Mr. Earl Adcock Senior, directeur à la L & N Railroad, pour sa nomination au titre de grand souverain de l'Ordre bienveillant et protecteur des Élans, auquel appartient aussi ma chère moitié.

À propos, Idgie a dit que si l'on désirait faire griller une pièce de viande, d'apporter celle-ci au café et Big

Beignets de tomates vertes

George s'en chargera. Les poulets, dix cents l'un, et les cochons, prix variant selon la taille.

... Dot Weems...

Maison de retraite de Rose Terrace

OLD MONTGOMERY HIGHWAY, BIRMINGHAM, ALABAMA

15 décembre 1985

Une heure plus tard, Mrs. Threadgoode parlait encore. Evelyn Couch avait mangé trois MilkyWay et elle se demandait, tout en ôtant le papier d'un deuxième Butterfinger, si la vieille dame à côté d'elle ne se tairait jamais.

— Vous savez, c'est honteux que la maison des Threadgoode soit dans un tel délabrement. Il s'est passé tant de choses dans cette maison, tous ces bébés qui y ont vu le jour, tous ces bons moments que nous avons vécus. C'était une belle et grande bâtisse blanche avec un étage et une véranda qui faisait toute la façade... et les chambres étaient tapissées de papier peint avec des roses ; ça faisait si joli quand on allumait les lampes, le soir.

» Le jardin, derrière, s'étendait jusqu'à la voie ferrée, et les nuits en été étaient remplies de lucioles et de l'odeur du chèvrefeuille sauvage qui poussait en bordure de la voie. P'pa avait planté des figuiers et des pommiers et il avait construit pour M'ma la plus belle des treilles tout enchevêtrée de glycine... et le long de la maison courait un parterre de roses pompons. Ah ! si vous aviez vu ça !

» P'pa et M'ma Threadgoode m'ont élevée comme si j'avais été leur propre enfant. Je les aimais tous. Surtout Buddy. Mais j'ai épousé Cleo, son frère aîné, le chiropracteur. Notez que plus tard, quand j'ai commencé à avoir mal au dos, je m'en suis félicitée.

» Sachez que je n'ai jamais quitté Idgie et les Threadgoode. Et je peux vous dire que ça a été mieux qu'un abonnement à vie au cinéma... ça, oui ! À l'époque, j'étais pas du genre meneuse, non ; je suivais le mouvement. Vous le croirez ou pas, mais je n'ai jamais été très bavarde jusqu'à ce que j'arrive à la cinquantaine ; il est vrai que depuis je me rattrape. Une fois Cleo m'a dit : "Ninny" – c'est Virginia, mon prénom, mais ils m'appelaient Ninny – "Ninny, tout ce que tu sais dire, c'est Idgie a dit ceci, Idgie a fait cela... T'as donc rien de mieux à faire que de traîner dans ce café toute la journée ?"

» J'ai bien réfléchi à sa question et je lui ai répondu : "Non, j'pense pas..." Je ne lui ai pas dit ça pour me moquer ni rien, mais seulement parce que c'était la vérité.

» J'ai enterré Cleo un mois de février il y a trente et un ans de ça, et je me suis souvent demandé si ma réponse lui avait fait de la peine, mais je ne crois pas parce qu'il aimait Idgie autant que nous tous et qu'elle le faisait bien marrer. Elle était sa petite sœur, et un sacré numéro, je vous le dis. Ruth et elle ont tenu le Whistle Stop Café.

» Idgie était la reine des pitres, et elle inventait n'importe quoi pour vous faire rire. À la quête, à l'église baptiste, elle glissait dans le panier des jetons de poker. Oui, une vraie farceuse, mais je n'ai jamais compris comment les gens avaient pu la soupçonner d'avoir tué ce type.

Pour la première fois, Evelyn Couch s'arrêta de mastiquer et coula un regard vers la vieille dame au visage doux encadré de mèches gris argent, vêtue d'une robe à fleurs au bleu passé, qui poursuivit sans reprendre haleine :

— Certains pensent que tout a commencé le jour où elle a rencontré Ruth. Moi, je situerais ça un certain dimanche soir, le 1er avril 1919, l'année où Leona a épousé John Justice. Je peux vous dire que c'était le 1er avril, parce que Idgie est arrivée à table ce soir-là et a montré à tout le monde une petite boîte blanche à l'intérieur de laquelle il y avait un doigt humain sur un morceau de tissu. Elle prétendait l'avoir trouvé dans le jardin. On n'en revenait pas. Puis, quand elle a eu bien savouré notre stupeur, elle a crié : « Poisson d'avril ! » C'était son propre doigt qu'elle avait glissé par un trou dans le fond de la boîte.

» On a tous bien ri, sauf Leona. Elle était l'aînée et la plus jolie, l'enfant gâtée pourrie de P'pa Threadgoode, mais pas seulement de lui, de tout le monde, pour finir.

» Idgie devait avoir dix ou onze ans, à l'époque. Elle avait étrenné ce jour-là une robe blanche en organdi et on lui avait tous dit combien elle était jolie, habillée ainsi. On en était au dessert, une tourte aux fruits, quand tout à coup voilà Idgie qui se lève et qui annonce : "Je ne porterai plus jamais de robe de ma vie !" Et sur ce, ma belle, elle court à l'étage et redescend un instant plus tard... vêtue d'un vieux pantalon de Buddy et d'une chemise. Je ne sais toujours pas quelle mouche l'avait piquée. Personne ne l'a jamais su.

» Mais Leona, qui savait qu'Idgie ne parlait jamais à la légère, s'est mise à pleurer. "Oh, P'pa, Idgie va ruiner mon mariage, j'en suis sûre !" Mais P'pa lui a dit : "Allons, mon bébé, ce n'est pas possible. Tu vas être la plus belle mariée de tout l'État d'Alabama."

» P'pa portait une moustache grande comme un guidon de vélo... Il nous a regardés et a demandé à la ronde : "C'est pas vrai, les enfants ?"... et on a tous fait de notre mieux pour rassurer Leona et surtout qu'elle cesse de pleurnicher. Tous, sauf Buddy qui se gondolait comme un bossu. Idgie était sa préférée, et elle pouvait faire n'importe quoi, il prenait toujours son parti.

» Enfin Leona s'est remise à manger sa part de tourte, mais juste au moment où tout le monde pensait qu'elle s'était calmée, figurez-vous qu'elle pousse un tel hurlement que Sipsey, la femme de couleur, en laisse tomber quelque chose dans la cuisine. "Oh, P'pa, dit Leona, qu'arriverait-il si l'un de nous mourait ?"

» Vous parlez d'une idée ! Tous les regards se sont tournés vers M'ma, qui a reposé sa fourchette dans son assiette. "Écoutez, les enfants, je suis sûre que votre sœur fera un effort et qu'elle sera convenablement habillée quand le moment sera venu. Elle est peut-être têtue mais pas déraisonnable." Deux semaines plus tard, j'ai entendu M'ma demander à Ida Simms, la couturière, de confectionner un costume en velours avec nœud papillon assorti pour Idgie.

» Ida a regardé M'ma avec de grands yeux. "Un costume ?"... Et M'ma lui a répondu : "Oh, je sais bien, Ida, je sais bien. J'ai tout essayé pour qu'elle mette une robe comme tout le monde, mais cette gosse n'en fera jamais qu'à sa tête."

» Et c'est ce qu'elle a toujours fait, même petite. Je crois qu'elle voulait ressembler à Buddy… Oh, ces deux-là faisaient décidément la paire !

La vieille dame rit de bon cœur puis poursuivit :

— À une époque, ils avaient ce raton laveur nommé Cookie, et je passais des heures à le voir essayer de laver un cracker. Ils lui mettaient une bassine d'eau dans le jardin, et la pauvre bête lavait cracker après cracker sans jamais comprendre pourquoi ils disparaissaient. À chaque fois il regardait tout surpris ses petites pattes vides. Il n'a jamais su où son cracker était passé. Et je peux vous dire que des crackers, il en a lavé, dans sa vie ! Il lavait aussi des gâteaux secs mais c'était moins drôle… Une fois il a même lavé un cornet de glace…

» Je ferais mieux de ne plus parler de ce raton laveur sinon ils vont penser que je suis aussi folle que Mrs. Philbeam. L'innocente se croit sur un bateau de croisière, en route vers les Caraïbes. Ils sont nombreux ici, les malheureux, à ne même plus savoir qui ils sont.

Le mari d'Evelyn, Ed, apparut à la porte du salon et fit signe à sa femme. Evelyn ramassa ses papiers de confiserie, les mit dans son sac et se leva.

— Excusez-moi, c'était mon mari. Je crois qu'il veut partir.

Mrs. Threadgoode leva vers elle un regard étonné.

— Oh ? Il faut vraiment que vous partiez ?

— Oui, je dois y aller.

— Ma foi, j'ai été très contente de bavarder avec vous… Comment vous appelez-vous, ma belle ?

— Evelyn.
— Eh bien, Evelyn, vous reviendrez me voir, n'est-ce pas ? J'ai été très contente de ba... Au revoir...

Mais la jeune femme avait déjà disparu et la vieille dame attendit que se présente un autre visiteur.

LA GAZETTE DE WEEMS

(Bulletin hebdomadaire de Whistle Stop, Alabama)

15 octobre 1929

Une pierre dans son jardin

Mrs. Vesta Adcock et son fils, Earl Jr., prétendent être les légitimes propriétaires de la météorite, arguant du fait que cette dernière s'est abattue sur la maison qu'ils louent aux Otis. Propriétaires de la maison, la météorite leur reviendrait de droit, selon eux.

Interrogée, Mrs. Biddie Louise Otis a déclaré que la météorite devait lui revenir dans la mesure où elle avait atterri sur son poste de radio. Son époux, Roy, chef de train à la Southern Railroad, qui était de service lors de la chute du corps céleste, a dit pour sa part qu'il n'y avait pas à en faire tout un plat, vu qu'en 1833 dix mille météorites s'étaient abattues sur le pays en une seule nuit, et que cette fois-ci il n'en était tombé qu'une.

Biddie a ajouté que, de toute façon, elle garderait l'objet en souvenir.

À propos, est-ce mon imagination ou bien les temps se font-ils plus durs ? Ma chère moitié m'a dit que cinq autres vagabonds affamés avaient débarqué au café la semaine dernière.

... Dot Weems...

DAVENPORT IOWA

CAMPEMENT DE VAGABONDS

15 octobre 1929

Cinq hommes, assis autour d'un maigre feu de camp bariolant d'ombres orange et noires leurs visages tirés, sirotaient une lavasse de café dans des boîtes de fer-blanc. Ils avaient pour noms : Jim Smokey Phillips, Elmo Inky Williams, BoWeevil Jake, Crackshot Sackett et Chattanooga Red Barker. Cinq de cette armée estimée à deux cent mille hommes qui erraient à travers le pays en cette année 1929.

Smokey Phillips leva les yeux mais ne dit rien, et les autres firent la même chose. Ils étaient fatigués et las cette nuit-là car la froidure dans l'air annonçait encore un dur hiver, et Smokey savait qu'il devrait sans tarder prendre la route du Sud avec les grands vols d'oies sauvages, comme il le faisait chaque année à pareille époque.

Il était né par un matin gelé, là-haut dans les Smoky Mountains du Tennessee. Son père, bonhomme noueux comme un ormeau, bouilleur de cru comme papa avant lui, s'était pris d'un penchant dangereux pour son propre tord-boyaux et, dans un moment d'ivresse, avait commis l'erreur fatale de marier une « femme bien », une fille de la plaine dont la vie tourniquait autour de l'église baptiste de la Libre Volonté, à Pine Grove.

Smokey avait passé la majeure partie de son enfance à se martyriser le séant des heures durant sur des bancs de bois dur, en compagnie de Bernice, sa petite sœur, et à chanter des cantiques et à se laver dix fois par jour du péché originel.

Lors des offices religieux, sa mère avait compté parmi les femmes qui de temps à autre se levaient subitement pour se mettre à bavasser dans une langue inconnue en roulant des yeux.

À la fin, plus l'Esprit-Saint se rapprochait d'elle, plus le père de Smokey s'En éloignait. Il cessa même de se rendre à l'église, déclarant à ses enfants : « Je crois en Dieu, mais je ne pense pas qu'on doive devenir dingo pour le prouver. »

Smokey avait huit ans quand, par une belle matinée de printemps, les choses empirèrent. La mère affirma que le Seigneur lui avait dit que son mari n'était qu'un vaurien habité du démon, et elle dénonça ses activités de bouilleur aux agents du fisc.

Smokey se rappelait le jour où il les avait vus revenir de la distillerie, poussant son père devant eux du canon de leurs fusils. En passant devant sa femme, il la regarda, le visage raviné de stupeur, et lui dit : « Femme, ne sais-tu donc point ce que tu as fait ? Tu t'es ôté le pain de la bouche. »

Ce fut la dernière fois que Smokey vit son père.

Après quoi, sa mère déjanta pour de bon et s'acoquina avec une bande de demeurés du Saint Rouleau Compresseur, des allumés manipulateurs de serpents, des crotales de préférence. Une nuit, après une heure de litanies biblardes, le prêcheur, hirsute, le visage congestionné, enflamma sa congrégation de va-nu-pieds. Ils chantaient tous en se balançant quand soudain le furieux plongea les mains dans un sac à patates, en sortit deux énormes crotales et, tout emporté de Saint-Esprit, les brandit, sonnettes crépitantes.

Smokey se raidit sur son banc et serra la main de sa petite sœur. Le prêcheur exhortait ses fidèles à s'emparer des serpents afin de purifier leur âme dans la foi d'Abraham quand sa mère bondit et se saisit de l'un des crotales auquel elle se mit à adresser d'incompréhensibles paroles, son regard rivé à la paire d'yeux jaunes fendus de noir. Puis, comme elle entreprenait de tourner autour des fidèles, ce fut un sacré charivari. Tous tombaient à terre, se convulsaient et bavaient comme cent épileptiques, et elle continuait de jeter à la gueule du serpent un flot de « Hossa... Helamna... Hessa-mia... ».

Avant de pouvoir esquisser un geste, Smokey vit Bernice se précipiter vers sa maman et tirer sur sa robe.

— Non, M'ma, non... !

Le temps d'une fraction de seconde, la mère jeta un coup d'œil à l'importune, et ce fut cet instant plus fugitif qu'une étoile filante dans le ciel de Bethléem que le crotale mit à profit pour frapper. Ses crochets s'enfoncèrent dans une joue. Elle regarda avec stupeur le serpent, et il frappa de nouveau. Dans le cou, cette fois, ponctuant la veine jugulaire de deux points rouges. Elle lâcha le crotale, qui tomba avec un bruit mat sur le sol de terre battue et s'en fut en rampant dans l'allée d'un air dédaigneux.

La mère promena un regard hébété autour d'elle. Un

silence minéral pesait sur toutes choses, puis son regard se voila et s'éteignit lentement. Une minute plus tard, elle avait cessé de vivre.

Smokey fut pris en charge par son oncle, et Bernice par un voisin. Quand Smokey eut treize ans, il partit en suivant la voie ferrée. Il ne savait pas où il allait. Il ne revint jamais.

La seule chose qu'il emporta avec lui était une photographie de sa sœur. De temps en temps il sortait de sa poche la photo flétrie : sa petite sœur et lui avaient les lèvres et les joues coloriées de rose ; elle, joufflue, un ruban rouge noué autour de la tête, un collier de perles minuscules à son cou grassouillet ; lui, assis derrière elle, ses cheveux bruns lissés, joue contre joue avec elle.

Il se demandait souvent ce qu'était devenue Bernice et il se promettait qu'un de ces jours, quand il serait sorti de la mouise, il se mettrait à sa recherche.

Il devait avoir vingt ans quand il perdit la photo, après qu'une de ces brutes qui surveillaient les trains l'eut jeté hors d'un wagon de marchandises au passage d'une rivière boueuse et glacée en Géorgie. Depuis il pensait rarement à sa sœur, sauf quant au hasard de son errance le long du rail, dans le chahutement des boggies, il traversait de nuit les Smoky Mountains.

Ce matin-là, Smokey Phillips se trouvait dans un train mixte en provenance de Géorgie à destination de la Floride. Il crevait la dalle depuis deux jours et il se souvint que son pote Elmo Williams lui avait parlé de deux bonnes femmes qui tenaient un café juste à côté de Birmingham et qui ne refusaient jamais une assiette ou deux à tous les crève-la-faim qui se pointaient par là. Smokey avait vu le nom du café écrit à la craie sur plusieurs des wagons. Aussi, dès qu'il aperçut le panneau indiquant Whistle Stop, Alabama, il sauta du train.

Il trouva le café de l'autre côté de la voie, exactement comme Elmo avait dit. Une petite baraque verte avec un auvent vert et blanc, dominée par un panneau Coca-Cola sur lequel s'étalait en lettres peintes : WHISTLE STOP CAFÉ. Smokey passa par-derrière et frappa à la porte-moustiquaire. Une petite femme noire s'affairait à frire du poulet et à découper des rondelles de tomates vertes. Elle lui jeta un coup d'œil et appela : « Miss Idgie ! »

L'instant d'après apparaissait une grande blonde, au beau visage tacheté de rousseurs et aux cheveux bouclés, vêtue d'une chemise blanche immaculée et d'un pantalon d'homme. Smokey lui donna une vingtaine d'années.

Il ôta son chapeau.

— Faites excuse, m'dame, j'me demandais si vous auriez pas un petit boulot, n'importe quoi, que j'puisse faire. C'est que j'suis un peu dans la poisse ces temps-ci.

Idgie vit bien qu'avec son veston râpé, sa chemise marron crasse, son pantalon sans forme et ses chaussures au cuir craquelé et sans lacets, l'homme ne bluffait pas.

Elle ouvrit la porte.

— Entrez, mon gars. On va vous trouver quelque chose.

Elle lui demanda comment il s'appelait.

— Smokey, m'dame.

Elle se tourna vers la femme derrière le comptoir du bar. Smokey n'avait jamais vu une femme aussi impeccable depuis des lustres. Jamais non plus il n'en avait vu de plus jolie. Elle portait une robe d'organdi imprimé ; un ruban rouge retenait en arrière une lourde chevelure auburn.

— Ruth, je te présente Smokey. Il voudrait se rendre utile.

Ruth le regarda et lui sourit.

— Bienvenue parmi nous, Smokey.

Idgie lui désigna les toilettes pour hommes.

— Il y a un lavabo. Allez donc vous rafraîchir un peu, et vous viendrez manger un morceau.

— Oui, m'dame.

Smokey poussa la porte, fit de la lumière et vit qu'outre le cabinet de toilettes il y avait un bac à douche dans un coin avec un pommeau actionné par une chaîne. Sur la tablette du lavabo trônaient un rasoir et un plat à barbe contenant blaireau et savon.

Il se regarda dans la glace et eut honte qu'elles l'aient vu si sale, mais en vérité il avait eu ces temps derniers des relations pour le moins distantes avec l'eau et le savon. Il s'empara du gros pain de savon noir et se mit en devoir d'effacer de son visage et de ses mains la suie et la poussière qui imprégnaient sa peau. Il n'avait pas bu une goutte depuis vingt-quatre heures, et ses mains tremblaient tellement qu'il eut le plus grand mal à se raser à peu près correctement. Il y avait également sur la tablette un flacon de lotion après-rasage Old Spice et un peigne. Il s'aspergea de l'une, passa l'autre dans ses cheveux, essuya le lavabo avec une serviette en papier et regagna la salle.

Idgie et Ruth lui avaient installé un couvert à une table. Il y avait du poulet frit, des haricots noirs, des petits navets, des beignets de tomates vertes, du pain à la farine de maïs et du thé glacé.

Il prit place. Ses mains tremblaient tellement qu'il ne put porter une seule fourchette à sa bouche. Il voulut boire et renversa la moitié de son verre de thé sur sa chemise.

Il espérait qu'elles n'avaient rien remarqué, mais la jeune femme blonde l'appela.

— Smokey, si on allait faire un petit tour dehors ?

Il s'empressa de s'essuyer, prit son chapeau et se leva, certain qu'elles ne voulaient plus de lui.

— Oui, m'dame.

Il la suivit dehors, derrière le café, là où s'étendait un grand champ.

— Vous êtes un peu nerveux, hein ?

— Désolé, m'dame, d'avoir salopé comme ça votre table... Mais, par Dieu, pour dire vrai... j'vais pas vous ennuyer davantage... Mais merci quand même...

Idgie sortit de la poche de son tablier une flasque d'Old Joe Whiskey et la lui tendit.

Smokey était homme à savoir apprécier un geste pareil.

— Dieu vous bénisse comme une de Ses saintes, dit-il d'une voix râpeuse d'émotion.

Ils allèrent s'asseoir sur une souche près de l'appentis. Pendant que Smokey apaisait ses nerfs, elle lui parla.

— Vous voyez ce grand champ là-devant ?

— Oui, m'dame.

— Il y a des années, c'était le plus beau lac de tout Whistle Stop... En été on venait s'y baigner et y pêcher... On pouvait faire des promenades si on voulait. (Elle secoua la tête avec tristesse.) C'est sûr qu'il nous manque.

Smokey contemplait le champ d'un air perplexe.

— Qu'est-ce qui s'est passé ? Il s'est asséché ?

Elle lui offrit une cigarette, lui donna du feu.

— Non, c'est pire que ça. C'était un mois de novembre, et un vol de canards s'est abattu en plein milieu du lac. Oh, ils étaient nombreux, une bonne cinquantaine, et alors qu'ils barbotaient tranquillement cet après-midi-là, il s'est produit un drôle de truc. La température est tombée si vite, mais si vite, que tout le lac a gelé... une masse de glace dure comme la pierre... en quelques secondes. Oui, juste le temps de compter jusqu' trois...

Smokey la regarda, éberlué.

— C'est vrai ?

— Et comment !

— Ça les a tués raide les canards, alors.

— Non, pourquoi ? répliqua Idgie. Ils se sont envolés et ont emporté le lac avec eux. Et depuis ce jour-là, ce lac doit se trouver quelque part en Géorgie...

Smokey se tourna vers elle et, comprenant qu'elle l'avait bien fait marcher, il éclata si brusquement de rire qu'il manqua s'étrangler, et Idgie dut lui taper dans le dos.

Il s'essuyait encore les yeux quand ils regagnèrent le café. Son repas l'attendait. Quand il se mit à table, le plat était chaud. Quelqu'un le lui avait gardé au four.

Oh, où est mon petit parti à la vagabonde,
Le jeune gaillard qui faisait ma fierté ?
Compte-t-il les étoiles du monde,
Juché sur un boggie à la nuitée...
Oh, où est mon petit parti à la vagabonde ?

LA GAZETTE
DE WEEMS

(Bulletin hebdomadaire
de Whistle Stop, Alabama)

22 octobre 1929

La météorite sera exposée au café

Mrs. Biddie Louise Otis a annoncé hier qu'elle porterait au café la météorite qui est tombée chez elle la semaine dernière, parce qu'elle a autre chose à faire que de répondre à tous les curieux qui l'appellent à ce sujet. Elle dit que ce n'est qu'un gros caillou gris, et que tous ceux qui veulent la voir n'auront qu'à se rendre au café.

Idgie a déclaré à l'intention de ces mêmes curieux que la météorite serait exposée sur le comptoir.

Désolée de ne pas avoir d'autres informations à vous délivrer cette semaine, mais ma chère moitié, Wilbur, a contracté la grippe et j'ai dû jouer les gardes-malades tous ces jours derniers.

Qu'y a-t-il de pire au monde qu'un homme malade ?

Nous sommes tous chagrinés d'apprendre que notre bien-aimée Bessie Vick, la belle-mère de Bertha, est décédée hier à l'âge de quatre-vingt-dix-huit ans, de vieillesse semble-t-il.

... Dot Weems...

Maison de retraite de Rose Terrace

OLD MONTGOMERY HIGHWAY, BIRMINGHAM, ALABAMA

22 décembre 1985

Le dimanche suivant, quand Evelyn gagna le salon des visiteurs, Mrs. Threadgoode l'attendait, assise à la même place, vêtue de la même robe.

Gaie comme un pinson, elle poursuivit la conversation comme si elles ne s'étaient jamais séparées, et Evelyn se résigna à ouvrir une barre d'Almond Joy et à écouter la vieille dame.

— Il y avait devant la maison un grand et vénérable savonnier. Je me souviens qu'on en ramassait les fruits qui forment comme de petites langues rouges, et à la Noël on en faisait des guirlandes qu'on accrochait tout autour du sapin. M'ma nous recommandait toujours de bien faire attention, elle avait peur qu'on se les mette dans le nez et qu'on s'étouffe. Et, comme de bien entendu, Idgie, dès qu'elle a été en âge de marcher, s'est empressée de s'en fourrer dans les narines et même dans les oreilles. À tel point qu'il a fallu appeler le Dr. Hadley ! « Mrs. Threadgoode, a dit le bon docteur, c'est une vraie petite polissonne que vous avez là. »

» Naturellement, Buddy était aux anges en entendant ça. Il était toujours le premier à l'encourager à faire les quatre cents coups. Mais c'est comme ça dans les familles nombreuses ; il y en a toujours un ou une qu'on préfère. Le prénom d'Idgie était Imogene, et c'est Buddy qui l'a baptisée Idgie. Il avait huit ans quand elle est née, et il l'emmenait partout sur ses épaules, comme une poupée. Dès qu'elle a été capable de marcher, elle se dandinait après lui comme un petit canard en tirant derrière elle son jouet fétiche, un petit coq en bois.

» Quel garçon épatant, ce Buddy ! Avec ses yeux noirs et ses dents blanches, il vous charmait jusqu'à la moelle. Je ne connais pas une seule fille à Whistle Stop qui n'ait été à un moment ou un autre foldingue de lui.

» On dit qu'on n'oublie jamais l'anniversaire de ses seize ans, et c'est vrai. Je me souviens encore de ce gros gâteau rose et blanc tout couronné des seize bougies et du punch au citron vert que M'ma avait mis dans le grand saladier de cristal. Et il y avait des lampions accrochés dans le jardin. Mais surtout, ce qui est resté gravé dans ma mémoire, c'est le baiser que m'a volé Buddy, ce soir-là, derrière la treille. Oui, il l'a fait ! Mais je n'étais qu'une parmi d'autres...

» Idgie était très occupée à porter tous les billets doux que Buddy envoyait ou recevait. On avait même fini par la surnommer Cupidon, ce qui lui allait bien, avec ses boucles blondes, ses taches de rousseur et ses yeux bleus. Elle tenait de M'ma. Le nom de jeune fille de M'ma était Alice Lee Cloud. Elle disait toujours : "J'étais dans les nuages avant de me marier." La gentillesse même, M'ma. Presque tout le monde dans la famille avait les yeux bleus, sauf

Buddy et la pauvre Essie Rue, qui en avait un marron et l'autre bleu. M'ma lui disait que cela expliquait son talent pour la musique. Elle ne voyait jamais que le bon côté des choses. Une fois, Idgie et Buddy avaient volé quatre grosses pastèques dans le jardin du vieux Stockwell et ils les avaient cachées sous le buisson de mûres de M'ma. Eh bien, ma douce, quand M'ma les a trouvées le lendemain matin, elle a pensé que les pastèques avaient poussé là pendant la nuit. Cleo disait qu'après ça, les autres années, elle était toute déçue de ne plus les voir repousser. Personne n'avait jamais eu le cœur de lui dire que les pastèques avaient été volées.

» M'ma était baptiste et P'pa, méthodiste. Il déclarait avoir horreur d'être plongé sous l'eau, comme les baptistes le faisaient pour le baptême. Aussi, chaque dimanche, P'pa prenait à gauche pour se rendre à la Première Église méthodiste, et le reste de la famille à droite, direction l'église baptiste du Septième Jour. De temps à autre, Buddy accompagnait P'pa, mais ça n'a pas duré. Il avait découvert qu'il y avait davantage de jolies filles du côté baptiste.

» Il y avait toujours plein de monde à la maison des Threadgoode. Un été, M'ma avait accueilli sous son toit un gros lard de prêcheur baptiste venu participer à un camp de jeunesse. Un jour qu'il était sorti, les jumelles sont allées dans sa chambre et ont joué avec un de ses pantalons. Patsy Ruth a enfilé une jambe, Mildred a enfilé l'autre, et elles se marraient bien quand soudain elles ont entendu son pas dans l'escalier... Elles ont eu une telle frousse qu'elles ont détalé, chacune dans une direction opposée, et ont tiré si bien à hue et à dia qu'en deux temps le pantalon se déchira. M'ma a dit après ça que la seule raison pour laquelle P'pa ne leur avait pas donné de fessée, c'était parce que le prêcheur était baptiste. Mais jamais ces histoires d'églises n'ont créé le moindre conflit familial ; après l'office, tout le monde se retrouvait à dîner dans la bonne humeur.

» P'pa Threadgoode n'était pas riche, même si nous avons pu penser à une époque qu'il l'était. Il était propriétaire de l'unique commerce de la ville. On y trouvait tout ce qu'on voulait... une planche à laver comme des lacets de souliers, des corsets et du soutien-gorge autant que des cornichons à l'aneth.

» Buddy tenait le rayon des glaces, et je donnerais tout l'or du monde pour une glace au soda et à la fraise telle que Buddy savait les faire. Tout le monde à Whistle Stop faisait ses achats au magasin. C'est pourquoi nous avons été tellement surpris quand, en 1922, P'pa a dû fermer boutique.

» Cleo disait que P'pa avait fait faillite parce qu'il n'avait jamais su dire non à personne, aux Blancs comme aux gens de couleur. Tout ce que le client désirait, P'pa le mettait dans un grand sac en papier d'emballage et lui faisait crédit. Cleo disait que la fortune de P'pa avait ainsi disparu sac après sac, jour après jour. Mais jamais aucun Threadgoode n'a su dire non à quiconque. Ma belle, ils vous auraient donné leur chemise si vous la leur aviez demandée. Et Cleo n'était pas mieux. Cleo et moi, on n'a jamais vécu dans le luxe mais, grâces soient rendues au Seigneur, on n'a jamais manqué de rien. Je crois que les pauvres gens sont de bonnes gens, sauf ceux qui sont méchants... et ils seraient méchants même s'ils étaient riches. La plupart des pensionnaires, ici, à Rose Terrace, sont pauvres. Ils ont seulement la Sécurité sociale, et presque tous bénéficient de Medicaid.

Elle se tourna vers Evelyn.

— Ma petite, il y a une chose dont vous devez vous occuper avant toute autre, c'est de votre Medicaid. Sans elle, on est tous bons pour le boulevard des Allongés.

» Oh, il y en a quelques-unes ici qui sont riches. Il y a deux semaines, Mrs. Vesta Adcock, de Whistle Stop, une pimbêche maigre comme un os de seiche, a débarqué ici avec ses renards et ses bagues aux doigts. Elle fait partie des riches. Et je peux vous dire qu'elles n'ont pas l'air heureuses. J'ajouterai que leurs enfants ne viennent pas les voir plus souvent que ne le font les autres.

» Norris et Francis, le fils et la belle-fille de Mrs. Otis, eux, viennent la voir toutes les semaines, qu'il pleuve ou qu'il vente. C'est pourquoi je passe mes dimanches dans le salon, pour leur laisser un peu d'intimité... Mais ça me crève le cœur d'en voir certaines attendre désespérément de la visite. Elles passent la journée du samedi à se préparer, à se coiffer, à se faire belles, puis le dimanche, dès le matin, elles se mettent sur leur trente et un et... elles commencent à attendre. Mais personne ne vient les voir. Ça me fait de la peine de voir ça, mais qu'est-ce qu'on y peut ? Le fait d'avoir des enfants ne vous garantit pas de leur visite quand vous êtes vieille... Oh, ça non.

LA GAZETTE DE WEEMS

(Bulletin hebdomadaire de Whistle Stop, Alabama)

12 juillet 1930

Whistle Stop, ville-champignon

Opal Threadgoode, qui est mariée à Julian, a loué la maison située à deux numéros du bureau de poste, pour y ouvrir un salon de coiffure et de soins de beauté. Jusqu'à présent, elle coiffait dans sa cuisine, mais Julian lui a demandé d'arrêter parce que le va-et-vient des clientes par la porte de derrière troublait leurs poules au point qu'elles avaient cessé de pondre.

Opal a dit que les prix seraient les mêmes : shampooing et mise en plis pour cinquante cents, et un dollar cinquante l'indéfrisable.

Je me réjouis quant à moi de ce nouveau commerce dans notre rue passante. Pensez-y, on peut désormais expédier une lettre, prendre un repas et se faire coiffer, tout ça à deux pas. Il ne nous manque plus qu'un cinéma, et nous n'aurons plus besoin de descendre à Birmingham.

Mr. et Mrs. Roy Glass ont tenu leur réunion de famille annuelle, et tous les Glass sont venus de partout pour y assister. Wilma a dit que le gâteau avait meilleur goût qu'il n'en avait l'air.

À propos, ma chère moitié est allée à la pêche l'autre jour et il s'est planté un hameçon dans le doigt, ce qui m'a valu de l'avoir de nouveau à la maison à geindre et maugréer.

... Dot Weems...

THE WHISTLE STOP CAFÉ

WHISTLE STOP, ALABAMA

18 novembre 1931

Le nom du café graffitait maintenant les parois de centaines de wagons, de Seattle à la Floride. Splinter Belly Jones racontait qu'il l'avait vu jusqu'au Canada.

La vie était particulièrement dure cette année-là, et la nuit, dans les bois autour du Whistle Stop Café, brillaient les feux de camp des *hobos*, et il n'y en avait pas un parmi eux qu'Idgie ou Ruth n'ait nourri à un moment ou à un autre.

Cleo, le frère d'Idgie, s'en alarmait. Il était passé au café chercher Ninny, son épouse, et Albert, leur petit garçon. Il sirotait un café en grignotant des cacahuètes.

— Je te répète, Idgie, t'as pas besoin de nourrir tous ceux qui viennent frapper à ta porte. Tu as un commerce à tenir. Julian m'a dit qu'il était venu l'autre jour et qu'il y en avait sept qui étaient là à table. Il pense que pour nourrir toutes ces cloches, tu laisserais Ruth et le bébé aller cul nu.

Idgie haussa les épaules.

— Oh, Cleo, qu'est-ce qu'il en sait, Julian ? Il crèverait lui-même la dalle si Opal n'avait pas le salon de coiffure. Pourquoi tu l'écoutes ? Un bouc a plus de cervelle que celui-là.

Cleo ne pouvait la contredire sur ce point.

— Oh, ce n'est pas Julian, bébé, c'est pour toi que je m'inquiète.

— Je sais.

— Je voudrais seulement que tu sois un peu plus raisonnable et que tu gaspilles pas tous tes bénéfices.

Idgie lui sourit.

— Cleo, ça doit faire cinq ans que la moitié des gens dans cette ville ne t'ont pas payé, et je ne t'ai pas encore vu les foutre à la porte.

— C'est vrai, ça, Cleo, intervint Ninny, d'ordinaire effacée.

Cleo goba une cacahuète. Idgie se leva et lui passa un bras autour du cou. Elle était aussi grande que lui.

— Écoute un peu, vieux rebouteux, tu n'as jamais fermé ta porte à un affamé, non ?

— J'ai jamais eu à le faire. Ils étaient tous ici. Sérieusement, Idgie, je ne veux pas me mêler de tes affaires ni rien, j'aimerais juste être sûr que tu mets un peu d'argent de côté, c'est tout.

— Et pour faire quoi ? répliqua Idgie avec un rire de gorge. L'argent tue, et tu le sais bien, Cleo. Tiens, pas plus tard qu'aujourd'hui, un type qui était là m'a raconté que son oncle qui touchait un bon salaire à la fabrique nationale de monnaie dans le Kentucky avait un jour poussé le mauvais levier et que plusieurs tonnes de *dimes*[1] lui étaient tombées dessus, l'écrasant comme une galette.

— Oh ! c'est affreux ! s'écria Ninny, horrifiée.

Cleo regarda sa femme comme si elle était devenue zinzin.

— Décidément, Ninny, tu prendras toujours pour argent comptant toutes les sornettes que ma tordue de sœur a le talent de débiter.

— Ma foi, ça aurait très bien pu arriver, non ? Se défendit Ninny. A-t-il vraiment été écrasé par des *dimes*, Idgie ?

— Oh, des *dimes* ou des *quarters*[2], je ne m'en souviens plus, mais le résultat a été le même.

Cleo contempla sa sœur en secouant la tête et il ne put se retenir de rire.

---

1. Pièces de petite valeur ; centimes. (Toutes les notes sont du traducteur.)

2. Pièces d'un quart de dollar.

Maison de retraite de Rose Terrace

OLD MONTGOMERY HIGHWAY, BIRMINGHAM, ALABAMA

29 décembre 1985

Tous les dimanches, Ed et Evelyn Couch rendaient visite à Big Momma dans sa petite chambre, et ils regardaient la télévision. Ce dimanche-là, comme les précédents, Evelyn songea qu'elle allait hurler si elle ne s'éclipsait pas rapidement. Sous le prétexte d'un besoin naturel, elle sortit et prit la direction des toilettes. Elle avait l'intention de s'installer dans la voiture, mais elle se souvint que c'était Ed qui avait les clés. Elle se retrouva donc une fois de plus dans le salon des visiteurs et entama un paquet de Snow Balls à la noix de coco tandis que Mrs. Threadgoode lui contait le dîner de la veille à Rose Terrace.

— Et elle était là, en bout de table, toute fiérote, à se vanter...

— Qui ça ?

— Mrs. Adcock.

— Mrs. Adcock ?

— Oui, Mrs. Adcock ! Vous vous rappelez... Mrs. Adcock, avec ses renards !

— Ah ! oui, la riche.

— Oui, Mrs. Adcock avec ses grosses bagues.

— Oui, je me rappelle.

Evelyn lui présenta le paquet de Snow Balls.

— Oh, merci, je les adore ! (Elle mordit dans la boule et mastiqua avec plaisir.) Evelyn, que diriez-vous d'un Coca-Cola pour vous désaltérer ? J'ai de la monnaie dans ma chambre, et il y a un distributeur dans le couloir...

— Non, merci, Mrs. Threadgoode, ça va bien, mais vous, vous en voulez un ?

— Oh ! non, ma belle. J'aime bien ça, mais, aujourd'hui, je me sens un peu gonflée, et je préférerais un verre d'eau, si ça ne vous dérange pas.

Evelyn sortit et revint avec deux gobelets d'eau fraîche.

— Merci beaucoup.

— Alors, Mrs. Adcock ?

Mrs. Threadgoode la regarda.

— Mrs. Adcock ? Vous la connaissez ?

— Non, je ne la connais pas, vous me racontiez qu'elle était en bout de table, à se vanter...

— Ah ! oui, le dîner hier au soir... Elle nous disait que tous ses meubles chez elle étaient d'authentiques antiquités... plus de cinquante ans... et que tout ce qu'elle possédait avait beaucoup de valeur... J'ai dit à Mrs. Otis : « J'ai commencé avec rien ou, tout au moins, pas grand-chose dans la vie, et me voilà devenue une antiquité de valeur à quatre-vingts printemps passés. Peut être même que je vaux une fortune ! »

Elle se mit à rire, amusée par l'idée, puis prit une expression pensive.

— Je me demande ce que sont devenues cette dînette

en porcelaine et cette petite charrette tirée par un bouc avec laquelle nous jouions.

» Les samedis, nous allions nous promener avec cette charrette que P'pa nous avait fabriquée, rien que pour nous les filles, et c'était cent fois mieux qu'un voyage à Paris. Ça ne m'étonnerait pas que ce bouc soit encore en vie. Il s'appelait Harry... Harry le bouc ! Il broutait n'importe quoi ! Une fois, Idgie lui a donné à lécher tout un pot de déodorant qu'utilisait Leona et il vous a léché ça comme si c'était de la crème glacée...

» On jouait à toutes sortes de jeux... mais personne n'égalait les Threadgoode pour ce qui était des déguisements. Une année, M'ma a déguisé les quatre filles en cartes à jouer pour le concours que l'Église organisait. Moi, j'étais en trèfle, les jumelles en cœur et carreau, et Essie Rue en pique. Quant à Idgie, elle fermait la marche en joker. Inutile de vous dire qu'on a raflé le premier prix !

» Je me souviens d'un 4-Juillet... Nos robes étaient aux couleurs de la bannière étoilée et on était coiffées de couronnes de papier. On était tous dans le jardin de derrière, à se régaler de la crème glacée maison, attendant avec impatience que commence le feu d'artifice, quand on a vu arriver Buddy Threadgoode, affublé d'une robe à col marin appartenant à Leona. Il s'était mis un nœud dans les cheveux et marchait à petits pas en minaudant. Il imitait Leona, vous comprenez. Et puis, comme si ça ne suffisait pas, Edward ou Julian, ou je ne sais qui encore, ont sorti le phonographe dans le jardin et ont mis ce vieux disque, *Le Cheik d'Arabie,* et Buddy nous a fait une danse du ventre à se tenir les côtes. On en riait encore des heures plus tard.

Après, Buddy a donné un gros baiser à Leona. On pouvait tout pardonner à Buddy.

» Et puis quand la nuit est tombée, P'pa a fait signe aux artificiers de commencer le spectacle, et que tout le monde en profite. Tous les gens de couleur étaient arrivés de Troutville pour voir ça. Que c'était beau ! Toutes ces lumières qui éclataient dans le ciel. Les gosses en profitaient pour balancer des pétards de tous les côtés. Après, quand le calme fut revenu, on est rentrés dans le grand salon pour écouter Essie Rue taper sur son piano. Elle jouait *Listen to the Mockingbird*[1] ou *Nola*, ou tout ce qui était en vogue cette année-là… et pendant ce temps Idgie, juchée dans le savonnier, aboyait à la lune…

» Idgie allait toujours en pantalon et pieds nus. Il valait mieux, remarquez. Pas une seule robe n'aurait résisté : quand elle ne chassait ni ne péchait avec Buddy et ses copains, elle grimpait dans les arbres. Buddy disait qu'elle tirait aussi bien que n'importe quel garçon. Elle était mignonne aussi mais, après que Buddy lui eut fait couper les cheveux tout court, elle ressemblait à un garçon.

» Oh, toutes les filles Threadgoode étaient jolies. Faut dire qu'elles se donnaient la peine de l'être. Surtout Leona. Elle était la plus coquette de toutes, et elle n'aimait pas qu'on la plaisante à ce sujet.

» Moi, grande perche comme je l'étais, je ne faisais pas le poids à côté d'elle. Je me tenais toute voûtée à cause de ça, et M'ma Threadgoode me disait toujours : "Ninny, le bon Dieu t'a faite si grande pour que tu sois plus près du

1. *Écoute l'oiseau moqueur.*

ciel…" Aujourd'hui je ne suis plus aussi grande que je l'ai été. On se ratatine en vieillissant.

» C'est bizarre, les cheveux, vous ne trouvez pas ? La plupart des gens sont fous avec leurs cheveux. Après tout, ça vient de loin, cette obsession. Regardez la Bible : Samson, la reine de Saba et cette fille qui a lavé avec sa chevelure les pieds de Jésus… C'est drôle, par exemple, que les gens de couleur veuillent avoir les cheveux raides, alors que nous, on voudrait voir friser les nôtres.

» Quand j'étais jeune, je les coiffais en chignon le matin et puis j'allais à mes occupations. Pas miss Leona. Ses cheveux étaient toujours une source de conflit avec Idgie.

» Idgie, qui devait avoir alors neuf ou dix ans, allait souvent jouer avec les enfants de Troutville, et un jour elle en est revenue des poux plein la tête. Évidemment on en a toutes attrapé, et on a dû se laver les cheveux avec ce mélange de soufre, d'essence et de saindoux. Que de cris et de pleurs ce jour-là ! C'était comme si on l'avait brûlée vive sur le bûcher, Leona. Elle jura à Idgie qu'elle ne lui adresserait plus jamais la parole.

» Quand Buddy est rentré de l'école, il a tout de suite vu qu'Idgie était triste. Il devait disputer un match de foot dans la soirée et, au moment de partir, il a appelé sa petite sœur et lui a dit : "Allez, P'tit Bout, prends ton blouson et rapplique." Et il a emmené sa sœur au match, assise parmi les joueurs, sur le banc des remplaçants. Ça, c'était Buddy tout craché.

» C'est fou, mais je crois bien que c'est seulement quand elle a été mariée que Leona a vraiment pardonné à Idgie. Leona est restée une coquette jusqu'au dernier jour de sa vie. Une fois, elle a lu dans un article d'un de ces magazines de beauté que la colère et la haine provoquaient des rides. Après ça, quand elle menaçait Idgie de l'étrangler de ses propres mains, elle le faisait avec un sourire figé sur son visage.

» Bien entendu, c'est Leona qui a épousé le garçon le plus riche, et ses noces ont été grandioses. Elle avait tellement peur qu'Idgie ne gâche la cérémonie, ce qui était idiot de sa part parce que, au bout de quelques heures, Idgie avait conquis les proches du fiancé qui étaient tous persuadés d'avoir en elle la belle-sœur la plus formidable qu'ils puissent jamais rêver. Même toute jeune elle possédait ce charme particulier aux Threadgoode, charme dont Buddy était l'incarnation même.

Mrs. Threadgoode s'interrompit un instant pour boire un peu d'eau, l'expression songeuse.

— Cette petite boule de noix de coco me rappelle un bien triste souvenir...

» Je devais avoir dix-sept ans à ce moment-là, et j'étais déjà fiancée à Cleo. C'était en juin, un samedi après-midi, et on s'était bien amusés au pique-nique qu'avait organisé notre paroisse et auquel avaient participé les jeunes de l'église baptiste d'Andalousie, qui étaient venus par le train. M'ma et Sipsey avaient fait une bonne dizaine de grandes tartes à la noix de coco pour l'occasion. Les garçons portaient leurs complets blancs d'été et Cleo s'était offert au magasin de P'pa un beau canotier, que Buddy, je ne sais pourquoi, lui avait emprunté.

» À la fin du pique-nique, Essie Rue et moi, on a rapporté à la maison les moules à tartes, pendant que les garçons raccompagnaient à la gare le groupe d'Andalousie. Je venais de rejoindre M'ma qui cueillait des figues dans le jardin quand c'est arrivé...

» On a entendu le train qui démarrait, puis il y a eu un long coup de sifflet et le crissement des freins sur les rails, et tout de suite après, des cris d'effroi...

» J'ai regardé M'ma, et elle s'est affaissée à genoux, une main crispée sur sa poitrine en s'écriant : "Oh, non, pas l'un de mes petits ! Dieu ! Pas l'un de mes petits !"

» P'pa Threadgoode, au magasin, avait lui aussi entendu et il a couru à la gare. J'étais sous le porche avec M'ma quand les hommes sont revenus et, à la seconde même où j'ai vu Edward qui tenait le canotier à la main, j'ai su que c'était Buddy.

» Il avait flirté ce jour-là avec la jolie Marie Miller, et comme le train se mettait en branle en sifflant, il avait sauté sur les voies pour saluer à grands coups de chapeau sa conquête qui se tenait sur la plate-forme arrière. Il n'a même pas entendu le train qui arrivait derrière lui. Oh ! Comme j'ai regretté longtemps que Cleo lui ait prêté son chapeau. Sans ce canotier, peut-être qu'il ne lui serait rien arrivé. (Elle secoua la tête avec tristesse.) C'est comme si la mort avait frappé toute la famille. Mais c'est Idgie qui a encaissé le plus. Elle devait avoir alors douze ou treize ans, et elle était à Troutville quand c'est arrivé. Cleo est allé la chercher...

» Je n'ai jamais vu personne aussi affecté par une mort. Je me demandais si elle n'allait pas suivre Buddy. Ça me faisait mal rien que de la regarder. Le jour de l'enterrement, elle a disparu. Elle ne pouvait supporter de voir ça. Quand elle est revenue, elle a monté l'escalier sans un mot et elle s'est enfermée toute la nuit dans la chambre de Buddy.

Puis elle est allée se réfugier chez Sipsey, à Troutville... Mais elle n'a jamais versé une larme. Elle avait trop de peine pour pleurer. Vous savez, un cœur peut se briser mais il continue de battre de la même façon.

» M'ma Threadgoode s'est alarmée pour sa santé, mais P'pa lui a dit de laisser Idgie tranquille, qu'elle finirait par surmonter son chagrin. Bien sûr, elle n'était plus la même après ça, et ce n'est qu'après avoir fait la connaissance de Ruth qu'elle a commencé à reprendre goût à la vie. Mais elle ne s'est jamais vraiment remise de la mort de Buddy... Comme nous tous.

» Enfin, il ne faut pas trop remuer les mauvais souvenirs. Et puis Dieu ne ferme jamais une porte sans en ouvrir une autre, et je crois bien que c'est pour ça qu'il a envoyé Ruth passer cet été-là à la maison... "Si Dieu veille sur le moineau, alors je sais qu'il veille aussi sur moi..."

LA GAZETTE DE WEEMS

(Bulletin hebdomadaire de Whistle Stop, Alabama)

1er décembre 1931

Une étoile est née

Hollywood n'a rien à nous envier, car chaque matin on peut entendre à la radio un enfant du pays, Essie Rue Limeway, organiste à l'église baptiste, jouer du piano dans une réclame pour les Magasins Stanley Charles. Quand Mr. Charles dit : « Rappelez-vous, les amis, que je vous réserve votre piano ou votre orgue jusqu'à la Noël », c'est Essie Rue qui exécute *Jingle Bells* en musique de fond. Ça vaut le coup de l'écouter, croyez-moi.

Essie dit que Stanley Charles a cette année beaucoup trop d'instruments en stock et qu'il voudrait les vendre le plus rapidement possible. Elle dit aussi que toute personne qui viendrait de sa part bénéficierait d'une remise. Le magasin est situé dans le centre-ville de Birmingham, juste devant l'arrêt du tramway, en face de Gus's Hot Dogs.

À propos, le « O » s'est décroché de l'enseigne d'Opal's Beauty Shop et a bien failli tomber sur la tête de Biddie Louise Otis. Opal a dit qu'elle était drôlement soulagée que Mrs. Otis n'ait pas été touchée, mais quel hasard tout de même que le nom de Mrs. Otis commence aussi par un « O », n'est-ce pas ? Julian a promis qu'il allait remettre la lettre en place cette semaine, mais Biddie a déclaré que dorénavant elle passerait par la porte de derrière.

... Dot Weems...

P-S : Opal vient de recevoir tout un choix d'anglaises en cheveux naturels... Alors, si vous avez envie d'agrémenter votre chevelure... Opal vous attend...

212 RHODES CIRCLE

BIRMINGHAM, ALABAMA

5 janvier 1986

Réfugiée dans la petite pièce où elle faisait ses travaux de couture, Evelyn Couch entama un deuxième carton de glace aux pépites de chocolat de chez Baskin-Robbins en contemplant d'un œil éteint sa table sur laquelle s'empilaient les motifs de broderie qu'elle n'avait pas touchés depuis le jour où elle les avait achetés dans un accès de bonnes intentions. Ed suivait un match de football à la télé et elle ne s'en plaignait pas, car depuis quelque temps, à chaque fois qu'il la voyait consommer une sucrerie, il lui demandait, faussement étonné : « Ça fait partie de ton régime amaigrissant ? »

Elle avait menti au vendeur de chez Baskin-Robbins, prétendant qu'elle donnait une fête pour ses petits-enfants. Elle n'avait même pas de petits-enfants.

À quarante-huit ans, Evelyn avait le sentiment de s'être perdue quelque part en route.

Tout avait changé si vite. Pendant qu'elle élevait les deux enfants requis – « un garçon pour lui, une fille pour moi » –, le monde était devenu un lieu qui lui était totalement étranger.

Elle ne comprenait plus les histoires drôles. Elle les trouvait cruelles, et elle était choquée par leur grossièreté. À son âge, elle n'avait encore jamais osé aller au-delà d'un « zut » ou d'un « flûte » pour se défouler. À la télé, elle ne regardait plus que des vieux films et des rediffusions du *Lucy Show.* Pendant la guerre du Viêt Nam, elle avait cru ce que lui avait dit Ed, que c'était une guerre juste et nécessaire, et que tous ceux qui disaient le contraire étaient des communistes. Et puis, bien plus tard, quand elle comprit enfin que cette guerre n'avait peut-être pas été aussi juste que ça, Jane Fonda avait depuis longtemps abandonné les grandes idées pour l'aérobic, et plus personne ne se souciait de ce que pouvait penser Evelyn du Viêt Nam. Elle éprouvait à l'égard de l'ex-pasionaria du pacifisme un ressentiment certain et souhaitait que disparaissent enfin du petit écran le tricotis inlassable de ses guibolles tout en galbe et fitness et ses contorsions de poupée Barbie.

Ce n'était pourtant pas faute d'avoir essayé de donner un sens à sa vie. Elle s'était efforcée d'éveiller la sensibilité de son fils, mais Ed lui avait fichu la frousse en lui disant qu'elle ne réussirait qu'à en faire une mauviette, voire une « tantouse ». Son fils lui avait ainsi échappé au point que, même à présent, il lui était presque étranger.

Idem avec sa fille, Janice. À quinze ans, la gamine en savait plus en matière de sexe qu'Evelyn n'en saurait jamais.

Du temps où elle faisait ses études, les choses lui avaient paru si simples. Il y avait les filles sages et les dévergondées, et chacun savait qui était qui. On était soit de l'un, soit de l'autre groupe. Evelyn avait fait partie du premier, et elle n'avait jamais connu le nom d'une seule fille ou d'un seul garçon appartenant au second. Ses copines ne portaient pas de minijupes au ras des fesses, et ses copains n'avaient pas de jeans moulants comme des capotes anglaises. Dans son entourage, les jupes descendaient jusqu'aux mollets, quand ce n'était pas plus bas, et la largeur des falzars garantissait le quasi-secret aux érections garçonnières. Quand on se réunissait entre copines, on fumait une Kent, une seule. Aux bals, on se permettait une seule bière, et tout pelotage était interdit en dessous du cou.

Plus tard, le jour où elle accompagna chez le gynécologue sa fille qui voulait se faire poser un diaphragme, ce fut elle qui rougit. Pour en faire autant, elle avait attendu la veille de ses noces.

Et quel choc ! Personne ne lui avait dit que le sexe serait aussi douloureux. Elle n'aimait toujours pas ça. Chaque fois qu'elle se laissait aller, l'image de la mauvaise fille jaillissait dans sa tête comme un diable de sa boîte.

Oui, elle avait été une jeune fille sage, s'était toujours tenue comme une dame, n'avait jamais élevé la voix, avait toujours respecté tout le monde et toutes choses. Elle avait vaguement espéré que tôt ou tard elle en recevrait quelque récompense. Mais nenni, elle n'en avait pas encore vu la queue d'une. Quand sa fille lui avait demandé si elle avait déjà « baisé » avec un autre homme que son cher époux et qu'elle avait répondu que « non, bien sûr que non », elle s'était entendu répondre : « Oh, M'man, comment peut-on être aussi gourde ! Tu ne sais donc pas si P'pa est un "bon coup" ou pas. C'est terrible. »

C'était vrai : elle ne le savait pas.

Elle avait tout de même fini par comprendre que ça ne comptait guère qu'on soit une bonne ou une mauvaise fille. Les filles qui, au lycée, étaient allées « jusqu'au bout » n'avaient pas sombré dans la déchéance, elles n'arpentaient pas le macadam en jupes fendues, ainsi qu'Evelyn l'avait pensé. Elles étaient comme les autres : mariées et heureuses ou malheureuses en ménage. Ainsi avaient été vains tous ces efforts pour rester une jeune fille pure, et bien mal fondée cette peur d'être touchée, cette peur qu'un geste, une parole n'allume la passion d'un garçon, cette peur surtout de se faire engrosser. Aujourd'hui, les stars de cinéma avaient des enfants à la pelle hors du mariage et elles les prénommaient Rayon de Lune ou Plume de Soleil !

Et quel profit avait-elle tiré de la sobriété ? Elle avait toujours entendu dire qu'il n'y avait rien de pire qu'une femme ivre, et elle n'avait jamais fait que tremper les lèvres dans un verre de whisky coupé d'eau. Aujourd'hui, les femmes les plus célèbres faisaient régulièrement une cure de désintoxication dans les centres de Betty Ford, se faisaient tirer le portrait en entrant et en sortant, et célébraient la fin de leur séjour par de grandes fêtes copieusement arrosées. Evelyn se demandait souvent si Betty Ford acceptait les femmes uniquement désireuses de perdre quinze kilos de « surcharge pondérale ».

Sa fille lui avait fait tirer une bouffée d'un joint de marijuana, mais dès que ses gants de ménage sur le comptoir de sa cuisine s'étaient mis à ramper dans sa direction, elle s'était jetée sur le tube de Valium et s'était bien gardée de renouveler l'expérience. Exit la drogue.

Quand, près de dix ans plus tôt, Ed avait eu une liaison

avec l'une de ses collègues à la compagnie d'assurances, Evelyn avait, dans le but de sauver son ménage, adhéré à un groupe appelé « La Femme parfaite ». Elle n'était pas sûre de beaucoup aimer Ed, mais elle tenait suffisamment à lui pour ne pas avoir envie de le perdre. Et puis que ferait-elle seule ? Elle avait vécu avec lui aussi longtemps qu'avec ses propres parents. Le credo de La Femme parfaite affirmait que celle-ci ne trouverait le bonheur avec son homme qu'à la seule condition de consacrer sa vie entière à rendre ce dernier heureux.

La meneuse du groupe leur avait affirmé que toutes ces femmes riches ou ces battantes qui menaient de brillantes carrières et paraissaient tellement épanouies et heureuses étaient en réalité fort seules et misérables et enviaient secrètement les humbles épouses et autres femmes au foyer.

Evelyn avait du mal à concevoir qu'une Barbara Walters puisse tout abandonner pour un Ed Couch, mais elle n'en essaya pas moins de se conformer au petit livre de La Femme parfaite. Et puis l'apôtre saint Paul lui-même n'avait-il pas dit que la grandeur de l'épouse tenait dans l'humilité qu'elle mettait à servir son compagnon ?

Aussi fut-ce toute gonflée de l'espoir d'être sur le bon chemin qu'elle entreprit de gravir les dix étapes du bonheur parfait. À la première étape, elle accueillit Ed à la porte d'entrée... nue sous un châle indien. De toute la personne d'Ed, seuls ses cheveux se dressèrent. Il se hâta d'entrer et claqua la porte derrière lui. « Nom de Dieu, Evelyn, où as-tu la tête ? Ça aurait pu être le facteur ! »

Elle n'eut pas plus de succès avec la deuxième étape,

qui consistait à se rendre au bureau d'Ed, affublée comme une prostituée.

L'expérience s'arrêta là, car la meneuse du groupe, Nadine Fingerhutt, dut divorcer et chercher un emploi, et personne n'eut l'audace de la remplacer. Et puis, au bout de quelque temps, Ed rompit avec cette femme, et le calme revint dans le ménage des Couch.

Après quoi, cependant, toujours en quête d'un sens à sa vie, Evelyn tâta du CCF, le Centre communautaire féminin. Elle aimait bien les idées qu'on y développait mais elle aurait aimé que ses compagnes de lutte utilisent un peu de rouge à lèvres et s'épilent les jambes. Elle était la seule à être fardée et à ne pas avoir le mollet poilu comme un primate. Elle aurait bien aimé rester au CCF mais, quand il fut question que la semaine suivante elles apportent un miroir afin d'étudier leurs vagins, elle abandonna illico.

Ed déclara à cette occasion que ces femmes n'étaient qu'une bande de frustrées et de laiderons, de vrais repoussoirs. Ainsi demeura Evelyn, ennuyée par les réunions Tupperware, et trop peureuse pour plonger les yeux dans son vagin.

Le soir où Ed et elle se rendirent à la trentième réunion annuelle des anciens élèves du lycée, elle avait espéré trouver quelqu'un à qui parler de tout ça. Mais les autres femmes s'avérèrent tout aussi confuses et perplexes qu'elle-même ; elles s'accrochaient aux bras de leurs époux et à leurs verres comme si leur existence même avait dépendu de ces deux appuis. Leur génération semblait parquée dans un enclos, incapable de se décider à sauter la barrière.

Après cette réunion, il lui arriva de rester des heures devant des photos de sa jeunesse. Ou bien, prenant la voiture, elle allait voir et revoir tous les endroits qu'elle avait pu fréquenter.

Ed ne lui était d'aucune aide. Dernièrement, il s'était mis à ressembler de plus en plus à son père, se conformant à l'idée qu'il se faisait du maître de maison idéal. Avec les années, il devenait cependant renfermé, et le samedi il s'en allait seul se balader pendant des heures au CAH, le Centre d'amélioration de l'habitat, sans savoir ce qu'il y cherchait. Il chassait, pêchait, regardait le foot à la télé comme le faisaient les autres hommes, mais Evelyn le soupçonnait maintenant de jouer lui aussi un rôle.

Elle contempla le carton de glace vide et se demanda où était passée la jeune fille qui souriait sur les photos.

LA GAZETTE
DE WEEMS

(Bulletin hebdomadaire
de Whistle Stop, Alabama)

2 novembre 1932

Création d'un Club du Cochon à Whistle Stop

Grâce à l'appui du Service du développement de l'Alabama, un Club du Cochon a vu le jour à Whistle Stop. Pour tous renseignements, on est prié d'appeler à son domicile Mrs. Bertha Vicks. Bertha a dit que miss Zula Hight of Kitrel, en Caroline du Nord, a acquis un cochon de Chine certifié de pure race en sept jours, et Bertha a ajouté que vous pourriez en faire autant si vous vous en donniez la peine. Selon elle, posséder un cochon de pure race est une marque de distinction pour vous et votre communauté et vous mettra sur le chemin de la prospérité, car il sera la première pierre d'un revenu confortable le restant de vos jours.

Idgie a installé un poste de radio Philco flambant neuf au café. Elle dit que tous ceux qui auraient envie d'écouter « Amos & Andy » ou tout autre programme sont les bienvenus, sans obligation de consommer. Elle dit que le son est particulièrement bon le soir.

À propos, est-ce que quelqu'un saurait comment se débarrasser d'empreintes de pattes de chien dans du ciment frais ? Appelez-moi ou passez me voir à la poste pour me le dire.

… Dot Weems…

Maison de retraite de Rose Terrace

OLD MONTGOMERY HIGHWAY, BIRMINGHAM, ALABAMA

12 janvier 1986

Evelyn ouvrit son sac et donna à Mrs. Threadgoode un des sandwiches au fromage pimenté enveloppés dans du papier alu qu'elle avait préparés à la maison.

Mrs. Threadgoode était ravie.

— Oh, merci ! J'adore les sandwiches au fromage pimenté. J'aime tout ce qui a de la couleur. Et ces piments en ont une si jolie, vous ne trouvez pas ? J'aime aussi les poivrons rouges, et je me régalais des pommes rouges au sucre, mais je ne peux plus en manger, de celles-là, à cause de mes dents. Quand j'y pense, j'aime tout ce qui est rouge.

Elle se tut pendant un bref instant, puis reprit :

— On a eu longtemps une poule rousse nommée Sister, et à chaque fois que j'allais dans le jardin, je lui disais : « Sister, ne me pique pas les pieds, sinon je te passerai à la casserole », et elle penchait sa tête de côté et s'écartait de moi à petits pas prudents. Elle piquait tout le monde, sauf Albert, mon petit garçon, et moi. On n'a jamais pu se résoudre à la tuer, même pendant la Crise où, pourtant, on a eu les crocs. Elle est morte de vieillesse. Quand je monterai au paradis retrouver les miens, j'espère qu'il y aura aussi Sister, et Cookie, le raton laveur. Je sais que la vieille Sipsey, elle, y sera...

» Je n'ai jamais su d'où elle venait... on ne sait jamais d'où ils viennent, les gens de couleur. Elle devait avoir dix ou onze ans quand elle a commencé à travailler pour M'ma Threadgoode. Elle arrivait de Troutville, le quartier noir de l'autre côté de la voie ferrée. Elle disait s'appeler Sipsey Peavey. Elle cherchait du travail. M'ma l'a gardée à la maison. Sipsey l'a aidée à élever tous les enfants Threadgoode.

» Sipsey était une petite bonne femme toute maigre et très drôle. Et vous ne pouvez pas savoir comme elle était superstitieuse. Sa mère avait été une esclave, et Sipsey avait une trouille bleue qu'on lui jette un sort. Un jour, elle a raconté à M'ma que sa voisine à Troutville avait mis chaque soir pendant une lune de la poudre maléfique dans les chaussures de son homme qui l'avait trompée, et après ça le malheureux n'avait plus pu marcher et encore moins... courir ! Mais ce dont elle avait le plus peur, c'était des têtes d'animaux. Si vous lui apportiez un poulet ou un poisson ou si Big George tuait un cochon, elle ne le touchait ni ne le cuisinait qu'après avoir enterré la tête dans le jardin. Elle disait que si vous ne faisiez pas ça, l'esprit de l'animal pénétrait en vous et vous faisait perdre la raison. Une fois, P'pa a oublié et il a rapporté du fromage de tête. Sipsey a détalé comme un lapin et elle n'a consenti à revenir qu'après qu'une amie à elle fut venue désenvoûter la maison. Elle a dû enterrer comme ça des centaines de têtes dans le jardin.

Mais vous savez, ça nous valait d'avoir les plus belles tomates, et les plus beaux gombos, et les plus grosses courges de toute la ville ! Buddy l'appelait le “cimetière des esprits”.

» Mais, en dehors de sa superstition, il n'y avait pas de meilleure cuisinière dans tout l'Alabama. À onze ans déjà, elle faisait les biscuits et les sauces les plus délicieux que vous puissiez rêver. Et ses beignets étaient si légers qu'ils flottaient dans l'air et que vous deviez les attraper au vol pour les manger. Toutes les recettes du Whistle Stop Café viennent d'elle. C'est elle qui a appris à Ruth et à Idgie à faire la cuisine.

» Je ne sais pas pourquoi Sipsey n'a jamais eu d'enfants. Vous n'avez jamais vu quelqu'un qui aime autant les bébés que Sipsey. Toutes les femmes de Troutville lui donnaient leurs gosses à garder quand elles avaient envie de sortir et de se payer du bon temps. Elles pouvaient être tranquilles avec une baby-sitter pareille. Sipsey disait que rien dans la vie ne lui procurait autant de plaisir que de bercer un petit enfant. Elle était capable de les bercer toute la nuit en chantonnant doucement, des fois deux en même temps, et dire qu'elle n'en a jamais porté un seul dans son ventre !

» Et puis, un après-midi de novembre, juste après Thansgiving – M'ma disait qu'il faisait un froid de canard ce jour-là –, Sipsey faisait les lits à l'étage quand une amie à elle est arrivée tout excitée et l'a appelée depuis le jardin pour lui dire qu'une fille de Birmingham, là-bas à la gare, cherchait quelqu'un pour adopter son bébé, et que si ça intéressait Sipsey, elle avait intérêt à faire fissa parce que le train allait bientôt repartir.

» Sipsey a dévalé l'escalier et elle s'est précipitée avec rien d'autre sur le dos qu'une robe légère et son tablier. M'ma Threadgoode lui a crié de mettre son manteau, et Sipsey lui a répondu : "Pas l'temps, m'ame Threadgoode. Faut qu'j'aille chercher c'bébé !" M'ma est restée derrière la porte de la cuisine à l'attendre et, peu de temps après qu'elle eut vu le train passer, Sipsey est arrivée, le visage fendu d'un grand sourire, les jambes égratignées d'avoir couru à travers les ronces, avec dans ses bras le plus gros et le plus noir des poupons, enveloppé dans une serviette de toilette de l'hôtel Dixie, Memphis, Tennessee. Sipsey a raconté que la jeune mère devait rentrer dans sa famille et qu'elle n'osait le faire avec ce bébé, "parce que son époux était en prison depuis trois ans".

» Comme ils ne savaient ni le nom de la mère ni rien, Sipsey a dit que puisqu'il était arrivé par le train, elle l'appellerait George Pullman Peavey, du nom du bonhomme qui avait créé les wagons Pullman. Mais le papa avait dû être un costaud, car George, à sa maturité, était un malabar de près de deux mètres et de cent vingt kilos.

» P'pa l'a emmené tout petit avec lui au magasin et il lui a appris à découper la viande. George n'avait pas dix ans que déjà il tuait le cochon d'une main experte, et Sipsey était toute fière de lui... elle n'aurait pu l'aimer davantage s'il avait été la chair de sa chair. Elle le serrait dans ses bras en lui disant : "Mon p'tit chéri, c'est pas parce que t'es pas mon fils que t'es pas à moi."

» Plus tard, quand George a eu des ennuis avec la justice, elle s'est mise sur son trente et un et, qu'il pleuve ou qu'il vente, elle n'a pas manqué une seule audience... et à ce moment-là elle devait approcher des quatre-vingt-dix ans, du moins je le suppose, parce qu'on ne peut jamais savoir au juste quel âge ont les gens de couleur.

» Et ces gospels qu'elle chantait toujours !... *En route vers Toi, Seigneur, Dans le wagon à bestiaux* et *À cheval sur le boggie au p'tit matin*... Toujours des chansons du rail. La veille de sa mort, elle a dit à George que Jésus lui était apparu tout de blanc vêtu. Il conduisait un train fantôme et venait la chercher pour l'emmener au paradis.

» Mais je crois pouvoir dire qu'à quatre-vingts ans elle faisait encore la cuisine là-bas, au café. C'est même pour ça qu'il y avait autant de clients. Parce que c'était sûrement pas pour le cadre qu'ils venaient. Quand Ruth et Idgie l'ont acheté, c'était rien qu'une grande salle vide, juste en face de la voie ferrée, à côté de la poste où travaillait Dot Weems.

» Je me souviens du jour où elles ont emménagé dans le café. On était tous là à filer un coup de main, et Sipsey était en train de balayer le parquet quand elle a vu Ruth qui accrochait une reproduction de la Cène. Sipsey s'est arrêtée de balayer, elle a regardé l'image pendant un moment, puis elle a demandé : “Miss Ruth, qui c'est tous ces gens assis avec Notre-Seigneur ?”

» Ruth a répondu : “Ce sont les apôtres, Sipsey.” Sipsey l'a regardée en ouvrant de grands yeux et elle a dit : “Oh ! j'croyais que miss Marie avait eu qu'un seul garçon”, et elle a repris son balayage. On était tous pliés en deux de rire. Sipsey savait parfaitement qui étaient les Apôtres, mais c'était une pince-sans-rire.

» Julian et Cleo ont construit quatre boxes en bois et une pièce indépendante à l'arrière, afin qu'Idgie et Ruth aient un endroit pour vivre. Les murs de la salle étaient en bois de pin de Géorgie, et le parquet était fait de vieilles planches pleines de nœuds.

» Ruth a essayé de décorer les lieux. Elle avait accroché un tableau représentant un bateau voguant sous la lune, mais Idgie s'est ramenée avec un poster – une bande de chiens assis autour d'une table, fumant de gros cigares – qu'elle a mis à la place du bateau en écrivant dessous *Le Club des Cornichons.* C'était le nom du club que son ami Grady Kilgore et elle avaient fondé. Et en dehors des guirlandes du premier Noël célébré au café, qu'elles ne décrochèrent jamais plus, et d'un vieux calendrier du chemin de fer, la décoration s'arrêta là.

» Il y avait seulement quatre tables et des chaises branlantes. On ne savait jamais si elles n'allaient pas s'écrouler sous vous. Et jamais elles n'eurent de caisse enregistreuse, seulement une vieille boîte à cigares Roy Tan dans laquelle elles mettaient la monnaie en vrac. Au comptoir on pouvait acheter des chips, du tabac à chiquer, des leurres pour la pêche, de petites pipes en quenouille de maïs et des peaux de porc.

» Idgie ouvrait de bon matin et ne fermait qu'après que le dernier couche-tard fut parti.

» La gare de triage de la L & N n'était qu'à deux pas de là, et la plupart de ceux qui travaillaient au chemin de fer venaient manger au café, les gens de couleur comme les autres. Idgie servait les premiers à la porte de derrière. Évidemment, ça ne plaisait pas à certains, qu'elle ait des Noirs pour clients, et ils ne manquaient pas de le lui faire savoir, ce à quoi elle leur répondait crânement que personne ne lui dirait ce qu'elle avait le droit de faire ou pas.

Cleo disait qu'elle n'avait jamais eu peur de faire face toute seule au Ku Klux Klan. Idgie avait bon caractère mais elle pouvait être féroce si on lui marchait sur les pieds...

THE WHISTLE STOP CAFÉ

WHISTLE STOP, ALABAMA

22 mars 1933

Idgie buvait un café en bavardant de tout et de rien avec son ami Smokey, vagabond de son état. Dans la cuisine, Sipsey et Onzell étaient occupées à faire frire une montagne de beignets aux tomates vertes pour la foule du déjeuner tout en écoutant des gospels à la radio, lorsque Ocie Smith vint frapper à la porte de derrière.

L'instant d'après Sipsey entrait dans le café en s'essuyant les mains sur son tablier.

— Miss Idgie, y a un garçon de couleur qui voudrait vous causer.

Idgie gagna la cuisine et reconnut tout de suite Ocie Smith, un ancien camarade de jeux de Troutville, qui travaillait maintenant à la gare de triage.

— Ohé, Ocie ! Comment ça va ?

— Bien, miss Idgie.

— Qu'est-ce que je peux faire pour toi ?

— Miss Idgie, on est toute une bande au triage, et ça fait deux mois que, tous les jours, on sent cette bonne odeur de barbecue et on voudrait savoir si vous pourriez pas nous vendre quelques sandwiches barbecue. J'ai tout l'argent qu'il faut.

Idgie soupira en secouant la tête.

— Laisse-moi te dire une chose, Ocie. Tu sais que si ça ne tenait qu'à moi, tu pourrais passer par la grande porte et t'asseoir à une table, mais tu sais que je ne peux pas faire ça.

— Oui, miss Idgie, je le sais.

— Il y a pas mal de salopards en ville qui n'hésiteraient pas une seconde à foutre le feu à cette baraque, si je le faisais. Et il faut bien que je vive.

— Je comprends, miss Idgie.

— Mais tu vas dire à tes collègues, au triage, qu'ils n'hésitent pas à venir frapper à la porte de la cuisine, et on leur servira tout ce qu'ils veulent.

Ocie eut un grand sourire :

— Oui, miss Idgie. Merci, miss Idgie.

— Sipsey, donne-lui ses barbecues et tout ce qu'il voudra. Donne-lui aussi de la tarte.

Sipsey marmonna entre ses dents :

— Vous allez attirer le malheur sur cette maison, miss Idgie. Si jamais les Ku Kluxes apprennent ça, moi, j'serai plus là pour voir ça, non, Seigneur, j'serai plus là.

Mais elle prépara les sandwiches et ajouta dans le grand sac un carton de jus de raisin, de la tarte et des serviettes en papier.

Trois jours plus tard, Grady Kilgore, shérif et détective à mi-temps pour le compte de la compagnie du chemin de fer, arriva tout gonflé de son importance. Une allure d'ours mal léché mais bon zigue, c'était un ancien copain de Buddy.

Il accrocha son chapeau à une patère, ainsi qu'il le faisait toujours, et déclara à Idgie qu'il avait à lui parler de choses sérieuses. Elle lui apporta du café dans le box où il avait posé son quintal de viande grasse et prit place en face de lui. Et Grady, ses larges épaules voûtées au-dessus de la table, d'en venir à la nature nauséabonde de sa visite.

— Idgie, tu sais très bien que tu ne devrais pas vendre de nourriture à ces nègres. Et il y a des gars en ville à qui ça ne plaît pas du tout. Personne n'a envie de manger là où vont les nègres, ce n'est pas bien et tu ne devrais pas le faire.

Idgie demeura pensive un instant puis elle hocha la tête d'un air approbateur.

— T'as raison, Grady. Je devrais le savoir et je ne devrais pas le faire.

Rassuré autant que satisfait, Grady se radossa à la banquette.

— Oui, Grady, poursuivit-elle, c'est curieux comme les gens font des choses qu'ils ne devraient pas faire. Tiens, toi, par exemple, je suis sûre que des tas de gens pensent qu'à la sortie de l'église le dimanche tu ne devrais pas descendre du côté de la rivière pour y retrouver cette Eva Bates. En tout cas, ton épouse, Gladys, penserait sûrement que ce n'est pas bien.

Grady, qui était alors diacre à l'église baptiste et avait épousé Gladys Moats, connue pour avoir mauvais caractère, rougit comme un piment de Cayenne.

— Ah ! Idgie, c'est pas drôle.

— Au contraire, je trouve que ça l'est drôlement. Tout comme je pense qu'une bande d'ivrognes qui se déguisent en fantômes sont de drôles de rigolos.

Grady appela Ruth, qui se tenait derrière le comptoir.

— Viens voir, Ruth, et essaie de lui faire comprendre les choses, à cette tête de mule. Elle ne veut pas m'écouter. J'essaie seulement de lui éviter des ennuis, c'est tout. J'y suis pour rien s'il y a des gens en ville à qui ça ne plaît pas qu'elle ait des nègres comme clients.

Idgie alluma une Camel et sourit.

— Eh bien, Grady, je vais te dire une chose. La prochaine fois que ces gens dont tu parles, comme Jack Butts, Wilbur Weems ou Pete Tidwell, viendront ici, je leur demanderai s'ils veulent que tout le monde sache qui se cache sous ces draps sales quand ils paradent avec des torches à la main. Vous n'avez donc rien dans le crâne pour ne même pas penser à changer de godasses ?

— Hé ! Attends un peu, Idgie…

— Allons, Grady, ni toi ni les autres ne trompez personne. Ces godillots quarante-quatre fillette que tu as aux pieds, je les reconnaîtrais même par une nuit noire.

Grady baissa les yeux sur ses grolles. Il perdait pied, décidément.

— Idgie, il faudra bien que je leur dise quelque chose. Tu vas arrêter de vendre aux nègres, oui ou non ? Ruth, viens donc m'aider à convaincre cette entêtée.

Ruth les rejoignit.

— Dis-moi, Grady, quel mal y a-t-il à vendre quelques sandwiches à la porte de la cuisine ? Ils ne consomment pas dans la salle, que je sache.

— C'est-à-dire que... Je ne sais pas, moi, Ruth... Il faudra que j'en parle aux gars.

— Ils ne causent de tort à personne, Grady.

Il réfléchit une minute.

— Eh ben... d'accord comme ça... pour le moment... Et toi, Idgie, fais bien attention à ce qu'ils restent à la porte de derrière, tu m'entends ?

Il se leva, remit son couvre-chef, puis se tourna vers Idgie.

— Ça marche toujours, ce poker, vendredi ?

— Oui, m'sieur. À huit heures. Et vide tes fonds de tiroir. Je me sens en veine cette semaine.

— Bon, j'leur dirai, à Jack et aux autres... Salut, Ruth.

— Salut, Grady.

Idgie secoua la tête en le regardant s'éloigner.

— J'aurais aimé que tu voies ce grand couillon, dit-elle à Ruth. Il y a trois jours à la rivière, bourré comme un coing, pleurant comme un bébé, parce que Joe, le Noir qui l'a élevé, venait de mourir. Je me demande ce que les gens font de leur cerveau aujourd'hui. Quand on pense que ces crétins sont terrifiés à l'idée de manger à côté d'un Noir et qu'ils gobent des œufs crus sortis tout droit du cul d'une poule !

— Oh ! Idgie !

Idgie éclata de rire.

— Excuse-moi, mais parfois tout ça me rend triste.

— Je sais, ma chérie, mais ne te prends pas la tête. Les gens sont comme ça, malheureusement, et quoi que tu fasses, tu ne les changeras pas. C'est la vie.

Idgie lui sourit en se demandant ce qu'elle serait devenue elle-même si elle n'avait pas rencontré Ruth.

Elles savaient toutes deux qu'une décision s'imposait. À partir de ce jour-là, il y eut un changement sur la carte qui était accrochée derrière, sur la porte de la cuisine : tout y était moins cher de cinq ou dix cents. Elles pensaient que c'était plus juste ainsi.

LA GAZETTE DE WEEMS

(Bulletin hebdomadaire de Whistle Stop, Alabama)

6 avril 1933

Changement de menu au café

Les clients du café ont eu une fameuse surprise la semaine dernière quand ils ont lu sur la carte, entre autres plats excentriques : filet d'opossum... côtelettes de putois... foie de bouc aux petits oignons... pudding de crapaud-buffle et tarte de busard à la mode.

Un couple méfiant, qui avait fait tout le chemin depuis Gate City pour dîner, a lu le menu et ils étaient déjà à plus de cent mètres quand Idgie a ouvert la porte et leur a crié : « Poisson d'avril ! »

Le couple n'a pas regretté de revenir sur ses pas ; ils ont été particulièrement soignés et se sont vu offrir de la tarte à la crème de noix de coco.

À propos, ma chère moitié a laissé entrer son vieux chien de chasse à la maison l'autre jour. Le problème, c'est que le chien a pris son os avec lui et, tenez-vous bien, j'ai trébuché dessus et je me suis fracturé un orteil. Le Dr. Hadley me l'a remis et plâtré, mais il n'y a que mes chaussons que je puisse enfiler, et je dois aller au travail comme ça. Je ne peux pas non plus aller aux nouvelles comme je le fais d'ordinaire. Si vous savez ce qui se passe en ce moment en ville, venez m'en informer à la poste.

... Dot Weems...

212 RHODES CIRCLE

BIRMINGHAM, ALABAMA

19 janvier 1986

C'était de nouveau dimanche. Les époux Couch s'apprêtaient à se rendre à Rose Terrace. Evelyn éteignit la cafetière électrique. Elle aurait tant souhaité ne pas y aller, mais Ed était tellement susceptible en ce qui concernait sa mère qu'Evelyn n'aurait jamais osé refuser de l'accompagner pour au moins dire un petit bonjour à son exigeante et pleurnicharde belle-mère. Ces visites à la maison de retraite étaient une torture pour elle. Elle détestait l'odeur de maladie, de désinfectant et de mort qui imprégnait les murs et qui lui rappelait cruellement sa mère, les médecins et les hôpitaux.

Evelyn avait quarante ans quand sa mère était morte et, depuis, la peur de mourir la hantait. Le matin, quand elle ouvrait le journal, c'étaient d'abord les avis de décès qu'elle lisait, avant même son horoscope. Elle éprouvait immanquablement un soulagement si le macchabée était octogénaire, et une franche joie s'il avait passé le cap des quatre-vingt-dix ans ; ça la rassurait, en quelque sorte. Mais que la mort eût frappé quelqu'un de quarante ou de cinquante ans, alors sa journée s'en trouvait assombrie, surtout quand la famille demandait qu'on adresse les dons à quelque ligue contre le cancer. Cependant, elle était particulièrement troublée quand la cause exacte de la mort n'était pas mentionnée.

Quelle était cette foudroyante maladie ?

Cette mort subite ?

De quel accident s'agissait-il ?

Elle aurait voulu des détails écrits noir sur blanc. Que le doute ne soit pas permis. Et comme elle enrageait quand la famille orientait les dons vers un organisme humanitaire ! Qu'est-ce que ça voulait dire ? Le choléra... ? La peste... ? La lèpre... ?

Toutefois, elle avait remarqué que depuis quelque temps la lutte contre le cancer occupait la tête au hit-parade de la charité, et elle s'interrogeait sur les raisons de vivre dans un corps destiné à vieillir, à se détériorer et à souffrir. Pourquoi dans ce tas de chair éminemment périssable, et non pas dans une table en chêne ou une cuisinière, voire une machine à laver ? Un réparateur, comparable à un plombier ou à un électricien, s'occuperait d'elle en cas de panne. Ce serait beaucoup mieux que d'avoir affaire à un médecin. Le Dr. Clyde, à la clinique obstétrique, lui avait menti alors même que les douleurs de l'enfantement la crucifiaient. « Mrs. Couch, vous oublierez vos souffrances à l'instant où vous poserez les yeux sur votre bébé. Allons, poussez encore. Vous ne vous en souviendrez même pas, croyez-moi. »

FAUX ! Elle se rappelait chaque élancement, chaque déchirement, et elle n'aurait sûrement pas accepté de second enfant si Ed n'avait voulu à tout prix « commander » un garçon ! Autre mensonge : le second accouchement avait été aussi douloureux que le premier, sinon plus, car cette fois elle savait ce qui la guettait. Elle avait fait une vie d'enfer à Ed pendant les neuf mois, et Dieu merci elle avait eu Tommy, parce que, pour elle, c'en était bien fini de jouer les pondeuses.

Toute sa vie elle avait redouté les médecins. À la peur avaient succédé la haine et le mépris. Elle n'oublierait jamais le petit prétentiard qui entra ce jour-là dans la chambre de sa mère, un aréopage de blouses blanches sur ses talons.

Si content de lui ; tout gonflé d'importance, le petit maître autour duquel papillonnaient comme des geishas les infirmières. Il n'était même pas le médecin attitré de sa mère, mais remplaçait celui-ci, ce jour-là. Evelyn, assise au bord du lit, serrait la main de l'aimée dans la sienne. Quand Môsieur entra, il ne prit nullement la peine de dire bonjour.

— Je suis sa fille, docteur. Evelyn Couch.

Sans lever les yeux de son cahier de visites, il déclara d'une voix nasillarde et haut perchée :

— Votre mère a un cancer des poumons avec métastases au foie, au pancréas et à la rate, et vraisemblablement à la moelle épinière.

Jusqu'à cet instant, sa mère ignorait tout de son état. Et Evelyn, sachant à quel point sa mère avait peur du cancer, avait décidé de lui cacher la vérité. Elle se souviendrait toujours de l'expression de terreur qui se peignit alors sur le visage de la malade, tandis que le détestable individu disparaissait dans un froufrou de blouses.

Deux jours plus tard, sa mère entrait dans le coma.

Elle ne pourrait jamais oublier non plus les murs gris en béton de la salle d'attente dans l'unité de réanimation où elle avait passé tant d'heures dans la détresse, la sienne et celle de tous ceux qui attendaient comme elle des nouvelles d'un proche, gisant tout près dans une pièce froide et sans soleil, aux portes de la mort.

Il y avait là une famille tellement terrifiée qu'ils n'acceptaient pas que la femme qui était en train de partir doucement de l'autre côté du mur soit leur mère. Ils l'appelaient « notre malade » et demandaient à Evelyn : « Comment va la vôtre ? » Ils avaient besoin de cette distance, de cette abstraction pour tenter de soulager la douleur qui les taraudait.

Chaque jour ils attendaient ensemble, sachant que le moment viendrait, l'affreux moment où il leur serait demandé de « décider » de la poursuite ou de l'arrêt d'un maintien en vie qui n'était plus que mécanique...

« C'est mieux comme ça. »

« C'est ce qu'ils voudraient eux-mêmes. »

« Le médecin dit qu'ils sont déjà... »

« Ils ne sont plus que des machines. »

Des machines ?

Oh ! toutes ces discussions à voix basse, graves et grotesques, alors qu'Evelyn devait réprimer une envie folle de hurler qu'on lui rende sa mère, sa douce mère, la seule personne au monde qui avait su l'aimer.

Un samedi, le médecin se présenta à la porte de la salle d'attente. Tous les regards se portèrent sur lui en même temps que le silence tombait.

— Mrs. Couch ? Puis-je vous voir dans mon cabinet, je vous prie ?

Les mains tremblantes, le cœur cognant, elle prit son sac, se leva sous des regards de compassion. Une femme tendit la main, lui serra le bras ; mais tous étaient secrètement soulagés que ce ne soit pas leur tour.

Malgré une impression d'irréalité, elle écouta attentivement ce que lui déclara le praticien.

— Il est inutile de s'acharner...

C'était clair, sensé, naturel, en quelque sorte. Elle prit congé et s'en retourna chez elle comme un zombie.

Elle crut un instant avoir la force d'accepter et de laisser partir sa mère.

Mais qui pouvait avoir la force de débrancher une machine qui maintenait une mère en vie, même si cette vie-là n'était plus qu'artificielle ? Comment pouvait-on éteindre la lumière de son enfance et s'en aller, comme on éteignait dans une pièce en partant ?

Elle ne pouvait se pardonner de ne pas avoir eu le courage de revenir à l'hôpital pour être auprès de sa mère quand ils débrancheraient la machine... Il lui arrivait encore de se réveiller en pleurant de regret, et il n'y avait rien qu'elle puisse faire pour se racheter.

Elle ne savait si cette épreuve était l'unique cause de sa phobie des médecins et des hôpitaux. Une chose était sûre : la seule pensée de devoir se rendre chez l'un de ceux-là lui fichait la tremblote et des sueurs froides. Le simple mot « cancer » lui donnait la chair de poule. Elle avait cessé de se palper les seins, parce qu'elle avait manqué s'évanouir un jour en sentant une grosseur sous ses doigts. Heureusement, ce n'était qu'un Kleenex oublié dans sa lessive et collé à son soutien-gorge. Elle se trouvait idiote d'avoir peur et se reprochait de retarder sans cesse un bilan de santé nécessaire. Dans des moments de courage, il lui arrivait de prendre rendez-vous, mais elle annulait à la dernière minute.

La dernière fois qu'elle avait vu un médecin remontait à six ans ; c'était pour une cholécystite. Elle voulait seulement qu'il lui prescrive au téléphone des antibiotiques mais il avait fini par la convaincre de venir consulter et il avait insisté pour lui faire un examen pelvien. Allongée sur le dos, les pieds dans les étriers, elle s'était demandé ce qu'il pouvait y avoir de pire au monde que de se faire trifouiller le bas-ventre par un inconnu cherchant Dieu sait quelle anomalie, tel un douanier fouillant votre sac à la recherche de contrebande.

Le docteur lui demanda ensuite à quand remontait son dernier examen mammaire. Elle mentit, répondit :

— À trois mois.

— Eh bien, puisque vous êtes ici, autant vous en faire un autre.

Tandis qu'il l'examinait, elle fut prise d'une véritable diarrhée verbale dans le but de le distraire, mais il l'interrompit net d'un : « Oh ! Oh, je n'aime pas beaucoup ça. » Et il lui fit une prise de sang.

Elle avait attendu les résultats dans l'angoisse la plus totale, avait tenté de marchander avec un Dieu auquel elle n'était pas sûre de croire, Lui promettant de ne plus jamais se plaindre de sa vie s'il lui épargnait le cancer. Oh, oui ! Si dans Sa miséricorde, Il lui accordait la santé, elle passerait le restant de ses jours à avoir le sourire et à faire le bien autour d'elle et à se rendre chaque matin à l'église.

Elle attendit ainsi trois jours pour apprendre qu'elle n'avait rien, et reprit ses habitudes. Mais, depuis lors, elle était convaincue que la moindre douleur annonçait le pire, et que si elle se rendait chez un médecin, il se précipiterait sur son stéthoscope pour écouter les battements de son cœur et l'expédierait de toute urgence à l'hôpital le plus proche pour lui faire subir une opération à cœur ouvert. Elle commença à vivre avec un pied dans la tombe. Chaque fois qu'elle regardait sa paume, elle était persuadée que sa ligne de vie avait encore raccourci.

Elle savait qu'elle ne supporterait pas d'attendre une nouvelle fois des résultats d'analyses, et elle se convainquit facilement qu'il était préférable de ne pas savoir si on était malade ou pas et de mourir de mort subite, sans en connaître la cause.

En ce dimanche, comme ils roulaient vers Rose Terrace, Evelyn s'avoua que sa vie devenait insupportable. Pendant longtemps, chaque matin, elle s'était raconté des histoires, dans l'unique but de tenir jusqu'au soir. Elle se disait par exemple qu'il allait lui arriver quelque chose de formidable – que le téléphone allait sonner, qu'on lui annoncerait une nouvelle qui changerait sa vie, ou encore qu'une merveilleuse surprise l'attendait dans la boîte aux lettres.

Bien entendu, elle avait été au comble du désespoir quand elle avait enfin compris que rien de semblable ne se produirait, que personne ne viendrait l'arracher à sa misère. Elle eut alors l'impression d'être au fond d'un puits, lançant des appels que nul ne pouvait entendre.

Dernièrement, elle avait vécu une succession de nuits noires et de matins gris, et éprouvé un sentiment d'échec tel qu'elle en avait pris peur. Pourtant la mort ne l'effrayait plus. Elle avait plongé son regard dans les ténèbres et elle avait eu envie d'y disparaître. Elle avait même pris goût à ces contemplations morbides.

Elle savait aussi comment elle se tuerait. Avec une balle en argent. Aussi ronde et lisse qu'un glaçon dans un Martini. Elle mettrait le revolver dans le congélateur quelques heures avant, ainsi serait-il couvert de givre et froid contre sa tempe. Elle sentait presque la balle lui transpercer le cerveau, gelant d'un seul coup et à jamais la douleur. La détonation serait le dernier bruit qu'elle percevrait. Et puis... rien. Peut-être juste le murmure que seul un oiseau pouvait capter là-haut, tout en haut, là où l'air était pur et froid... Le doux, le bon air de la liberté.

Non, ce n'était pas de la mort qu'elle avait peur. C'était de sa propre vie, qui commençait à lui rappeler cette lugubre salle d'attente aux murs gris.

LA GAZETTE
DE WEEMS

(Bulletin hebdomadaire
de Whistle Stop, Alabama)

16 mai 1934

Quand le spermophile mord

Nous avons appris que dans la nuit de vendredi, vers deux heures du matin, Bertha Vick a été mordue dans ses toilettes par un spermophile, après que le rongeur se fut vraisemblablement introduit dans la cuvette par le conduit d'évacuation. Elle a couru réveiller Harold. N'en croyant pas un mot, il est tout de même allé voir et a constaté *de visu* que son épouse ne mentait pas : le spermophile barbotait dans la cuvette.

Ma chère moitié a dit que c'est à cause des inondations que l'animal a dû passer par le conduit. Bertha a répondu qu'elle se fichait pas mal du pourquoi et du comment mais que désormais elle regarderait dans le trou avant de s'asseoir sur la lunette.

Harold a porté la bestiole à empailler.

Est-ce qu'il y en a parmi vous dont la note d'électricité est sévère ce mois-ci ? La mienne bat tous les records, ce qui me paraît d'autant plus bizarre que ma chère moitié est partie toute une semaine pêcher avec son frère Alton, et que c'est toujours lui qui laisse la lumière allumée. Tenez-moi au courant.

À propos, Essie Rue a trouvé un engagement à Birmingham : elle joue de l'orgue à l'émission parrainée par Protective Life Insurance Company sur la station WAPI. Ne manquez pas de l'écouter.

... Dot Weems...

Maison de retraite de Rose Terrace

OLD MONTGOMERY HIGHWAY, BIRMINGHAM, ALABAMA

19 janvier 1986

L'après-midi avançait, et Mrs. Threadgoode, songeant qu'Evelyn ne viendrait pas aujourd'hui à Rose Terrace, alla se dégourdir les jambes dans le couloir où l'on rangeait les fauteuils roulants. Et ce fut là qu'elle vit Evelyn, assise toute seule dans l'un des fauteuils, en train de grignoter une barre de Baby Ruth, le visage ruisselant de larmes. Mrs. Threadgoode clopina vers elle.

— Eh bien, ma belle, que se passe-t-il ?

Evelyn leva des yeux rougis vers la vieille dame.

— Je ne sais pas, dit-elle, et elle retourna à ses larmes et à sa sucrerie.

— Venez, prenez votre sac, et marchons un peu.

Mrs. Threadgoode lui tendit la main pour l'aider à se lever du fauteuil et elles se mirent à aller et venir à petits pas dans le couloir.

— Vous pouvez me le dire, à moi. Que vous est-il arrivé pour que vous pleuriez comme ça ?

— Je ne sais pas.

Et de sangloter de plus belle.

— Allons, ce ne peut être aussi grave que ça. Dites-moi donc ce qui vous chagrine.

Evelyn renifla un grand coup.

— Main... maintenant que mes enfants sont partis à l'université, je... je me sens inutile.

— Mais c'est compréhensible, ça. Tout le monde est passé par là.

— Et... et je ne peux plus m'arrêter de manger, poursuivit Evelyn. J'ai essayé cent fois ; chaque matin je me réveille en me jurant que je ne toucherai pas à une seule sucrerie, mais c'est plus fort que moi, je ne peux pas m'en empêcher. J'en ai caché dans toute la maison, y compris dans le garage. Je ne comprends pas ce que j'ai.

— Vous savez, une confiserie n'a jamais fait de mal à personne.

— Une, oui, mais pas six ou huit. Si seulement je m'en fichais d'être grosse ou si j'avais la volonté de faire un régime, de mincir ! Mais non, je reste entre deux eaux... ni grosse ni maigre, et très malheureuse. La libération des femmes est arrivée trop tard pour moi. J'étais déjà mariée avec deux enfants quand j'ai découvert que je n'étais pas obligée de fonder une famille. Je pensais que c'était mon devoir. Qu'est-ce que j'en savais ? Maintenant, il est trop tard pour changer... J'ai l'impression d'être passée à côté de la vie... (Elle se tourna vers Mrs. Threadgoode, des larmes plein les yeux.) Oh ! Mrs. Threadgoode, je suis trop jeune pour être vieille et trop vieille pour être jeune. Je n'ai de place nulle part. J'aimerais me suicider mais je n'en ai pas le courage.

Mrs. Threadgoode était consternée.

— Ah ! Evelyn Couch, vous ne devriez même pas penser une chose pareille ! C'est comme si vous poignardiez le Christ ! On ne parle pas comme ça... Vous devriez vous reprendre et ouvrir votre cœur au Seigneur. Il vous aidera. Mais laissez-moi vous poser une question. Est-ce que votre poitrine vous fait mal ?

Evelyn la regarda.

— Euh... oui, parfois.

— Et vos jambes, votre dos ?

— Aussi, mais comment le savez-vous ?

— C'est simple, ma chère, vous traversez la ménopause, rien de plus. Ce qu'il vous faut, c'est prendre des hormones et aller vous promener chaque jour au grand air. C'est ce que j'ai fait quand ça m'est arrivé. À chaque fois que je mangeais un steak, je pensais au pauvre bœuf qu'on avait tué, et j'éclatais en sanglots. Je rendais fou ce pauvre Cleo, à pleurer sans cesse et à me plaindre que personne ne m'aimait. Et quand je devenais particulièrement désagréable, il me disait : « Ninny, il est temps d'avoir ta piqûre de B-12. » Et c'est lui-même qui me l'administrait... dans la fesse. Tous les jours, j'allais marcher le long de la voie ferrée et, petit à petit, j'ai retrouvé ma santé et ma raison.

— Mais je viens à peine d'avoir quarante-huit ans, fit observer Evelyn. Je suis trop jeune pour la ménopause.

— Détrompez-vous, ma belle, des tas de femmes la font très tôt. Tenez, il y a eu le cas de cette femme, en Géorgie. Elle avait trente-six ans quand ça lui est arrivé. Eh bien, figurez-vous qu'un jour elle s'est arrêtée en voiture devant la porte du tribunal du comté, elle a baissé sa vitre et elle a balancé sur le policier de faction la tête de sa mère qu'elle venait tout juste de trancher dans sa cuisine, en lui criant : « Voilà, c'est bien ce que vous vouliez, non ? » et elle a redémarré comme elle était venue. Alors, vous voyez ce qu'on risque avec une ménopause trop précoce si on ne prend pas ses précautions ?

— Vous pensez sincèrement que c'est la raison pour laquelle je suis comme ça, si nerveuse et tout ?

— Bien sûr. Oh ! c'est pire qu'une balançoire... un coup en haut, un coup en bas... et puis vous n'allez pas me dire que vous avez envie d'être maigre ! Regardez donc tous ces pauvres bougres ici, ils n'ont que la peau sur les os. Allez donc visiter le pavillon des cancéreux à l'hôpital baptiste, et vous verrez comme ça leur ferait plaisir à tous ces malheureux d'avoir quelques kilos en trop. Aussi arrêtez un peu de vous tracasser pour votre poids et remerciez plutôt le Ciel d'être en bonne santé ! Ce dont vous avez besoin, c'est de lire chaque jour votre bible, surtout le psaume 90. Cela vous aidera comme cela m'a aidée.

Evelyn demanda alors à Mrs. Threadgoode si elle avait jamais souffert de dépression.

— Non, ma belle, jamais, répondit Mrs. Threadgoode avec assurance. Et je suis reconnaissante envers le Seigneur pour toutes les joies que j'ai eues dans ma vie. J'en ai eu tellement que je ne saurais les compter. Maintenant, comprenez moi bien, il n'y a pas que des joies dans la vie, mais aussi des peines, et certains en ont plus que d'autres.

— Mais vous avez l'air tellement heureuse, on dirait que vous n'avez jamais eu de soucis dans votre vie.

À ces paroles, Mrs. Threadgoode éclata de rire.

— Oh, j'en ai eu ma part, de soucis, et largement. Si vous saviez combien de fois je me suis demandé pourquoi le Seigneur m'accablait de tant de peines ! Mais je vais vous dire une chose : on ne peut pas longtemps s'attrister sur son propre sort, sinon c'est comme un cancer, sauf que ce n'est pas votre foie ou vos poumons qui pourrissent, mais votre âme.

— Vous avez raison, dit Evelyn, je sais que vous avez raison. Ed m'a dit que je devrais peut-être aller consulter un psychiatre.

— Pourquoi feriez-vous cela ? À chaque fois que vous aurez envie de parler à quelqu'un, venez donc me voir. Je serai toujours contente de bavarder avec vous, et puis ça me fera de la compagnie.

— Merci, Mrs. Threadgoode. (Evelyn consulta sa montre.) Bon, il faut que j'y aille, maintenant. Ed doit s'impatienter.

Elle ouvrit son sac et se moucha avec un Kleenex qui, un peu plus tôt, lui avait servi à envelopper des cacahuètes enrobées de chocolat.

— Vous savez, je me sens déjà mieux, c'est vrai !

— Tant mieux, j'en suis bien contente, et je vais prier pour vos nerfs. Allez donc à l'église et demandez au Seigneur de vous aider à traverser cette période difficile. Il l'a fait si souvent pour moi.

— Merci... euh... je passerai vous voir la semaine prochaine.

Evelyn s'éloignait à la hâte quand Mrs. Threadgoode lui cria :

— En attendant, procurez-vous une boîte d'Adéprime, à 10 % !

— À 10 % ?

— Oui ! 10 % !

LA GAZETTE DE WEEMS

(Bulletin hebdomadaire de Whistle Stop, Alabama)

8 juin 1935

La Société dramatique a encore frappé

La Société dramatique de Whistle Stop a donné vendredi soir sa représentation annuelle, et j'ai envie de dire : « Bravo, les filles ! » La pièce s'appelait *Hamlet ;* c'est un Anglais qui l'a écrite, un certain William Shakespeare, qui n'est plus un étranger à Whistle Stop, car c'est également lui l'auteur de la pièce jouée l'an passé.

C'est Earl Adcock Jr. qui interprétait le rôle d'Hamlet, et Mary Bess, la nièce du Dr. Hadley, est venue expressément de la ville pour jouer le rôle de sa petite chérie. Au cas où vous auriez manqué l'unique représentation, je vous avise qu'elle se tue à la fin. Je dois avouer que j'ai eu le plus grand mal à comprendre ce que Mary Bess disait. À mon avis, elle est encore trop jeune non seulement pour faire du théâtre, mais encore pour voyager.

Le révérend Scroggins et Vesta Adcock, présidente de la Société dramatique de Whistle Stop et maman d'Earl Jr., incarnaient le père et la mère d'Hamlet.

Bien entendu, Essie Rue Limeway assura superbement la musique d'accompagnement, surtout les scènes de bagarres.

À propos, Vesta annonce que l'an prochain nous verrons un spectacle de son invention intitulé *L'Histoire de Whistle Stop.* Alors, si vous avez une anecdote, prière de contacter l'auteur.

... Dot Weems...

Maison de retraite de Rose Terrace

OLD MONTGOMERY HIGHWAY, BIRMINGHAM, ALABAMA

26 janvier 1986

Evelyn s'arrêta juste le temps de dire un bonjour poli à sa belle-mère puis s'en fut retrouver son amie qui l'attendait dans le salon des visiteurs.

— Alors, comment allez-vous, ma belle, aujourd'hui ?

— Bien, Mrs. Threadgoode. Et vous ?

— Ma foi, ça va. Avez-vous pris de l'Adéprime comme je vous l'avais dit ?

— Oui, j'en ai pris.

— Et ça vous a fait du bien ?

— Oui, j'en ai l'impression.

— À la bonne heure !

Evelyn fouillait dans son sac.

— J'ai apporté pour nous deux trois boîtes de Raisinettes... si je les trouve.

— Des... Raisinettes ? Ce doit être bon. (Elle regarda Evelyn qui continuait de fourrager dans son sac.) Vous ne craignez pas d'attirer les fourmis avec toutes ces sucreries que vous trimballez là-dedans ?

— Je n'ai jamais pensé à ça, répondit Evelyn, qui avait trouvé ce qu'elle cherchait, plus une boîte de Juniors Mints.

— Merci, j'aime bien les confiseries. J'adorais les Tootsie Roll mais, vous savez, ces trucs-là peuvent vous gâter les dents si vous n'y prenez garde !

Entra une infirmière noire, qui s'appelait Geneene ; elle cherchait Mr. Dunaway pour lui administrer ses tranquillisants, mais il n'y avait personne d'autre dans la salle que ces deux femmes qui se retrouvaient là tous les dimanches.

Après son départ, Mrs. Threadgoode confia à Evelyn qu'elle avait toujours trouvé étrange la différence de couleur chez les gens de race noire.

— Tenez, Onzell, la femme de Big George... elle était couleur noix de pécan, avec des cheveux roux et des taches de rousseur. Elle disait qu'elle avait bien failli briser le cœur de sa mère quand elle avait épousé George, qui était noir comme du jais. Mais elle n'y pouvait rien, elle aimait les grands Noirs, et George était l'homme le plus grand et le plus noir que vous ayez jamais vu. Onzell mit au monde des jumeaux, et alors que Jasper était clair comme elle, Artis était tellement noir qu'il en avait les gencives bleues. Onzell n'en revenait pas qu'elle ait pu enfanter un marmot aussi noir.

— Des gencives bleues ?

— Oui, ma chère, et on ne peut pas être plus noir que ça ! Et ensuite est arrivé Willie Boy, couleur noix de pécan et les yeux verts de sa maman. À l'état civil, son prénom était Wonderful Counselor[1], comme dans la Bible, mais on l'appelait Willie Boy.

1. Conseiller extraordinaire.

— *Wonderful Counselor* ? Je ne me souviens pas de ça. Vous êtes certaine que c'est dans la Bible ?

— Bien sûr que oui. Onzell nous a montré le verset : « Et il portera le nom de Conseiller extraordinaire. » Onzell était très croyante. Elle disait que dès qu'elle sentait venir le cafard, elle n'avait qu'à penser au doux Jésus pour que son moral gonfle comme ces biscuits à la crème de lait qu'elle enfournait. Après Willie Boy, elle a mis au monde une fille, Naughty Bird[1], qui était aussi noire que son père, avec ces drôles de cheveux comme de l'étoupe, mais elle n'avait pas les gencives bleues...

— Ne me dites pas que ce prénom-là venait de la Bible !

Mrs Threadgoode partit à rire :

— Ô mon Dieu, non, ma belle. Sipsey disait toujours que cette petite polissonne ressemblait à un petit oiseau sans plumes, et dès qu'elle apprit à marcher, elle se faufila dans la cuisine pour chiper ces fameux biscuits à la crème de lait que sa mère faisait et elle allait se cacher sous la véranda du café pour les manger. C'est comme ça que Sipsey l'a surnommée Naughty Bird. Bien sûr elle n'avait rien d'un merle... Mais voilà comment étaient ces enfants d'une même famille, deux noirs et deux café au lait.

» C'est curieux, quand j'y pense, qu'il n'y ait pas du tout de gens de couleur à Rose Terrace, excepté ceux qui s'occupent du nettoyage et quelques infirmières. Celle qui est passée tout à l'heure ici, elle est drôlement futée. Elle est infirmière diplômée. Elle s'appelle Geneene. Vous avez remarqué comme elle est jolie, et elle n'a pas sa langue

1. Vilain oiseau.

dans sa poche, je vous le garantis. Elle me rappelle un peu Sipsey par son côté femme de tête.

» La vieille Sipsey a vécu chez elle jusqu'à sa mort. C'est comme ça que je veux partir… chez moi. Je ne retournerai jamais à l'hôpital. Quand on a mon âge, à chaque fois qu'on y va, on se demande si on sortira. Et puis je ne pense pas qu'on soit en sécurité à l'hôpital.

» Ma voisine, Mrs. Hartman, m'a dit qu'elle avait une cousine dans un hôpital d'Atlanta qui lui avait raconté qu'un patient était sorti de sa chambre pour prendre un peu l'air… Eh bien, figurez-vous qu'on l'a retrouvé six mois plus tard, enfermé dehors sur la terrasse, au sixième étage ! Quand ils l'ont découvert, ce n'était plus qu'un squelette en pyjama. Mr. Dunaway, lui, m'a dit que la dernière fois qu'il était allé à l'hôpital, on lui avait volé son dentier qu'il avait laissé dans son verre sur sa table de chevet pendant qu'il passait sur la table d'opération ! Dites-moi un peu, quel genre d'individu pourrait bien voler le dentier d'un vieil homme ?

— Je ne sais pas, dit Evelyn.

— Eh bien, moi non plus.

TROUTVILLE

ALABAMA

2 juin 1917

Quand Sipsey déposa dans les bras d'Onzell les jumeaux qu'elle venait de mettre au monde, la jeune mère n'en crut pas ses yeux. Le premier, qu'elle prénomma Jasper, était couleur café au lait, l'autre, Artis, aussi noir que du charbon.

Big George, en les voyant, manqua s'étrangler de rire.

Sipsey, qui examinait la bouche d'Artis, s'écria, catastrophée : « Dieu nous garde, George, ton bébé a les gencives toutes bleues ! »

Mais Big George, pas superstitieux, continua de rire comme un bossu.

Dix ans plus tard, il ne riait pas en filant à Artis la correction la plus sévère de sa vie. Une punition justifiée : Artis venait de frapper son frère Jasper de cinq coups de canif dans le bras.

Jasper, le bras ensanglanté, avait couru chercher sa mère au café. Big George, qui était à son barbecue, le vit le premier et il l'emmena aussitôt chez le Dr. Hadley. Le bon docteur nettoya et pansa ses blessures, et comme il lui demandait comment c'était arrivé, Jasper lui dit que c'était son frère qui lui avait fait ça. Big George en fut profondément humilié.

Ce soir-là, les garçons souffraient tous les deux dans leur chair. Couchés côte à côte dans leur lit, ils contemplaient la pleine lune en écoutant le chant des grenouilles et des criquets.

Artis se tourna vers son frère, dont le visage, à la lueur de l'astre, était presque blanc.

— J'sais bien qu'j'aurais pas dû faire ça… mais c'était tellement bon que j'pouvais plus m'arrêter.

LA GAZETTE DE WEEMS

(Bulletin hebdomadaire
de Whistle Stop, Alabama)

1er juillet 1935

Réunion au sommet

La section féminine de l'EBEB (Études bibliques de l'Église baptiste) de Whistle Stop s'est réunie la semaine dernière, au domicile de Mrs. Vesta Adcock, pour s'entretenir de la manière d'étudier la Bible et de rendre sa compréhension plus facile. Le sujet du jour était : « L'Arche de Noé », et la question : « Pourquoi Noé a-t-il embarqué deux serpents avec lui sur son bateau alors qu'il avait là une belle occasion de s'en débarrasser une bonne fois pour toutes ? » Si quelqu'un a une explication, qu'il en fasse part à Vesta.

Samedi, Ruth et Idgie ont fêté l'anniversaire de leur petit garçon. Tout le monde s'est régalé de gâteaux et de crème glacée.

Idgie signale que Ruth et elle retournent au cinéma vendredi soir, et que ceux qui les aiment les suivent.

À propos de cinéma, quand je suis rentrée l'autre soir du travail, ma chère moitié était tellement impatiente d'aller voir le film qui passait, tant qu'on pouvait encore profiter du tarif matinée, qu'il ne m'a même pas laissé le temps de souffler. Il a décroché son manteau et, m'empoignant par la main, m'a entraînée avec lui. Mais une fois qu'on a été assis dans le cinéma, il n'a rien trouvé de mieux à faire que se plaindre de son dos pendant tout le film. C'est seulement en rentrant à la maison que cet idiot s'est aperçu qu'il avait oublié dans sa hâte d'enlever le cintre de son manteau. Je lui ai dit que la prochaine fois nous paierions le tarif du soir, parce qu'il m'avait gâché mon plaisir, à se tortiller comme un ver sur son siège.

Personne ne voudrait acheter un mari légèrement fatigué, pour un petit prix ?

Je plaisante, Wilbur.

... Dot Weems...

Maison de retraite de Rose Terrace

OLD MONTGOMERY HIGHWAY, BIRMINGHAM, ALABAMA

2 février 1986

— Oh, Evelyn, dit Mrs. Threadgoode en voyant arriver Evelyn, quel dommage que vous n'ayez pas été là dix minutes plus tôt ! Je vous aurais présenté Mrs. Hartman. Regardez ce qu'elle m'a apporté !

Elle montra à Evelyn une petite fougère dans un pot de céramique blanche dont le motif était une tête de cocker spaniel.

— Et elle a offert à Mrs. Otis un superbe bouquet de lis. Je voulais tellement que vous fassiez sa connaissance. Vous l'auriez tout de suite aimée. C'est sa fille qui arrose mes géraniums à la maison. Je lui ai parlé de vous...

Evelyn lui dit qu'elle regrettait d'avoir raté Mrs. Hartman, et elle donna à la vieille dame un petit cake aux cerises qu'elle avait acheté le matin même chez Waites.

Mrs. Threadgoode la remercia chaleureusement puis, goûtant à sa pâtisserie, contempla son petit pot de fleurs.

— J'aime beaucoup les cockers spaniel, pas vous ? Ils sont toujours tellement contents de vous voir. Le petit garçon de Ruth et d'Idgie en avait un, et si vous aviez vu la fête qu'il vous faisait quand vous arriviez, frétillant comme un gardon en jappant de joie, comme si ça faisait une éternité qu'il ne vous avait vu, alors que vous ne vous étiez pas absenté plus d'un quart d'heure. Les chats, eux, ont toujours l'air de se ficher éperdument de vous... ils ne se laissent pas approcher facilement, comme s'ils ne voulaient pas qu'on les aime. Idgie était comme ça.

Evelyn parut étonnée.

— Ah oui ? dit-elle entre deux bouchées de son cake.

— Oh oui ! Au collège, ses camarades ne savaient jamais sur quel pied danser avec elle. Quand elle était plus jeune, elle était la reine de l'école buissonnière ; toujours à aller à la pêche ou à la chasse avec Julian et sa bande. Mais tout le monde l'aimait. Les garçons, les filles, Blancs et Noirs, tous voulaient être avec elle. Elle avait ce sourire des Threadgoode et, si elle le voulait, elle pouvait vous faire mourir de rire ! Comme je vous l'ai dit, elle avait le charme de Buddy...

» Mais il y avait en elle de l'animal sauvage. Elle ne laissait jamais personne s'attacher à elle. Dès qu'elle sentait qu'on l'aimait trop, elle disparaissait. Elle en a brisé, des cœurs, croyez-moi. Sipsey disait que c'était parce que M'ma avait mangé du gibier quand elle était enceinte d'Idgie, que c'était à cause de ça qu'elle se comportait comme une vraie païenne !

» Mais quand Ruth vint passer l'été chez nous, vous ne pouvez pas savoir combien Idgie changea subitement !

» Ruth était de Valdosta, en Géorgie. Monitrice aux Jeunesses baptistes, elle avait été envoyée à Whistle Stop pour y organiser les activités estivales, et M'ma l'avait logée à la maison. Ruth devait avoir alors vingt et un ou vingt-deux ans. Elle avait des cheveux auburn, des yeux marron ombrés de longs cils, et elle était si douce et si gentille que les gens tombaient raide amoureux en la voyant. On ne pouvait pas ne pas l'aimer, et plus on la connaissait, plus on était sous le charme.

» C'était la première fois qu'elle quittait le domicile familial, et au début elle était timide et s'effarouchait facilement. Elle était fille unique, et ses parents l'avaient eue sur le tard. Son père avait été pasteur, en Géorgie, et je crois qu'elle avait reçu une éducation sévère.

» Dès qu'ils l'eurent vue, tous les garçons à cent kilomètres à la ronde se retrouvèrent chaque dimanche à l'église, quand la plupart d'entre eux n'y avaient jamais mis les pieds. Je ne sais pas si elle était consciente de sa beauté. Elle était gentille avec tout le monde, et Idgie était tout bonnement fascinée par elle... Idgie devait avoir alors quinze ou seize ans.

» La première semaine que Ruth passa à la maison, Idgie resta perchée dans le savonnier, épiant les moindres allées et venues de notre pensionnaire. Puis elle se mit à faire l'intéressante, se suspendant par les pieds à une branche ou rentrant de la pêche avec un gros tas de poissons balancés sur son épaule juste au moment où Ruth, elle, arrivait de l'église.

» Julian commit l'erreur de dire devant Ruth qu'Idgie n'avait pas pêché ces poissons mais qu'elle les avait achetés à ses copains de Troutville. Il lui en coûta une paire de chaussures neuves qu'Idgie emplit de purin pendant la nuit.

» Et puis, un jour, M'ma dit à Ruth : "Voudriez-vous,

ma belle, aller demander à Idgie si elle ne pourrait pas descendre de cet arbre et venir s'asseoir à table avec nous ?" Ruth sortit et transmit la requête à Idgie, juchée sur son perchoir habituel, plongée dans la lecture de son magazine préféré, *Le Vrai Détective.* Idgie lui répondit sans baisser les yeux vers elle qu'elle y réfléchirait. Nous étions tous à table et on venait de terminer le bénédicité quand Idgie est entrée. Elle est montée à l'étage, on a entendu l'eau couler dans la salle de bains et, cinq minutes plus tard, on l'a entendue redescendre.

» M'ma, qui n'avait pas l'habitude de voir Idgie manger en même temps que tout le monde, nous a chuchoté : "Les enfants, votre sœur vient peut-être d'être touchée par la Grâce, aussi je vous interdis de vous moquer. Est-ce bien compris ?"

» On lui a répondu en chœur qu'on se tiendrait bien, et Idgie est arrivée, la frimousse bien propre et ses cheveux courts plaqués en arrière avec une vieille gomina qu'elle avait dû dénicher dans le placard à pharmacie. On a fait ce qu'on a pu pour ne pas ricaner. Ruth lui a demandé si elle voulait une assiette de ces "délicieux haricots" et Idgie a rougi comme une tomate... C'est Patsy Ruth qui a été la première à pouffer, puis Mildred, et enfin moi, toujours en retard d'un train. Julian a essayé en vain de se retenir et il a explosé en crachant sa bouchée de pomme de terre sur la pauvre Essie Rue, assise en face de lui.

» C'était terrible, ce qui nous arrivait, et M'ma nous a dit : "Vous pouvez vous retirer, les enfants", et on s'est tous précipités dans le salon où on s'est écroulés par terre, morts de rire. Patsy Ruth en a fait pipi dans sa culotte. Mais le plus marrant, c'est qu'Idgie était tellement émue de se retrouver assise à côté de Ruth qu'elle n'a même pas compris pourquoi on se gondolait comme ça, parce que, à la fin du repas, en passant par le salon, elle nous a dit : "C'est vraiment pas une façon de se tenir quand on a une invitée." Inutile de vous dire qu'à ces paroles la rigolade est repartie pour un tour...

» Après cela, Idgie a commencé de se comporter comme un animal apprivoisé. Je crois que Ruth devait se sentir seule dans cette maison, malgré toute la sympathie qu'elle suscitait, et Idgie savait la faire rire, oh, elle aurait fait n'importe quoi pour la distraire. M'ma disait que c'était la première fois de sa vie qu'elle réussissait à se faire obéir d'Idgie et que celle-ci aurait sauté du haut d'une montagne si Ruth le lui avait demandé. Et je veux bien le croire ! C'était aussi la première fois depuis la mort de Buddy qu'on la voyait se rendre à l'église.

» Partout où était Ruth, Idgie n'était pas loin. Ces deux-là ne se quittaient plus ; on les entendait, la nuit, chuchoter et glousser sur la balançoire dans la véranda. Leur manège, bien sûr, n'avait pas échappé à Sipsey, et elle disait : "Le moucheron de l'amour a piqué miss Idgie."

» Ah, nous en avons pris du bon temps, cet été-là ! Ruth s'était débarrassée peu à peu de sa timidité, et quand Essie Rue se mettait au piano, elle se joignait à nous pour chanter.

» Nous étions tous très heureux, mais M'ma m'a dit un jour qu'elle redoutait la fin de l'été, quand Ruth devrait s'en retourner chez elle, à Valdosta.

WHISTLE STOP

ALABAMA

18 juillet 1924

Ruth était depuis deux mois à Whistle Stop quand, un samedi, des coups frappés au carreau la tirèrent du sommeil. Il était six heures du matin. Ruth ouvrit les yeux et vit Idgie, perchée dans le savonnier, qui lui faisait signe d'ouvrir la fenêtre.

Ruth, à moitié endormie, se leva.

— Pourquoi es-tu debout si tôt ?

— Tu as promis qu'on irait pique-niquer aujourd'hui.

— Oui, je n'ai pas oublié, mais pourquoi à cette heure-ci ? Le jour se lève à peine, et on est samedi.

— S'il te plaît, tu as promis. Si tu ne viens pas tout de suite, je me jette du haut de cette branche et tu auras ma mort sur la conscience.

Ruth ne put s'empêcher de rire.

— Mais Patsy, Mildred et Essie Rue, elles ne viennent pas avec nous ?

— Non.

— On devrait peut-être le leur demander, tu ne penses pas ?

— Non, je te veux pour moi toute seule. S'il te plaît. Je veux te montrer quelque chose.

— Idgie, je ne voudrais pas leur faire de peine.

— Oh, ça ne risque pas ! Elles n'ont pas envie de venir, de toute façon. Je leur ai demandé, et elles préfèrent rester ici, au cas où leurs crétins d'amoureux passeraient par là.

— Tu en es sûre ?

— Bien sûr que oui, mentit-elle.

— Et Ninny et Julian ?

— Ils m'ont dit qu'ils avaient des trucs à faire, aujourd'hui. Allez, Ruth. Sipsey nous a déjà préparé un panier, juste pour nous deux. Si tu ne viens pas, je saute, et quand je serai dans la tombe, tu regretteras de ne pas avoir dit oui à un petit pique-nique.

— Bon, d'accord, mais donne-moi le temps de m'habiller.

— Dépêche-toi ! Pas besoin de te mettre sur ton trente et un. Fais vite, je t'attends dans la voiture.

— On y va en voiture ?

— Bien sûr. Pourquoi pas ?

— D'accord.

Quand Ruth la rejoignit, Idgie se garda bien de dire qu'elle s'était faufilée dans la chambre de Julian à cinq heures et demie du matin pour lui chiper les clés de sa petite Ford, et qu'elles avaient intérêt à être loin quand il se réveillerait.

Idgie emmena Ruth à cet endroit qu'elle avait découvert des années plus tôt, près du lac Double Springs, où il y avait une cascade bouillonnant dans un ruisseau à l'eau de cristal dont le fond était tapissé de pierres grises et marron aussi rondes et lisses que des œufs.

Idgie, sans dire un mot, l'air mystérieux, sortit le panier de la voiture et étendit la couverture sur l'herbe tendre.

— Ruth, dit-elle, rompant enfin son silence, si je te montre quelque chose, est-ce que tu peux me jurer que tu ne le diras jamais à personne ?

— Me montrer quoi ?

— Jure d'abord que tu ne le diras jamais.

— Je le jure. Qu'est-ce que c'est ?

— Je vais te montrer.

Idgie sortit du panier de pique-nique un pot en verre.

— Viens, dit-elle, faisant signe à Ruth de la suivre à l'intérieur des bois.

Quand elles eurent parcouru un bon kilomètre, Idgie s'arrêta et, désignant un arbre, s'écria tout bas :

— C'est là !

— Quoi, là ?

— Le grand chêne devant nous.

— Oh.

Elle prit Ruth par la main et la mena à une centaine de pas du chêne, derrière le tronc épais d'un hêtre.

— Maintenant, Ruth, tu vas rester ici et, quoi qu'il arrive, ne bouge pas.

— Qu'est-ce que tu vas faire ?

— Ne t'inquiète pas, contente-toi de regarder sans bouger, et surtout ne fais pas de bruit, d'accord ?

Idgie, qui était pieds nus, partit en direction du grand chêne. Quand elle n'en fut plus qu'à quelques mètres, elle se retourna pour s'assurer que Ruth la voyait bien, puis elle fit une chose incroyable. Elle s'approcha sans bruit de l'arbre en chantonnant doucement et colla soudain le large col du pot contre un trou situé dans le tronc juste au-dessus d'elle.

Soudain, Ruth entendit un furieux bourdonnement et la clairière s'assombrit du vol de centaines d'abeilles en colère surgissant du trou.

En quelques secondes, l'essaim s'abattit sur Idgie, la recouvrant de la tête aux pieds. Sans broncher, Idgie continua de chantonner et, retirant lentement le bocal du trou, commença à revenir à tout petits pas vers Ruth, toujours couverte de son manteau d'insectes. Mais elle n'avait pas fait vingt mètres que les abeilles s'en furent aussi brusquement qu'elles étaient arrivées sur elle, et Idgie rejoignit Ruth, avec un sourire grand comme le soleil et un pot rempli de miel sauvage.

— Pour vous, ma dame, dit-elle à Ruth avec une révérence en lui offrant le miel.

Ruth, tétanisée de peur contre l'arbre, se laissa glisser à terre et éclata en sanglots.

— J'ai cru que tu allais mourir ! Pourquoi as-tu fait ça ? Tu aurais pu te faire tuer !

— Allons, ne pleure pas. Je ne voulais pas t'effrayer. Tu ne veux pas de miel ? C'est pour toi que je l'ai pris... S'il te plaît, ne pleure pas. Je l'ai déjà fait souvent, et je n'ai jamais été piquée. C'est la vérité. Donne-moi la main et relève-toi, tu salis ta robe.

Elle tendit à Ruth un vieux mouchoir bleu qu'elle tira de la poche de sa salopette. Ruth tremblait encore, mais elle se leva, se moucha et dépoussiéra sa jupe, tandis qu'Idgie faisait de son mieux pour la réconforter.

— Tu sais, tu es la première personne pour qui je fais ça. Personne au monde d'autre que toi ne sait que je peux chiper leur miel aux abeilles sauvages sans me faire piquer. Je voulais seulement qu'on ait un secret à partager, toi et moi.

Ruth ne répondit pas.

— Pardonne-moi, Ruth, je ne voulais pas te mettre en colère.

— En colère ? (Ruth prit Idgie dans ses bras.) Oh, Idgie, je ne suis pas en colère contre toi. C'est juste que... que je ne sais pas ce que je deviendrais si jamais il t'arrivait quelque chose.

À ces paroles, le cœur d'Idgie battit si fort qu'elle manqua tourner de l'œil.

Après qu'elles eurent mangé le poulet et la salade de pommes de terre et la tarte aux pommes à la cannelle que Sipsey leur avait préparés, sans parler de presque tout le miel, Ruth s'adossa au tronc de l'arbre, et Idgie posa sa tête dans son giron.

— Tu sais, Ruth, je tuerais pour toi s'il le fallait. Si jamais quelqu'un te faisait du mal, je le tuerais sans hésiter et sans regrets.

— Oh, Idgie, c'est grave, ce que tu dis là !

— Non, ça ne l'est pas. Je préfère tuer par amour que par haine, pas toi ?

— Je crois qu'on ne devrait jamais tuer personne, quelles que soient les raisons qu'on pourrait avoir de le faire.

— Alors, dans ce cas, je mourrais pour toi. Qu'est-ce que tu dis de ça ? Ne crois-tu pas qu'on puisse mourir par amour ?

— Non.

— Pourtant Jésus est bien mort pour ça, non ? C'est écrit dans la Bible !

— C'est différent.

— Pourquoi ce serait différent ? Je me ficherais pas mal de mourir maintenant, par exemple. Je serais le seul cadavre à sourire.

— Ne dis pas de bêtises.

— Les abeilles auraient pu me tuer, tout à l'heure.

Ruth lui prit la main et lui sourit.

— Mon Idgie est une charmeuse d'abeilles.

— C'est ce que je suis ?

— Oui, parfaitement. J'ai entendu dire qu'il y avait des gens qui en étaient capables, mais je n'avais jamais vu personne le faire devant moi.

— Et c'est mal ?

— Non, au contraire, c'est merveilleux d'avoir ce pouvoir-là. Tu ne le sais donc pas ?

— Non, je pensais que seule une cinglée dans mon genre pouvait faire un truc pareil.

— Eh bien, tu te trompais.

Ruth se pencha vers elle pour lui murmurer à l'oreille :

— Tu es une vieille charmeuse d'abeilles sauvages, Idgie Threadgoode...

Idgie, heureuse comme on peut l'être en été quand on est amoureuse, lui rendit son sourire. Dans les yeux de son amie, le ciel bleu se reflétait.

WHISTLE STOP

ALABAMA

29 août 1924

Étrange comme les gens peuvent côtoyer quelqu'un et glisser peu à peu vers l'amour sans même savoir quand c'est arrivé. Ruth, elle, le sut immédiatement. Quand Idgie était revenue vers elle avec ce sourire radieux et son pot de miel sauvage à la main, les sentiments qu'elle avait contenus jusque-là l'emportèrent comme les eaux d'un barrage cédant sous leur poids, et ce fut en cet instant qu'elle mesura tout l'amour que lui inspirait Idgie. C'est pourquoi elle avait éclaté en sanglots, ce jour-là. Elle n'avait jamais éprouvé pareil émoi et elle était certaine que jamais plus elle n'aimerait avec autant de force.

À présent, un mois plus tard, c'était cet amour même qui la contraignait à partir. Idgie était une gamine de seize ans qui avait un coup de foudre et ne pouvait certainement pas comprendre le sens de ses paroles quand elle suppliait Ruth de ne pas s'en aller, de rester avec elle. Mais Ruth connaissait le danger d'une telle affection, et ce danger lui commandait de partir.

Elle ignorait toutefois pourquoi la tenaillait un formidable désir de vivre avec Idgie. Elle avait prié, avait longuement pleuré dans l'attente qu'une lumière se fasse, mais elle n'avait trouvé d'autre solution que celle de suivre le destin qu'on lui avait tracé : rentrer à Valdosta et épouser Frank Bennett, le jeune homme auquel elle était fiancée, et s'efforcer d'être bonne épouse et bonne mère. Ruth était sûre qu'Idgie, malgré ses cris et ses supplications, se remettrait de cette passion adolescente et reprendrait goût à la vie. Quant à elle, que pouvait-elle faire d'autre ?

Quand elle annonça qu'elle partait le lendemain matin, Idgie perdit complètement la tête. Elle s'enferma dans sa chambre où elle se mit à tout casser.

Ruth était assise au bord de son lit, à se tordre les mains de douleur, quand M'ma entra.

— Je vous en prie, Ruth, allez lui parler. Elle ne veut même pas nous laisser entrer, son père et moi, et les autres ont bien trop peur de s'y risquer. Je vous en supplie, j'ai peur qu'elle ne se fasse du mal.

Comme pour ponctuer ses paroles, un nouveau fracas ébranla la maison.

M'ma regarda Ruth et la supplia de nouveau :

— Oh, Ruth, elle est comme un animal blessé. Ne voulez-vous pas essayer de la calmer ?

Ninny vint à la porte annoncer :

— M'ma, Essie Rue dit que c'est sa lampe qu'on a entendue.

Puis, regardant Ruth d'un air penaud, elle ajouta :

— Elle est comme ça parce que tu t'en vas.

Ruth se leva et sortit de sa chambre. Dans le couloir, seules dépassaient des portes les têtes de Julian, de

Mildred, de Patsy Ruth et d'Essie Rue, les yeux écarquillés et le visage blême.

Sur le palier, M'ma et Ninny étaient pétrifiées. Ninny, effrayée, se bouchait les oreilles.

Ruth frappa doucement à la porte.

De l'intérieur, Idgie rugit :

— FOUTEZ-MOI LA PAIX, NOM DE DIEU !, et un nouvel objet vint s'écraser contre le battant.

M'ma se racla la gorge et dit d'une voix douce :

— Les enfants, laissez Ruth seule, descendez dans le salon.

Tous les six se hâtèrent d'obéir.

Ruth frappa de nouveau.

— Idgie, c'est moi.

— Va-t'en !

— Je voudrais te parler.

— Non ! Laisse-moi tranquille !

— S'il te plaît, ne sois pas comme ça.

— Dégage de cette porte, tu entends !

Un nouveau projectile heurta violemment le panneau en bois.

— Je t'en prie, ouvre.

— NON !

— Idgie, ma chérie...

— NON !

— IDGIE, OUVRE TOUT DE SUITE CETTE FOUTUE PORTE, TU ENTENDS ? IDGIE !

Il y eut un moment de silence, puis la porte s'ouvrit lentement.

Ruth entra et referma derrière elle. Elle vit qu'Idgie

avait tout cassé dans sa chambre, et plutôt deux fois qu'une.

— Pourquoi te comportes-tu comme ça ? Tu savais que je devais partir à la fin de l'été.

— Et pourquoi tu ne veux pas que je vienne avec toi ?

— Je t'ai déjà dit pourquoi.

— Alors reste ici.

— Je ne peux pas.

— POURQUOI PAS ? hurla Idgie.

— Inutile de gueuler. Tu incommodes tout le monde à beugler comme ça !

— Je m'en fous.

— Eh bien, pas moi. Pourquoi agis-tu comme une enfant ?

— PARCE QUE JE T'AIME ET QUE JE NE VEUX PAS QUE TU T'EN AILLES !

Ruth commença à ramasser les objets jetés à terre.

— Pourquoi vas-tu épouser cet homme ?

— Je te l'ai dit.

— POURQUOI ?

— Parce que j'en ai envie, c'est tout.

— Tu ne l'aimes pas.

— Si, je l'aime.

— C'est faux, c'est moi que tu aimes... et tu le sais. Tu le sais très bien !

— Idgie, je l'aime et je vais me marier avec lui.

Alors Idgie parut perdre la raison et se mit à hurler :

— TU N'ES QU'UNE SALE MENTEUSE ET JE TE HAIS ! JE NE TE REVERRAI PLUS JAMAIS DE MA VIE ! ET J'ESPÈRE QUE TU CRÈVERAS !

Ruth la prit par les épaules et la secoua aussi fort

qu'elle le put. Le visage ruisselant de larmes, Idgie continuait de brailler :

— JE TE HAIS ! J'ESPÈRE QUE TU POURRIRAS EN ENFER !

— Tais-toi ! Tais-toi, tu m'entends ? lui cria Ruth, et, avant de réaliser ce qu'elle faisait, elle gifla Idgie à la volée.

Idgie se tut, le souffle coupé, et elle regarda Ruth avec stupeur. Elles étaient face à face, les yeux dans les yeux, et en cet instant précis Ruth n'avait pas de désir plus cher au monde que de prendre Idgie dans ses bras et de la serrer contre elle de toute la force de cet amour qui bouillonnait dans son cœur. Mais elle savait que si elle cédait, elle ne pourrait plus partir.

Aussi Ruth fit-elle la chose la plus dure qu'elle eût jamais faite de toute sa vie : elle se détourna d'Idgie et quitta la chambre en refermant doucement la porte derrière elle.

Maison de retraite de Rose Terrace

OLD MONTGOMERY HIGHWAY, BIRMINGHAM, ALABAMA

9 février 1986

Evelyn avait apporté des *tacos*[1] de chez Taco Bell, à trois blocs de sa maison, et Mrs. Threadgoode était fascinée.

— C'est la première fois que je goûte à une spécialité étrangère, à part les spaghettis franco-américains, et c'est rudement bon. (Elle considéra avec curiosité sa crêpe.) C'est presque de la taille d'un Chrystal burger, hein ?

Evelyn était impatiente que sa vieille amie lui parle de nouveau de Ruth et d'Idgie, et elle tenta de détourner la conversation.

— Mrs. Threadgoode, est-ce que Ruth est partie comme prévu cet été-là ou bien est-ce qu'elle est restée ?

— Oui, ils étaient à peine plus gros, et ils les servaient avec un hachis d'oignon dessus.

— Quoi ?

— Les Chrystal burgers.

---

1. Crêpes de maïs farcies à la viande.

— Oui, c'est vrai, avec de l'oignon, mais racontez-moi... au sujet de Ruth.

— Que voulez-vous savoir ?

— Eh bien, je sais qu'elle a fini par revenir, mais est-ce qu'elle est partie de Whistle Stop l'été dont vous parliez ?

— Bien sûr qu'elle est partie ! Vous savez, on pouvait en avoir cinq pour un *quarter*. Ça coûte toujours ce prix-là ?

— Je ne pense pas. Quand est-elle partie ?

— Quand ? Oh, voyons, ce devait être en août. Oui, je m'en souviens, maintenant. Vous voulez vraiment que je vous raconte ? Je ne vous laisse jamais placer un mot. Je suis là, à parler, parler, parler...

— J'aime vous entendre me raconter, Mrs. Threadgoode. S'il vous plaît...

— Vraiment ?

— Oui.

— Le mois d'août tirait à sa fin, et M'ma et P'pa ont proposé à Ruth de rester. Elle pourrait peut-être convaincre Idgie de terminer ses études secondaires. Ils lui ont dit qu'ils la paieraient ce qu'elle voudrait. Mais Ruth leur a répondu qu'elle ne pouvait pas, qu'elle était fiancée à un garçon de Valdosta, et qu'elle devait l'épouser à l'automne. Mais Sipsey a dit à M'ma que cette fille mentait, qu'elle n'avait aucune envie de retourner en Géorgie. Sipsey a dit aussi qu'elle trouvait tous les matins son oreiller tout mouillé de larmes.

» J'ignore ce que Ruth a dit à Idgie, la veille de son départ, mais Idgie a couru s'enfermer dans sa chambre et, l'instant d'après, vous ne pouvez savoir le raffut qu'elle a fait... on aurait dit une mule en train de botter contre de la tôle ondulée. Elle a tout cassé... vitres, chaises, bibelots, lampes, tout ce qui lui tombait sous la main. C'était affreux.

» Je ne me serais jamais risquée à m'approcher de sa chambre... Le lendemain matin, elle n'est même pas sortie pour dire adieu à Ruth. Vous comprenez, d'abord il y avait eu Buddy, et maintenant c'était Ruth qui s'en allait. C'était trop pour Idgie. Le lendemain, elle avait disparu. Elle ne retourna jamais à l'école.

» Oh, elle réapparaissait de temps à autre à la maison... quand P'pa a eu sa crise cardiaque et quand Julian et les filles se sont mariés.

» Big George était le seul à savoir où elle était et il ne l'a jamais trahie. Quand M'ma avait besoin de la voir, elle le disait à George qui lui répondait qu'il ne manquerait pas de lui faire la commission si par hasard il la rencontrait. Mais le message lui parvenait toujours et, dans ce cas, elle accourait.

» Bien sûr, j'ai une petite idée de l'endroit où elle se cachait...

L'AMICALE DES PÊCHEURS DE WAGON WHEEL

WARRIOR RIVER, ALABAMA, J. BATES, PROPRIÉTAIRE

30 août 1924

Si vous faites douze kilomètres au sud de Whistle Stop et prenez à gauche la route menant à la rivière, roulez encore trois bornes et vous verrez une pancarte clouée contre un arbre. Malgré tous les plombs de chasse qui la criblent vous pourrez y lire : L'AMICALE DES PÊCHEURS DE WAGON WHEEL, avec une flèche qui indique une piste sableuse.

Idgie avait à peine huit ans quand Buddy lui avait fait découvrir les lieux. Sachant combien Buddy avait aimé Eva, c'était elle qui était venue lui annoncer la nouvelle de sa mort.

Buddy avait dix-sept ans et Eva dix-neuf, quand ils s'étaient connus. Il n'ignorait pas qu'elle avait couché avec tout un tas de types, et ce depuis l'âge de douze ans, et qu'elle avait aimé ça, mais il s'en fichait. Eva ne ressemblait pas aux autres filles de l'église baptiste ; elle vivait son corps comme elle vivait toutes choses, librement. La première fois qu'elle avait entraîné Buddy dans sa couche, elle avait exalté sa virilité et lui avait révélé le plaisir de la chair.

Grande, les formes généreuses, la crinière rousse et les yeux vert pomme, Eva portait en toute occasion, même à la pêche, de grands colliers de perles multicolores et du rouge à lèvres. Elle ne connaissait pas le sens du mot honte, et les hommes étaient ses amis. Cependant, ce n'était pas le genre de fille que les garçons présentaient volontiers à leur maman. Buddy fit exception.

Il l'emmena dîner à la maison un dimanche puis il lui fit découvrir le magasin de P'pa et lui prépara une de ces crèmes glacées au soda dont il avait le secret. Buddy n'était pas snob, pas comme Leona. Elle manqua s'évanouir à table quand elle vit Eva. Celle-ci, qui n'était pas la moitié d'une imbécile, dit plus tard à Buddy qu'elle avait beaucoup apprécié sa famille et sa maison, mais qu'elle préférait la vie qu'elle menait en bas à la rivière.

Parmi les gars, en ville, Eva faisait l'objet de lourdes plaisanteries, mais jamais en présence de Buddy. Il était vrai qu'elle avait couru les hommes, mais on pouvait dire ce qu'on voulait sur elle, quand elle aimait quelqu'un, elle lui était fidèle. Eva appartenait à Buddy, et lui avait beau flirter à la ronde, il restait l'homme d'Eva. Ils le savaient tous les deux, et c'était tout ce qui comptait.

Eva pratiquait ce luxe rare dans la vie d'ignorer ce que les gens pouvaient penser d'elle. Elle avait hérité cette qualité de son père, Big Jack Bates, bouilleur de cru occasionnel, une montagne de cent cinquante kilos qui aimait faire bombance. Un phénomène capable de manger et de boire comme dix.

Idgie suppliait toujours Buddy de l'emmener avec lui

à la rivière, et parfois il lui cédait. L'Amicale des pêcheurs de Wagon Wheel n'était qu'une vétuste baraque en bois avec une guirlande d'ampoules bleues accrochée au-dessus de l'entrée et des réclames rouillées – Royal Crown Cola, Goodyear – clouées autour de la porte ; derrière, il y avait quelques cabanes de rondins avec des portes-moustiquaires. Idgie s'amusait comme une folle à chacune de ses visites.

Les week-ends, il y avait toujours là une joyeuse bande. Ils jouaient de la musique, buvaient et dansaient toute la nuit. Idgie s'asseyait entre Buddy et Big Jack et regardait danser Eva, qui avait le pied plus léger qu'un duvet de canard.

Une fois, Buddy, désignant Eva, dit à Idgie :

— Regarde-la. Ça, c'est une femme. Et cette tête rousse, à elle seule, vaut la peine de vivre.

Big Jack, qui adorait Buddy, s'esclaffa bruyamment en lui tapant dans le dos.

— Tu te sens assez grand pour mater ma femelle de fille, garçon ?

— J'essaie, Big Jack. Peut-être que j'en mourrai, d'essayer, mais je fais de mon mieux.

Puis Eva, fatiguée de danser, venait chercher Buddy et l'entraînait dans sa cabane, et Idgie restait avec Big Jack à le regarder manger. Une nuit, il avala sept steaks maousses et une montagne de purée de pommes de terre.

Un peu plus tard, Eva et Buddy réapparaissaient, et il ramenait Idgie à la maison. Sur le chemin du retour, souvent il disait : « J'aime cette femme, Idgie, crois bien que je l'aime. » Jamais Idgie n'en douta.

Mais tout cela remontait à dix ans, et ce jour-là, Idgie fut prise en voiture par des pêcheurs qui la laissèrent à l'embranchement de la piste. La veille, Ruth était repartie en Géorgie, et Idgie ne supportait plus de rester à la maison.

Il faisait presque nuit quand elle arriva à la barrière blanche avec ses deux roues de chariot. De la musique provenait de la vieille baraque de planches ; la guirlande d'ampoules était déjà allumée et il y avait une demi-douzaine de voitures garées dehors.

Un petit chien, amputé d'une patte, vint en clopinant lui faire fête. Idgie était sûre qu'il appartenait à Eva, qui aimait les bêtes autant qu'elle prisait les hommes et assurait la pitance d'une bonne vingtaine de chats errants venus élire domicile chez elle. Buddy disait que les bêtes abandonnées devaient se refiler l'adresse, car il s'en présentait sans cesse de nouvelles.

Idgie n'était pas revenue à Wagon Wheel depuis longtemps, mais rien ne semblait avoir changé. Deux ou trois ampoules étaient grillées et les plaques des réclames peut-être un peu plus rouillées, mais à l'intérieur les rires fusaient comme d'habitude.

Quand Eva, attablée avec des hommes devant des pichets de bière, vit qui venait d'entrer, elle s'exclama d'une voix forte :

— Bon Dieu ! Regardez un peu ce que le chat a rapporté !

Elle portait un chandail en laine angora rose bonbon, des perles et des boucles d'oreilles assorties, et sa bouche était peinte d'un rouge écarlate. Elle appela son père dans la cuisine :

— Dad ! C'est Idgie !... Viens donc, ma petite coureuse des bois !

Elle bondit sur Idgie et la pressa à lui couper le souffle sur sa généreuse poitrine.

— Où t'étais donc passée pendant tout ce temps ? On commençait à croire que le Grand Méchant Loup t'avait mangée !

Big Jack émergea de sa cuisine, et son quintal et demi devait s'être enrichi d'une bonne vingtaine de kilos depuis la dernière fois qu'Idgie l'avait vu.

— Mais oui, c'est bien P'tit Bout qui est là ! Content de te voir, la môme !

Eva l'écarta d'elle et la regarda de la tête aux pieds.

— Dis donc, toi, t'as pris de la taille, mais pas du poids ! On va devoir te remplumer un peu, pas vrai, Dad ?

— Sûr, dit Big Jack, et c'est pas croyable ce qu'elle ressemble à Buddy, tu trouves pas, Eva ?

Eva, qui était forte comme un Turc, souleva Idgie à bout de bras pour la hisser sur la table.

— Les gars, laissez-moi vous présenter une grande amie à moi. Idgie Threadgoode, la petite sœur de Buddy. Assieds-toi, ma chérie, et bois un coup. Je ne sais pas si t'en as l'âge, mais un petit verre n'a jamais fait de mal à personne, hein, les gars ?

La question souleva une approbation unanime.

Mais, passé l'enthousiasme et la joie de revoir Idgie, Eva remarqua que quelque chose n'allait pas.

— Hé, les garçons, ça vous ennuierait pas d'aller vous installer à une autre table ? Idgie et moi, on a à causer, toutes les deux… Chérie, qu'est-ce qui ne va pas ? On dirait que tu viens d'enterrer ta meilleure amie.

Avec un petit rire forcé, Idgie assura qu'elle n'était pas triste, vida son verre, en commanda un autre, et un autre, bref se soûla et se retrouva à danser et à faire le pitre sous les regards perplexes d'Eva et de Big Jack.

Vers les neuf heures du soir, Big Jack la fit s'asseoir et lui servit à manger, mais une heure plus tard Idgie refaisait la foldingue. Eva se tourna vers son père, inquiet de voir P'tit Bout se tenir ainsi.

— Nous finirons bien par savoir ce qu'elle a, lui dit-elle. Pour le moment, il vaut mieux lui ficher la paix.

Cinq heures plus tard, Idgie, qui s'était fait une flopée de nouveaux amis, tenait sa cour et racontait des blagues. Puis quelqu'un prit une guitare et chanta une chanson triste sur un amour perdu, et Idgie s'arrêta net au milieu de son histoire, posa sa tête sur la table et se mit à pleurer. Eva qui, à cette heure, était elle aussi bien imbibée et n'avait cessé de repenser à Buddy, joignit ses pleurs aux siens. Les gars jugèrent bon de laisser les femmes à leurs imprévisibles chagrins et se trimballèrent jusqu'aux autres tables.

— Allez, viens, maintenant, lui dit Eva quand il fut près de trois heures du matin.

Elle passa son bras autour d'Idgie, l'emmena dans sa cabane et la mit au lit.

Eva ne pouvait supporter de voir quelqu'un souffrir autant. Elle s'assit à côté d'Idgie, qui pleurait encore, et lui dit doucement :

— Idgie, je ne sais pas pourquoi tu as tant de peine mais, tu verras, tout finit toujours par s'arranger. Calme-toi, maintenant... T'as seulement besoin de quelqu'un qui t'aime, c'est tout... Tout ira bien... Je suis là...

Et elle éteignit la lumière.

Eva ne connaissait pas beaucoup de choses, mais

l'amour, avec ses joies et ses déchirements, n'avait pas de secret pour elle.

Idgie allait vivre à Wagon Wheel de façon intermittente pendant cinq années. Comme elle l'avait fait pour Buddy, Eva était toujours là sitôt qu'Idgie avait besoin d'elle.

LA GAZETTE DE WEEMS

(Bulletin hebdomadaire de Whistle Stop, Alabama)

28 novembre 1935

Une manne ferroviaire

L'autre nuit, Railroad Bill a balancé par la portière du train dix-sept jambons appartenant aux Réserves fédérales, et j'ai cru entendre que nos amis de Troutville ont passé un bel et bon Thanksgiving.

Le spectacle créé par Vesta Adcock, modestement intitulé *L'Histoire de Whistle Stop*, a été présenté dans l'enceinte de l'école. Le sujet porte surtout sur les Indiens qui vivaient dans le pays, dépeints par Vesta – qui tenait le rôle du grand chef Syacagga, de la tribu des Pieds-Noirs – comme de farouches guerriers.

Ma chère moitié prétend qu'il a un tiers de sang Pied-Noir, mais je ne le trouve pas très farouche guerrier... Je plaisante, Wilbur.

À propos, au cas où vous vous demanderiez qui était à l'intérieur du train en carton qui a traversé la scène, c'était Peanut Limeway en personne.

Idgie dit que Sipsey, sa femme de couleur, a fait pousser dans le jardin des Threadgoode un gombo dont le pied fait deux mètres de haut, et le fruit trente centimètres de long. Ce dernier est exposé au comptoir du café.

Tout le monde a le cœur gros après la disparition de Will Rogers. Comme il nous en aura fait passer, des soirées agréables au café, à l'écouter à la radio ! Dans ces temps difficiles, il aura su nous faire oublier nos peines et nous redonner le sourire. Nous exprimons à son épouse et à ses enfants toute notre sympathie affectueuse, et Sipsey envoie à la famille l'une de ses fameuses tartes aux noix de pécan, aussi venez tous à la poste pour signer la carte qu'on enverra avec.

... Dot Weems...

Maison de retraite de Rose Terrace

OLD MONTGOMERY HIGHWAY, BIRMINGHAM, ALABAMA

16 février 1986

Evelyn avait acheté à la biscuiterie Nabisco un assortiment de gâteaux secs qu'elle destinait à sa belle-mère, mais Big Momma lui avait dit non merci, qu'elle n'avait plus le goût à rien, aussi Evelyn les avait-elle apportés à Mrs. Threadgoode, qui en fut ravie.

— Oh, j'en mangerais toute la journée, de ces croquants au gingembre et de ces gaufrettes à la vanille, pas vous ?

Evelyn dut approuver à contrecœur. Mrs. Threadgoode mordit dans un croquant et, du bout de sa chaussure, balaya le sol devant elle.

— Vous ne pouvez pas savoir combien je déteste le linoléum, et ici il y en a partout. S'ils avaient pu en mettre sur les murs, ils l'auraient fait. Pourtant, avec tous ces vieux en pantoufles qui à tout moment risquent de glisser sur ce foutu lino et se casser la hanche, ils auraient dû mettre des tapis ou de la moquette. Dans mon living, j'ai un tapis qui est cloué au plancher, et j'ai demandé à Norris, le cordonnier, de mettre des semelles antidérapantes à mes chaussures. Je ne les quitte que pour me mettre au lit. Je n'ai pas envie de me fracturer la hanche, parce qu'une fois que ça vous arrive, vous pouvez dire good-bye à tout le monde.

» Ici, ils se couchent tous à huit heures comme les poules. Je ne me suis jamais couchée avant dix heures vingt, quand passait le rapide pour Atlanta. Remarquez, ici, moi aussi je me couche à huit heures et j'éteins la lumière, mais c'est pour ne pas déranger Mrs. Otis, parce que je ne m'endors jamais avant d'avoir entendu siffler le vingt-deux heures vingt. On peut l'entendre à travers toute la ville. Notez que c'est peut-être seulement dans ma tête que je l'entends siffler, mais ça ne fait rien, parce que pour moi le sommeil me prend toujours à cette heure-là.

» Heureusement que j'aime les trains, parce que Whistle Stop n'a jamais été qu'un bled au bord de la voie ferrée. Quant à Troutville, c'était rien que de pauvres baraques serrées autour d'une petite église, la première église baptiste de la Colline de Sion, que fréquentaient Sipsey et les siens.

» La voie ferrée rasait ma maison. Avec une canne à pêche, j'aurais pu toucher les wagons depuis ma fenêtre. Pendant toutes ces années, je me suis assise dans mon rocking-chair sous le porche à regarder passer tous ces trains, et croyez-moi, je ne m'en suis jamais lassée. Exactement comme ce raton laveur avec ses crackers. Mais c'était la nuit que je préférais les voir. Surtout les voitures-restaurants. Aujourd'hui, il n'y a plus que des snack-bars avec des sandwiches et de la bière, et plein de fumée de cigarette, mais dans le temps, avant qu'ils retirent les beaux trains, le dix-neuf heures quarante, le *Croissant d'Argent,* qui reliait New York à La Nouvelle-Orléans, passait sous mes fenêtres juste à l'heure du dîner et oh, vous auriez dû le voir, avec ses serveurs de couleur dans leurs vestes blanches impeccables et leurs cravates noires, et cette belle vaisselle en argent qui luisait sous les abat-jour ! Et sur chaque table il y avait un joli petit bouquet de roses.

» Bien sûr, à cette époque, les femmes étaient en grande toilette, avec chapeaux et fourrures, et les hommes étaient tellement élégants dans leurs costumes bleu marine. Les fenêtres du wagon-restaurant sur le *Croissant d'Argent* avaient toutes des stores vénitiens, et imaginez que vous étiez comme dans un grand restaurant, roulant dans la nuit. À chaque fois qu'il passait, je disais à Cleo qu'il n'y avait rien de mieux au monde que de manger et de voyager en même temps.

» Idgie se moquait de moi. "Ninny, tout ce qui t'intéresse dans ces trains, c'est la bouffe !", et elle avait raison. Ils vous servaient des chateaubriands de rêve, et il n'y avait nulle part ailleurs de meilleur jambon ni d'œufs plus frais. Dans toutes les gares où ils s'arrêtaient, il y avait toujours des fermiers qui vendaient leurs produits, et même des pêcheurs qui vous proposaient des truites qui étaient presque encore vivantes. À cette époque, on ne mettait pas tout en conserve, comme de nos jours ; tout était frais, alors.

» Remarquez, je ne cuisine plus beaucoup aujourd'hui... Oh, je me réchauffe bien de temps en temps une boîte de soupe Campbell. Non pas que je crache sur un bon repas. Mais c'est difficile de bien manger, à l'heure qu'il est. Une fois, Mrs. Otis a commandé pour nous deux un de ces repas livrés à domicile, Repas Express ils appellent ça, mais on n'a jamais renouvelé l'expérience, c'était tellement mauvais qu'on en a jeté la moitié. Pour être “express”, je vous garantis que ça l'a été !

» Bien sûr, habiter si près des voies avait son mauvais côté. Mes assiettes étaient toutes craquelées, même ce service vert que j'avais gagné à une tombola organisée par le cinéma de Birmingham, pendant la Crise. Je peux vous dire quel film c'était : *Bonjour, tout le monde,* avec Kate Smith. Oh, vous êtes trop jeune pour vous souvenir d'elle, mais on l'appelait le Rossignol du Sud. Une grosse bonne femme toujours de bonne humeur. Vous ne trouvez pas que les gens gros ont plutôt bon caractère ?

Evelyn sourit timidement, avec l'espoir que c'était vrai, vu que le vingtième croquant crissait sous ses dents.

— Mais je me demande ce que j'aurais fait pendant toutes ces années sans ces trains, reprit Mrs. Threadgoode. On n'avait pas la télévision à l'époque. De temps en temps, quand Cleo avait mis de côté quelques dollars, on prenait le train avec le bébé pour un aller-retour jusqu'à Memphis. Jasper, le fils de Big George et d'Onzell, était employé des wagons-lits à ce moment-là, et il nous traitait comme si on était le roi et la reine de Roumanie. Jasper est devenu plus tard président de la Fraternité des employés des wagons-lits. Son frère et lui s'étaient installés tout jeunes à Birmingham... mais Artis s'est retrouvé plusieurs fois en prison. C'est bizarre, on ne peut jamais prévoir comment un garçon terminera. Tenez, le petit de Ruth et d'Idgie, par exemple. Il y en a plus d'un qui n'aurait pas tenu le coup après ce qui lui est arrivé, mais pas lui. On ne sait jamais ce qu'on a dans le ventre tant qu'on n'a pas été mis à l'épreuve.

THE WHISTLE STOP CAFÉ

WHISTLE STOP, ALABAMA

16 juin 1936

À l'instant même où elle entendit les cris le long de la voie, Idgie comprit qu'il y avait eu un accident. Elle regarda par la fenêtre et vit Biddie Louise Otis accourir à la hâte.

Sipsey et Onzell sortaient de la cuisine juste au moment où Biddie, poussant la porte, criait :

— Ton petit garçon ! Il a été renversé par un train !

Idgie eut l'impression que son cœur s'arrêtait.

— O Dieu Jésus ! s'écria Sipsey en portant les mains à son visage.

— Onzell, empêche Ruth de sortir, dit tout bas Idgie, et elle s'en fut à toutes jambes le long de la voie ferrée.

Son gamin de six ans gisait sur le dos et il regardait avec de grands yeux les gens accourus, leurs visages blêmes d'effroi.

Quand il la vit, il lui sourit, et elle faillit lui rendre son sourire, à la pensée qu'il n'avait rien, jusqu'à ce qu'elle voie qu'il n'avait plus qu'un bras ; l'autre était à quelques pas de là, dans une mare de sang.

Big George, qui était à son barbecue, avait suivi Idgie et il vit en même temps qu'elle le sang et le bras. Il ramassa le petit et courut aussi vite qu'il le pouvait chez le Dr. Hadley.

Pendant ce temps, Onzell barrait la porte à Ruth.

— Non, non, miss Ruth, vous bougez pas d'ici. Je vous laisserai pas...

Ruth tremblait de peur.

— Mais que s'est-il passé, Onzell ? C'est le petit ?

Onzell la retint d'une poigne de fer et la força à s'asseoir sur le lit.

— Faut attendre ici, miss Ruth, et tout ira bien, c'est votre brave Onzell qui vous le dit.

— Mais... mais... bredouilla Ruth, terrifiée.

Sipsey, restée dans la salle, pointait un doigt menaçant vers le plafond.

— Fais pas ça, Seigneur... Fais pas ça à mon Idgie et à miss Ruth... Fais pas une chose pareille ! Tu m'entends, Toi, là-haut ! Tu m'entends ?

Et Idgie courait derrière Big George, colosse cavalant, l'enfant meurtri dans ses bras, et leurs voix s'unissaient pour crier à l'approche de la maison du docteur :

— Dr. Hadley ! Dr. Hadley !

Sa femme, Margaret, les entendit la première. Elle se précipita dehors et les vit arriver.

— Viens vite ! cria-t-elle à son mari. C'est Idgie. Buddy Jr. est blessé !

Le Dr. Hadley, qui était en train de déjeuner, arriva, sa serviette de table à la main, et il vit le sang qui ruisselait du bras du garçonnet.

— Montez dans la voiture, dit-il. Il faut l'emmener à Birmingham. Il a besoin d'une transfusion.

Il démarra la vieille Dodge à la manivelle et dit à sa femme d'appeler l'hôpital pour leur annoncer leur arrivée. Big George, complètement couvert de sang, s'installa à l'arrière avec le petit dans ses bras. Idgie prit place à côté du docteur et pendant le trajet elle ne cessa de raconter des histoires à Buddy Jr. pour le distraire de sa douleur, alors qu'elle-même tremblait de tout son corps.

Une infirmière et un interne les attendaient à leur arrivée aux urgences.

Comme Idgie, le Dr. Hadley et Big George portant l'enfant descendaient à la hâte de la voiture, l'infirmière dit à Idgie :

— Je suis désolée, mais le Noir n'a pas le droit d'entrer, cet hôpital est réservé aux Blancs.

Buddy Jr. n'avait pas dit un mot ni gémi une seule fois, mais, tandis que l'interne l'emportait dans ses bras, il tendit la main vers Big George, resté sur le seuil, jusqu'à ce qu'un détour du couloir lui masque son ami.

Ses vêtements poisseux de sang, Big George alla s'asseoir dehors sur le muret de brique et attendit, la tête dans ses mains.

Deux adolescents au visage boutonneux, qui passaient sur le trottoir, ricanèrent à la vue du géant noir.

— Tiens, dit l'un à qui il manquait une dent de devant, encore un nègre qui s'est fait taillader dans une bagarre au couteau.

— Hé, mec ! Tu ferais mieux d'aller voir un hôpital pour les négros ! dit l'autre, qui louchait.

Et tous deux, crachant par terre et remontant crânement leurs pantalons, poursuivirent leur chemin en roulant des épaules.

LA GAZETTE DE WEEMS

(Bulletin hebdomadaire de Whistle Stop, Alabama)

24 juin 1936

Journée tragique au café

Le petit garçon d'Idgie et de Ruth a perdu un bras la semaine dernière alors qu'il jouait en bordure de la voie devant le café. Il faisait la course avec un train qui passait quand il a trébuché sur une traverse... Je vous laisse imaginer la suite. Barner Cross, le conducteur du train, nous a dit qu'il roulait à ce moment-là à la vitesse de soixante kilomètres à l'heure.

L'enfant est encore à l'hôpital de Birmingham, mais son état est satisfaisant, bien qu'il ait perdu beaucoup de sang.

Cela fait un pied, un bras et un doigt (un index) de perdus cette année à Whistle Stop. Il y a eu aussi cet homme de couleur qui, lui, y a laissé la peau. Voilà donc pourquoi nous devons être plus que jamais prudents. Nous en avons assez de voir ceux que nous aimons perdre leurs membres, quand ce n'est pas la vie.

Et j'en ai assez, quant à moi, de devoir rapporter tous ces drames.

... Dot Weems...

Maison de retraite de Rose Terrace

OLD MONTGOMERY HIGHWAY, BIRMINGHAM, ALABAMA

23 février 1986

Mrs. Threadgoode se régalait d'une glace au beurre de cacahuètes qu'Evelyn lui avait apportée et elle avait repris son sujet favori, l'époque où les trains de luxe passaient devant sa maison, quand Evelyn lui demanda :

— Mrs. Threadgoode, vous m'avez bien dit qu'Idgie et Ruth avaient un petit garçon ?

— Ah oui, Stump[1], et vous n'avez jamais rencontré de garçon plus courageux. Même après qu'il eut perdu son bras.

— Mon Dieu, que lui est-il arrivé ?

— Il courait à côté d'un train le long de la voie ; il est tombé et une roue lui a sectionné le bras, juste au-dessus du coude. Il s'appelait Buddy Threadgoode Junior, mais on le surnommait Stump, parce que c'est tout ce qu'il lui restait de son bras. Cleo et moi, nous sommes allés le voir à l'hôpital. Un vrai dur, ce petit ; pas du genre à pleurer

1. Moignon.

et à se lamenter sur son sort. Mais il est vrai qu'Idgie lui avait appris à ne jamais se plaindre et à encaisser les coups sans broncher.

» Pendant que Buddy Jr. était à l'hosto, Idgie a commandé une petite pierre tombale à un copain à elle qui tenait le magasin des pompes funèbres et elle a fait graver dessus :

CI-GÎT LE BRAS DE BUDDY JR.
1929-1936
ADIEU, VIEUX POTE

» Elle a creusé la tombe dans le champ derrière le café, et quand Buddy Jr. est sorti de l'hôpital, ils ont célébré en grande pompe l'enterrement de son bras. Tout le monde était là. Onzell, Big George et leurs enfants, Artis et Jasper, le petit Willie Boy et Naughty Bird, et tous les gosses du voisinage.

» C'est Idgie qui, la première, l'a appelé Stump, et Ruth a été suffoquée d'entendre ça ; elle lui a dit que c'était mal de sa part. Mais Idgie lui a rétorqué qu'au contraire il valait mieux qu'il affronte tout de suite la réalité et qu'il ne prenne pas ombrage de s'entendre traiter un jour de manchot. Et elle avait raison, parce que ce gosse pouvait être fier d'en faire plus avec un seul bras que ses petits copains avec deux. Aux billes, c'était un champion, et il chassait et pêchait, et il est devenu par la suite le meilleur tireur au pistolet de Whistle Stop.

» Quand il était petit et qu'un étranger arrivait au café, Idgie lui faisait raconter cette histoire de pêche au poisson-chat. “Stump, il était gros comment, ce poisson-chat ?” demandait Idgie.

» Et Buddy Jr. répondait en écartant son bras valide : “Oh, comme ça !” Et il éclatait de rire avec Idgie en voyant la tête que faisait l’étranger qui s’efforçait désespérément de s’imaginer la longueur de la prise.

» Bien sûr, Stump n’était pas un petit saint, il avait ses accès de colère comme tous les enfants de son âge. Mais je ne l’ai entendu qu’une seule fois enrager de n’avoir qu’un bras. C’était un jour de Noël, et on était tous dans le café, à boire du café et à manger des gâteaux, quand il est arrivé, rouge de fureur, et il a couru dans la chambre de derrière, pour se mettre à casser tous les jouets qu’on lui avait offerts. Ruth et Idgie sont allées le voir et, l’instant d’après, Idgie est ressortie avec lui. Elle lui avait fait enfiler son manteau, et Ruth les suivait, inquiète, et elle a demandé à Idgie où elle allait comme ça, et Idgie lui a répondu de ne pas se faire de mouron, qu’ils ne seraient pas longs.

» Elle ne mentait pas, parce qu’ils sont revenus une heure plus tard, et Stump était, ma foi, d’humeur fort joyeuse.

» Un jour... oh ! c’était des années plus tard – il était venu à la maison désherber le jardin –, je lui ai demandé s’il se rappelait ce Noël où il avait cassé ses jouets, et notamment le jeu de construction que Cleo et moi on lui avait offert.

» Il a rigolé et m’a dit : “Bien sûr que je m’en souviens, tante Ninny.”

» “Et où Idgie t’a-t-elle emmené quand vous êtes partis en voiture tous les deux ?”

» “Ça, je ne peux pas te le dire, tante Ninny, il m’a répondu. J’ai promis de garder le secret.” Aussi je ne sais toujours pas où ils sont allés, et j’ignore ce qu’a pu lui dire Idgie ce jour-là, mais Stump ne s’est plus jamais plaint de n’avoir qu’un bras. Il a été champion de la chasse à la pintade en 1946… Et vous savez combien c’est difficile de tirer une pintade sauvage ?

Evelyn lui répondit qu’elle l’ignorait.

— Eh bien, ma chère, il faut les tirer entre les deux yeux, et leurs têtes ne sont pas plus grosses qu’une capsule de Coca-Cola ! Croyez-moi, faut être un fameux tireur !

» Et il a fait plein de sports – jamais arrêté par son handicap, Stump. Un garçon tellement gentil, avec ça !

» Bien entendu, il adorait Ruth, qui l’avait mis au monde. Qui n’aimait pas Ruth ? Mais entre Idgie et lui, il y avait quelque chose de particulier. Ils allaient chasser et pêcher ensemble. Ils ne se quittaient jamais, ces deux-là.

» Pourtant Idgie ne l’avait jamais ménagé. Il avait à peine cinq ans quand elle l’avait jeté dans la rivière, pour lui apprendre à nager. Mais pas une seule fois ce gosse ne s’est montré insolent avec sa mère. En tout cas, pas en présence d’Idgie. Elle ne l’aurait pas accepté, ça non ! Stump était toujours respectueux envers Ruth. Pas comme Artis, le gamin d’Onzell. Celui-là, c’était un drôle de loustic. Non, ils n’ont pas eu de chance avec lui, pas vrai ?

— Euh… je suppose que non, dit Evelyn, et elle remarqua alors que Mrs. Threadgoode avait mis sa robe à l’envers.

WHISTLE STOP

ALABAMA

Noël 1937

Presque tous les gamins de la ville avaient reçu un pistolet à amorces pour Noël, et ils étaient plusieurs à s'être retrouvés dans le jardin du Dr. Hadley pour une bagarre dans les règles. L'air était imprégné de l'odeur de soufre des capsules qui avaient claqué tout l'après-midi, et il n'y avait pas un seul des combattants de la gâchette qui ne soit déjà mort au moins cent fois ! Pan ! Pan ! Pan ! T'es mort !

Pan ! Pan !

« Ahhh ! Tu m'as eu !... Ahhh ! »

Dwane Kilgore, huit printemps à son actif, porta les mains à sa poitrine et, se laissant choir à terre, mit trois bonnes minutes à mourir. Puis, passé son dernier soubresaut, il s'empressa de se relever et de recharger son pistolet d'une nouvelle bande d'amorces.

Stump Threadgoode, qui avait passé une partie de l'après-midi à la table familiale, au café, venait d'arriver sur les lieux de la fusillade. Il avait de la chance, car tout le monde avait eu le temps de recharger et était prêt à remettre ça. Il courut derrière un arbre et visa Vernon Hadley. Pan ! Pan !

— Raté, sale vermine ! lui cria Vernon, se baissant derrière un buisson.

Stump était occupé à recharger quand Bobby Lee Scroggins, qui était un peu plus âgé qu'eux, arriva par-derrière et... Pan ! Pan ! Pan ! T'es mort !

Stump mourut et ressuscita comme le jeu l'exigeait. Il tirait, touchait ou manquait, se faisait à son tour descendre, rechargeait vite son arme.

Peggy Hadley, la petite sœur de Vernon, qui était dans la même classe que Stump, sortit dans son beau manteau marron tout neuf, sa nouvelle poupée dans les bras, et, s'asseyant sur les marches du porche, observa les combattants. Stump trouva soudain que c'était moins drôle de se faire tuer à tout bout de champ, et il tenta désespérément d'échapper au sort funeste du pistolero, mais ils étaient trop nombreux et il ne pouvait recharger assez vite pour se défendre.

BANG ! BANG ! BANG ! De nouveau les bras en croix dans la poussière ! À peine relevé, il se jeta derrière le tronc d'un grand chêne, position éminemment stratégique d'où il put abattre Dawne, et il allait se débarrasser de Vernon quand Bobby Lee surgit de derrière un tas de briques... Stump fit volte-face, mais il était trop tard.

Bobby Lee déchargea sur lui le feu roulant de ses deux pistolets.

BANG BANG BANG BANG BANG BANG BANG BANG BANG BANG BANG BANG BANG.

— T'es mort ! T'es doublement mort ! lui cria Bobby Lee.

Et Stump n'eut d'autre choix que de mourir devant Peggy.

Ce fut une mort brève et violente. Puis il se releva et annonça à la cantonade :

— Je vais chercher des munitions à la maison.

Il en avait encore plein les poches, des bandes d'amorces, mais il ne supportait pas que Peggy l'ait vu se faire transformer comme ça en passoire. Il aurait voulu être mort pour de bon.

Quand il fut parti, Peggy se dressa avec la dignité d'un arbitre de duel et cria à son frère :

— C'est pas juste ! Le pauvre Stump n'a qu'un bras et vous autres, vous avez deux pistolets ! J'vais le dire à M'ma, Vernon !

Stump se précipita dans la chambre à l'arrière du café, jeta son pistolet par terre et, fou de colère et de dépit, expédia d'un coup de pied son train électrique contre le mur. Le temps que Ruth et Idgie, alarmées par le bruit, arrivent dans la chambre, Stump avait piétiné tous ses jouets.

Quand il les vit, il se mit à pleurer et à crier tout en tapant sur son moignon :

— J'suis bon à rien avec ça !

Ruth le prit dans ses bras.

— Qu'y a-t-il, mon chéri ? Qu'est-ce qui s'est passé ?

— Tout le monde sauf moi a deux pistolets ! J'peux pas les battre ! Ils m'ont tué tout l'après-midi !

— Qui ça ?

— Dwane, Vernon et Bobby Lee Scroggins !

— Oh, mon pauvre amour !

Ruth avait toujours su que ce jour viendrait, mais soudain les mots lui manquaient pour expliquer à son petit garçon de sept ans qu'il devait se faire une raison, qu'il finirait par surmonter son handicap... Impuissante, elle se tourna vers Idgie.

Idgie regarda Stump, lui fit mettre son manteau puis, le prenant par la main, le fit monter dans la voiture.

— Où on va ?

— Surprise !

Il ne dit mot tandis qu'elle prenait la direction de la rivière. Il y avait une pancarte clouée au tronc d'un arbre, L'AMICALE DES PÊCHEURS DE WAGON WHEEL. Ils s'engagèrent sur une piste en terre qui s'arrêtait devant une barrière faite de deux grandes roues de chariot. Idgie descendit pour l'ouvrir, puis ils roulèrent jusqu'à une grande cabane en bordure de la rivière. Elle coupa le moteur et donna un coup de klaxon. L'instant d'après une grande rouquine apparaissait.

Idgie dit à Stump de rester dans la voiture, et elle alla saluer la femme, tandis que derrière la porte-moustiquaire un petit chien bondissait en jappant. Idgie bavarda pendant quelques instants, puis la femme aux cheveux rouges disparut à l'intérieur de la cabane et revint, pour donner à Idgie une balle en caoutchouc. Elle fit sortir le petit chien qui, tout à la joie de revoir Idgie, se mit à gigoter et à se tortiller dans tous les sens.

Idgie fit quelques pas sur la pelouse.

— Allez, p'tit mec, attrape ! cria-t-elle en lançant la balle en l'air.

Le terrier à poil blanc fit un bond prodigieux en l'air, saisit la balle dans sa gueule avant même qu'elle ne retombe et la rapporta à toute vitesse à Idgie pour qu'elle la relance. Idgie projeta la balle contre la cabane, et P'tit Mec la bloqua au rebond dans ses mâchoires.

Ce fut seulement à ce moment que Stump remarqua que le chien n'avait que trois pattes.

Pendant près de dix minutes, P'tit Mec bondit et courut, ne manquant jamais la balle, ne perdant jamais l'équilibre. Puis Idgie le ramena dans la maison et prit congé de la dame rousse.

Elle remonta en voiture, prit un autre chemin et s'arrêta près de la rivière.

— Stump, je voudrais te demander quelque chose.

— Oui, m'dame.

— Est-ce que ce petit chien t'a paru joyeux d'être en vie ?

— Oui, m'dame.

— Est-ce qu'il avait l'air de se plaindre de n'avoir que trois pattes ?

— Non, m'dame.

— Maintenant, écoute, tu es mon fils, et je t'aime comme tu es. Tu le sais ?

— Oui, m'dame.

— Mais tu sais, Stump, ça me déplairait beaucoup de voir que tu n'as pas plus de cervelle que ce pauvre chien qu'on vient de voir.

Stump baissa les yeux.

— Oui, m'dame.

— Alors je ne veux plus t'entendre dire que tu n'es bon à rien, d'accord ?

— D'accord.

Idgie ouvrit la boîte à gants et en sortit une flasque de whisky.

— Et puis tu es trop grand pour jouer aux pistolets à amorces. Ton oncle Julian et moi, on va t'emmener la semaine prochaine au stand de tir et on va t'apprendre à te servir d'un vrai pistolet.

— Non ?

— Ouais ! (Elle ouvrit la flasque et but une gorgée.) On va faire de toi le meilleur tireur de tout l'Alabama… Tiens, bois un coup.

Stump ouvrit des yeux comme des soucoupes et tendit une main hésitante vers le flacon.

— Vraiment, je peux ?

— Tu peux. Mais tu ne diras rien à ta mère. Quant à tes petits copains, ils regretteront de s'être levés ce matin.

Stump avala une gorgée et maîtrisa vaillamment le feu qui lui emportait le gosier.

— Qui c'était, cette dame ? demanda-t-il, les yeux brillants de larmes, mais la voix ferme.

— Une amie à moi.

— Tu es déjà venue ici, hein ?

— Oui, ça m'est arrivé. Mais ne dis rien à ta mère.

— Promis.

BIRMINGHAM, ALABAMA

(SLAGTOWN)

30 décembre 1934

Onzell avait interdit à son fils Artis d'aller à Birmingham, mais Artis était sourd à toute mise en garde.

Il sauta du boggie d'un train de marchandises dès que celui-ci ralentit à l'approche du terminus de la L & N, sur le coup des huit heures du soir, et poursuivit à pied le reste du chemin. À son arrivée à la gare, il s'arrêta, bouche bée.

Il n'avait jamais rien vu d'aussi grand. On aurait pu caser là tout Whistle Stop et Troutville. Il n'avait jamais rien vu d'aussi beau non plus – les bancs en acajou, le carrelage multicolore qui recouvrait le sol et les murs de la gigantesque bâtisse...

CIREUR, BUVETTE, BUREAU DE TABAC, SALON DE COIFFURE, MAISON DE LA PRESSE, BARBIER, CONFISERIE, BAR, COFFEE-SHOP, LIBRAIRIE, PRESSING, BOUTIQUE DE SOUVENIRS, GLACIER...

Sous la haute verrière, c'était une véritable ville, fourmillante de passagers, de porteurs en casquette rouge et d'employés des wagons-lits. C'était trop pour un garçon de dix-sept ans en salopette, qui n'avait jamais quitté Whistle Stop. Convaincu qu'il venait de découvrir le monde entier à l'intérieur de cet immense hall de gare, il s'en fut ébloui vers la sortie.

Une nouvelle découverte l'attendait, plus extravagante encore que la précédente : la plus grande enseigne lumineuse de la terre, dont les cent mille ampoules trouaient de leurs feux le ciel noir...

BIENVENUE À BIRMINGHAM... LA CITÉ MAGIQUE...

Pour être magique, elle l'était. Présentée comme « la ville-champignon du Sud », Birmingham jetait ses gratte-ciel à l'assaut des nuées, et ses aciéries illuminaient la nuit des flammes de leurs forges, tandis que des milliers de voitures et de tramways électriques sillonnaient ses rues vingt-quatre heures sur vingt-quatre.

Artis avança sur le trottoir grouillant de monde, passa devant l'hôtel St. Clair, le L & N Café et l'hôtel Terminus. Il jeta un coup d'œil à travers les stores vénitiens du coffee-shop, vit tous les hommes blancs aux tables recouvertes de nappes blanches et comprit que cet endroit-là n'était pas pour lui. Il poursuivit son chemin jusqu'à ce qu'il tombe, guidé par quelque sixième sens, sur la 4e Avenue Nord et découvre un changement radical dans la couleur des peaux.

Oui, il l'avait trouvée, sa Terre promise : une ville dans la ville, s'étendant sur douze blocs serrés, mieux connue sous le nom de Slagtown[1]... La Harlem de Birmingham, le paradis auquel il avait si souvent rêvé.

Des couples, sapés comme des princes, le dépassaient, bavardant et riant aux éclats, et il se laissait entraîner dans

1. Littéralement, « Poubelleville ».

leur sillage, tel un bouchon chevauchant la crête d'une vague. Des portes et des fenêtres jaillissait un flot de musique. La voix de Bessie Smith domina un bref instant le brouhaha d'une plainte fugitive qui arracha un frisson à Artis. *Oh, careless love... Oh, careless love...*[1]

Les cuivres du jazz se mêlaient aux voix du blues quand il passa devant le Frolic Theater, tenu dans tout le Sud pour être la plus belle salle de spectacle pour Noirs ; on y donnait les meilleures comédies musicales.

Et Artis continuait d'avancer... Plus loin, Ethel Waters chantait *What did I do to be so black and blue*[2] *?*, tandis que, de l'autre côté de l'avenue, Ma Rainey lançait d'une voix bouleversante *Hey, Jailor, tell me what have I done*[3] *?...* Et au Silver Moon Blue Note Club, le « Red Hot Pepper Stomp » d'Art Tatum entraînait les danseurs dans des shimmy-sham-shimmys endiablés.

C'était samedi soir à Slagtown et, tout à côté, Birmingham la Blanche était parfaitement ignorante de l'existence de cette enclave exotique couleur sépia. Ici, dans la Harlem du Sud, la femme de ménage qui travaillait le jour dans les quartiers blancs pouvait, la nuit venue, devenir la reine de la 4e Avenue Nord, et porteurs et ouvriers du chemin de fer régnaient en maîtres de l'élégance sitôt que le soir tombait. Les cheveux gominés plaqués en arrière et les dents en or brillant sous les néons, ils arpentaient le macadam dans leurs richelieus marron et blanc, roulant des épaules sous leurs complets

1. « Oh, cœur volage... »
2. « Qu'est-ce que j'ai fait pour être si noire et si triste ? »
3. « Hé, gardien, dis-moi quel mal j'ai fait ? »

aux couleurs acidulées, une fine cravate en soie rayée blanc et rouge, tandis que les dames, les lèvres passées au vermillon, chaloupaient des hanches, des renards roux autour du cou...

Les lumières des enseignes éblouissaient Artis. À travers les fenêtres du Tan and Black Ballroom, il vit des couples danser sous les faisceaux bleus des projecteurs balayant la piste. Près du Casino Club, une beauté aux seins comme des obus, son corps de déesse callipyge moulé dans un fourreau de satin doré, faisait tournoyer son petit sac à main au bout d'une chaîne. Artis n'entendit pas ce qu'elle disait à l'élégant qui marchait devant lui, mais comme ce dernier éclatait de rire, Artis se joignit à lui. Il continua de suivre la foule des promeneurs. Il était béat ; il était enfin chez lui.

EN DIRECT DES ÉPAVES DE SLAGTOWN

(LA CHRONIQUE SÉPIA DE BIRMINGHAM
PAR MR. MILTON JAMES)

6 mai 1937

Mr. Artis O. Peavey a été admis à l'hôpital dans la soirée de samedi dernier, après qu'il se fut blessé en essayant d'ouvrir une bouteille de grand vin français, dixit sa compagne. Nous ignorons le cru et l'année de ladite bouteille.

Est-ce mon imagination ou bien ai-je réellement vu de mes yeux vu miss Ida Doizer prendre l'autre nuit le tramway qui va d'Ensley à Tuxedo Junction pour aller danser avec Bennie Upshaw... et revenir par le même tramway au bras de Mr. G. T. Williams ?

Si nous avons deux ou trois gars de Birmingham dans chacun des meilleurs orchestres du pays, nous le devons aux bons soins du bien-aimé Fess Watley, grand professeur de musique devant l'Éternel. On peut dire que nous sommes gâtés à Slagtown en matière de musique. N'oubliez pas que notre vieil ami Cab Calloway est attendu prochainement dans nos murs.

Tarif réduit cette semaine au Frolic Theater.

Beignets de tomates vertes

De lundi à jeudi : un programme cinq étoiles, avec Erskine Hawkins, « l'Ange Gabriel du XXe siècle », dans *Jambon à la diable* et aussi… le Journal des sports en Technicolor.

Maison de retraite de Rose Terrace

OLD MONTGOMERY HIGHWAY, BIRMINGHAM, ALABAMA

2 mars 1986

Entre deux cuillerées de sa glace à la vanille, Mrs. Threadgoode rappelait à son amie Evelyn combien les temps avaient été difficiles pendant toutes ces années qui avaient suivi la Crise de 1929.

— Beaucoup de gens mouraient, de faim ou d'autre chose. Et la mort frappait encore plus durement les gens de couleur, plus dénués que les autres. Sipsey disait que la moitié des habitants de Troutville seraient morts de froid ou de faim s'il n'y avait eu Railroad Bill.

Le personnage était nouveau pour Evelyn.

— Qui était Railroad Bill ?

Mrs. Threadgoode la regarda avec étonnement.

— Je ne vous en ai jamais parlé ?

— Non, je ne pense pas.

— Railroad Bill était un célèbre bandit. Il se cachait dans les trains de marchandises et, la nuit, quand le train traversait les quartiers de couleur, il balançait le long de la voie nourriture et charbon que les pauvres gens s'empressaient d'aller ramasser à la sauvette au point du jour.

» Je ne crois pas qu'ils l'aient jamais arrêté... ni même découvert qui il était... Idgie ne manquait jamais de se moquer de son ami Grady Kilgore, qui travaillait comme détective au chemin de fer, à chaque fois qu'elle le voyait débarquer au café. "Railroad Bill a encore fait des siennes la nuit dernière, à ce qu'il paraît, disait-elle. Qu'est-ce que vous fichez, les gars ?" Kilgore enrageait. Ils avaient mis vingt hommes de plus dans les trains, et la compagnie L & N avait même offert une carte gratuite à vie sur ses lignes à quiconque lui fournirait des renseignements sur Railroad Bill, mais jamais personne ne l'a fait. Quand Idgie a eu vent de cet appel à la délation, elle a traité Kilgore de tous les noms et a bien failli lui interdire de remettre les pieds dans son café. Mais ils avaient été de bons amis, étant jeunes, et Grady faisait partie du Club des Cornichons...

Mrs. Threadgoode partit à rire.

— Le Club des Cornichons, une idée d'Idgie, de Grady et de Jack Butts.

— Quel genre de club c'était ?

— Oh ! ils prétendaient que c'était un club de rencontres, mais en vérité c'était rien qu'une bande de soiffards réunis autour d'Idgie, d'Eva Bates, de Smokey Lonesome et de quelques autres du même acabit. Leur fameux club n'était qu'un prétexte à siffler des litres de whisky et à raconter des histoires à dormir debout. Ils vous regardaient dans les yeux et vous servaient un mensonge plus gros qu'eux. Ça les faisait rire, de mentir comme des arracheurs de dents.

» Un jour, cette bande de rigolos était au café, et Idgie a annoncé à Ruth, qui revenait de l'église : "Tu sais, Ruth, pendant que tu étais sortie, Stump a avalé une balle de calibre 22."

» Et comme Ruth s'alarmait, Idgie lui a dit : "Oh, ne t'inquiète pas, il va bien. Je l'ai emmené chez le Dr. Hadley. Il lui a fait prendre une demi-bouteille d'huile de castor. Il m'a dit que je pouvais le ramener à la maison mais il m'a recommandé de ne pas trop le remuer parce que le coup pourrait partir."

Comme Evelyn riait de bon cœur, Mrs. Threadgoode poursuivit :

— Vous pensez bien que Ruth ne voyait pas ce club d'un très bon œil. Idgie en était la présidente et elle organisait toujours des réunions secrètes. Cleo disait que c'était rien d'autre que de grosses parties de poker. Mais il disait aussi que le club avait quelques bonnes actions à son actif, mais je n'ai jamais pu savoir lesquelles.

» Ils se moquaient tout le temps du pasteur baptiste, le révérend Scroggins, parce que c'était un buveur d'eau, et à chaque fois qu'un étranger venait demander où il pourrait acheter du whisky ou des appâts vivants pour la pêche, ils l'envoyaient frapper à la porte du prêcheur. Histoire de le faire enrager.

» Sipsey, qui avait elle aussi un foutu talent pour vous mener en bateau, était le seul membre de couleur du club. Elle leur raconta un jour qu'elle avait aidé une femme qui avait des difficultés à accoucher en lui donnant une cuiller de tabac à priser et que la pauvre avait éternué si fort qu'elle avait éjecté son bébé directement dans les bras d'une voisine qui se tenait à trois mètres du lit...

— Oh non ! s'exclama Evelyn.

— Oh oui ! Elle racontait aussi cette histoire sur son

amie Lizzy, de Troutville, qui s'était gavée d'amidon alors qu'elle attendait un bébé. Sipsey disait qu'elle en avait tellement mangé que le bébé était né blanc comme neige et raide comme une planche...

— Oh, pour l'amour du Ciel !

— Mais, vous savez, Evelyn, ça aurait pu être vrai. Je sais que des femmes de couleur mangeaient de l'argile blanche.

— Je ne peux pas le croire.

— Ma foi, c'est ce que j'ai entendu dire. Remarquez, c'était peut-être de la craie, je ne me rappelle plus très bien...

Evelyn regarda son amie en souriant.

— Vous me faites rire, Mrs. Threadgoode.

Mrs. Threadgoode pensa que c'était là un beau compliment.

— Tant mieux si j'en suis encore capable, dit-elle.

LA GAZETTE
DE WEEMS

(Bulletin hebdomadaire
de Whistle Stop, Alabama)

1er décembre 1938

Whistle Stop sous la neige

Quelle aubaine pour nous que de la neige, de la vraie ! Whistle Stop aurait pu passer pour le pôle Nord la semaine dernière. Qu'y a-t-il de plus beau que des buissons de houx poudrés de blanc ? Mais heureusement que nous n'avons de la neige que tous les dix ans ! Ma chère moitié, qui se croit capable de conduire par tous les temps, a voulu emmener en promenade ses vieux chiens de chasse, et il n'avait pas dépassé First Street qu'il dérapait et se fichait dans le fossé. Aussi me voilà condamnée à la marche à pied pendant un mois, le temps que la voiture soit réparée.

Ma chère moitié s'était déjà illustrée au volant lors de cette tempête de grêle, où les grêlons étaient gros comme des œufs de poule. Il nous avait fallu attendre pendant trois semaines un nouveau pare-brise. C'est encore lui dont la barque a été frappée par la foudre, alors qu'il était en train de pêcher sur la rivière. Si jamais le temps se gâtait et que vous tombiez sur Wilbur, je vous en supplie, dites-lui de rentrer tout de suite à la maison. Je l'enfermerai dans un placard le temps que la tempête se calme. C'est que, voyez-vous, j'ai peur qu'un jour une tornade ne me l'emporte... et me prive d'une source d'embêtements sans lesquels mon existence serait bien terne...

J'ai entendu dire que Railroad Bill avait dévalisé cinq trains en une semaine. J'ai rencontré Gladys Kilgore au salon de beauté, et elle dit que son mari, Grady, qui travaille pour la compagnie ferroviaire, était fou de rage.

À ce propos, si Railroad Bill lit ces lignes, ne pourrait-il pas balancer une voiture neuve d'un de ces trains avant que Grady lui tombe dessus ? Ça m'arrangerait bien !

... Dot Weems...

THE WHISTLE STOP CAFÉ

WHISTLE STOP, ALABAMA

1er décembre 1938

Le soleil venait tout juste de se lever.

— Réveille-toi, Stump ! Réveille-toi ! cria Idgie en secouant le garçon. Viens voir !

Elle le tira du lit et l'entraîna jusqu'à la fenêtre.

Le grand champ qui s'étendait derrière le café était couvert de neige.

— C'est quoi ? demanda Stump, bouche bée.

— De la neige !

— De la neige ?

— Mais oui.

Stump était en classe de troisième et c'était la première fois de sa vie qu'il voyait de la neige.

Ruth arriva derrière eux en chemise de nuit, et elle aussi fut tout étonnée.

Les deux femmes et le garçon se dépêchèrent de s'habiller pour aller dehors. La couche de neige ne dépassait guère cinq ou six centimètres mais cela suffisait pour faire des boules. De toutes les maisons sortaient des enfants braillant de joie. Il n'était pas sept heures du matin que

Stump et Idgie avaient fait un bonhomme de neige, tandis que Ruth, de son côté, leur avait concocté une crème fouettée pour célébrer l'événement.

Idgie décida d'accompagner Stump à l'école. Ils longèrent la voie ferrée, et aussi loin que portait leur regard, tout était blanc. Stump était tellement excité qu'il ne cessait de sautiller et il était déjà tombé deux fois. Idgie, pour le calmer, lui raconta une histoire.

— Je ne t'ai jamais raconté la fois où Smokey et moi, on a joué au poker avec Pig Iron Sam ?

— Non. Qui c'est, Pig Iron Sam ?

— Tu veux me dire que tu n'as jamais entendu parler de Pig Iron, le joueur de poker le plus redoutable de l'Alabama ?

— Non, m'dame.

— Eh bien, Smokey et moi on était allés faire une partie de poker à Gate City. J'avais la chance avec moi, cette nuit-là ; je n'arrêtais pas de gagner. Je crois que, pendant près d'une heure, j'ai raflé tous les pots, et Pig Iron commençait à l'avoir mauvaise. Mais je n'y pouvais rien, si les cartes me souriaient. Et puis je ne pouvais pas quitter la table, alors que je gagnais ; ça ne se fait pas. Et plus je gagnais, plus il enrageait, et à un moment il était tellement furieux qu'il a sorti un gros pistolet, il l'a posé sur la table à côté de lui et il a dit qu'il tuerait le prochain qui lui servirait un mauvais jeu.

Stump, captivé par l'histoire, avait oublié la neige.

— C'était à qui de servir ?

— Hé ! C'est ça, le clou de l'histoire. Il avait oublié que c'était son tour de donner les cartes, et voilà qu'il se sert lui-même une paire de deux. Alors il a pris son pistolet et il s'est logé une balle dans la tête, là, à la table, devant nous... Ce type-là n'avait qu'une parole.

— Ça alors ! Et vous avez regardé son jeu ?

— Bien sûr. Comme je te l'ai dit, c'était une paire de deux.

Stump resta songeur un instant, puis il remarqua un objet enfoncé dans la neige en bordure de la voie. Il courut voir de plus près et ramassa la chose.

— Regarde, tante Idgie, c'est une boîte de choucroute Deer Brand, et elle n'a même pas été ouverte !

Puis une idée le frappa, et il chuchota, les yeux baissés sur sa trouvaille :

— Tante Idgie, je parie que c'est une des boîtes que Railroad Bill a jetées du train, tu ne crois pas ?

— C'est possible, fils, c'est très possible. Remets-la où tu l'as trouvée, pour que les gens à qui elle est destinée puissent la trouver.

Stump prit grand soin de reposer la boîte au même endroit, comme si elle était un objet sacré.

— Ça alors ! murmura-t-il.

D'abord la neige, et maintenant Railroad Bill. Que d'émotions en si peu de temps !

Ils poursuivirent leur chemin et, son émoi passé, Stump déclara :

— Railroad Bill est l'homme le plus courageux du monde, hein, tante Idgie ?

— Il est courageux, c'est vrai.

— Tu ne crois pas que c'est l'homme le plus courageux qui ait jamais existé ?

— Oh ! il n'est pas le seul à avoir un grand courage. Aussi je dirais plutôt qu'il compte parmi les plus courageux.

Stump fut étonné.

— Qui pourrait être plus courageux que Railroad Bill ?

— Big George.

— Notre Big George à nous ?

— Ouais.

— Qu'est-ce qu'il a fait ?

— Eh bien, pour commencer, sans lui, je ne serais pas ici.

— Ici, maintenant ?

— Non, je voulais dire ici-bas. Sans lui, je serais morte, dévorée par les cochons.

— Tu es sérieuse ?

— Oui, m'sieur. Je devais avoir deux ou trois ans, et Buddy, Julian et moi on s'amusait dans la porcherie. J'ai grimpé sur la clôture et je suis tombée la tête la première dans leur auge.

— Non !

— Si ! Et les cochons sont accourus... Tu sais qu'ils sont carnivores... des bébés ont été mangés comme ça.

— Vraiment ?

— Oui, et ça a bien failli m'arriver. Les cochons étaient presque sur moi quand Big George a sauté dans l'enclos et s'est jeté sur eux. Tu sais, c'étaient des bêtes qui pesaient cent cinquante kilos, mais il te les attrapait et les balançait comme des sacs de pommes de terre. Et pendant qu'il les écartait de moi, Buddy a pu ramper sous la clôture et me tirer de là.

— Dis donc, tante Idgie, tu l'as échappé belle !

— Tu l'as dit, fils. Tu as remarqué les cicatrices que George a sur les bras ?

— Ouais.

— Eh bien, ce sont les traces de morsures des cochons. Mais Big George n'a jamais rien dit à P'pa, parce qu'il savait que P'pa aurait tué Buddy pour m'avoir emmenée là-bas.

— Je ne le savais pas.

— Je te crois.

— Et... tu en connais d'autres qui sont courageux comme Big George ? Oncle Julian, quand il a tué ce dix-cors la semaine dernière ? Il en faut du courage pour ça, non ?

— Il y a courage et courage, tu sais, et il n'en faut pas beaucoup pour tuer un vieil animal pacifique avec un fusil de calibre 20.

— Qui tu vois, alors, en dehors de Railroad Bill et de Big George ?

— Voyons, dit Idgie, pensive. En dehors de ces deux héros, je dois dire que ta mère est l'une des personnes les plus courageuses que je connaisse.

— M'ma ?

— Oui, ta mère.

— Allez, je ne te crois pas ! Elle a peur de tout, même d'une mouche. Qu'est-ce qu'elle a fait de courageux ?

— Elle a fait quelque chose, une fois. Et il fallait un très grand courage.

— Quoi ?

— Peu importe quoi. Tu m'as posé une question, et je t'ai répondu. Ta mère et Big George sont les deux personnes les plus courageuses que je connaisse.

— C'est vrai ?

— Tu as ma parole.

Stump était stupéfait.

— Eh bien, ça alors !

— Et il y a quelque chose que tu ne dois jamais oublier. C'est qu'il y a sur cette terre plein de gens qui sont formidables, tu m'entends ?

Stump leva les yeux vers elle.

— J'oublierai jamais, m'dame.

Comme ils continuaient le long de la voie, un cardinal rouge s'envola d'un arbre couvert de neige et traça un trait couleur de feu à travers l'étendue blanche.

Maison de retraite de Rose Terrace

OLD MONTGOMERY HIGHWAY, BIRMINGHAM, ALABAMA

9 mars 1986

Précédemment, quand tout au long de ces nuits noires Evelyn avait combattu ces visions de tumeurs malignes et de mort, elle s'était retenue d'appeler au secours Ed, endormi paisiblement à ses côtés, et du fond de son enfer personnel elle avait attendu le jour libérateur.

À présent, pour écarter de sa tempe le canon froid du revolver tentateur, il lui suffisait de fermer les yeux et d'écouter la voix de Mrs. Threadgoode. Si elle respirait profondément et concentrait son attention, elle parvenait à se projeter dans le petit monde de Whistle Stop. Elle entrait dans le salon de coiffure d'Opal, avait même l'impression de sentir l'eau chaude du shampooing. Puis elle rendait une petite visite à Dot Weems derrière son guichet à la poste, avant d'aller au café retrouver Stump, Ruth et Idgie. Elle commandait à déjeuner, et Wilbur Weems et Grady Kilgore venaient la saluer. Sipsey et Onzell lui adressaient de grands sourires, et elle entendait la musique dans la cuisine. Tout le monde prenait de ses nouvelles, le soleil brillait toujours et il y avait toujours un lendemain... Depuis quelque temps, elle dormait beaucoup mieux et pensait de plus en plus rarement au revolver...

Quand elle s'éveilla ce dimanche-là, Evelyn s'étonna elle-même de son impatience à partir à Rose Terrace. Se faire transporter à Whistle Stop par les récits de Mrs. Threadgoode lui était devenu à son insu une réalité plus forte que le quotidien partagé avec Ed à Birmingham.

À son arrivée, son amie était comme à l'accoutumée de bonne humeur, et elle accueillit avec joie la gâterie du jour : une tablette de chocolat noir Hershey.

Mrs. Threadgoode se mit à parler d'un certain Smokey Lonesome, un vagabond du rail, qu'elle avait connu il y a bien longtemps.

— Je me demande ce que ce pauvre Smokey a pu devenir. Il est probablement mort, à l'heure qu'il est.

» Je me souviens de la première fois qu'il a débarqué au café. J'étais en train de manger des beignets de tomates vertes, et il a frappé à la porte de derrière. Idgie est allée voir et elle est revenue avec ce pauvre garçon qui était sale comme un peigne, le visage tout noirci de la poussière de charbon. Pendant qu'il se débarbouillait, Idgie lui a préparé une assiette et elle nous a dit qu'elle n'avait jamais vu d'homme avec l'air d'être aussi seul au monde. Il s'appelait Smokey Philipps, mais pour Idgie il était Smokey Lonesome, et le nom lui est resté. Après ça, à chaque fois qu'elle le voyait arriver, elle disait : "Tiens, voilà ce vieux Smokey Lonesome."

» Le pauvre, je ne pense pas qu'il ait jamais eu de famille, et Ruth et Idgie se sont prises de sympathie pour lui, parce qu'il était à moitié mort de faim et de fatigue, et elles l'ont laissé s'installer dans cette vieille remise derrière le café. Oh ! la bougeotte le reprenait de temps à autre, et alors il sautait dans le premier train qui passait, mais il revenait tôt ou tard, le plus souvent soûl et épuisé. Il n'a jamais rien possédé dans sa vie. Tout ce qu'il avait, c'étaient un couteau, une fourchette et une cuiller qu'il rangeait dans la poche intérieure de son veston, et aussi un ouvre-boîte qu'il glissait sous la bande de son chapeau. Il ne voulait pas se charger, disait-il. Je crois que cette remise a été le seul toit qu'il ait jamais eu, et sans Ruth et Idgie, il serait mort de faim cent fois.

» Mais je crois que c'était pour Ruth qu'il revenait à chaque fois. Il était amoureux d'elle. Il ne l'a jamais dit, mais ça se voyait dans ses yeux quand il la regardait.

» Vous savez, je suis contente que Cleo soit parti le premier. Un homme est incapable de vivre sans une femme. C'est pourquoi la plupart d'entre eux cassent leur pipe dès qu'ils se retrouvent seuls. Ils sont perdus sans nous. Tenez, ici, le vieux Dunaway... sa femme est morte il y a un mois... eh bien, figurez-vous que ce vieux cochon n'arrête pas de courir après tout ce qui porte une robe... c'est à cause de ça qu'ils lui donnent des calmants. C'est qu'il se prend pour un don Juan, le bougre ! Et si vous voyiez à quoi il ressemble ! On dirait un vieux dindon, ça pend de partout, même les oreilles. Mais qu'est-ce que j'en sais, après tout ? Il y en a qui ont des tronches d'épouvante, et ils trouvent quand même quelqu'un pour penser qu'ils sont beaux comme des dieux. Alors, peut-être bien que cet antique dindon de Dunaway trouvera chaussure à son pied parmi toutes ces antiquités.

WEST MADISON STREET

CHICAGO, ILLINOIS

3 décembre 1938

West Madison Street à Chicago n'était pas différente de Pratt Street à Baltimore, de South Main Street à Los Angeles ou de Third Street à San Francisco ; une rue flanquée de missions évangéliques, d'hôtels meublés lépreux, de bordels, de boutiques de prêteurs sur gages, de soupes populaires, de débits de boissons, grouillant d'une foule qu'un joli euphémisme qualifiait de « déçus du système ».

Pour Smokey Lonesome, la seule différence, cette année-là, était le fait d'avoir, lui l'éternel solitaire, un compagnon de route. Un gosse, en vérité, qu'il avait rencontré le mois précédent dans le Michigan.

C'était un beau garçon, encore imberbe, le visage ouvert. Il avait eu des ennuis à Detroit, où des gars avaient tenté d'abuser de lui, et il avait demandé à Smokey s'il pouvait voyager en sa compagnie pendant quelque temps.

Smokey lui avait répété le conseil qu'il avait lui même reçu d'un ancien : « Rentre chez toi, petit ; rentre chez toi tant qu'il est encore temps. Parce qu'une fois que t'auras pissé du wagon, tu s'ras accro. »

Mais ce fut peine perdue, comme cela l'avait été pour lui-même, aussi Smokey accepta-t-il de le prendre pendant un temps sous son aile.

Le môme était marrant. Il aurait vendu sa culotte pour voir ce film, *Les Oiseaux du clair de lune,* dans lequel Sally Rand faisait sa fameuse danse de l'éventail. Il ne trouva jamais les dix cents que coûtait la place, mais la caissière du cinéma, qui avait bon cœur, le laissa entrer gratuitement.

Smokey avait réussi à mendier un *quarter* pendant qu'il attendait dehors la fin de la séance ; ils pourraient aller se payer un steak à dix cents au Tile Grill. Ils n'avaient rien mangé de la journée si ce n'est une petite boîte de saucisses viennoises et quelques crackers. Il fumait une Lucky Strike qu'il avait trouvée écrasée dans un paquet qu'un type avait jeté quand le gosse sortit du cinéma, l'air aussi béat que s'il revenait du paradis.

— Oh, Smokey, t'aurais dû la voir ! C'est la femme la plus belle et la plus délicate que j'aie jamais vue ! Elle est comme un ange, un ange en chair et en os descendu tout droit du Ciel !

Il ne cessa de parler d'elle pendant qu'ils se restauraient au Tile Grill.

Il leur manquait trente-cinq cents pour se payer une chambre d'hôtel, aussi se rendirent-ils à Grant's Park, et ils eurent la chance de trouver une place dans l'un des abris qu'avaient dressés les hordes de vagabonds avec des bouts de planches, de tôle et de carton.

Et avant qu'ils s'endorment, le môme demanda comme chaque soir à Smokey :

— Raconte-moi où t'as été et ce que t'as fait, Smokey.

— Mais je te l'ai déjà dit.

— Je sais, mais raconte-moi encore.

Smokey lui parla du White Tower, à Baltimore, un fast-food où il avait travaillé un temps, et où on exigeait une telle propreté qu'on aurait pu manger par terre ; et puis il lui raconta son passage dans les mines de charbon de Pittsburgh.

— Tu sais, un tas de types tuaient des rats, pour les manger. Mais pas moi. J'avais vu ces bestioles sauver des vies humaines. Elles m'ont sauvé la mise, une fois. Les rats sont toujours les premiers à sentir venir le coup de grisou.

» Un vieux Noir et moi, on travaillait au fond quand c'est arrivé. Soudain on a vu surgir des dizaines et des dizaines de rats. Ils sont passés dans notre galerie en courant à toute vitesse. J'comprenais pas ce qui s'passait, mais le vieux Noir, lui, il savait. Il a jeté son pic, et il m'a dit : “Filons !”

» On a couru derrière les rats, et crois-moi, on a bien fait, parce que ça a pété trois minutes plus tard ! Depuis ce jour, tu me verras jamais faire du mal à un rat. C'est des bêtes sacrées pour moi.

Le môme, qui commençait à s'endormir, marmonna :

— Et le boulot le plus dur que t'aies jamais fait, Smokey, c'est quoi ?

— Le plus dur ? Voyons voir... J'ai fait des tas de choses qu'un homme digne de ce nom ne devrait pas faire, mais j'crois bien avoir connu l'enfer dans cette saloperie de fabrique de térébenthine, à Vinegar Bend, en Alabama. Ça faisait deux mois que j'crevais la dalle, sinon j'aurais jamais accepté ce boulot. Les seuls Blancs qu'ils trouvaient à embaucher étaient des Cajuns... ils les appelaient les nègres térébenthine. Cette saloperie te tuait un homme en un mois. J'ai tenu cinq jours, et pendant trois semaines j'ai été malade comme un chien. Et cette odeur, tu peux pas savoir. Elle t'imprégnait jusqu'aux os... J'ai dû brûler mes vêtements tellement ils puaient...

Smokey s'arrêta brusquement de parler et tendit l'oreille. À peine entendit-il le brouhaha des hommes courant et criant, qu'il comprit que c'était la Légion. Ces deux derniers mois, la Légion américaine s'était donné pour noble tâche de raser les camps de tous ces pauvres hères que la misère avait jetés sur les routes. La riche Chicago ne voulait pas de cette lèpre, et elle envoyait ses sbires armés de barres de fer pour détruire et tout massacrer sur leur passage.

Smokey cria au gosse :

— Foutons le camp, vite !

Et ils s'enfuirent en même temps que les cent vingt-deux malheureux résidents de cette Hoover-ville, du nom du président à qui revenait la paternité de la Grande Crise de 1929.

Dès qu'il eut atteint l'épais sous-bois, Smokey rampa sous les buissons et ne bougea plus. Avec ses poumons faibles, il se savait incapable de distancer ces salopards. Il se dit que le gosse, lui, pouvait courir, et qu'il le retrouverait plus tard dans West Madison ou le long de la voie. En attendant, il ne bougerait pas de sa cachette jusqu'à ce que l'orage soit passé.

Plus tard, il revint dans le camp pour voir s'il n'y avait pas quelque bricole à récupérer. Ce n'était plus qu'un tas de décombres, de planches brisées et de cartons éventrés.

On aurait dit que tout avait été passé au pilon. Il allait s'en retourner quand il entendit une voix.

— Smokey ?

Le gosse gisait à une vingtaine de pas de l'abri qu'ils avaient trouvé. Smokey s'approcha.

— Qu'est-ce qui s'est passé ?

— Je savais... tu me l'avais dit... qu'il fallait jamais délacer ses souliers... mais ils me serraient... alors j'suis tombé...

— Tu es blessé ?

— Ouais... ils m'ont eu...

Smokey s'accroupit à côté de lui et vit la plaque de sang séché sur le côté droit de son crâne. Le gosse leva les yeux vers lui.

— Tu sais, Smokey... j'croyais que vivre à la belle étoile... ça serait chouette... mais j'me trompais...

Puis il ferma les yeux et rendit sa jeune âme à Dieu.

Le lendemain, Smokey trouva deux gars qu'il connaissait et ils enterrèrent le môme au cimetière des vagabonds, dans les environs de Chicago. Elmo Williams sortit le petit bouquin à la couverture rouge qui ne le quittait jamais, un recueil de cantiques de l'Armée du Salut, et il lut d'une voix que le vent froid emportait :

Réjouissons-nous pour le compagnon disparu
Car sa misère ici-bas est félicitée là-haut
Et son âme s'en est allée à bride abattue
Galoper parmi les prairies du Très-Haut.

Ils ne savaient pas quel était son nom, aussi gravèrent-ils simplement sur deux planches liées en croix : LE KID.

Quand Elmo Williams et l'autre furent partis, Smokey resta seul un instant pour dire adieu à son jeune ami.

— J'suis bien content, Kid, que t'aies pu voir ta Sally Rand danser avec son éventail. Ça devait être quelque chose...

Puis il se détourna et se dirigea vers la voie ferrée pour sauter dans le premier train de marchandises en direction du Sud et de l'Alabama. Il avait hâte de quitter Chicago ; le vent qui soufflait ici était si froid que parfois il arrachait une larme à l'œil d'un homme.

LA GAZETTE DE WEEMS

(Bulletin hebdomadaire de Whistle Stop, Alabama)

8 décembre 1938

Attention aux détonateurs

Dites à vos enfants de ne pas jouer près des endroits où il y a eu des dynamitages. Ma chère moitié m'a raconté qu'un gosse de Nashville s'était fait sauter les lèvres en mordant par erreur dans une de ces capsules détonantes.

Opal nous signale qu'il y a eu une telle affluence au salon à cause du banquet annuel de la compagnie Eastern Star qu'un manteau de femme, de couleur bleue, a été emporté par erreur. Aussi si c'est l'une de vous, chères lectrices, qui l'avez, rapportez-le.

Lors de la promenade en chariot organisée par l'église baptiste, Peggy Hadley s'est retrouvée en rade sur le lieu de rassemblement ; elle a pu heureusement rejoindre plus tard la joyeuse troupe.

Idgie et Ruth ont fait des heureux parmi les enfants samedi dernier en les emmenant voir Miss Fancy, la célèbre femelle éléphant d'Avondale Park, qui est si populaire chez les petits comme chez les grands. Tous se sont fait photographier aux côtés de la Miss et les photos seront prêtes jeudi.

Le Dr. Cleo Threadgoode est revenu vendredi soir de la clinique Mayo où il avait amené le petit Albert subir des examens. Nous sommes désolés d'apprendre qu'il n'est pas rentré à la maison avec de bonnes nouvelles pour Ninny. Nous espérons seulement que les docteurs se trompent. Cleo rouvrira son cabinet lundi.

... Dot Weems...

Maison de retraite de Rose Terrace

OLD MONTGOMERY HIGHWAY, BIRMINGHAM, ALABAMA

16 mars 1986

Ce dimanche, c'était petits sablés et parlote, les premiers offerts par Evelyn, la seconde par Mrs. Threadgoode.

— Vous savez, j'avais de bons espoirs d'être rentrée chez moi à Pâques, mais je n'y crois plus tellement. Mrs. Otis ne se fait toujours pas à sa nouvelle résidence, mais elle s'est inscrite au cours d'artisanat. Votre belle-mère aussi, d'ailleurs. Geneene nous a dit que, pour Pâques, ils cacheraient des œufs et inviteraient des écoliers à venir les chercher. Ce devrait être amusant...

» Depuis que je suis toute petite, j'ai toujours aimé Pâques. La veille, on se retrouvait tous dans la cuisine, à peindre des dizaines et des dizaines d'œufs. Mais c'était toujours M'ma Threadgoode qui se chargeait de décorer l'œuf d'or.

» Et le matin de Pâques, c'était la distribution de vêtements et de souliers neufs au magasin de P'pa. Après la messe, M'ma et P'pa nous mettaient dans le tramway qui faisait l'aller-retour à Birmingham, pendant qu'ils allaient cacher les œufs dans le jardin. Selon la couleur de l'œuf on avait droit à un cadeau, mais le grand prix revenait à qui trouvait l'œuf d'or.

» J'avais treize ans l'année où je l'ai trouvé. Ça faisait plus de deux heures qu'on cherchait dans le jardin, et toujours pas d'œuf d'or. Je me suis assise un moment sur le banc pour me reposer, et quelque chose de brillant sous la scieuse à bois a capté mon regard. Je suis allée regarder de plus près, et c'était bien lui, caché dans l'herbe ; il n'attendait que moi. Essie Rue était folle de rage parce que, cette année-là, le grand prix c'était un énorme œuf de Pâques chinois, fait dans la plus fine des porcelaines et muni d'un œil à travers lequel vous pouviez voir une miniature représentant toute une famille, le papa, la maman, deux petites filles et un chien, debout devant une maison qui ressemblait à la nôtre. Je ne me lassais jamais de regarder dans cet œuf. Je me demande où il est passé. Peut-être qu'il est parti à cette vente aux enchères qu'on a organisée pendant la Première Guerre mondiale.

» Pâques a toujours été un jour de chance pour moi. C'est un dimanche de Pâques que le bon Dieu m'a fait savoir que j'aurais mon Albert.

» Des fois, quand je pense à tous ces couples qui ne s'entendent pas, je mesure toute la chance que j'ai eue de tomber sur Cleo. Je n'aurais pu rêver meilleur mari. Pas coureur, pas buveur, et intelligent, avec ça. C'est pas dans ma nature de me vanter, mais c'est vrai que mon Cleo en avait dans le crâne. Je l'appelais mon dictionnaire. Si jamais j'hésitais sur l'orthographe d'un mot, quand j'écrivais une lettre, je lui demandais : “Hé, P'pa, comment tu écris ce mot-là ?” Et il me le disait. Il connaissait l'Histoire aussi, les événements, les dates, tout. Ce qu'il voulait, c'était devenir médecin… chirurgien. C'était son vœu le plus cher, et je sais qu'il a beaucoup souffert quand il a dû abandonner ses études de médecine après la mort de P'pa. Mais il ne s'est jamais plaint, pas une seule fois.

» Tout le monde aimait Cleo. Vous pouvez demander à tous ceux qui l'ont connu, ils vous diront tous qu'il n'y avait pas d'homme plus gentil sur la terre que Cleo Threadgoode.

» Mais les jeunes filles sont comme les pies, elles veulent ce qui brille. Et Cleo, lui, s'il brillait, c'était au-dedans. Ce n'était pas lui que je voulais au début, mais lui, c'était moi qu'il avait choisie. Il m'a dit qu'il l'avait su le premier soir où il était revenu du collège et qu'il m'avait vue dans la cuisine, où j'aidais Sipsey à découper en tranches un biscuit de Savoie.

» Il est allé voir M'ma et P'pa dans le salon et il leur a dit : “Je veux me marier avec cette grande perche que je viens de voir dans la cuisine.” En bon Threadgoode, c'est comme ça qu'il avait pris sa décision, Cleo. D'un seul coup d'un seul. J'avais quinze ans à l'époque, et je lui ai dit que j'étais trop jeune pour me marier. Il m'a répondu qu'il attendrait l'an prochain. Et c'est ce qu'il a fait, et je ne voulais toujours pas. J'avais dix-huit ans quand je l'ai épousé, et sans enthousiasme, croyez-moi.

» J'avais tellement peur que Cleo ne soit pas l'homme qu'il me fallait. Je l'ai dit à M'ma, et elle m'a répondu de ne pas m'inquiéter, que j'apprendrais à aimer Cleo.

(Mrs. Threadgoode se tourna vers Evelyn.) Après tant d'années de bonheur aux côtés de mon Cleo, quand il m'arrive de penser que j'ai failli le repousser, j'en ai des sueurs froides.

» Bien entendu, quand je me suis mariée, j'étais blanche comme une colombe. Je ne connaissais rien de rien aux choses du sexe. Je n'avais jamais vu d'homme nu de ma vie et, ma petite, quand on n'y est pas préparée, ça vous fout un drôle de coup de voir ça. Mais Cleo était un tendre, et il a su être doux et patient, et au bout de quelque temps c'était moi qui en redemandais.

Mrs. Threadgoode se mit à rire et ses joues se colorèrent.

— Et pendant toutes ces années de mariage, reprit-elle, il n'y eut jamais une seule dispute entre nous. Il a veillé sur moi comme un père, il m'a aimée comme un amant, il m'a appris tout ce que je sais, il a été pour moi tout ce qu'une femme peut rêver d'un homme. Oh, comme c'était dur les fois où on a été séparés ! D'abord, il y a eu la guerre, et puis il a fallu que je reste à la maison pour garder M'ma, pendant qu'il faisait cette école de chiropractie. Cleo s'est fait lui-même, sans l'aide de personne, et jamais il ne s'est plaint. Il était comme ça.

» On désirait avoir un enfant, et on n'y arrivait pas. Nous sommes allés consulter un médecin, et quand j'ai appris que j'avais une rétroversion de l'utérus et que je ne pourrais jamais être mère, Cleo m'a serrée contre lui et il m'a dit : "Ça ne fait rien, ma chérie, je n'ai besoin de personne d'autre que toi." Pourtant, Dieu seul sait s'il aurait voulu être papa. Et moi, j'ai prié pendant des années pour avoir un bébé. J'en étais malade.

» Et puis, un dimanche de Pâques, à la messe, alors que

le révérend Scroggins nous racontait l'histoire de Jésus montant au Ciel, j'ai fermé les yeux et je me suis dit que ce serait merveilleux si je pouvais aller là-haut avec le Seigneur et en redescendre avec un petit ange pour Cleo. Et j'étais là, toute transportée d'espoir, quand un rai de soleil est entré par le vitrail et m'a éclairée comme un projecteur. La lumière était si forte qu'elle m'aveuglait, et elle m'a baignée jusqu'à la fin du sermon. Le révérend Scroggins m'a dit après qu'il ne pouvait détacher ses yeux de moi pendant qu'il parlait, que mes cheveux étaient comme des flammes et que je brillais littéralement. Il m'a dit : “La lumière du Ciel était sur vous, aujourd'hui, Mrs. Threadgoode.”

» Et moi, j'ai su tout de suite que c'était là un signe de Dieu, pour me dire qu'il avait répondu à mes prières.

» J'avais trente-deux ans quand j'ai mis Albert au monde. Un gros bébé de cinq kilos. On habitait encore dans la grande maison, à ce moment-là, et j'étais en haut avec M'ma Threadgoode et Sipsey, et Cleo attendait en bas avec tous les autres. Ruth et Idgie sont passées dans l'après-midi. Idgie avait apporté une bouteille de whisky, du Wild Turkey, et elle en a offert à Cleo. Je crois bien que c'était la première fois que Cleo en buvait. Idgie lui a dit qu'elle savait ce qu'il ressentait. Elle était passée par là quand Ruth avait eu son bébé.

» Elles m'ont dit après que Cleo avait fondu en larmes quand Sipsey lui avait déposé Albert dans les bras. C'était un si beau bébé.

» C'est plus tard qu'on a remarqué qu'il avait beaucoup de mal à s'asseoir. Il essayait mais il ne tenait pas la position. Et il avait déjà un an et neuf mois quand il a commencé à marcher. On est allés voir tous les médecins de Birmingham, mais aucun n'a su nous dire ce qu'avait Albert. Finalement Cleo a décidé de l'emmener à la clinique Mayo, pour qu'on lui fasse des analyses et qu'on le mette en observation. Je l'ai habillé avec son petit costume de marin et sa casquette, et je me rappelle que c'était une vraie journée de janvier, froide et humide. Quand Cleo est monté dans le train, le petit Albert s'est tortillé dans ses bras pour me chercher de ses grands yeux.

» J'ai eu tellement mal en regardant le train s'éloigner. J'avais l'impression qu'on m'arrachait le cœur. À la clinique, ils ont gardé Albert trois semaines, et j'ai prié pendant tout ce temps pour qu'ils ne découvrent rien d'anormal à mon bébé.

» Et puis Cleo est allé le chercher. Quand il est revenu avec Albert, il ne m'a pas dit tout de suite ce qu'ils avaient trouvé, et je n'ai pas osé lui poser la question. Il m'avait rapporté une photo où il posait avec le petit assis sur un croissant de lune, avec plein d'étoiles derrière eux. Je l'ai toujours, cette photo, et je ne la donnerais pas pour un million de dollars.

» C'est seulement après le dîner qu'il m'a pris la main et m'a dit : “M'ma, je veux que tu sois courageuse.” Je me suis sentie pâlir. Et Cleo m'a appris que notre bébé souffrait des suites d'une hémorragie cérébrale survenue à la naissance. Je lui ai demandé : “Il va mourir ?” Et il m'a dit : “Non, ma chérie, il est en parfaite santé.” J'ai eu l'impression qu'on me libérait d'un poids immense et, levant les yeux, je me suis écriée : “Merci, mon Dieu !” Mais Cleo a ajouté : “Il est physiquement en bonne santé, mais ce n'est pas tout.” Alors il m'a expliqué que les médecins de la clinique pensaient qu'Albert resterait toute sa vie un enfant, qu'il ne dépasserait pas l'âge mental d'un gosse de cinq ans. Cleo m'a dit que ce serait une dure épreuve d'élever Albert, qu'il faudrait le surveiller sans cesse, et que ce serait une telle charge qu'on ferait peut-être mieux de le placer dans un établissement spécialisé... Je l'ai arrêté net. "Une charge ? Comment mon bébé adoré pourrait être une charge ?" Albert, à la minute où il était né, avait été la joie de ma vie. Il n'y a jamais eu sur terre d'âme plus pure et plus douce que la sienne. Et des années plus tard, à chaque fois que je n'avais pas le moral, je regardais Albert et aussitôt je reprenais confiance. Jamais il n'a eu une seule mauvaise pensée. Il n'a jamais même su ce que le mot "mal" pouvait signifier.

» Des tas de gens auraient été désolés d'avoir un enfant comme lui, mais je me suis dit que le Seigneur l'avait fait ainsi pour qu'il ne souffre pas. Albert n'a jamais su qu'il y avait tant de salopards sur terre. Il aimait tout le monde et tout le monde l'aimait. Je crois sincèrement que c'était un ange que le bon Dieu m'avait envoyé, et des fois il me tarde de monter au paradis pour le retrouver. Il était mon... fils et mon ami, et il me manque... surtout à Pâques.

Pendant un instant, Mrs. Threadgoode contempla ses mains en silence.

— Oui, comme je vous le disais, reprit-elle, ce n'est pas encore demain que je vais enfin pouvoir rentrer chez moi. J'ai un petit tableau à la maison, une jeune Indienne dans son canoë sous le clair de lune. Elle n'a pas les seins nus, elle, aussi je vais demander à Norris de me l'apporter s'il le peut.

Mrs. Threadgoode, qui venait de plonger la main dans le paquet de sablés, la retira avec un cri de joie.

— Oh, Evelyn, regardez ! C'est mon cadeau-surprise ! Une petite poule miniature… tout ce que j'aime !

Et elle montra sa trouvaille à son amie.

LA GAZETTE DE WEEMS

(Bulletin hebdomadaire de Whistle Stop, Alabama)

30 décembre 1939

La grande arnaque des machines à coudre miraculeuses !

L'homme qui, il y a deux semaines, a vendu ici, à Whistle Stop, des machines à coudre censées vous guérir de vos maux en même temps qu'elles vous piquaient les ourlets, a été arrêté à Birmingham. Les machines ne venaient pas de Lourdes, en France, mais de Chattanooga, dans le Tennessee, et elles n'étaient pas miraculeuses du tout. La nouvelle a beaucoup contrarié Biddie Louise Otis, car elle pensait que celle qu'elle avait achetée avait considérablement soulagé ses rhumatismes.

Duane Glass et Vernon Hadley, tous deux boy scouts de Whistle Stop, ont reçu la croix du Mérite, et Bobby Lee Scroggins est passé eagle scout. Leur chef, Julian Threadgoode, les a emmenés voir la statue de Vulcain, à Birmingham…

Julian a dit que cette statue est tellement énorme

qu'un homme pourrait se tenir à l'intérieur de son oreille.

Qui aurait envie de se nicher dans l'oreille d'une statue, je vous le demande.

Vesta Adcock a donné un thé avec petits-fours pour ces dames de l'Eastern Star.

À propos de nourriture, Opal prie ses voisins de ne plus donner à manger à sa chatte, même si elle se comporte comme si elle mourait de faim. Opal dit que sa bête a tout ce qu'il faut à la maison et qu'elle est au régime, parce que le vétérinaire l'a trouvée trop grosse.

... Dot Weems...

P-S : Quelqu'un aurait-il vu le *National Geographic* de décembre appartenant à ma chère moitié ? Il l'aurait oublié en ville mais il ne sait plus où, et il est furieux parce qu'il n'en avait lu que la moitié.

TROUTVILLE

ALABAMA

8 janvier 1938

Depuis qu'Idgie avait accroché au mur du café une photo de Miss Fancy, l'éléphant femelle du parc d'Avondale, Naughty Bird, la petite fille d'Onzell et de Big George, n'avait cessé de supplier ce dernier de l'emmener voir le fabuleux animal. Et voilà que depuis près de deux jours elle refusait obstinément de manger.

Or cela faisait un mois que Naughty Bird était malade. Le Dr. Hadley venait de passer et son diagnostic était formel : la petite souffrait de pneumonie, et s'ils ne parvenaient pas à l'alimenter, il ne voyait pas comment elle pourrait survivre plus d'une semaine.

Big George, accroupi à son chevet, un bol de bouillie d'avoine à la main, la suppliait d'avaler une cuiller.

— S'il te plaît, mon bébé, mange pour ton papa. Tu veux que papa te trouve un gentil petit chat ?

Naughty Bird, qui avait six ans et ne pesait guère plus de quinze kilos, secoua doucement la tête.

— Tu veux que M'ma te fasse un gâteau, ma petite chérie ? dit Onzell. Un gâteau avec du miel ?

— Non, M'ma.

— Miss Idgie et miss Ruth sont venues te voir. Elles t'ont apporté des bonbons... tu n'en veux pas un ?

La fillette se tourna en bougonnant vers le mur couvert de photos qu'elle avait découpées dans des magazines.

Onzell se pencha au-dessus d'elle.

— Que dis-tu, ma chérie ? Tu veux du gâteau, c'est ça que tu as dit ?

— J'veux voir Miss Fancy, dit d'une petite voix Naughty Bird.

Onzell se redressa, des larmes dans les yeux.

— Vous voyez, miss Ruth, ce que j'vous disais. Elle s'est mis ça dans le crâne, et j'connais cette petite mule, elle mangera rien du tout tant qu'elle aura pas vu cette Miss Fancy.

Idgie et Big George sortirent sous le porche et s'assirent sur les vieilles chaises en fer.

— Miss Idgie, dit Big George, si ma petite doit mourir, je veux qu'elle voie avant cet éléphant.

— George, le Klan a tenu un grand meeting pas plus tard qu'hier au parc d'Avondale. Si tu vas là-bas, tu n'auras pas le temps de faire un pas à l'intérieur qu'un de ces abrutis te fera sauter la tête.

Big George réfléchit un instant puis il déclara d'une voix tranquille :

— Eh bien, tant pis s'ils me tuent, parce que c'est ma petite qui est là, malade, et je préfère être dans la tombe plutôt que de la voir souffrir un jour de plus.

Idgie savait que Big George ne parlait jamais pour ne rien dire.

Ce colosse de deux mètres, qui vous empoignait un cochon adulte comme il l'aurait fait d'un sac de pommes de terre, aimait tellement sa petite fille qu'il quittait précipitamment la maison à chaque fois qu'Onzell lui donnait la fessée. Dès qu'il arrivait à la maison, Naughty Bird accourait pour grimper sur lui comme à un arbre et entourer son cou de taureau d'un bras fluet. La môme faisait ce qu'elle voulait de ce géant au grand cœur.

Pour Pâques, l'an passé, il était descendu à Birmingham en tramway pour lui acheter une robe blanche avec les souliers assortis. Le matin de Pâques, Onzell avait natté les cheveux crépus de Naughty Bird et elle avait noué chaque natte d'un ruban blanc. Quand Sipsey l'avait vue ainsi parée, elle avait ri et dit qu'elle ressemblait à une mouche dans un bol de lait. Mais Big George se fichait pas mal de sa couleur d'encre et de ses cheveux crépus et laineux. Il l'avait emmenée à l'église et l'avait assise sur ses genoux, comme si elle avait été la reine de Saba.

Aussi Idgie était-elle fortement inquiète après que Big George lui eut fait part de ses intentions...

Deux jours plus tard, il faisait un temps gris et froid. Stump rentrait de l'école par la voie ferrée, et les cheminées des maisons fumaient, répandant dans l'air une odeur de bois de pin. Malgré son pantalon de velours et un blouson au cuir élimé, Stump était gelé.

À peine entré dans le café, il alla s'asseoir près du poêle.

— Mon chéri, pourquoi n'as-tu pas mis ton bonnet ? lui demanda Ruth.

— J'ai oublié.

— Tu as envie de tomber malade ?

— Non, M'ma.

Il fut content de voir arriver Idgie. Elle alla dans la penderie, prit son manteau et lui demanda s'il voulait venir en voiture avec Smokey et elle au parc d'Avondale. Il sauta sur l'occasion.

— Oh oui, m'dame !

— Alors amène-toi.

Mais Ruth intervint.

— Attends un peu, toi. Tu n'as pas de devoirs ?

— Quelques-uns.

— Tu me promets de les faire quand tu rentreras, si je te laisse y aller ?

— Oui, M'ma.

— Idgie, tu reviens tout de suite après, hein ?

— Bien sûr, je vais juste voir quelqu'un.

— Bon, d'accord, mais mets ton bonnet, Stump.

Mais Stump était déjà à la porte.

— Bye, M'ma !

Ruth donna le bonnet de Stump à Idgie.

— Essayez d'être rentrés avant la nuit.

— T'inquiète pas, Ruth.

Ils montèrent dans la voiture et prirent la route de Birmingham.

Les douze coups sonnaient cette nuit-là quand une Ruth torturée d'inquiétude reçut un coup de fil de Smokey, lui disant de ne pas se faire de souci, que tout allait bien. Il raccrocha avant que Ruth ait le temps de lui demander où ils étaient.

À six heures moins le quart le lendemain matin, Ruth et Sipsey étaient debout, à préparer les petits déjeuners.

Onzell était restée au chevet de Naughty Bird, dont l'état s'était encore aggravé. Ruth était folle d'inquiétude, car bien entendu Stump, Idgie et Smokey n'étaient pas encore rentrés.

— Vous tracassez pas, miss Ruth, elle va revenir. Vous savez comment elle est, et puis vous pouvez compter sur elle pour veiller sur votre garçon.

Une heure plus tard, tandis que Grady Kilgore et d'autres clients prenaient leur petit déjeuner, ils entendirent une voiture arriver en donnant un long coup de klaxon, suivi d'un tintamarre de clochettes. Ils allèrent voir à la fenêtre et n'en purent croire leurs yeux.

À côté, au salon de coiffure, Opal, qui venait de déposer une grosse noix de shampooing Palmolive sur la tête de sa première cliente, regarda elle aussi par sa fenêtre et poussa un cri si perçant que Biddie Louise Otis frôla la crise cardiaque.

Miss Fancy, ses bracelets tintinnabulant aux pattes, son harnais décoré de grandes plumes rouges, passait dans la rue et prenait d'un pas allègre la direction de Troutville en balançant sa trompe au vent, manifestement satisfaite du paysage qu'elle découvrait.

Quand Sipsey sortit de la cuisine et vit par la fenêtre de la salle cette masse grise emplumée obscurcir un instant le ciel, elle courut s'enfermer à clé dans les toilettes des dames.

Une seconde plus tard, Stump surgit dans le café.

— M'ma ! M'ma ! Viens vite !

Et, prenant Ruth par la main, il l'entraîna dehors.

Et comme Miss Fancy s'enfonçait dans les rues poussiéreuses de Troutville, les portes s'ouvraient sur son passage et l'air s'emplissait des cris de joie des enfants. Les parents, éberlués, certains encore en chemise de nuit ou en pyjama, restaient sans voix.

J. W. Moldwater, le dresseur de Miss Fancy, allait à côté d'elle. Il avait un peu trop sucé la bouteille la nuit passée et ça ne l'avait pas aidé dans la suite des événements. Il souhaitait maintenant que se calme cette bande de gosses criant et bondissant comme des pois sauteurs.

Il se tourna vers Idgie qui marchait à ses côtés.

— Où est-ce qu'elle habite ?

— Pas loin.

Ce fut Onzell qui sortit la première et elle poussa un tel cri que Big George, occupé à couper du bois derrière la maison, arriva en courant, sa hache à la main. Quand il fut revenu de sa stupeur, il regarda Idgie et lui dit doucement :

— Merci, miss Idgie. Merci.

Puis, posant son outil contre le mur, il entra dans la maison. Il souleva de son lit la petite Naughty Bird, l'emmitoufla dans une couverture en lui murmurant à l'oreille :

— Tu as de la visite, petite chérie, quelqu'un qui a fait tout le voyage depuis Birmingham pour te dire bonjour...

Et il l'emporta dans ses bras.

Quand il sortit, J. W. Moldwater tapota de son bâton le flanc de Miss Fancy, et cette vieille professionnelle du cirque s'assit sur son arrière-train et accueillit Naughty Bird d'un puissant barrissement.

À la vue du fantastique pachyderme, les yeux de Naughty Bird brillèrent d'émerveillement.

— Ohhhh ! c'est Miss Fancy, Daddy... c'est Miss Fancy... Miss Fancy... répéta-t-elle comme pour se pénétrer de la réalité de son rêve.

Ruth passa son bras sous celui d'Onzell et regarda le dresseur à la gueule de bois conduire l'éléphant jusqu'au porche et tendre à Naughty Bird un sac de cacahuètes en lui disant qu'elle pouvait les donner à Miss Fancy si elle le voulait.

Willie Boy, planqué derrière la fenêtre, contemplait la scène avec des yeux ronds. Les autres enfants aussi s'étaient placés à distance respectueuse de cette énorme chose grise qui avait la taille d'une maison. Mais Naughty Bird, elle, n'avait pas peur et elle donna les cacahuètes une par une à Miss Fancy tout en lui parlant comme à une vieille copine, lui disant qu'elle avait six ans et qu'elle allait en classe à la grande école.

Miss Fancy clignait doucement des yeux comme si elle comprenait le babil de cette petite d'homme et elle prenait du bout de sa trompe les cacahuètes avec autant de délicatesse qu'une dame gantée tirant une pièce de son porte-monnaie.

Vingt minutes plus tard, Naughty Bird disait au revoir à l'éléphant, et J. W. Moldwater reprenait le chemin de Birmingham en se jurant que plus jamais il ne toucherait à cette saleté de whisky et surtout que plus jamais au grand jamais il n'accepterait de faire une partie de poker avec des étrangers.

Quand Big George remit Naughty Bird dans son lit, elle réclama à manger et dévora tous les gâteaux au miel qu'Onzell avait faits.

VALDOSTA

GÉORGIE

15 septembre 1924

Deux semaines après le départ de Ruth pour Valdosta, Idgie se rendit là-bas en voiture et se gara dans la rue principale devant le buraliste, dont la boutique jouxtait un salon de coiffure pour hommes. De l'autre côté de la rue, il y avait une épicerie fort semblable à celle de son père, à cette différence près qu'elle était plus grande, avec un parquet ciré et un haut plafond. Toute épicerie étant ordinairement le meilleur bureau de renseignements, Idgie décida de commencer par là.

Elle était à peine entrée qu'un monsieur au crâne chauve, la panse serrée dans un tablier blanc, sortait de la réserve.

— Bonjour, ma jolie. Ça sera quoi pour vous, aujourd'hui ?

Idgie lui dit qu'elle désirait un paquet de crackers et un peu de ce fromage qui était sur le comptoir.

— Savez-vous si Frank Bennett est en ville, aujourd'hui ? demanda-t-elle pendant que l'homme coupait une tranche de fromage.

— Qui ça ?

— Frank Bennett.

— Oh ! Frank. Non, il ne descend en ville que le mercredi pour aller à la banque et se faire couper les cheveux, juste en face. Pourquoi ? Vous voudriez le voir ?

— Non, je ne le connais même pas. Je me demandais seulement comment il était.

— Qui ?

— Frank Bennett.

L'épicier donna ses crackers et son fromage à Idgie.

— Vous voulez quelque chose à boire avec ça ?

— Non, ce sera tout.

Il parut songeur tandis qu'il encaissait.

— Comment il est ? Voyons... Oh, comme tout le monde, je dirais. Plutôt grand... les cheveux noirs, les yeux bleus... dont un est en verre.

— Pardon ?

— Oui, il a un œil de verre... blessure de guerre... À part ça, je dirais qu'il est plutôt bel homme.

— Quel âge ?

— Trente-quatre, trente-cinq, quelque chose comme ça. Son père lui a laissé une belle ferme de quatre cents hectares à une quinzaine de kilomètres au sud de la ville, aussi il est assez occupé et on le voit moins souvent par ici.

— Il est gentil ? Je veux dire, est-ce qu'on l'aime bien ?

— Frank ? Oh ! Ma foi... oui. Pourquoi ?

— Parce que ma cousine va bientôt l'épouser, alors je voudrais savoir quel genre d'homme il est.

— Vous êtes la cousine de Ruth ? Ah ! Voilà quelqu'un de bien. Nous l'aimons tous ici. Je connais Ruth Jamison depuis qu'elle est petite. Toujours souriante et polie...

Elle enseigne le catéchisme à ma petite-fille. Vous êtes en visite ?

Idgie changea de sujet.

— Finalement, je crois que je vais prendre quelque chose à boire avec ces crackers.

— Vous avez raison, ça donne soif. Qu'est-ce que je vous sers ? Un verre de lait ?

— Non, j'aime pas ça.

— Un soda, alors ?

— Vous en avez à la fraise ?

— Mais certainement.

Il alla à la glacière lui chercher sa boisson.

— On est bien contents que Ruth se marie. Sa mère et elle ont eu tellement de difficultés depuis la mort du père. L'an passé, nous avons été plusieurs à l'église à essayer de l'aider, mais elle a sa fierté et n'a pas voulu de ça. Enfin, je ne vous apprends rien que vous ne sachiez déjà. Vous logez chez elles ?

— Je ne les ai pas vues, je viens juste d'arriver.

— Vous savez où se trouve leur maison, n'est-ce pas ? C'est deux rues plus loin. Je peux vous y conduire si vous voulez. Ruth savait que vous veniez ?

— Non, ne vous dérangez pas. Pour tout vous dire, je préfère qu'elles ne sachent pas que je suis ici. En fait, je ne faisais que passer, je suis représentante de commerce, pour les produits de beauté Rosebud.

— Ah oui ?

— Oui. Et j'ai quelques clients à voir avant de m'en retourner chez moi, aussi je ne peux pas m'attarder… Je voulais seulement m'assurer que ce Frank Bennett avait bonne réputation, mais je ne veux pas que Ruth sache que la famille se faisait du souci pour elle. Ça pourrait la gêner. Je pourrai donc dire à mon oncle et à ma tante, et à P'pa et à M'ma que tout va bien. Nous viendrons pour la noce. Maintenant, il faut que je file, et merci pour tous ces renseignements.

L'épicier regarda sortir cette étrange jeune femme en salopette de cheminot, puis il s'aperçut qu'elle avait oublié son soda sur le comptoir.

— Hé ! Vous avez...

Mais elle avait déjà démarré au volant de sa voiture.

LE COURRIER
DE VALDOSTA

2 novembre 1924

Bennett et Jamison convolent en justes noces

Hier dimanche, le révérend James Dodds a uni par les liens sacrés du mariage Ruth Anne Jamison et Frank Corley Bennett. La mariée portait un voile blanc et un bouquet de roses. Gerald Bennett, frère du marié, était premier garçon d'honneur.

Ruth est la fille de Mrs. Elizabeth Jamison et de feu le révérend Charles Jamison. Miss Jamison a été reçue bachelière avec mention très bien au collège de Valdosta et a suivi le séminaire baptiste pour jeunes filles d'Augusta. Elle s'occupe avec un grand dévouement des œuvres sociales de notre église. Frank Corley Bennett a également fait ses études au collège de Valdosta, avant de servir quatre ans dans l'armée, où il a reçu la Purple Heart, décoration attribuée aux blessés de guerre.

Après une lune de miel de deux semaines à Tallulah Falls, en Géorgie, le couple s'installera dans la maison familiale du marié, à seize kilomètres au sud de la ville. Mrs. Bennett reprendra ses cours de catéchisme dès son retour.

VALDOSTA

GÉORGIE

1er novembre 1924

C'était ce matin-là que se mariait Ruth ; Idgie avait emprunté sa voiture à Julian et s'était garée en face de l'église baptiste de la Colombe du matin. Elle attendit quatre heures avant de voir arriver Ruth et sa mère, qui pénétrèrent aussitôt à l'intérieur de l'église. Ruth était aussi belle dans sa robe de mariée qu'Idgie l'avait imaginée.

Frank Bennett et son frère suivirent quelques instants plus tard. Idgie resta assise dans la voiture, regardant les invités entrer un à un dans l'église. Puis, quand elle vit le sacristain refermer les portes, son cœur se serra. De l'intérieur lui parvenaient les accents de l'orgue, et sitôt que s'éleva la marche nuptiale, elle eut envie de vomir.

Elle tétait depuis six heures du matin une bouteille de tord-boyaux, et juste avant que la mariée prononce le « oui », chacun dans l'église se demandait qui pouvait klaxonner comme ça dans la rue.

L'orgue, qui s'était tu, mugit de nouveau et, soudain, les portes s'ouvrirent et Ruth et Frank descendirent les marches en courant et riant sous les acclamations et les poignées de riz, avant de s'engouffrer dans une voiture, qui démarra aussitôt.

Idgie donna un autre coup de klaxon. Ruth se retourna juste au moment où la voiture disparaissait au coin de la rue, une seconde trop tard pour voir qui c'était.

Pendant tout le trajet du retour, Idgie ne cessa de rendre par la portière.

Maison de retraite de Rose Terrace

OLD MONTGOMERY HIGHWAY, BIRMINGHAM, ALABAMA

30 mars 1986

Ed Couch était allé chercher Big Momma à la maison de retraite le dimanche de Pâques, pour qu'elle passe la journée avec eux. Evelyn avait voulu inviter Mrs. Threadgoode, mais Ed avait objecté que ça ne plairait peut-être pas à sa mère de se retrouver en compagnie d'une pensionnaire qu'elle pouvait voir tous les jours, et Dieu sait s'il redoutait de déplaire à Big Momma. Sait-on jamais, elle était bien capable de refuser de retourner à Rose Terrace. Evelyn avait préparé un déjeuner pantagruélique pour eux trois, et après manger, sa belle-mère et Ed s'étaient retirés dans le petit salon pour regarder la télévision.

Evelyn avait projeté d'accompagner Ed quand il ramènerait Big Momma, pour pouvoir dire bonjour à Mrs. Threadgoode, mais juste au moment où ils s'apprêtaient à partir, son fils l'avait appelée au téléphone. Big Momma, qui s'était plainte de Rose Terrace tout au long du repas, était chapeautée et prête à partir ; aussi Evelyn, toujours par crainte d'irriter belle-maman, avait-elle dit à Ed de partir sans elle.

Cela faisait donc deux semaines qu'elle n'avait pas vu sa vieille amie, et quelle ne fut pas sa surprise quand elle la retrouva le dimanche suivant...

— Je suis allée chez le coiffeur pour Pâques. Vous aimez ?

Evelyn ne sut que répondre ; les cheveux de Mrs. Threadgoode étaient couleur rose bonbon !

— Ma foi... ça... ça se voit... bégaya Evelyn.

— Oui, et j'ai bien fait d'y aller. Je voulais être belle pour Pâques.

Evelyn s'assit à côté d'elle et lui sourit, comme s'il était parfaitement naturel pour une dame de l'âge de Mrs. Threadgoode d'avoir une coiffure de punk londonien.

— Qui vous a coiffée ? demanda-t-elle, curieuse.

— Croyez-le ou pas, c'est une élève de l'école d'esthéticiennes de Birmingham. Elles viennent de temps en temps ici nous coiffer gratuitement, pour se faire la main. La mienne était une toute petite chose et elle a mis tant de cœur à l'ouvrage que je lui ai laissé cinquante cents de pourboire. Dites-moi où on peut à l'heure d'aujourd'hui avoir un shampooing, une teinture et une mise en plis pour cinquante cents ?

— Quel âge avait cette gosse ?

— Oh ! ce n'était plus une enfant. Seulement elle était si petite qu'elle a dû monter sur une caisse en bois pour me coiffer. C'était presque une naine, en vérité. Et j'adore les nains, vous savez... Je me demande ce qu'est devenu ce petit nain qui vendait des cigarettes...

— Où ça ?

— À la radio et à la télé. Ils l'habillaient comme un groom, et il vendait des Philip Morris. Vous ne vous rappelez pas ?

— Ah oui, je vois de qui vous parlez.

— Je l'aimais beaucoup, ce petit, et j'ai toujours espéré qu'il viendrait à Whistle Stop. Je l'aurais pris sur mes genoux et nous nous serions bien amusés tous les deux.

Evelyn avait apporté des œufs teints, un gros sac de pop-corn caramélisé et des chocolats. Elle déclara à Mrs. Threadgoode qu'elles fêteraient ainsi Pâques une deuxième fois, puisqu'elles n'avaient pas pu se voir la semaine précédente. Mrs. Threadgoode trouva l'idée excellente et dit à Evelyn que le pop-corn caramélisé était ce qu'elle préférait, avant d'en piocher une poignée dans le sac et de se mettre à lui conter les Pâques de Rose Terrace.

— Oh, Evelyn, j'aurais aimé que vous soyez là ! Les infirmières avaient caché des œufs partout. Nous en avions mis quelques-uns dans nos poches et dans nos chambres, et tous ces petits écoliers de Woodlawn couraient comme des fous dans tous les sens. Comme ils étaient mignons, et comme ils se sont bien amusés ! Vous ne pouvez pas savoir le bien que ça fait de voir des enfants. Tout le monde était content, ici. (Elle baissa la voix.) C'est bon pour leur moral, à tous ces vieux. Il y a des femmes ici qui passent leur journée dans leurs fauteuils roulants, la tête penchée, le regard vide... mais qu'une infirmière vienne leur mettre une poupée dans les bras, et voilà qu'elles se redressent, s'animent et bercent leur poupée comme si c'était le petit Jésus ou l'enfant qu'elles ont eu. Et puis devinez qui est venu nous rendre visite !

— Qui ?

— Cette fille qui présente la météo à la télé... J'ai oublié son nom mais elle est très célèbre.

— Dites-moi, vous en avez eu du bon temps !

— Ça, c'est bien vrai... Mais vous savez quoi ?

— Quoi ?

— Ça m'est venu à l'esprit à l'instant... Jamais personne de célèbre n'est venu à Whistle Stop... excepté Franklin Roosevelt et Mr. Pinto, l'assassin, mais ils étaient morts quand ils sont passés par chez nous, alors ça ne compte pas. Cette pauvre Dot Weems n'a jamais rien eu de très passionnant à écrire dans sa gazette.

— Qui était-ce ?

Mrs. Threadgoode la regarda d'un air étonné.

— Comment ! Vous n'avez jamais entendu parler de Franklin Roosevelt ?

— Non, je parle de ce Mr. Pinto.

— Vous ne savez pas qui était Mr. Pinto ?

— Pinto ? Comme un cheval « pinto[1] » ?

— Non, ma chère, comme un haricot pinto[2]. Seymore Pinto. Un grand criminel !

— Je devais être trop jeune à l'époque pour en avoir entendu parler.

— Eh bien, vous avez de la chance, parce que c'était le diable incarné, cet homme. On dit qu'il était à moitié indien ou peut-être à moitié italien. En tout cas, vous n'aviez pas envie de tomber sur lui par une nuit noire, je vous l'assure.

Mrs. Threadgoode termina sa poignée de pop-corn et

1. Cheval pie, à robe noir et blanc.
2. Haricot rouge tacheté de noir.

croqua la tête d'un petit lapin en chocolat. Elle regarda la petite effigie.

— Pardon, mister.

Puis, se tournant vers Evelyn, elle lui dit :

— Vous savez, je dois être la seule ici à fêter deux fois Pâques. C'est peut-être un péché, mais je ne le dirai à personne, si vous faites de même.

LA GAZETTE DE WEEMS

(Bulletin hebdomadaire de Whistle Stop, Alabama)

28 mars 1940

Un grand criminel nous a rendu visite

Mr. Pinto, le célèbre assassin, est passé à Whistle Stop par le train de sept heures quinze en provenance de Mobile. Le train ne s'est arrêté que dix minutes, mais Stump Threadgoode et Peggy Hadley ont réussi à prendre une photo du mort. Quand elle aura été développée, Idgie l'accrochera dans le café.

Idgie a emmené sa troupe de scouts à Birmingham, au parc de Kiddyland puis au cinéma où ils ont vu *Je me suis évadé du bagne*. Les enfants en sont revenus enchantés.

Idgie annonce qu'elle a une authentique tête réduite des chasseurs de têtes de l'Amazonie, qu'elle exposera au café.

Y a-t-il quelqu'un qui connaisse un moyen de guérir le ronflement ? Si c'est le cas, qu'il vienne chez moi. Ma chère moitié est en train de me rendre folle. Je ferais mieux de l'envoyer dormir avec ses chiens, qui ronflent autant que lui. Je lui ai dit l'autre jour que ce doit être héréditaire. Ha ! ha ! ha !

La récompense pour la capture de Railroad Bill a encore augmenté. Certains pensent qu'il rôde dans le coin. La grande question est : Qui est Railroad Bill ? J'en arriverais à soupçonner Wilbur s'il n'était trop paresseux pour se lever en plein milieu de la nuit.

Le Club des Élans a nommé Bobby, le fils du révérend et de Mrs. Scroggins, garçon de l'année, et nous savons combien ses parents en sont fiers.

... Dot Weems...

P-S : Ma chère moitié est encore rentrée d'une partie de pêche organisée par le Club des Cornichons sans un seul poisson et avec en plus une belle urticaire due au sumac vénéneux. Il prétend que c'est Idgie qui lui a dit de s'asseoir sur cette saleté de plante. Ruth dit qu'Idgie est dans le même état.

WHISTLE STOP

ALABAMA

25 mars 1940

Stump avait éteint toutes les lumières dans la chambre et, assis par terre à côté du poste de radio dont le voyant diffusait une étrange lueur verte, il écoutait « L'Ombre », son émission favorite entre toutes.

« Amers sont les fruits de l'arbre du crime… dit le présentateur d'une voix caverneuse… Non, le crime ne paie pas… » Suivit un rire diabolique : « Ha ! Ha ! Ha !!! »

Au même instant, Idgie entra dans la chambre et redonna de la lumière, manquant faire défaillir Stump de frayeur.

— Devine quoi, Stump ? Grady vient de m'apprendre que Mr. Pinto passera par ici demain matin, avec le train de sept heures quinze.

Stump se releva d'un bond.

— Mr. Pinto ? En chair et en os ?

— Façon de parler, vu qu'il sera entre quatre planches en route vers le cimetière. Grady m'a dit qu'ils seront là seulement quelques minutes, le temps de changer de train.

J'aimerais bien aller avec toi, mais je dois conduire ta mère à Birmingham ; elle a des trucs à faire à l'église. Grady m'a dit que si tu voulais voir Pinto, tu devrais être au dépôt à six heures et demie, et il te fait dire de n'en parler à personne, sinon toute la ville sera là.

— J'dirai rien.

— Et Stump, ne va pas non plus dire à ta mère que je te l'ai dit.

— D'accord.

Stump avait reçu un appareil-photo pour son anniversaire, et il demanda à Idgie s'il pouvait prendre une photo de Mr. Pinto.

— Tu ne verras rien d'autre que son cercueil, mais tu peux le photographier si tu veux. Demande quand même la permission à Grady.

— Oui, m'dame.

Il courut chez Peggy, sûr de l'impressionner avec une nouvelle aussi fracassante. Mr. Pinto avait été capturé dans son repaire, une cabane dans le nord de l'Alabama, après une terrible fusillade au cours de laquelle trois policiers avaient été tués. Le bandit était en compagnie de sa petite amie, Hazel, surnommée la Tueuse rousse, qui avait un cœur d'acier et avait personnellement occis un avocat du comté de Baldwin. Quand il fut condamné à mort, tous les journaux de l'Alabama titrèrent :

MR. PINTO A RETENU SA PLACE
SUR LA CHAISE.

La chaise électrique de la prison de Folsom, où il était détenu, avait déjà grillé depuis sa mise en service plusieurs centaines de condamnés, mais l'exécution de Mr. Pinto était un événement.

Les espoirs de Stump ne furent pas déçus : Peggy ouvrit de grands yeux, et son émoi s'accrut quand Stump lui chuchota ce qu'il attendait d'elle.

— Tiens-toi prête demain matin à cinq heures… Je préfère être là-bas plus tôt au cas où le train serait en avance… Je passerai par-derrière et sifflerai comme ça…

Il imita alors le cri de la caille… trois fois.

Le lendemain matin, Peggy, habillée et coiffée, l'attendait déjà dans le jardin quand Stump arriva à l'heure convenue. Stump lui en voulut de tant d'exactitude, qui le dispensait de pousser son cri de la caille. L'idée lui en était venue après la lecture du *Crime mystérieux des hirondelles qui parlaient*. Et puis il avait passé la nuit à imiter le cri en question, jusqu'à ce qu'Idgie le menace de lui envoyer une décharge de plombs dans les fesses s'il continuait à se prendre pour une caille.

Ce fut la première d'une série de déconvenues que connaîtrait leur expédition. La deuxième fut le retard du train : pas moins d'une heure. Comme Stump avait parié qu'il aurait une heure d'avance, cela faisait maintenant deux heures qu'ils attendaient à la gare de triage, et Stump avait eu le temps de charger et de décharger son appareil une bonne centaine de fois.

Enfin le train tant attendu arriva en grondant sur les rails, et les wagons de marchandises s'immobilisèrent en bordure du quai. Grady et quatre cheminots sortirent du poste de triage, ouvrirent l'un des wagons et en tirèrent le long cercueil en bois de pin dans lequel reposait le hors-la-loi.

Le train repartit aussitôt, et Grady, l'air important dans son uniforme kaki, son pistolet lui battant la hanche, monta la garde auprès du macchabée, tandis que les cheminots s'en allaient manœuvrer l'autre train.

Stump et Peggy, qui, très impressionnés, avaient observé la scène, s'empressèrent de rejoindre Grady sitôt que les quatre hommes eurent tourné le dos.

— Salut, les mômes ! leur dit-il, et il donna un coup de pied dans le cercueil. Je vous présente Mr. Seymore Pinto, grand semeur de terreur devant l'Éternel.

Stump demanda s'il pouvait prendre une photo.

— Bien sûr, vas-y, mon p'tit.

Stump se mit à photographier le cercueil sous tous les angles possibles, pendant que Grady leur parlait du temps où il avait été gardien à la prison de Kilby, en Alabama.

Peggy, qui avait la charge des autres rouleaux de pellicule, lui demanda s'il y avait des assassins parmi les prisonniers qu'il avait gardés.

— Oh oui ! Il y en avait beaucoup qui avaient tué. J'en avais même deux qui entretenaient la maison où on habitait à Atmore, Gladys et moi.

— Des assassins dans votre maison ?

Grady la regarda d'un air étonné.

— Oui, pourquoi pas ? Il y a des gens très bien parmi eux. Par contre je ne me serais jamais risqué à employer des voleurs. Un assassin tue généralement une seule fois dans sa vie, et dans la plupart des cas c'est à cause d'une femme. Mais un voleur reste un voleur jusqu'au dernier jour de sa vie.

Stump en était déjà à son deuxième rouleau, et Peggy écoutait, fascinée, Grady poursuivre son exposé.

— Non, je n'ai rien contre les meurtriers. La plupart ont d'excellentes manières et sont fort sympathiques.

— Vous avez déjà assisté à une exécution, Grady ? demanda Stump.

— Pas à une mais à cent, tu veux dire, répondit Grady en riant. Et croyez-moi, les mômes, c'est quelque chose à voir. Avant de les faire asseoir sur la chaise, ils leur rasent le poil de la tête aux pieds. Ils sont chauves comme au jour de leur naissance. Puis ils glissent sous les électrodes des éponges trempées dans de l'eau salée, et ça c'est pour que l'électricité passe plus vite. Ils ont dû s'y reprendre sept fois avec le dernier que j'ai vu frire. Les gens à Atmore étaient furieux parce que ça interférait avec l'électricité de la ville et il y avait plein de parasites dans les radios. Et puis le docteur a dû lui faire une piqûre dans le cœur pour être sûr que ce nègre était mort...

Grady consulta sa montre.

— Ils en mettent du temps ! J'crois que j'ferais mieux d'aller voir ce qu'ils fabriquent.

Et il les laissa seuls en compagnie de feu Mr. Pinto.

Stump ne perdit pas une seconde.

— Aide-moi à soulever le couvercle, je vais prendre une photo de son visage.

Peggy était horrifiée.

— Comment pourrais-tu faire une chose pareille ! On doit respecter les morts !

— Ce n'est pas un mort, c'est un criminel. Écarte-toi si tu ne veux pas regarder.

Peggy courut se cacher derrière un pylône, tandis que Stump s'efforçait d'ouvrir le cercueil.

— Viens, lui dit-il quand il eut enfin soulevé le couvercle.

— Non, j'ai bien trop peur.

— Viens, tu ne le verras pas, il est recouvert d'un drap.

Peggy s'approcha sur la pointe des pieds et risqua un regard craintif sur le cadavre, que masquait entièrement un drap blanc.

— Il faut que tu m'aides, dit Stump. J'ai besoin que tu soulèves le drap pendant que je prends la photo.

— Non, Stump, je ne pourrai jamais le regarder.

Stump n'avait aucune envie lui non plus de voir le visage de Mr. Pinto, mais il la voulait, sa photo, et il eut une idée qui leur épargnerait à tous les deux l'horrible vision.

Il tendit l'appareil à Peggy.

— Tiens, tu vas pointer l'objectif sur l'emplacement de sa tête, et puis tu fermeras les yeux. Moi, je compterai jusqu'à trois, j'enlèverai le drap et toi, tu prendras la photo. Je le recouvrirai et, comme ça, tu ne le verras pas. D'accord ? Je t'en supplie, Peggy, vite, Grady peut revenir d'un moment à l'autre...

— J'ai peur, Stump...

— Écoute, tu es la seule dans toute la ville que j'aie mise dans le secret. Tu ne vas pas m'abandonner si près du but...

— Bon, d'accord, mais ne t'amuse pas à soulever ce drap avant que j'aie fermé les yeux. Tu me le jures, Stump Threadgoode ?

— Croix de bois, croix de fer... Tu as ma parole de scout. Vas-y, maintenant.

Peggy cadra en tremblant le haut du linceul.

— Tu es prête ?

— Oui.

— Bon, ferme les yeux et, à trois, appuie sur le bouton et attends que je te le dise avant de rouvrir les yeux.

Tandis que Peggy obtempérait, Stump aussi ferma les yeux et, écartant doucement le drap, il se mit à compter à voix haute :

— Attention, un... deux... TROIS !

Clic-clac ! Les yeux clos à en avoir mal, Peggy prit la photo. Et soudain la voix de Grady gronda dans leur dos :

— NON, MAIS QU'EST-CE QUE VOUS FAITES, VOUS DEUX ?

Ils rouvrirent les yeux en tressaillant et la première chose qu'ils virent fut le visage grimaçant de cent mille volts de Mr. Seymore Pinto.

Peggy hurla, lâcha l'appareil qui tomba dans le cercueil, et s'en fut en courant droit devant elle, tandis que Stump, couinant comme un chien battu, détalait à toutes jambes dans l'autre direction.

Pendant ce temps-là, Mr. Pinto contemplait d'un regard vitrifié le ciel qu'il ne verrait plus, et le rictus ravageant ses lèvres découvrait deux rangées de dents jaunes qu'on eût crues prêtes à mordre.

Dans la soirée, Peggy en tremblait encore dans son lit sous une pile de couvertures, sans parvenir à chasser l'horrible vision de cette tête cauchemardesque. Quant à Stump, réfugié dans la penderie, serré dans son ceinturon fluorescent de Ranger, il se jurait pour la millième fois que plus jamais, plus jamais il n'approcherait un cadavre de sa vie.

Grady se pointa au café vers six heures ce soir-là. Il rapportait l'appareil de Stump.

— Vous n'allez pas le croire, dit-il aux autres en se marrant comme un bossu, et il leur raconta ce qui s'était passé. Le plus drôle, c'est que l'appareil photo lui est tombé en pleine poire, à ce pauvre Pinto, et ça lui a cassé le nez !

Ruth était catastrophée. Smokey, luttant contre le fou rire, contemplait fixement sa tasse de café. Idgie, pliée en deux, renversa sur elle le verre de jus de raisin qu'elle apportait dans la cuisine pour son copain Ocie Smith.

VALDOSTA

GÉORGIE

30 septembre 1924

Enfant, Frank Bennett avait adoré sa maman au point de provoquer la colère et le mépris de son père, une brute qui ne lui avait jamais manifesté d'attention autrement qu'à coups de poing. Il n'avait donc connu de douceur et de tendresse qu'auprès de sa mère, qu'il avait aimée de tout son cœur...

... Jusqu'à ce jour où il rentra en avance de l'école et la trouva en train de copuler furieusement dans la cuisine avec le frère de son père. À cette vue, tout cet amour se mua à l'instant en haine et il s'en fut hors de la maison en hurlant de rage, emportant avec lui l'image d'une scène qui le hanterait tout au long de sa vie.

À l'âge de trente-quatre ans, Frank Bennett était un homme vaniteux, toujours tiré à quatre épingles, l'un des rares à se faire faire les mains chaque semaine chez le coiffeur.

On aurait pu dire que c'était un dandy. Le cheveu noir, l'œil bleu, il était bel homme. L'un de ses yeux, toutefois, était en verre, mais l'autre avait un éclat si froid qu'il était difficile de faire la différence.

C'était également un homme qui obtenait toujours ce qu'il voulait, et il voulait Ruth Jamison. Il avait eu à peu près toutes les filles disponibles à la ronde, y compris, et de préférence, les filles de couleur, qu'il prenait de force pendant que ses copains les tenaient. Mais une fois qu'il les avait possédées, il ne les voulait plus. Une jeune femme blonde, qui habitait maintenant en dehors de la ville, avait une petite fille qui ressemblait beaucoup à Frank Bennett, mais, après que ce dernier l'eut battue comme plâtre et l'eut menacée d'en faire autant à la fillette, elle se garda bien de lui demander réparation.

Mais en ville, il passait pour un bon vivant, et comme il avait hérité de son père une belle propriété, il songea qu'il était temps de fonder une famille et d'avoir une descendance.

Ruth était jeune, jolie, certainement vierge, et, depuis la mort du père, sa mère et elle connaissaient une situation financière difficile. Ruth ne pouvait être que flattée de l'intérêt que lui portait Frank Bennett. N'était-il pas le meilleur parti de la ville ? Ne l'avait-il pas courtisée comme un gentleman ? Sa mère elle-même était sous le charme.

Ruth en était arrivée à croire que ce bel homme l'aimait, et qu'elle devrait en conséquence lui retourner son affection.

Qui aurait pu deviner que se cachait l'âme la plus noire qui fût sous ces costumes impeccables et ces manières plaisantes ?

Personne en vérité dans le pays ne le connaissait sous son véritable jour, car les familles préféraient taire la honte d'une fille séduite et abandonnée ; quant aux filles de couleur qu'il avait forcées, à qui auraient-elles pu se plaindre ? Le soir où il enterra sa vie de garçon, il s'arrêta dans un bar avec quelques compagnons de beuverie, avant de poursuivre sa route vers une cabane dans les bois où les attendaient trois prostituées d'Atlanta dont il avait loué les services pour la nuit. Un vieux vagabond, qui passait par là, était entré dans le bar, curieux de voir qui était en si joyeuse compagnie. Frank fit ce qu'il faisait à tous les étrangers : il alla vers l'homme, qui mourait visiblement d'envie de boire un verre, et lui tapa dans le dos.

— Écoute, l'ancien, si tu peux me dire lequel de mes yeux est en verre, je te paie un coup à boire.

Les autres éclatèrent de rire parce que c'était impossible de le deviner, mais le vieil homme le regarda et, sans la moindre hésitation, lui dit :

— Le gauche.

Rugissement des copains et stupeur de Frank qui, mettant ça sur le compte de la chance, jeta un demi-dollar sur le comptoir et s'en fut avec sa bruyante troupe.

— Ce sera quoi pour vous, mister ? demanda le tenancier au vieux routier.

— Whiskey.

Le tenancier lui servit un verre à ras bord.

— Hé, l'ami, comment vous avez fait pour deviner que c'était le gauche ?

L'autre vida son verre en deux lampées et répondit :

— Facile. Le gauche était le seul où il y avait une lueur de compassion.

VALDOSTA

GÉORGIE

28 avril 1926

Idgie, qui avait maintenant dix-neuf ans, était allée à Valdosta presque tous les mois depuis deux ans et demi. Elle garait la voiture devant l'église aux heures où Ruth s'y rendait et ne faisait rien d'autre que de la suivre d'un regard perçant, tenant seulement à s'assurer qu'elle se portait bien. Jamais Ruth n'avait soupçonné sa présence.

Puis un dimanche, à son propre insu, elle se retrouva devant la maison de Ruth et alla frapper à sa porte. Ce fut la mère, petite femme frêle au doux sourire, qui vint lui répondre.

— Oui ?

— Est-ce que Ruth est là ?

— Oui, elle est en haut.

— Voulez-vous lui dire qu'une charmeuse d'abeilles est venue la voir depuis l'Alabama ?

— Pardon ?

— Dites-lui simplement qu'une amie à elle souhaite lui dire le bonjour en passant.

— Mais entrez donc.

— Je vous remercie, mais je préfère attendre dehors.

La mère de Ruth entra et appela sa fille :

— Ruth, il y a là une... une charmeuse d'abeilles qui voudrait te voir.

— Quoi ?

— Une amie à toi t'attend dehors.

Quand Ruth descendit, elle resta un instant clouée de stupeur. Elle sortit sous le porche, et Idgie, le feu aux joues, les mains moites et tremblantes mais s'efforçant de paraître naturelle, lui dit :

— Écoute, je ne veux pas t'importuner, je sais que tu es probablement très heureuse et tout, enfin j'en suis sûre, mais je voulais que tu saches que je ne t'en veux pas, que je ne t'en ai jamais voulu. Je voudrais que tu reviennes et je ne suis plus une enfant, donc ce que je pense ne risque pas de changer. Je t'aime et je t'aimerai toujours et je me fous pas mal de ce que les gens peuvent en penser...

Frank demanda depuis l'étage :

— Qui c'est ?

Idgie commença à s'éloigner.

— Je voulais seulement que tu le saches... Je file, maintenant.

Ruth, qui n'avait pas dit un mot, la regarda monter dans la voiture et s'en aller.

Il ne s'était pas passé un seul jour sans que Ruth n'ait pensé à Idgie.

Frank descendit et la rejoignit dehors.

— Qui c'était ?

— Oh, une amie à moi, que je n'avais pas vue depuis longtemps, répondit Ruth, suivant des yeux la voiture qui n'était plus qu'un petit point noir sur la route.

Maison de retraite de Rose Terrace

OLD MONTGOMERY HIGHWAY, BIRMINGHAM, ALABAMA

6 avril 1986

Mrs. Threadgoode se mit à parler à la minute même où Evelyn entra dans le salon.

— Eh bien, ma chère, figurez-vous que Vesta Adcock a complètement perdu les pédales. Elle est entrée dans la chambre cet après-midi vers les quatre heures et elle a pris la petite mule en pâte de verre dans laquelle Mrs. Otis range ses épingles à cheveux, en criant : « Dieu a dit d'arracher ce qui offense l'œil », et sur ce, elle a jeté la petite mule par la fenêtre avec les épingles et tout, et elle est ressortie.

» Mrs. Otis en était malade. Et puis est arrivée cette infirmière de couleur, Geneene, avec la mule qu'elle avait retrouvée dans le jardin, mais pas les épingles, et elle a dit à Mrs. Otis de ne pas s'en faire, que Mrs. Adcock avait fait ça dans toutes les chambres... qu'on ne savait pas quelle mouche l'avait piquée mais que c'était sûr qu'elle était folle comme un lapin.

» Je vous le dis, je suis bien heureuse d'avoir la tête solide, avec tout ce qui se passe ici. On vit au jour le jour ici, on ne sait jamais de quoi demain sera fait. Enfin, je fais de mon mieux, et je ne peux pas faire plus.

Evelyn lui tendit une boîte de cerises au chocolat.

— Oh, merci, ma belle, comme c'est gentil. (Elle dégusta une cerise d'un air songeur.) Pensez-vous que les lapins soient fous, ou bien est-ce seulement une expression ?

Evelyn ne sut que répondre.

— Je comprends, poursuivit Mrs. Threadgoode, qu'on dise travailleuse comme une fourmi ou étourdi comme un papillon mais fou comme un lapin... Vous aimez les insectes, Evelyn ? demanda-t-elle abruptement.

— Je... je ne les connais pas beaucoup.

— Albert et moi, on passait des heures et des heures à les observer. Cleo avait une grosse loupe sur son bureau, et quand on trouvait un mille-pattes, une sauterelle, des scarabées, des fourmis, on les mettait dans un bocal... et on les étudiait. Ils avaient de toutes petites têtes et des expressions très drôles. Quand on les avait bien examinés, on allait les remettre dans le jardin pour qu'ils vaquent de nouveau à leurs occupations.

» Une fois, Cleo a attrapé un bourdon et il l'a mis dans le bocal pour Albert et moi. C'était une bien belle chose à voir. Idgie aimait les abeilles, mais moi, ma préférée, c'est la coccinelle, la bête à bon Dieu. Elle porte chance, vous savez. Tous les insectes ont leur personnalité propre. Les araignées sont nerveuses et voraces, avec de toutes petites têtes. Et j'ai toujours aimé la mante religieuse. Elle est très croyante.

» Je ne pourrais jamais tuer un insecte, pas après les avoir vus d'aussi près. Je suis persuadée qu'ils pensent, tout comme nous. Bien sûr, ils ont leurs inconvénients. Mes gardénias en savent quelque chose, eux. Sans parler de mes roses, avec tous ces pucerons. Norris s'est offert de mettre de l'insecticide mais je lui ai dit de ne pas se donner ce mal. Par contre, ici, à Rose Terrace, je peux vous garantir que pas un seul insecte ne survivrait. Même les microbes doivent avoir du mal. Ils ne veulent pas seulement que ça ait l'air propre, non, ils veulent que ça le soit. Des fois, j'ai l'impression de vivre sous une enveloppe de cellophane, comme ces sandwiches qu'ils vendaient dans les trains.

» Quand je serai rentrée chez moi, je serai bien contente de retrouver mes petites bêtes. Ça me ferait plaisir de voir ne serait-ce qu'une fourmi. Je vais vous dire une chose, ma chère Evelyn, je suis heureuse d'être plus proche de la sortie que de l'entrée. Comme il est dit dans la Bible : “Il y a beaucoup de maisons dans la maison de Dieu, et je suis prête à y aller”...

» Mais tout ce que je demande, mon Dieu, c'est qu'il n'y ait pas de linoléum dans la mienne.

WHISTLE STOP
ALABAMA

17 octobre 1940

Quand Vesta Adcock était petite, on lui avait appris à parler distinctement. Et pour être distincte, sa voix l'était devenue au point de percer les murs les plus épais. Une véritable voix de stentor qu'on entendait à deux blocs à la ronde.

Cleo Threadgoode disait que c'était dommage qu'Earl Adcock doive payer ses notes de téléphone, alors que Vesta n'avait qu'à ouvrir sa fenêtre et à parler dans la direction où habitait la personne qu'elle voulait appeler.

À cause de ça et du fait qu'elle s'était bombardée présidente du « Club des Maîtresses Femmes », il n'était pas surprenant qu'Earl fasse un jour ce qu'il fit.

Earl Adcock était un brave homme qui s'était toujours bien comporté – un de ces héros de l'ombre qui avait épousé la fille parce que c'était elle qui l'avait choisi et qu'il n'avait pas voulu heurter ses sentiments. Ainsi avait-il laissé Vesta et sa belle-mère tout organiser depuis le mariage jusqu'à leur lieu de résidence, sans oublier le voyage de noces.

Après que le seul enfant, Earl Jr., fut né, un petit grassouillet au visage enguirlandé d'anglaises châtaines, qui courait se réfugier dans les jupes maternelles sitôt que son père s'approchait, Earl comprit qu'il avait commis une grosse erreur, mais, en parfait gentleman, il resta marié et éleva ce fils qui vivait dans la même maison que lui, était du même sang et cependant lui demeurait étranger.

Earl était directeur à la L & N Railroad, où il avait la responsabilité de deux cents employés, auprès desquels il jouissait d'une grande considération car il était non seulement capable mais bienveillant envers chacun. Il avait servi avec honneur et courage pendant la Première Guerre mondiale, et tué deux Allemands, mais chez lui il n'était que le deuxième enfant de Vesta, et encore le moins aimé.

« ESSUIE TES PIEDS AVANT D'ENTRER ! NE T'ASSOIS PAS SUR CETTE CHAISE ! »

« COMMENT PEUX-TU OSER FUMER DANS MA MAISON... VA LE FAIRE DEHORS ! »

« TU NE VAS PAS APPORTER TES SALES POISSONS ICI ! VA DONC LES VIDER ET LES NETTOYER DANS LE JARDIN ! »

« SI TU NE TE DÉBARRASSES PAS DE CES CHIENS, JE PARS AVEC LE BÉBÉ ! »

« MON DIEU, C'EST DONC ÇA QUE TU AS DERRIÈRE LA TÊTE ? VOUS, LES HOMMES, VOUS N'ÊTES DÉCIDÉMENT QU'UNE BANDE DE COCHONS ! »

Elle lui choisissait ses vêtements, ses amis, et lui tombait dessus comme une tigresse sitôt qu'il osait gronder le petit Earl pour avoir fait une bêtise.

Pendant toutes ces années, Earl n'en avait pas moins porté les costumes exigés par sa femme, découpé le rôti, s'était rendu fidèlement à l'église, avait été bon mari et bon père et n'avait jamais eu un seul mot envers Vesta. Mais Earl Jr. était grand à présent, et Earl partit bientôt à la retraite avec une confortable pension et, en remerciement de ses bons et loyaux services, une montre de chef de train de marque Rockford en or massif. Il versa sa retraite sur le compte de Vesta, garda la montre et, aussi discrètement qu'il avait vécu, il quitta la ville, laissant seulement un petit mot derrière lui :

Voilà, c'est terminé. Je m'en vais, et si tu ne me crois pas, tu n'auras qu'à compter les jours où je ne serai pas là. À chaque fois que tu n'entendras pas sonner le téléphone, ce sera moi qui ne t'appellerai pas.

Adieu, vieille peau, et bonne chance.

Bien sincèrement à toi,

Earl Adcock

P-S : Je n'ai jamais souffert de surdité.

Vesta gifla un Earl Jr. stupéfait et resta alitée pendant une semaine avec une serviette mouillée sur la tête, tandis que chacun en ville se félicitait de ce qu'Earl avait fait. Si les bons vœux avaient été des billets de dix dollars, il serait devenu un homme riche.

LA GAZETTE DE WEEMS

(Bulletin hebdomadaire de Whistle Stop, Alabama)

18 octobre 1940

Avertissement aux épouses

Voici revenue la saison où ma chère moitié attend dans la fièvre l'ouverture de la chasse. Ça fait des jours et des jours qu'il fourbit ses fusils, tient des conciliabules avec ses vieux chiens et s'agite dans la maison pour en faire encore moins que d'habitude. Aussi, mesdames, préparez-vous à dire au revoir aux garçons pour un bout de temps. Tout ce qui bouge ne sera bientôt plus en sécurité nulle part. Souvenez-vous de l'an passé, quand Jack Butts a troué d'un coup de fusil la barque dans laquelle ces couillons s'étaient planqués pour chasser le canard. Idgie a dit qu'au moment où ils s'enfonçaient dans l'eau une compagnie de colverts leur est passée au-dessus de la tête.

Félicitations à Stump Threadgoode pour avoir remporté le premier prix du Concours des sciences de l'école avec un sujet passionnant, intitulé « Du haricot de Lima ».

Le deuxième prix est allé à Vernon Hadley pour son « expérience avec savon ».

Idgie annonce qu'elle a mis un gros bocal de haricots de Lima sur le comptoir, au café, et que quiconque en devinera le nombre gagnera un prix.

Le « portrait » de Mr. Pinto est revenu de chez le photographe, et comme prévu, ce n'est pas une réussite ; la photo est toute voilée.

Ruth annonce de son côté à tout le monde qu'elle a jeté la tête réduite, parce que sa vision coupait l'appétit aux clients. D'ailleurs, dit-elle, c'était rien qu'une fausse tête en plastique qu'Idgie avait achetée dans un magasin de farces et attrapes, à Birmingham.

À propos, ma chère moitié me dit que quelqu'un nous a invités à dîner mais il ne se rappelle plus qui. Aussi, que ceux qui ont eu la gentillesse de nous inviter m'appellent pour me le faire savoir.

... Dot Weems...

P-S : Opal prie de nouveau tous ses voisins de ne pas donner à manger à Boots.

VALDOSTA

GÉORGIE

4 août 1928

Deux ans avaient passé depuis la dernière fois qu'Idgie avait vu Ruth, mais elle continuait de se rendre à Valdosta de temps à autre, le mercredi, parce que c'était le jour où Frank Bennett descendait en ville et allait chez le coiffeur. Elle s'installait d'ordinaire au Drug Store Puckett, parce que de là on pouvait voir parfaitement chez le coiffeur.

Elle aurait tant aimé entendre ce que disait Frank, installé dans le fauteuil pour se faire raser et couper les cheveux. Mais cela lui suffisait de le voir. Il était son seul lien avec Ruth.

Ce mercredi-là, Mrs. Puckett, sèche petite bonne femme chaussée de besicles à monture d'écaille, s'affairait comme à l'ordinaire, rangeant ses articles comme si sa vie avait dépendu de leur impeccable alignement sur les rayons.

Idgie, assise au comptoir, ne quittait pas des yeux la boutique d'en face.

— Ça m'a l'air d'être un drôle de bavard, ce Frank Bennett. Un type plutôt sympa, non ?

Mrs. Puckett, juchée sur son échelle pour disposer ses pots de confiture en rang martial, tournait le dos à Idgie.

— Certains pourraient le penser, répondit-elle.

Il y avait dans sa voix un ton qui intrigua Idgie.

— Que voulez-vous dire ?

— Rien de plus que ce que j'ai dit, dit l'épicière, redescendant de son échelle.

— Mais ce n'est pas votre avis à vous ?

— Mon avis ne compte pas.

— Vous ne le trouvez pas sympathique ?

— Puisque vous tenez tant à le savoir, miss, je vous dirai que non, je ne le trouve pas sympathique, répondit sèchement Mrs. Puckett en s'attaquant maintenant à l'alignement des boîtes de sucre.

— Pour quelle raison ? Il s'est montré désagréable envers vous ?

— Il ne manquerait plus que ça ! s'indigna l'épicière en se redressant.

— Alors pourquoi ? insista Idgie.

— Parce que je n'aime pas les hommes qui battent leur femme, voilà pourquoi !

Le cœur d'Idgie se glaça.

— Il bat sa femme ? s'écria-t-elle d'une voix sourde.

— Comme je vous le dis.

— Vous en êtes sûre ?

— Si j'en suis sûre ? Demandez donc à mon mari combien de fois il a dû aller chez eux avec sa trousse à pharmacie pour soigner cette pauvre femme. Il l'a frappée au visage, l'a poussée dans l'escalier, il lui a cassé un bras.

Elle enseigne le catéchisme à l'école et vous ne pouvez pas savoir comme elle est douce et gentille.

Mrs. Puckett mit sévèrement de l'ordre parmi les flacons de sels de Vichy.

— Voilà ce qu'un homme devient sous l'emprise de l'alcool. Mr. Puckett et moi, nous n'avons jamais bu une seule goutte de...

Mais Idgie était déjà dehors.

Le coiffeur talquait la nuque de Frank quand Idgie surgit comme une furie dans sa boutique. Elle pressa un doigt rageur sur le visage de Frank.

— ÉCOUTE, ESPÈCE DE SALOPARD, ESPÈCE DE RAT PUANT, ESPÈCE D'ENFANT DE SALOPE DE BORGNE ! SI JAMAIS TU FRAPPES RUTH ENCORE UNE FOIS, JE TE TUERAI, BÂTARD QUE TU ES ! TU ENTENDS ? JE JURE QUE JE T'ARRACHERAI LE CŒUR ! TU M'ENTENDS, ORDURE !

Et sur ce, elle balaya d'un revers de main tout ce qui se trouvait sur le comptoir de marbre. Flacons et lotions s'en furent en grand fracas se briser par dizaines sur le carrelage. Avant qu'ils reviennent de leur stupeur, Idgie démarrait sur les chapeaux de roues.

Le coiffeur était planté, bouche bée, derrière Frank. Tout s'était passé si vite. Il regarda Frank dans la glace et marmonna :

— Ce type est complètement cinglé.

Idgie conduisit tout droit jusqu'à Wagon Wheel, où elle raconta tout à Eva. Elle était toujours enragée et voulait retourner là-bas pour avoir la peau de ce salaud.

— Si tu fais ça, tu te feras tuer, lui dit Eva. Tu n'as

pas le droit de te mêler des affaires d'un couple. C'est leur affaire, pas la tienne.

Idgie souffrait mille morts.

— Mais pourquoi reste-t-elle avec lui ? demanda-t-elle d'une voix brisée à son amie. Pourquoi ?

— Ça la regarde, Idgie, ça la regarde. Oublie tout ça, oublie. Ruth est grande, non, et elle fait ce qu'elle veut. Tu n'es encore qu'une enfant, ma chérie, et si ce type est aussi méchant que tu le dis, il pourrait te faire du mal.

— Je m'en fous, Eva, parce que c'est moi qui 1'aurai la première. Tu verras, je l'aurai, ce salaud !

Eva lui resservit à boire.

— Non, je ne verrai rien du tout. Tu ne tueras personne et tu ne retourneras pas là-bas. Tu me le promets ?

Idgie promit. Toutes deux savaient que c'était un mensonge.

Maison de retraite de Rose Terrace

OLD MONTGOMERY HIGHWAY, BIRMINGHAM, ALABAMA

27 avril 1986

Mrs. Threadgoode était particulièrement heureuse ce dimanche parce que Evelyn lui avait apporté du poulet frit et de la salade de chou dans une assiette en papier et elle était partie lui chercher un verre de jus de raisin pour aller avec.

— Oh ! merci, ma belle. Vous me gâtez trop. Je l'ai dit à Mrs. Otis, Evelyn ne pourrait pas être plus gentille avec moi si elle était ma propre fille… et vous ne savez pas combien ça me touche… je n'ai jamais eu de fille… Est-ce que votre belle-maman aime les bonnes choses ?

— Non, pas du tout, répondit Evelyn. Je lui ai apporté du poulet, mais elle n'en a pas voulu. Elle et Ed ne sont pas gourmands. Ils mangent pour se nourrir, c'est tout. Vous vous imaginez ?

Mrs. Threadgoode lui dit qu'elle ne préférait pas, qu'une chose pareille était inconcevable.

Evelyn brûlait d'envie de connaître la suite de l'histoire d'Idgie et de Ruth et, cette fois, elle osa demander :

— La dernière fois, vous me disiez que Ruth avait quitté Whistle Stop pour aller se marier à Valdosta...

— Oh, comme Idgie était malheureuse ! Si vous aviez vu ça...

— Oui, je sais, vous m'en avez parlé. Mais je voudrais savoir quand Ruth est revenue à Whistle Stop.

Sa cuisse de poulet à la main, Evelyn se cala dans son fauteuil pour écouter Mrs. Threadgoode.

— Je me souviens du jour exact où cette lettre est arrivée... Voyons, ce devait être en 1928 ou en 1929... ou peut-être en 1930 ? J'étais dans la cuisine avec Sipsey quand M'ma est arrivée avec une lettre à la main. Elle a poussé la porte de derrière et a appelé Big George, qui était dehors avec Jasper et Artis. Elle a dit : « George, va dire à Idgie qu'elle a reçu une lettre de Ruth ! »

» George est parti en courant. Une heure plus tard, Idgie est entrée dans la cuisine. M'ma, qui était en train d'écosser des petits pois à ce moment-là, lui a simplement désigné la lettre sur la table, sans un mot. Idgie l'a ouverte, mais le plus drôle, c'est que ce n'était pas une lettre du tout, c'était juste une page arrachée de la Bible, le Livre de Ruth, chapitre 1, 16-20 :

» *Et Ruth dit : Tu auras beau me supplier de ne pas te suivre ou de m'en retourner d'où je viens, j'irai partout où tu iras, j'habiterai où tu habiteras, ton peuple sera mon peuple, et ton Dieu sera mon Dieu.*

» Idgie lut et relut la citation, puis elle la tendit à M'ma et lui demanda ce que cela voulait dire.

» M'ma parcourut la lettre du regard, la reposa sur la table puis, se remettant à écosser ses pois, dit doucement :

» — Ma foi, ma chérie, c'est écrit noir sur blanc. Je

crois que demain toi et tes frères et Big George, vous feriez bien d'aller chercher Ruth à Valdosta. Tu sais bien que sans ça tu ne trouveras jamais la paix, n'est-ce pas ?

» Et c'était vrai, Idgie n'aurait jamais tenu le coup si elle n'avait pas retrouvé Ruth.

» Alors le lendemain ils sont partis en Géorgie. J'ai toujours admiré Ruth d'avoir eu le courage de s'en aller comme ça. Et du courage, il en fallait à cette époque pour faire ça. Ce n'est pas comme aujourd'hui. En ce temps-là, quand on était marié, c'était pour la vie, enfer ou pas. Mais cette Ruth était bien plus forte que les gens le pensaient. Tout le monde la traitait comme si elle avait été en porcelaine, mais elle était drôlement costaud, plus encore qu'Idgie par bien des côtés.

— Est-ce que Ruth a obtenu le divorce ?

— Ah, ça, je l'ignore ! Je ne lui ai jamais posé la question. C'était son affaire, après tout. Je n'ai jamais rencontré non plus son mari. On le disait bel homme, sauf qu'il avait un œil de verre. Ruth m'a dit qu'il venait d'une bonne famille, mais qu'il était cruel envers les femmes. Il s'est soûlé et l'a prise de force pendant leur nuit de noces, et pendant tout ce temps elle le suppliait d'arrêter.

— Mais c'est terrible !

— Oui, elle a saigné pendant trois jours, et après ça elle n'a jamais pu prendre de plaisir. Bien entendu, ça ne faisait que l'enrager davantage. Elle m'a dit qu'une fois il l'avait poussée dans l'escalier.

— Ô mon Dieu !

— Puis il s'en est pris aux filles de couleur qui travaillaient pour lui. Ruth nous a dit qu'il avait violenté une fillette de douze ans. Mais il était trop tard quand elle a découvert quel genre d'homme il était. Elle avait sa mère malade, et c'est à cause d'elle qu'elle n'a pas pu le quitter plus tôt. Les soirs où il rentrait soûl, il se jetait sur elle et, pendant qu'il la forçait, elle priait et pensait à nous tous pour ne pas devenir folle.

— On dit qu'on ne connaît jamais un homme tant qu'on n'a pas vécu avec lui, dit Evelyn.

— C'est bien vrai. Sipsey disait qu'on ne sait pas quel poisson on a ferré tant qu'on ne l'a pas sorti de l'eau... Aussi il vaut mieux que Stump n'ait pas connu son père. Ruth l'a quitté avant la naissance du petit. Ça faisait deux mois qu'elle était à Whistle Stop avec Idgie quand elle a remarqué qu'elle prenait du ventre. Stump est né dans la grande maison, et c'était le bébé le plus mignon que vous ayez jamais vu ; il pesait trois kilos cinq, et il était tout blond avec des yeux marron.

» Quand elle l'a vu, M'ma a dit : "Regarde, Idgie, il a tes cheveux !"

» Et c'est vrai, il était on ne peut plus blond. C'est ce jour-là que P'pa Threadgoode a pris Idgie à part et lui a dit que maintenant qu'elle était responsable de Ruth et d'un bébé, elle ferait mieux de décider de ce qu'elle allait faire dans la vie, et il lui a donné cinq cents dollars pour démarrer un commerce. C'est avec ça qu'elle a acheté le café.

Evelyn lui demanda si Frank Bennett avait su qu'il avait un fils.

— Non, je ne le pense pas.

— Il n'a donc jamais revu Ruth après son départ de Valdosta ?

— Ça, je ne peux pas vous le dire, mais ce qui est sûr,

c'est qu'il est venu au moins une fois à Whistle Stop, et il aurait mieux fait de s'abstenir, pour autant que je sache.

— Pourquoi dites-vous ça ?

— Parce qu'il y a laissé sa peau, parbleu !

— Il est mort ?

— Ah ça, les asticots vous le confirmeront !

VALDOSTA

GÉORGIE

18 septembre 1928

Quand Ruth était rentrée chez elle pour se marier, sa mère et Frank Bennett l'attendaient à la gare. Ruth avait oublié combien Frank était beau, et puis sa mère était si heureuse de voir sa fille promise à un aussi beau parti.

Après elle s'était laissé emporter par le tourbillon des fêtes que donnait Frank, mais souvent, au milieu des invités ou seule la nuit, c'était à Idgie qu'elle pensait soudain, et elle avait alors une telle envie de la revoir qu'elle en avait mal dans sa chair.

Quand le manque d'Idgie la taraudait ainsi, Ruth priait Dieu de lui accorder l'oubli de cet amour impossible, comptant sur Lui pour que disparaisse petit à petit de son cœur la silhouette garçonnière, la charmeuse d'abeilles, la tête blonde tant aimée.

Elle était montée dans la chambre nuptiale, décidée à être une bonne et aimante épouse, et c'est pourquoi cela avait été un tel choc pour elle quand Frank l'avait prise avec violence... comme s'il avait voulu la punir d'être une femme. Sitôt qu'il eut joui, il s'était retiré dans sa propre chambre, la laissant dolente et en sang. Il n'était jamais revenu dans son lit que tenaillé par ses désirs et, neuf fois sur dix, pour l'unique raison qu'il était trop soûl ou trop fatigué pour se rendre au bordel dont il était un client assidu.

Ruth en vint à se reprocher son amour pour Idgie et à se dire que, si Frank se comportait aussi cruellement envers elle, c'est qu'il la sentait indifférente, ailleurs. Elle en arriva à croire qu'il soupçonnait la nature exacte de ses penchants, ce qui expliquait les insultes et les coups dont il l'accablait. C'était ce sentiment de culpabilité qui lui avait fait accepter comme une punition méritée ses misères conjugales. Et puis la présence de sa mère et la responsabilité qu'elle avait envers cette femme à la santé délicate avaient scellé toute velléité de quitter Frank.

À présent, sa mère était au plus mal. Le docteur sortit de la chambre où elle reposait.

— Mrs. Bennett, elle a un peu retrouvé l'usage de la parole. Elle vous demande.

Ruth entra et referma doucement la porte derrière elle.

Sa mère, qui depuis une semaine n'avait pu articuler un seul mot, rouvrit les yeux et vit sa fille assise à son chevet.

— Quitte-le… quitte-le, Ruth, murmura-t-elle d'une voix faible. Cet homme est un démon… Un démon, Ruth… J'ai entendu des choses terribles sur lui… Va-t'en, Ruth, va-t'en avant qu'il soit trop tard… Promets-moi…

C'était la première fois que cette femme timide osait porter pareil jugement sur son gendre. Ruth acquiesça d'un signe de tête et lui prit la main. Peu après, dans l'après-midi, le médecin fermait les yeux de Mrs. Elizabeth Jamison.

Ruth pleura sa mère, puis elle monta dans sa chambre, fit sa toilette et prépara son message à Idgie. Quand elle eut cacheté l'enveloppe, elle alla respirer à la fenêtre et sentit son cœur s'élever comme un ballon rouge lâché dans l'azur par un enfant.

VALDOSTA

GÉORGIE

21 septembre 1928

Une voiture et une camionnette s'arrêtèrent devant la maison. Dans la camionnette il y avait Big George et Idgie ; dans la Ford Modèle T, Cleo, Julian et deux de leurs amis, Wilbur Weems et Billy Limeway.

Ruth, qui était prête et les attendait depuis les premières heures du jour, apparut à la porte.

Les hommes descendirent de voiture et attendirent dans le jardin, tandis qu'Idgie rejoignait son amie sous le porche.

— Je suis prête, lui dit Ruth.

Frank sommeillait quand il avait entendu les véhicules s'immobiliser devant chez lui. Il descendit l'escalier et reconnut Idgie à travers la moustiquaire.

— Qu'est-ce que vous foutez ici ?

Il poussa la porte, et il s'avançait vers elle quand il vit les cinq hommes dans le jardin.

Idgie, qui n'avait pas quitté Ruth des yeux, demanda tranquillement :

— Où est ta malle ?

— En haut.

Idgie appela Cleo :

— Ses affaires sont en haut.

Comme les quatre hommes passaient devant Frank, ce dernier bégaya :

— Mais... mais qu'est-ce que vous faites ?

Julian, qui était le dernier, lui répondit :

— J'crois que votre femme vous a assez vu, mister.

Ruth était montée dans la camionnette avec Idgie. Frank se dirigeait vers elle quand il vit Big George, appuyé contre la portière, tirer nonchalamment un couteau de sa poche et peler avec dextérité une pomme dont il expédia la peau par-dessus son épaule.

Du haut de l'escalier, Julian cria à Frank :

— Et si j'étais à votre place, mister, je ne m'approcherais pas trop de ce nègre, il est complètement dingue !

La malle de Ruth était dans la ridelle et tout le monde en voiture avant que Frank Bennett revienne de sa stupeur. Puis, s'apercevant que Jake Box, son contremaître, avait assisté à la scène, il se mit à hurler dans le sillage de poussière que soulevaient les véhicules en démarrant :

— Et t'avise pas de refoutre les pieds ici, espèce de salope ! Putain frigide !

Il descendit en ville le lendemain et raconta à qui voulait l'entendre que Ruth était devenue folle de chagrin après la mort de sa mère et qu'il avait dû la conduire dans un hôpital psychiatrique d'Atlanta.

WHISTLE STOP

ALABAMA

21 septembre 1928

M'ma et P'pa Threadgoode attendaient sous le porche. M'ma et Sipsey avaient passé la matinée à préparer la chambre de Ruth, et Sipsey s'affairait maintenant aux fourneaux avec Ninny.

— Alice, quand Ruth arrivera, ne dis rien qui puisse la gêner et lui faire penser que maintenant elle doit ne plus partir d'ici. Bref, ne la bouscule pas.

M'ma tripotait son mouchoir et, signe d'une grande agitation, portait souvent la main à sa coiffure.

— Ne t'inquiète pas, mais je pourrai tout de même lui dire qu'on est heureux de la revoir, non ? Lui faire savoir qu'elle est la bienvenue ? Tu le lui diras aussi, n'est-ce pas ?

— Bien entendu, mais je ne veux pas que tu t'emballes, je ne veux pas te voir souffrir si jamais elle... elle s'en allait de nouveau, c'est tout.

Après un moment de silence, il demanda :

— Alice... crois-tu qu'elle restera ?

— Je prie le Seigneur pour ça.

À ce moment, la camionnette, avec Ruth et Idgie, tourna au coin de la rue.

— Les voilà ! cria P'pa. Ninny, Sipsey, elles sont là !

M'ma dévala les marches à leur rencontre, P'pa sur ses talons.

Mais quand ils virent Ruth descendre de voiture, sa maigreur et la fatigue qui marquait son visage, ils en oublièrent leurs belles résolutions et la serrèrent dans leurs bras à l'étouffer en parlant tous les deux en même temps.

— Oh ! comme je suis heureux de te revoir, Ruth, dit P'pa. Cette fois, tu ne nous échapperas plus.

— Nous t'avons préparé ton ancienne chambre, ma chérie, lui dit M'ma. Et Sipsey et Ninny n'ont pas quitté la cuisine de toute la matinée.

Tandis qu'ils emmenaient Ruth à l'intérieur, M'ma se tourna vers Idgie :

— Quant à toi, j'espère que tu vas bien te conduire cette fois ! Tu m'entends ?

Idgie, éberluée, la regarda en se demandant ce qu'elle avait encore fait.

Après dîner, Ruth suivit M'ma et P'pa dans le salon, referma la porte derrière elle et, s'asseyant en face d'eux, elle leur déclara :

— Je n'ai pas d'argent, je n'ai rien d'autre qu'une malle de vêtements. Mais je peux travailler. Je veux que vous sachiez que je ne m'en irai plus jamais. Je n'aurais jamais dû vous quitter il y a quatre ans, je le sais maintenant. Mais je m'efforcerai de réparer mes torts auprès d'Idgie et jamais plus je ne lui ferai du mal. Je vous en donne ma parole.

P'pa, toujours pudique quand il devait exprimer ses sentiments, se contenta d'opiner du bonnet.

— J'espère, Ruth, dit-il, que tu sais ce qui t'attend. Idgie n'est pas facile à vivre.

— Oh, P'pa, comme si Ruth ne le savait pas ! intervint M'ma. Idgie est seulement un peu sauvage... Sipsey dit que c'est parce que j'ai mangé du gibier quand je l'attendais. Tu te souviens, P'pa, de toutes ces perdrix et ces cailles que vous nous apportiez cette année-là.

— M'ma, il ne s'est pas passé une seule année sans que l'on ait mangé du gibier dans cette maison.

— Oui, c'est vrai. Et puis c'est sans importance. Il faut que tu saches, Ruth, que pour P'pa et moi tu fais désormais partie de la famille et qu'on est tellement heureux que notre petite fille ait quelqu'un comme toi pour amie.

Ruth se leva, embrassa M'ma et P'pa, puis elle sortit dans le jardin où Idgie, couchée dans l'herbe, écoutait le chant des criquets tout en se demandant pourquoi elle se sentait ivre alors qu'elle n'avait pas bu une seule goutte.

Quand Ruth eut quitté la pièce, P'pa dit :

— Tu vois, je t'avais dit qu'il n'y avait pas lieu de s'inquiéter.

— Mais c'est toi qui étais inquiet, pas moi, répliqua M'ma en prenant son ouvrage dans la corbeille.

Le lendemain, Ruth reprit son nom de jeune fille, Jamison, et Idgie fit courir le bruit dans toute la ville que le mari de Ruth, le malheureux, était passé sous un camion blindé de la Brinks, qui l'avait réduit à l'état de crêpe. Ruth fut d'abord horrifiée d'un mensonge pareil, mais elle s'en félicita un peu plus tard, quand le bébé vint au monde.

LA GAZETTE DE WEEMS

(Bulletin hebdomadaire de Whistle Stop, Alabama)

31 août 1940

Elle écrase son jardinier !

Vesta Adcock a écrasé son jardinier de couleur, Jesse Thiggins, en démarrant au volant de sa voiture pour se rendre à sa réunion hebdomadaire de la Western Star. Jesse faisait la sieste sous un arbre quand, à la suite de la manœuvre de Vesta, la roue avant droite lui est passée sur la tête, l'enfonçant tout entière dans la boue. En l'entendant crier, Vesta a arrêté son véhicule sur le torse du malheureux et elle est descendue pour voir qui c'était. Heureusement des voisins sont accourus et ont pu dégager le pauvre Jesse.

Grady Kilgore a dit que Dieu merci les fortes pluies de ces jours derniers avaient changé la terre en boue, parce que sinon le crâne de Jesse, si solide fût-il, aurait craqué comme une noix.

Aux dernières nouvelles, l'écrasé se porte bien, hormis l'empreinte du pneu qui ne s'est pas encore totalement effacée de son visage. Quant à Vesta, ce cœur tendre a déclaré que si elle le payait aussi grassement, ce n'était pas pour faire la sieste à cette heure de la journée.

Je suppose que vous savez tous que mon brillant mari a fichu le feu à notre garage l'autre jour. Il était tellement occupé à réparer sa foutue radio, pour pouvoir écouter avec sa bande de désœuvrés les matches de base-ball, qu'il ne s'est pas rendu compte du danger qu'il y avait à poser sa cigarette allumée sur une pile de journaux, en l'occurrence ma pile d'*Arts et travaux ménagers*, que je garde précieusement. En moins de temps qu'il n'en faut pour le dire, tout a brûlé, et ce pyromane a tellement été préoccupé de sauver la scie électrique que je lui ai offerte pour son anniversaire qu'il a oublié de sortir la voiture.

Je regrette beaucoup plus mes magazines que cette guimbarde, qui de toute façon ne roulait plus que si on la poussait.

Le petit garçon d'Essie Rue, dont la taille lui a valu le surnom de Pee Wee, a gagné le prix de dix dollars au concours du haricot de Lima organisé par Idgie. Il aurait estimé à 83 le nombre de haricots contenus dans le bocal, ce qui d'après Idgie aura été la plus proche de toutes les estimations faites à ce jour.

À propos, Boots est décédée, et Opal remercie tous ceux et toutes celles qui ont contribué à sa mort en la gavant.

... Dot Weems...

THE WHISTLE STOP CAFÉ

WHISTLE STOP, ALABAMA

22 novembre 1930

C'était une journée froide et claire. Grady Kilgore finissait sa deuxième tasse de café, et Sipsey, qui balayait les mégots laissés par les clients du matin, fut la première à les voir par la fenêtre.

Deux camionnettes peintes en noir venaient de s'arrêter sans bruit devant le café et près d'une douzaine de membres du Klan, habillés en grand tralala, en descendirent sans se presser et s'alignèrent en rang d'oignons devant leurs véhicules.

— Ô Dieu, j'savais bien que c'jour viendrait, j'l'ai toujours su... Ô Dieu... marmonna Sipsey, les yeux levés au ciel.

— Qu'est-ce qu'il y a, Sipsey ? demanda Ruth en quittant le comptoir pour aller voir.

À l'instant même où elle les vit, elle cria :

— Onzell, fermé à clé la porte de derrière et amène-moi le bébé.

Les hommes se tenaient dehors, immobiles devant le café, leurs cagoules et leurs robes blanches froufroutant sous la brise matinale. L'un d'eux portait une pancarte qui disait en grandes lettres rouge sang :

PRENEZ GARDE À L'EMPIRE INVISIBLE...
LA TORCHE ET LA CORDE ONT FAIM

Grady Kilgore se leva pour aller voir à son tour et, tout en se curant les dents, détailla de la tête aux pieds la bande d'encapuchonnés.

À la radio, sur le comptoir, le présentateur annonçait : « Et maintenant, voici celui que vous attendez tous, chers auditeurs... "Just Plain Bill, barbier à Harville"... l'histoire d'un homme qui pourrait être votre voisin... »

Quand elle sortit de la salle de bains, Idgie vit tout le monde à la fenêtre.

— Qu'est-ce que vous regardez comme ça ?

— Viens voir, dit Ruth.

Idgie gagna la fenêtre.

— Oh, merde ! grogna-t-elle.

Onzell arriva pour donner le bébé à Ruth puis elle se plaça à ses côtés, comme pour la protéger.

Idgie se tourna vers Grady.

— Qu'est-ce que c'est, ce cirque ?

Grady, le cure-dent au bec, lui répondit avec assurance :

— Ils ne sont pas des nôtres.

— Alors, qui sont-ils ?

Grady posa le prix de ses cafés sur la table.

— Ne bougez pas. Je vais de ce pas m'en assurer.

Sipsey était dans un coin de la salle, serrant fermement son balai tout en marmonnant :

— Non, Seigneur, j'ai pas peur de ces fantômes, oh non !

Grady sortit et parla à deux d'entre eux. Au bout de quelques minutes l'un des deux opina de la capuche puis il s'entretint avec ses acolytes et, un par un, ils remontèrent tous dans les camionnettes, pour s'en aller aussi discrètement qu'ils étaient venus.

Ruth n'aurait pu le jurer, mais l'un d'eux lui avait paru s'intéresser particulièrement à elle et au bébé. Puis elle se rappela une chose qu'avait dite Idgie une fois, et elle prêta attention aux chaussures de l'homme quand il remonta en voiture. Une soudaine pâleur envahit son visage : elle aurait reconnu entre mille ces chaussures noires bien cirées.

Quand ils furent partis, Grady rentra dans le café.

— C'est rien qu'une bande d'idiots qui voulaient vous faire peur. L'un d'eux était là l'autre jour et il vous a vues vendre à des nègres à la porte de derrière, alors ils ont décidé qu'une petite démonstration ne ferait de mal à personne.

Idgie lui demanda ce qu'il avait bien pu leur dire pour qu'ils s'en aillent sans discuter et aussi vite.

Grady décrocha son chapeau de la patère.

— Oh ! je leur ai seulement dit que ces nègres étaient les nôtres et qu'on n'avait pas besoin de types venus de Géorgie pour nous dire ce qu'on avait le droit de faire ou pas.

Il regarda Idgie dans les yeux.

— Et je te garantis qu'ils sont pas près de revenir.

Sur ce, il coiffa son chapeau et partit.

Bien que Grady fût membre du Club des Cornichons et

un fieffé menteur, ce jour-là il avait dit la vérité. Ce qu'Idgie et Ruth ne savaient pas, c'est que ces gars de Géorgie avaient beau être des méchants, ils n'étaient pas idiots au point de venir empiéter sur le territoire du Klan en Alabama. Aussi le petit discours de Grady leur avait-il fait mesurer toute leur imprudence et ils n'étaient pas près de récidiver.

Voilà pourquoi Frank Bennett revint seul… et de nuit.

LE COURRIER

DE VALDOSTA

15 décembre 1930

Disparition d'un citoyen

Gerald Bennett a signalé la disparition de son frère aîné Frank, âgé de trente-huit ans, après que Jake Box, employé de ce dernier, lui eut signalé que cela faisait deux jours que son patron n'était pas rentré d'une partie de chasse.

Le matin du 13 décembre, juste avant de prendre la route, Mr. Bennett a dit à Jake Box qu'il serait de retour dans la soirée. Toute personne disposant d'une information concernant le disparu est priée d'en informer les autorités locales.

WHISTLE STOP

ALABAMA

18 décembre 1930

Il faisait un froid de canard cet après-midi-là, et de gros quartiers de porc bouillaient dans l'énorme marmite derrière le café. Plus tard, Big George les débiterait en belles parts qu'il ferait revenir au gril et assaisonnerait de sa sauce spéciale barbecue.

Big George surveillait sa cuisson en compagnie d'Artis quand il leva les yeux et vit trois hommes venir vers lui, les colts leur battant la cuisse.

Grady Kilgore, le shérif de Whistle Stop et détective à temps partiel pour le chemin de fer, l'appelait toujours George. Aujourd'hui, il faisait l'important devant les deux autres.

— Hé, garçon, arrive ici et jette un coup d'œil là-dessus ! (Il mit une photo sous le nez du colosse.) Tu as vu cet homme dans le coin ?

Artis, qui avait pour tâche de touiller la marmite, fut pris de sueur.

Big George considéra avec attention le portrait de l'homme blanc coiffé d'un chapeau melon et secoua la tête.

— Non, m'sieur, jamais vu cet homme-là... Jamais, m'sieur, parole de Big George.

Et il rendit la photo à Grady.

L'un des deux autres s'approcha pour jeter un coup d'œil dans la marmite, où dansaient les quartiers de viande.

Grady glissa le cliché dans la poche de son veston dont le revers s'ornait de l'étoile du shérif.

— Alors, quand est-ce qu'on pourra en manger, de ton barbecue, Big George ? demanda-t-il, bonhomme.

Big George plongea un regard empreint de gravité dans son bouillon.

— Demain midi, répondit-il. Oui, m'sieur, demain midi, il s'ra à point.

— Pense à nous en garder, hein ?

Big George eut un grand sourire.

— D'accord, mister Grady, j'vous en mettrai de côté.

Comme les trois hommes gagnaient le café, Brady lança à ses compagnons :

— Ce nègre fait le meilleur barbecue de tout l'Alabama. Faut que vous goûtiez ça, alors vous saurez ce qu'est un barbecue. J'pense pas que vous les gars, en Géorgie, vous sachiez ce que c'est, un bon barbecue.

Smokey et Idgie bavardaient dans la salle devant une tasse de café. Grady entra, posa son chapeau sur le portemanteau et les rejoignit à leur table.

— Idgie, Smokey, voici Mr. Curtis Smoote et Mr. Wendell Riggins, de la police de Géorgie. Ils sont à la recherche d'une personne disparue.

Après un échange de saluts, Grady et les deux hommes s'assirent.

— Qu'est-ce que je peux vous offrir, les gars ? demanda Idgie. Un café ?

Tous acceptèrent volontiers.

— Sipsey ! appela Idgie.

Sipsey passa la tête par la porte de la cuisine.

— Trois cafés, s'il te plaît, Sipsey.

Puis elle leur demanda s'ils voulaient de la tarte, et Grady répondit non, qu'ils étaient en service, ce qui déçut visiblement l'officier Riggins, plus jeune que son collègue.

Grady n'avait accepté d'aider ses collègues de Géorgie qu'à la condition que ce soit lui qui présente la photo du disparu. S'efforçant de paraître sérieux et détendu à la fois, il présenta le portrait à Idgie, qui l'examina, dit que non, elle n'avait jamais vu ce bonhomme, et le passa à Smokey.

— Qu'est-ce qu'il a fait ? demanda ce dernier.

Sur ces entrefaites, Sipsey apporta le café, et Curtis Smoote, homme sec au long cou ridé, répondit d'une voix haut perchée :

— Rien, à notre connaissance, et ce qu'on voudrait savoir, c'est ce qu'on lui a fait.

— Non, j'ai vu personne dans le coin qui lui ressemble, dit Smokey, rendant la photo. Qu'est-ce qui vous fait croire qu'il serait venu ici ?

— Il l'a dit à son employé, il y a deux jours, et il n'est pas revenu.

— Il habite où, en Géorgie ? demanda Smokey.

— Valdosta.

— Qu'est-ce qu'un type de Valdosta viendrait faire à Whistle Stop ? dit Smokey.

Idgie appela Sipsey :

— Apporte-nous quelques parts de tarte au chocolat !

(Puis elle dit à l'officier Riggins :) Je voudrais que vous goûtiez ma tarte. On vient juste de la faire, et j'aimerais que vous me disiez ce que vous en pensez.

L'officier Riggins tenta de refuser, se réfugiant derrière le service, mais Idgie insista :

— S'il vous plaît, juste un petit morceau, c'est pour avoir l'avis d'un expert.

— D'accord, un tout petit morceau, alors, dit-il, tandis que son collègue Smoote regardait Idgie avec un grand intérêt.

— À mon avis, déclara Grady, votre homme doit être en train de dessoûler quelque part. Mais ce que j'comprends pas, c'est pourquoi il serait venu à Whistle Stop. Il n'y a rien ici qui...

— On a pensé qu'il avait peut-être une petite amie dans le coin, dit Wiggins entre deux bouchées de tarte.

Grady éclata de rire.

— Je ne vois pas de femme ici pour laquelle un bonhomme ferait le voyage depuis Valdosta ! (Il marqua une pause.) En dehors d'Eva Bates !

Ce fut au tour d'Idgie et de Smokey d'éclater de rire, et Smokey, qui avait connu Eva au sens biblique du terme, approuva d'un hochement de tête vigoureux :

— Ça, c'est bien vrai.

Grady riait encore de sa blague quand Smoote se pencha par-dessus la table et lui demanda :

— Qui est Eva Bates ?

— Oh, c'est une amie à nous, une belle rouquine qui tient un bar près de la rivière.

— Et vous pensez que c'est pour elle que serait venu notre homme ?

Grady, qui s'empiffrait de tarte, jeta un regard à la photo sur la table.

— Non, dit-il, aucune chance.

— Pourquoi ? insista Smoote.

— Parce que votre bonhomme, c'est pas le style d'Eva.

Les trois du Club des Cornichons éclatèrent de rire, et Wiggins avec eux, sans savoir pourquoi.

— Comment ça, pas son style ? demanda Smoote.

Grady reposa sa fourchette.

— Écoutez, je ne voudrais pas vous vexer ni rien, et je connais même pas cet homme sur la photo, mais je lui trouve l'air un peu efféminé. Pas toi, Smokey ?

Smokey approuva.

— Et en vérité, les gars, si Eva tombait sur ce gonze, elle le jetterait aussitôt à la rivière.

Ils repartirent à rire.

— Ouais, je suppose que vous savez de quoi vous parlez, dit Smoote en jetant de nouveau un regard perçant à Idgie.

Grady se renversa sur sa chaise en se caressant le ventre.

— Bon, c'est pas le tout, dit-il, mais on a d'autres visites à faire avant que la nuit tombe.

Et il remit la photo dans sa poche.

Comme ils se levaient tous, l'officier Riggins remercia Idgie.

— Merci pour la tarte, Mrs...

— Idgie.

— Mrs. Idgie, c'était vraiment délicieux, merci beaucoup.

— Vous êtes le bienvenu, Mr. Riggins.

Grady prit son chapeau.

— Tu les reverras demain, Idgie. Je tiens à leur faire goûter le barbecue de Big George.

— Très bien, à demain, alors.

Grady jeta un regard en direction de la cuisine.

— À propos, où est Ruth ?

— M'ma ne va pas bien, et Ruth est auprès d'elle.

— Ouais, c'est ce que j'ai appris. J'suis désolé pour ta mère, Idgie. À demain.

Il n'était que quatre heures et demie de l'après-midi, mais le ciel était de plomb, et des éclairs zébraient l'horizon au nord. Une pluie glacée se mit à tomber. Opal avait déjà accroché des guirlandes à la fenêtre de son salon de coiffure. La jeune shampouineuse était occupée à balayer, tandis qu'Opal finissait de coiffer sa dernière cliente, Mrs. Vesta Adcock, qui allait le soir même à Birmingham au grand banquet annuel de la L & N. Le carillon de la porte résonna quand Grady et les deux autres entrèrent.

— Opal, est-ce que nous pouvons te parler une minute ? demanda Grady, quelque peu solennel.

Vesta Adcock leva des yeux horrifiés et hurla en serrant à deux mains la grande serviette qui la recouvrait :

— MAIS QUE SIGNIFIE ?

Opal, un peigne vert planté dans les cheveux, se précipita vers Grady.

— Vous n'avez pas le droit d'entrer ici, Grady Kilgore ! C'est un salon de beauté ! Les hommes n'y sont pas admis. Non, mais en voilà, des façons ! Auriez-vous donc perdu l'esprit ? Allez, ouste, dehors ! Non mais des fois !

Grady et son mètre quatre-vingt-dix, flanqué de ses deux collègues, recula sous l'assaut et tous trois se retrouvèrent sur le trottoir, sous les regards furieux que leur lançaient les trois femmes par la fenêtre.

Grady remit la photo dans sa poche.

— Eh bien, c'est pas ici en tout cas qu'il est venu, ça, c'est sûr, dit-il.

Ils relevèrent leurs cols et se remirent en route.

THE WHISTLE STOP CAFÉ

WHISTLE STOP, ALABAMA

21 décembre 1930

Deux jours après que les deux hommes de Géorgie furent venus enquêter à Whistle Stop au sujet de la disparition de Frank Bennett, l'un d'eux, le maigre au cou de dindon, retourna seul au café. Il prit place dans l'un des boxes et commanda un sandwich barbecue et un soda à l'orange.

— Entre Grady et votre collègue, il ne va pas rester grand-chose de mon barbecue, lui dit Idgie en lui apportant sa commande. À vous trois, vous avez mangé dix sandwiches aujourd'hui.

Il la fixa avec insistance et, de sa voix nasale et haut perchée, l'invita à s'asseoir.

Il y avait peu de monde dans la salle. Idgie prit place en face de lui.

— Alors, vous avez trouvé cet homme que vous cherchiez ? demanda-t-elle sans ciller sous le regard inquisiteur qu'il portait sur elle.

Il jeta un coup d'œil dans la salle puis se pencha par-dessus la table.

— Je sais qui vous êtes, dit-il, et n'imaginez pas une seconde que j'aie pu gober votre histoire. Il faut se lever tôt pour avoir Curtis Smoote. Oui, m'dame, la première fois que je suis venu ici, je me suis dit que je vous avais déjà vue, mais je ne voyais pas où. Alors j'ai passé quelques coups de fil, et c'est hier au soir que je l'ai su.

Il s'adossa à la banquette et continua de manger, son regard toujours posé sur Idgie. Impavide, elle attendit qu'il continue.

— Le dénommé Jake, le type qui travaille chez les Bennett, a déclaré sous la foi du serment que deux personnes répondant à votre signalement et à celui du grand Noir qui est à votre service ont débarqué avec deux autres hommes chez Bennett et ont emmené sa femme et que ce nègre aurait menacé d'un couteau Frank Bennett qui tentait de s'opposer à l'enlèvement de son épouse.

Il ôta un morceau de viande noircie de son sandwich et le déposa dans son assiette.

— Par ailleurs, je me trouvais avec d'autres clients dans le fond du salon de coiffure le jour où vous y avez fait une apparition assez remarquée. On vous a tous entendue menacer Frank de le tuer.

Il but une gorgée de soda et s'essuya la bouche avec sa serviette.

— Maintenant, je vous dirai que Frank Bennett n'était pas un ami à moi... non, m'dame. C'est à cause de lui que ma fille aînée vit avec son enfant dans un taudis à la sortie de la ville. Et j'ai aussi appris ce qui se passait dans le foyer de ce beau monsieur. Je peux dire sans me tromper qu'il y en a pas mal en ville qui ne verseraient pas une larme en apprenant que Frank s'est fait refroidir. Mais j'ai l'impression, m'dame, que vous seriez dans un fichu pétrin si c'était le cas, parce que vos menaces publiques et l'enlèvement de sa femme feraient de vous la première suspecte.

» C'est de meurtre qu'il s'agit, ici... et personne n'échappe à la loi quand il y a eu meurtre.

» Maintenant, disons que si j'étais à votre place, j'aurais vraiment intérêt à ce que le cadavre disparaisse, qu'il s'évanouisse dans l'air comme de la fumée, sans laisser la moindre trace, parce que je penserais que ça ne serait pas bon du tout pour moi qu'on découvre, preuves à l'appui, que Frank Bennett est passé par ici, vous comprenez, et, je vous le répète, si je ne voulais pas finir ma vie dans un pénitencier, je veillerais à effacer jusqu'à l'empreinte de ses souliers.

Il regarda Idgie pour s'assurer qu'elle écoutait. C'était le cas.

— Oui, m'dame, je ferais ça si j'étais vous, parce que sinon, je devrais revenir pour vous arrêter, ainsi que votre homme de couleur, et croyez bien que ça ne me plairait pas du tout de le faire, mais je représente la loi, j'ai prêté serment, et je reste fidèle à mon engagement. On ne triche pas, on ne marchande pas avec la loi. Vous comprenez cela ?

— Je comprends, dit Idgie.

Ayant dit ce qu'il avait à dire, il sortit un *quarter* de sa poche, le posa sur la table, puis il coiffa son chapeau et, comme il se levait, il ajouta :

— Bien sûr, Grady a peut-être raison. Il se peut que Bennett réapparaisse un de ces quatre. Mais je ne vais pas l'attendre en retenant mon souffle.

LE COURRIER
DE VALDOSTA

7 janvier 1931

Les recherches concernant Frank Bennett, un résident de Valdosta, âgé de trente-huit ans, qui a disparu de son domicile depuis le 13 décembre dernier, ont été officiellement arrêtées. L'inspecteur Curtis Smoote et l'inspecteur Wendell Wiggins ont poussé leur enquête jusqu'aux États du Tennessee et de l'Alabama, sans relever la moindre trace de l'homme ni de la camionnette avec laquelle il était parti.

« Nous avons passé le pays au peigne fin, a déclaré l'inspecteur Smoote en début de matinée. Il semble que Frank Bennett se soit littéralement volatilisé. »

LA GAZETTE DE WEEMS

(Bulletin hebdomadaire de Whistle Stop, Alabama)

19 mars 1931

Une bien triste nouvelle pour tout le monde

Après le décès de leur père l'an passé, voilà de nouveau les enfants Threadgoode en deuil... M'ma Threadgoode est morte.

Après l'enterrement, je crois bien que tous les habitants de Whistle Stop sont venus présenter leurs condoléances. Il faut dire que la moitié de la ville a pratiquement grandi dans cette maison avec P'pa et M'ma Threadgoode. Elle était si généreuse envers tout le monde. C'est chez eux que j'ai rencontré ma chère moitié, au cours de cette fête formidable qu'ils donnaient chaque année à l'occasion du 4-Juillet. Wilbur et moi, on sortait souvent ensemble avec Cleo et Ninny. Ah, on en a passé des heures assis sous leur porche après la messe !

Tout le monde regrettera M'ma Threadgoode, et la maison ne sera plus la même sans elle.

... Dot Weems...

Maison de retraite de Rose Terrace

OLD MONTGOMERY HIGHWAY, BIRMINGHAM, ALABAMA

11 mai 1986

Evelyn Couch ouvrit une poche en plastique remplie de carottes et de céleri coupés en bâtonnets et en offrit à Mrs. Threadgoode. Mais celle-ci préféra ses cacahuètes enrobées de chocolat.

— Non, merci, ma douce, je n'aime pas trop les crudités. Pourquoi mangez-vous ça, d'ailleurs ?

— Je fais un régime. J'ai le droit de manger tout ce qui me fait plaisir à la condition qu'il n'y ait ni sucre ni graisse.

— Vous essayez encore de maigrir ?

— Oui, mais c'est difficile, je suis devenue tellement grosse.

— Ma foi, ça ne regarde que vous, mais je vous trouve bien comme vous êtes.

— Oh, Mrs. Threadgoode, c'est gentil de me dire ça, mais je dois porter du 46 maintenant.

— Vous ne me paraissez pas grosse. Essie Rue, elle, était vraiment forte. Mais elle a toujours eu tendance à l'embonpoint, même quand elle était petite. Il lui était arrivé de peser plus de cent kilos.

— Ah oui ?

— Oui, mais ça ne l'a jamais tracassée. Elle apportait beaucoup de soin à sa toilette et portait toujours une fleur dans les cheveux. On aurait dit qu'elle sortait d'un carton à chapeaux, et elle avait les plus jolies mains et les plus jolis pieds que vous pouvez imaginer. Tout le monde à Birmingham parlait de ses petits pieds mignons quand elle a commencé à jouer sur cet énorme Wurlitzer au cinéma Alabama.

— Un énorme quoi ?

— Un Wurlitzer... un orgue... le plus gros de tout le Sud, disait-on. On allait en bande au cinéma. Moi, c'étaient surtout les films avec Ginger Rogers que j'aimais. C'était ma préférée, cette fille. Il n'y en a jamais eu deux comme elle à Hollywood. Les films où elle ne jouait pas ne m'intéressaient même pas. Elle savait tout faire... danser, chanter, jouer la comédie... tout ce que vous vouliez.

» Et alors, à l'entracte, les lumières s'allumaient et on entendait cet homme annoncer : "Et maintenant, mesdames et messieurs, le cinéma Alabama est fier de vous présenter... miss Essie Rue Limeway... au grand Wurlitzer !" On entendait de la musique au lointain, comme en sourdine, et puis tout à coup l'orgue sortait de la scène, comme une île de la mer, et les mains d'Essie Rue voletaient sur les claviers, emplissant la salle d'un bruit à faire trembler les murs. Elle jouait *I'm in Love with the Man in the Moon.* Toute belle dans la lumière des projecteurs, elle souriait au public et ne manquait jamais une note. Elle enfilait les morceaux comme *Star Fells on Alabama* ou *Life is Just a Bowl of Cherries,* et ses petits pieds dansaient sur les pédales avec autant de légèreté que des papillons sur des fleurs ! Elle portait des escarpins qu'elle se faisait faire sur mesure chez Loveman.

» Tout le monde a ses points forts, elle connaissait les siens et savait en jouer. C'est pour ça que je déteste votre façon de vous sous-estimer toujours. L'autre jour je disais à Mrs. Otis : “Evelyn Couch a la plus jolie peau que j'aie jamais vue. On dirait que sa mère l'a enveloppée dans du coton toute sa vie.”

— Oh ! Mrs. Threadgoode, vous me dites ça pour me faire plaisir.

— Non, c'est la vérité. Vous n'avez pas une seule ride. J'ai dit aussi à Mrs. Otis que vous devriez songer à vendre des produits de beauté Mary Kay. Avec votre peau et votre personnalité, je parie que vous auriez votre Cadillac rose en un rien de temps. Ma voisine, Mrs. Hartman, a une nièce qui est représentante pour Mary Kay, et elle s'est tellement bien débrouillée que Mary Kay lui a offert une Cadillac rose pour la récompenser de ses bons résultats. Et cette fille est loin d'être aussi jolie que vous.

— C'est gentil de me dire ça, Mrs. Threadgoode, mais je suis trop vieille pour commencer un travail pareil. Ils veulent des femmes jeunes.

— Evelyn Couch, comment pouvez-vous dire une chose pareille ? À quarante-huit ans, on est encore jeune ! Vous avez la moitié de votre vie devant vous ! Mary Kay se moque pas mal de l'âge que vous pouvez avoir. Elle n'est pas elle-même une jeunesse à proprement parler. En tout cas, si j'avais une peau de satin comme la vôtre et quarante-huit ans, je me débrouillerais pour l'avoir, cette

Cadillac. Bien entendu, il faudrait d'abord que je passe le permis, mais ça aussi j'essaierais.

» Pensez-y, Evelyn. Si vous arrivez comme moi à quatre-vingt-six ans, vous avez encore trente-huit ans à vivre…

Evelyn rit.

— Quel effet ça fait, d'avoir quatre-vingt-six ans, Mrs. Threadgoode ?

— Ça ne fait guère de différence. Comme je vous l'ai dit, la vieillesse vous tombe dessus un beau matin sans crier gare. La veille au soir vous étiez encore jeune, et maintenant votre menton pendouille et vous portez un corset. Mais, tant qu'on ne se voit pas dans une glace, on n'a pas l'impression d'être vieille. Ça, il ne faut pas se regarder dans le miroir, parce qu'il y a de quoi tomber raide morte… de se voir toute fripée comme ça. Je ne mets même plus de crème antirides, il y en a tellement qu'il me faudrait un pot par jour. Je ne me maquille même plus, juste un trait de crayon sur les sourcils, sinon on ne les verrait pas… Et toutes ces taches de vieillesse sur les mains, on se demande d'où elles sortent. (Elle se mit à rire.) Je suis même trop vieille pour me faire prendre en photo. Francis voulait en prendre une de moi avec Mrs. Otis, mais je me suis caché le visage. J'ai dit que ce serait gâcher de la pellicule…

Evelyn lui demanda si elle ne se sentait pas trop seule à Rose Terrace.

— Ça m'arrive, parfois. Bien sûr, tous les miens ont disparu… mais de temps en temps il y a les bénévoles de l'église qui passent dire bonjour, qui passent, c'est le cas de le dire, parce que c'est vraiment « bonjour et au revoir ».

» Des fois, je regarde cette photo où on est tous les

trois, Cleo, Albert et moi… et je me demande où ils peuvent être… alors je rêve aux jours passés.

Elle sourit à Evelyn.

— Je ne fais plus que ça, ma chère petite, rêver de ce que j'ai été.

THE WHISTLE STOP CAFÉ

WHISTLE STOP, ALABAMA

18 novembre 1940

Dans la pièce de derrière, Stump tirait avec un pistolet à élastiques sur des merles en carton et Ruth mettait de l'ordre dans ses papiers, quand Idgie arriva, de retour de la partie de pêche annuelle du Club des Cornichons.

Tout à la joie de la revoir, Stump manqua la renverser en lui sautant au cou.

Ruth aussi était bien contente. Elle se faisait toujours tellement de souci quand Idgie s'en allait pour une semaine ou plus, surtout si c'était pour retrouver Eva Bates. Stump courut à la porte de derrière.

— Où sont les poissons ? demanda-t-il.

— Eh bien, Stump, figure-toi, dit Idgie, qu'on en a pris un, de poisson, mais il était tellement gros qu'on n'a pas pu le sortir de l'eau. On a quand même pu le photographier, mais la photo elle-même pèse au moins dix kilos...

— Allez, tante Idgie, tu veux dire que tu es revenue bredouille !

Au même moment, ils entendirent :

— Hou-hou, c'est moi... moi et Albert... on est venus vous voir...

Entra une femme, grande, le visage empreint de douceur, ses cheveux noirs coiffés en un lourd chignon, accompagnée d'un garçon attardé, de l'âge de Stump. Elle venait leur rendre visite comme elle le faisait tous les jours depuis dix ans, et tout le monde était toujours content de la voir.

— Alors, comment ça va, aujourd'hui, Ninny ? demanda Idgie.

— Ça va bien, ça va bien, et vous, les filles ?

— On a failli avoir du poisson-chat à dîner, dit Ruth. Il faut croire qu'ils n'avaient pas envie de mordre, mais on a des photos à la place.

Ninny était déçue.

— Oh ! Idgie, j'aurais tant aimé que tu me rapportes un beau poisson-chat, ce soir... J'aime tellement le poisson-chat. Quel dommage, j'en ai le goût dans la bouche !

— Ninny, dit Idgie, les poissons-chats ne mordent pas en hiver.

— Ah bon ? Pourtant ils devraient avoir faim en toute saison, non ?

Ruth approuva.

— C'est vrai, Idgie. Pourquoi ne mordraient-ils pas en novembre comme en août ?

— Oh, ce n'est pas parce qu'ils n'ont pas faim, c'est à cause de la température du ver. Un poisson-chat ne mange jamais de ver froid, même s'il a très faim.

Ruth regarda Idgie en secouant la tête. Sacrée Idgie, on se demandait toujours où elle allait chercher toutes ces histoires.

— Ma foi, ça me paraît sensé, dit Ninny. Je déteste

manger froid moi-même, et je suppose que même si tu réchauffais les vers, ils se refroidiraient avant même d'arriver au fond de l'eau, non ? À propos de froid, il fait un temps épouvantable, vous ne trouvez pas ? On se croirait au pôle Nord, en ce moment.

Albert jouait avec Stump à tirer sur les merles en carton, et comme Ninny sirotait son café, il lui vint une idée.

— Stump, tu ne voudrais pas venir chez moi et tirer sur ces vieux merles qui sont toujours sur le câble du téléphone ? Je ne veux pas que tu leur fasses mal, je veux seulement que tu les effraies... Tu comprends, je me demande s'ils ne sont pas là pour écouter mes conversations téléphoniques... avec leurs pattes.

Ruth, qui adorait Ninny, dit :

— Voyons, Ninny, tu ne crois pas une chose pareille, n'est-ce pas ?

— Ma foi, ma chérie, c'est Cleo qui me l'a dit.

EN DIRECT DES ÉPAVES DE SLAGTOWN

(LA CHRONIQUE SÉPIA DE BIRMINGHAM
PAR MR. MILTON JAMES)

19 novembre 1940

Mrs. Sallie Jinx, habitant 68 C Howell Street, S.E., a déposé une plainte pour escroquerie contre une certaine Sister Bell, qui se serait présentée à son domicile et, lui faisant croire qu'elle avait le pouvoir de multiplier l'argent comme Jésus a multiplié les pains, lui aurait fait mettre cinquante dollars dans un linge, nouer celui-ci et attendre quatre heures avant de le dénouer. Sister Bell était partie depuis longtemps quand Mrs. Jinx a constaté la disparition de ses cinquante dollars, alors qu'elle s'attendait à en trouver cinq cents !

Déserteur

La 8e Avenue n'est plus la même depuis qu'Artis O. Peavey, connu comme le loup blanc, s'en est allé à Chicago, la cité des vents. Ce qui est certain, c'est qu'il manque terriblement à la population féminine.

Nous avons appris que miss Helen Reid avait dû appeler la police après qu'un rôdeur eut tenté de pénétrer chez elle dans le but d'attenter à sa pudeur... À leur arrivée, les policiers ont appréhendé un homme caché dans la cave, un pic à glace à la main, qui a prétendu être le glacier.

Nouvelles du disque

Black and Tan Fantasy, de Duke Ellington, est la dernière merveille sortie chez Decca.

10e AVENUE

20 novembre 1940

Il pleuvait à Chicago, et Artis courut s'abriter sous l'auvent d'un coffee-shop. De l'autre côté de la rue, au cinéma Alhambra, on passait *Marchands du vice* et *L'Empire des hors-la-loi*. Il se sentait lui-même quelque peu hors la loi, parti loin de chez lui pour échapper aux foudres d'une pépée à la peau caramel du nom d'Electra Greene.

Il alluma une Chesterfield en songeant que sa vie prenait des allures de parcours du combattant. Sa mère avait toujours prétendu qu'à chaque fois qu'elle désespérait de l'existence il lui suffisait de penser au doux Jésus pour retrouver aussitôt le moral.

Ce n'était pas la vision de l'homme en croix que caressait Artis pour se requinquer. Il préférait celle d'une beauté noire, aux longues jambes, aux fesses rondes et fermes, à la poitrine arrogante et aux lèvres charnues. Voilà qui avait le don de lui redonner courage et de lui redresser les épaules et surtout le reste. Cet enthousiasme infatigable faisait le délice des intéressées. Toutes les difficultés présentes d'Artis lui venaient de ses talents comme amant et de la façon imprudente avec laquelle il les exerçait.

Que vînt à passer la jolie femme d'un mari jaloux, Artis en oubliait les règles élémentaires de prudence, et son corps portait déjà bon nombre de balafres dues à des coups de couteau. Le surprenant au lit avec une autre, une jalouse l'avait frappé avec un tire-bouchon, lui laissant une intéressante cicatrice en même temps qu'une hésitation à fricoter avec des femmes plus grandes et plus fortes que lui. Il n'en restait pas moins un redoutable briseur de cœurs. Il leur jurait qu'il reviendrait le lendemain soir, et elles l'attendaient encore...

Ce petit homme maigre, à la peau si noire qu'elle avait des reflets bleus, avait fait pas mal de dégâts parmi les dames. L'une d'elles avait avalé une tasse de javel et mangé de la cire à parquet dans l'espoir d'abréger les tourments de son cœur. Elle survécut cependant, mais perdit de son éclat, et Artis se fit prudent le soir, après qu'elle se fut une fois approchée de lui par-derrière et lui eut balancé sur le crâne un coup de sac à main lesté d'une brique.

Electra Greene, elle, était encore plus dangereuse. Elle avait un Spécial 38, et elle savait s'en servir. Elle lui avait promis de lui raidir à jamais à coups de calibre ce membre qui faisait le bonheur des beautés noires, après qu'il lui eut été infidèle avec une certaine miss Delilah Woods, ennemie jurée d'Electra, qu'Artis avait prise huit fois dans la nuit. Delilah aussi avait jugé bon de mettre les bouts.

Là, sous l'auvent de ce coffee-shop, à attendre que la pluie cesse, Artis fut soudain pris d'une crise aiguë de mal du pays. Birmingham lui manquait, et il n'avait qu'une envie... retourner là-bas.

Chaque après-midi, avant son départ précipité de Birmingham, Artis s'était rendu au volant de sa Chevrolet bleue aux pneus blancs jusqu'en haut de Red Mountain pour y contempler le coucher du soleil. De Red Mountain on avait vue jusqu'au Tennessee. En bas les cheminées des aciéries vomissaient une épaisse fumée orange, et Artis ne trouvait rien de plus beau que la ville à cette heure de la journée, quand le ciel s'empourprait et que les lumières et les enseignes au néon commençaient à s'allumer, scintillant et dansant jusqu'à Slagtown.

Birmingham, la ville qui avait été la plus touchée pendant la Grande Dépression de 1929... La ville où les gens étaient si pauvres qu'Artis avait connu un homme qui se laissait tirer dessus dans le noir pour gagner de l'argent et où une fille avait laissé tremper ses pieds pendant trois jours dans de la saumure avec du vinaigre, dans l'espoir de remporter un marathon de danse... La ville qui avait le revenu le plus bas par habitant et cependant passait pour être la plus gaie de toutes les métropoles du Sud...

Birmingham, qui comptait le pourcentage le plus élevé d'analphabètes, les cas les plus nombreux de maladies vénériennes de tous les États-Unis, où les camions de la Blanchisserie impériale clamaient en grandes lettres RÉSERVÉ EXCLUSIVEMENT AUX BLANCS, où dans les tramways les gens de couleur étaient séparés des autres passagers par une paroi de planches et prenaient les monte-charges avec les marchandises dans les grands magasins.

Birmingham, capitale du Sud pour les crimes et les délits de tout genre, où cent trente et une personnes avaient été assassinées dans la seule année 1931...

Malgré tout cela, Artis aimait avec passion cette ville. Il

en aimait les hivers pluvieux, où l'on pataugeait dans une boue rouge ; il en aimait les étés, où les vignes vierges et les glycines extravagantes recouvraient les façades, embaumaient les rues. Il avait pas mal roulé sa bosse de Chicago à Detroit, et de Savannah à Charleston et New York, mais son cœur battait de joie chaque fois qu'il revoyait Birmingham.

Songeant à cela sous son auvent, il se dit qu'il préférait encore risquer les balles d'Electra que de rester un jour de plus dans Chicago la Sinistre. Birmingham lui manquait comme la jeune épouse manque à son homme.

Et c'était justement ce qu'Electra voulait... devenir la jeune épouse d'Artis O. Peavey. Encore fallait-il pour cela qu'elle lui laisse la vie sauve.

EN DIRECT DES ÉPAVES DE SLAGTOWN

(LA CHRONIQUE SÉPIA DE BIRMINGHAM
PAR MR. MILTON JAMES)

25 novembre 1950

Miss Electra Greene, fille de Mr. et Mrs. R. C. Greene, a convolé en justes noces avec Mr. Artis O. Peavey, fils de Mr. et Mrs. George Peavey, de Whistle Stop, Alabama.

C'est le Dr. John W. Nixon, pasteur de la Première Église congressiste, qui a orchestré les rites colorés de la cérémonie, tandis que Mr. Lewis Jones assurait brillamment la partie musicale.

La jeune mariée, radieuse, était ravissante avec son ensemble vert pomme et son chapeau marron.

Miss Naughty Bird Peavey, sœur du jeune marié, était stupéfiante dans sa robe en crêpe de Chine dorée et ses colliers de perles multicolores, sans parler de ses gants et chaussures cerise.

Une réception du plus grand chic a suivi la cérémonie au domicile de Mrs. Lulu Butterfork, qui tient le plus beau salon de coiffure et de beauté de toute la ville.

On servit du punch, de la crème glacée, des petits-fours, et les mariés reçurent un nombre impressionnant de cadeaux, tous plus beaux les uns que les autres.

Lundi soir, 5 octobre, à onze heures, il fut donné un souper dansant, qui révéla tous les talents d'hôtesse de Mrs. Toncille Robinson.

La classe et l'élégance étaient au rendez-vous lors de cette soirée donnée au Little Savoy Café, où un succulent buffet attendait gourmets et gourmands. Au menu figuraient pas moins de sept plats de viandes chaudes et froides, des vins, du café et des desserts.

Le couple résidera au domicile de la jeune femme, dans Fountain Avenue.

PIGLEY-WIGLEY SUPERMARKET

BIRMINGHAM, ALABAMA

19 mai 1986

Neuf longues et difficiles journées, Evelyn Couch avait suivi à la lettre son régime, et aujourd'hui elle s'était réveillée dans une véritable euphorie. Elle éprouvait un sentiment d'accomplissement, en même temps qu'une sensation de légèreté, voire de grâce. Ces neuf jours avaient été comme une lente ascension ; à présent, elle avait atteint le sommet. En ce jour, elle savait au plus profond d'elle-même que plus jamais, au grand jamais, elle ne mangerait d'aliments qui ne soient frais et légers, tout comme elle se sentait en ce moment.

Quand elle entra dans le supermarché, elle ne jeta même pas un regard aux rayons des biscuits, gâteaux et confiseries. Elle croisa au large des rangées de conserves, parmi lesquelles elle avait tant puisé toutes ces dernières années. Elle alla tout droit à la boucherie, commanda des blancs de poulets sans la peau, puis mit le cap sur les fruits et légumes, où elle fit emplette de laitue, de brocolis et de citrons verts. Elle fit un arrêt bref au kiosque à journaux, acheta le magazine *Town and Country,* qui consacrait un dossier à Palm Beach, et arriva à la caisse, où la jeune caissière l'accueillit avec un grand sourire.

— Vous allez bien, Mrs. Couch ?

— Très bien, Mozell, très bien, et vous-même ?

— Ça va bien. Ce sera tout pour aujourd'hui ? demanda la fille en jetant un regard aux achats qu'Evelyn avait déposés sur la bande roulante.

— Oui, ce sera tout.

Mozell tapa le montant.

— Vous êtes drôlement jolie, aujourd'hui, Mrs. Couch.

— Merci, Mozell, vous êtes gentille.

— Bonne journée, Mrs. Couch.

— Vous aussi, Mozell.

Comme Evelyn se dirigeait vers la sortie, un jeune homme aux petits yeux porcins, vêtu d'un pantalon et d'un T-shirt pleins de taches et de trous, entra en la bousculant sans même s'excuser. Evelyn, encore en état de grâce, marmonna toute seule :

— Quel rustre !

Le garçon se retourna et, lui jetant un regard mauvais, lui dit :

— Va te faire foutre, salope !

Et il poursuivit son chemin.

Evelyn était abasourdie par la haine qu'elle avait lue dans le regard du malotru. L'aurait-il frappée qu'elle n'aurait pas été davantage troublée. Elle en avait les larmes aux yeux. Elle s'exhorta à garder son calme. Après tout, ce n'était qu'un gros mal élevé, et elle n'allait pas se laisser gâcher la journée par ce garçon qu'elle ne connaissait même pas.

Mais plus elle y pensait, plus elle se disait qu'il devait

y avoir un malentendu, que ce garçon ne s'était peut-être même pas aperçu qu'il l'avait heurtée au passage, ce qui expliquait sa réplique plutôt vive. Elle se décida à l'attendre afin d'avoir avec lui une explication qui chasserait définitivement cette tension restée en l'air comme un sale nuage noir dans un beau ciel bleu.

Quand elle le vit ressortir avec un pack de bières sous le bras, elle lui emboîta le pas et lui dit :

— Excusez-moi, je voulais vous dire qu'il n'y avait pas de raison de vous montrer si grossier envers moi, je ne voulais pas...

Il lui jeta un regard lourd de mépris.

— Fous-moi la paix, espèce de grosse vache !

Evelyn en eut le souffle coupé.

— Pardon, qu'avez-vous dit ?

Il poursuivit son chemin, l'ignorant, mais elle courut après lui, des larmes plein les yeux.

— Qu'avez-vous dit ? Pourquoi êtes-vous si méchant envers moi ? Qu'est-ce que je vous ai fait ? Vous ne me connaissez même pas !

Il ouvrit la portière d'une camionnette et Evelyn lui saisit le bras.

Il se dégagea brutalement et, lui brandissant son poing sous le nez, il lui lança, le visage tordu de rage :

— Pas touche, salope, ou je t'éclate la tête... Espèce de grosse conne pleine de graisse !

Sur ces paroles, il la fit tomber d'une rude poussée.

Evelyn ne pouvait croire ce qui lui arrivait. Ses courses s'étaient répandues par terre.

La fille aux cheveux raides comme des baguettes et au torse étroit moulé dans un débardeur qui attendait dans la camionnette regarda Evelyn et éclata de rire, tandis que son compagnon démarrait brutalement en couvrant Evelyn d'insultes.

Elle resta là, assise sur son séant, un coude éraflé, se sentant de nouveau grosse, vieille et bonne à rien.

LA GAZETTE DE WEEMS

(Bulletin hebdomadaire de Whistle Stop, Alabama)

12 décembre 1941

Entrée en guerre

Grady Kilgore a la responsabilité de l'enrôlement à Whistle Stop, et il enjoint à tous les garçons de venir s'engager, afin qu'on en finisse le plus vite possible avec cette guerre.

On ne voit plus passer que des trains bondés de soldats et chargés de chars d'assaut, au point qu'on se demande d'où ils peuvent venir et où ils vont.

Wilbur dit que la guerre ne durera pas plus de six mois. J'espère que pour une fois il ne se trompe pas. Le Quartet des joyeuses coiffeuses a été invité à la Convention nationale des salons de coiffure pour Dames à Memphis, Tennessee, ce printemps, et les quatre virtuoses ont joué leur fameux morceau : *Plongez votre peigne dans le soleil et continuez de vous maquiller.*

Le révérend Scroggins prie celui ou ceux qui lui envoient toutes les personnes désireuses d'acheter du whisky d'arrêter leur plaisanterie, car sa femme est au bord de la crise de nerfs. Bobby Lee Scroggins s'est engagé dans la marine. À propos, cette étoile accrochée à la fenêtre du café est pour Willie Boy Peavey, le garçon d'Onzell et de Big George, qui est le premier garçon de Troutville à s'être enrôlé.

... Dot Weems...

P-S : Tout le monde se prépare pour la représentation théâtrale de Noël, et en raison de la pénurie d'hommes en ville, Opal, Ninny Threadgoode et moi-même enfilerons des pantalons pour jouer les Rois mages.

212 RHODES CIRCLE

BIRMINGHAM, ALABAMA

8 août 1986

Après que ce sale individu l'eut traitée de tous les noms l'autre jour au supermarché, Evelyn s'était sentie violentée, littéralement violée par les insultes. Elle avait toujours prudemment veillé à éviter ce genre d'incident, terrifiée qu'elle était à l'idée de contrarier les hommes et de provoquer leur colère. Elle avait passé sa vie à marcher sur la pointe des pieds autour d'eux, comme quelqu'un relevant ses jupes en marchant dans la boue. Elle avait toujours pensé qu'à la moindre provocation, ils l'agoniraient d'injures claquant comme des coups de fouet.

Et puis c'était quand même arrivé. Or elle n'en était pas morte, et elle se prit de réflexion. La violence de ce garçon avait eu un effet d'électrochoc, la forçant à regarder en elle-même et à se poser les questions qu'elle avait toujours esquivées, de peur d'en connaître les réponses.

Quelle était donc cette sourde menace, cette arme invisible braquée sur sa tempe, cette terreur d'être insultée ?

Elle était restée vierge de peur qu'on ne la traite de

putain ; elle s'était mariée par crainte de l'appellation « vieille fille » ; elle avait feint l'orgasme, redoutant de passer pour frigide ; elle avait eu des enfants pour ne pas être accusée de stérilité ; elle n'avait pas été féministe pour éviter l'épithète de lesbienne...

Bref, elle s'était toujours tenue de façon exemplaire et voilà que cet étranger l'avait traînée dans la boue, qu'il l'avait insultée comme le font les hommes quand une femme a provoqué leur colère.

Evelyn se demandait pourquoi les insultes avaient toujours une connotation sexuelle. Pourquoi les hommes, quand ils voulaient en humilier d'autres, les traitaient-ils de femmelettes ? Comme si être une femme était ce qui pouvait vous arriver de pire ! On n'insultait plus ni les Noirs, ni les Japonais, ni les Italiens, les Polonais ou les Irlandais, en tout cas en public. Seules les femmes continuaient de faire l'objet de lazzis et d'injures. Pourquoi ? Ce n'était pas juste. L'irritation d'Evelyn allait grandissant. Ah, si Idgie avait été à sa place, elle ne se serait pas laissé insulter comme ça ! Elle lui aurait flanqué son poing dans la gueule, à ce morveux.

Elle s'arrêta soudain de penser à tout cela, car elle éprouvait un sentiment tout à fait nouveau pour elle, et elle en concevait un certain effroi. Pour la première fois de sa vie, avec vingt ans de retard sur la plupart des autres femmes, *Evelyn Couch était en colère.*

Et elle s'en voulait d'avoir peur. Bientôt, cette colère prit un tour étrange. Evelyn se surprit à regretter de ne pas être un homme. Non pas pour ces attributs particuliers dont ils faisaient si grand cas ; non, elle aurait voulu avoir seulement leur force physique, une force qui lui aurait permis de battre comme plâtre ce petit malpropre qui l'avait insultée. Bien entendu, si elle avait été un homme, ce merdeux ne l'aurait pas injuriée de la sorte. C'est ainsi qu'elle se mit à rêver qu'elle avait la force de dix malabars ; elle se vit en Superwoman. Ah, qu'est-ce qu'elle lui mettait, à cet ignoble aux petits yeux porcins ! Elle en faisait de la bouillie, et lui, cassé de toutes parts, saignant par tous les pores, implorait pitié. Pitié ? Tiens, prends ça, salaud !

Voilà donc comment prit naissance, dans sa quarante-neuvième année, l'incroyable secret de Mrs. Evelyn Couch, de Birmingham, Alabama.

Rares étaient ceux qui, croisant cette femme mûre au visage doux et au corps replet dans les allées d'un supermarché, pouvaient suspecter que dans son imagination elle était en train, mitraillette au poing, de transformer en passoire les parties génitales des violeurs ou de savater à mort les maris violents à coups de Rangers cloutées.

Evelyn s'était même donné un nom de code secret... un nom qui semait la terreur à travers le monde : Towanda la Vengeresse !

Et cependant qu'Evelyn vaquait à ses modestes occupations, Towanda leur enfonçait des matraques électrogènes dans les côtes, à ces salauds de tortionnaires d'enfants, jusqu'à ce que leurs cheveux se dressent sur la tête. Elle plaçait dans les *Playboy* et les *Penthouse* de minuscules bombes qui explosaient à la première page qu'on ouvrait. Elle refilait des overdoses aux dealers et les laissait agoniser dans la rue ; elle forçait ce médecin qui avait annoncé froidement à sa mère qu'elle allait mourir d'un cancer à marcher nu comme un ver dans la rue sous les huées et les pierres que lui lanceraient tous ses confrères, y compris les mécaniciens-dentistes. Vengeresse miséricordieuse, elle attendrait qu'il ait parcouru son chemin de croix pour lui défoncer le crâne à coups de marteau.

Towanda avait tous les pouvoirs. Elle pouvait plonger dans le passé et ficher une bonne dégelée à l'apôtre Paul pour avoir écrit que les femmes devaient la boucler ou encore filer à Rome à la vitesse de la lumière, jeter à bas de son trône ce gros porc de pape pour mettre une religieuse à sa place, et obliger les prêtres à faire le ménage et la cuisine pour la gent féminine, histoire de changer un peu.

Towanda apparut à « Rencontre avec la presse », le talk-show le plus sélect de la télévision et, d'une voix calme, l'œil glacé, le sourire en coin, débattit avec quiconque n'était pas d'accord avec elle et écrasa le contestataire de tout le brio de sa dialectique jusqu'à ce que celui-ci éclate en sanglots et fuie sous l'œil impavide des caméras. Elle se rendit à Hollywood et contraignit tous les gros producteurs à engager des femmes de son âge au lieu des minettes de vingt ans à la plastique irréprochable. Elle autorisa les rats à ronger jusqu'à l'os tous les marchands de sommeil et elle expédia de la nourriture et des pilules contraceptives, tant pour les hommes que pour les femmes, à tous les déshérités de la terre.

Et en raison de sa grande profondeur de vue, elle devint célèbre de par le monde sous le nom de Towanda la Magnanime, redresseuse de torts et reine incontestée.

Towanda décréta qu'il y aurait un nombre égal d'hommes et de femmes au gouvernement et que les uns et les autres s'occuperaient de faire régner la paix ; elle obtint des chercheurs qu'ils découvrent un remède contre le cancer et créent une pilule capable de permettre tous les excès de table sans jamais prendre de poids ; elle institua un permis pour avoir des enfants et rendit obligatoire pour tout candidat à la paternité un examen psychiatrique, afin qu'il n'y ait plus d'enfants battus ; elle interdit par ailleurs la construction de tous les immeubles en copropriété, surtout ceux avec des toits en tuiles rouges.

Elle prit d'autres mesures de salubrité publique : les auteurs de tags et autres graffiti seraient plongés dans un bain d'encre indélébile ; les enfants de parents célèbres n'auraient plus le droit de nous conter leur enfance pas comme les autres dans de prétendus romans ; tous les bons et honnêtes travailleurs auraient droit à un voyage à Hawaii, ainsi qu'à un canot automobile.

Towanda se transporta d'un bond à Madison Avenue, afin de contrôler tous les magazines de mode. Tous les mannequins pesant moins de soixante kilos furent congédiés, et les rides et la cellulite devinrent soudain objets de tous les désirs. Les produits laitiers à zéro pour cent de matière grasse furent à jamais bannis du globe terrestre. Idem pour les carottes râpées.

Pas plus tard que la veille, Towanda avait rendu une petite visite au Pentagone, pour enlever à tous ces vieillards séniles les bombes et les missiles et leur donner des jouets à la place, tandis que ses sœurs de Russie faisaient de même au Kremlin. Puis elle était apparue sur toutes les chaînes de télévision à l'heure des informations pour y annoncer la distribution de tout le budget de l'armement aux personnes âgées. Towanda en avait tant fait toute la journée qu'Evelyn, au soir, était épuisée.

Normal, quand on songe que Towanda avait exterminé toute une bande de producteurs de films porno utilisant des enfants pendant qu'Evelyn préparait le dîner et, plus tard, alors qu'elle faisait la vaisselle, Towanda, elle, avait entrepris de calmer les troubles agitant le Moyen-Orient afin de prévenir une Troisième Guerre mondiale. Aussi, quand Ed, vautré devant la télé, lui demanda sans bouger son derrière de lui apporter une autre bière, Towanda lui cria, avant même qu'Evelyn puisse l'en empêcher :

— VA TE FAIRE FOUTRE, ED !

Ed se leva doucement de son fauteuil et vint dans la cuisine.

— Tu te sens bien, ma chérie ?

LA GAZETTE DE WEEMS

(Bulletin hebdomadaire de Whistle Stop, Alabama)

9 février 1943

En plein effort de guerre

Ma chère moitié travaille comme un bœuf au chemin de fer, mais tout le monde est logé à la même enseigne, depuis que les aciéries fonctionnent jour et nuit. Aussi me voilà célibataire en ce moment, mais si cela doit aider l'Oncle Sam et nos garçons, alors je veux bien.

Tommy Glass et Ray Limeway ont écrit depuis leur camp d'entraînement pour dire bonjour.

Biddie Louise Otis, Ninny Threadgoode et moi, nous avons dîné l'autre soir chez Brittlings à Birmingham, puis nous sommes allées au cinéma voir notre Essie Rue Limeway. Le film ne valait sûrement pas le spectacle qu'elle nous a offert. Nous étions drôlement fières. On avait envie de dire à tout le monde dans le cinéma que c'était une amie à nous. Ninny s'est d'ailleurs tournée vers sa voisine pour lui confier qu'Essie Rue était sa belle-sœur.

À propos, n'oubliez pas de mettre de côté tout ce qui est en caoutchouc.

... Dot Weems...

P-S : Qui a dit que nous étions le sexe faible ? Ce pauvre Glass Dwane a tourné de l'œil à son propre mariage dimanche dernièr, et c'est sa future épouse qui a dû le soutenir pendant toute la cérémonie. Il n'a vraiment repris ses esprits qu'à la sortie de l'église. Il part à l'armée juste après leur lune de miel.

WHISTLE STOP

ALABAMA

12 janvier 1944

À Birmingham, dans le vaste hall de la gare, une fanfare et une foule de près de cinq cents personnes s'étaient rassemblées pour attendre le train de six heures vingt, en provenance de Washington, qui ramenait les fils, les frères et les maris de retour de la guerre.

Avant son entrée triomphale, le train fit un bref arrêt à Whistle Stop, où sur l'unique quai se tenait une famille de Noirs. Eux aussi attendaient leur fils. Le cercueil de bois fut déchargé du wagon à bagages et déposé sur la charrette qui l'emmènerait par les chemins défoncés de Troutville.

Artis, Jasper et Naughty Bird marchaient derrière Onzell, Sipsey et Big George. À leur passage, Grady Kilgore, Jack Butts et tous les ouvriers de la voie ôtèrent leur chapeau et se figèrent dans un silence respectueux.

Sur le cercueil, il n'y avait ni drapeau, ni médaille, ni fleurs ni couronne, simplement une plaque en carton portant le nom de PCF W. C. Peavey. Mais de l'autre côté de la rue, à la fenêtre du café, il y avait une étoile, un drapeau et une pancarte... BIENVENUE À LA MAISON, WILLIE BOY...

Ruth, Idgie et Stump étaient déjà partis à Troutville pour y attendre les autres.

Gentil Willie Boy, merveilleux conseiller Peavey, le garçon qui avait été admis à l'institut Tuskegee... un gosse brillant, destiné à être un jour avocat, un leader parmi son peuple, une bonne étoile appelée à briller au-dessus des taudis et des ghettos, Willie Boy, qui avait toutes les chances de faire une grande carrière, s'était fait tuer à la suite d'une bagarre dans un bar par un soldat noir du nom de Winston Lewis, de Newark, New Jersey.

Willie Boy avait parlé de son père, Big George, dont le nom avait toujours inspiré le plus grand respect parmi les Noirs comme parmi les Blancs. « Ça, c'est un homme », disait-on partout de lui.

Mais Winston Lewis avait dit qu'un homme qui travaillait pour des Blancs, surtout en Alabama, n'était rien d'autre qu'un pauvre type, une triste doublure d'oncle Tom.

Willie Boy avait appris tout jeune à maîtriser sa colère, à ne pas réagir aux insultes, mais ce soir-là, en entendant Winston, il songea à son père, si digne et si courageux, et, s'emparant de la première bouteille à portée de sa main, il la brisa sur le crâne de l'offenseur, qu'il laissa sur le carreau.

La nuit suivante, Winston Lewis attendit que Willie Boy soit endormi pour lui trancher la gorge d'une oreille à l'autre, puis il mit les bouts. L'armée ne s'émut pas de compter un déserteur de plus ; elle avait eu son compte de bagarres au couteau entre soldats de couleur. Elle se contenta d'expédier le corps à la famille.

À l'enterrement, Ruth, Smokey et tous les Threadgoode étaient au premier rang dans l'église, et Idgie parla au nom de la famille. Le pasteur, lui, parla de Jésus. Jésus qui rappelait à Lui Ses précieux enfants, et il parla encore de la volonté du Très-Haut, assis sur Son trône doré dans le Ciel. Le public ondulait et reprenait derrière le prêcheur : « Oui, que Sa volonté soit faite. »

Artis marmonna en même temps que les autres les paroles saintes et lui aussi se balança en rythme avec les autres sans quitter des yeux sa mère qui hurlait sa douleur. Mais quand la messe fut finie, il n'alla pas au cimetière. Les parents, les amis n'avaient pas encore fini de recouvrir de terre froide de l'Alabama le cercueil de Willie Boy qu'Artis avait déjà sauté dans un train, direction Newark, New Jersey. Il avait une visite à rendre à un certain Winston Lewis.

Trois jours plus tard, le cœur de Winston Lewis fut retrouvé dans un sac-poubelle à quelques pas de son domicile.

LA GAZETTE DE WEEMS

(Bulletin hebdomadaire
de Whistle Stop, Alabama)

24 février 1944

Une vraie partie de rigolade

Le Club des Cornichons a donné ses « Esquimaux glacés » annuels, et ça a été une grande réussite.

Imaginez Grady Kilgore incarnant Shirley Temple, en train de chanter *On the Good Ship Lollipop* ! Je me demande si les gens savaient que notre shérif avait d'aussi jolies jambes.

Et ma chère moitié a chanté *Red Sails in the Sunset*. Je l'ai trouvé plutôt bon, Wilbur, mais il est vrai que je suis mauvais juge. Il chante ça tous les jours sous la douche. Ha ! ha !

Le sketch le plus drôle reste l'imitation qu'a donnée Idgie du révérend Scroggins et celle de Vesta Adcock par Pete Tidwell.

Opal a fait toutes les coiffures et tous les maquillages, et Ninny Threadgoode, Biddie Louise Otis et moi-même, nous nous sommes chargées des costumes.

La recette est allée à la Fondation de Noël, qui aide tous les déshérités de Whistle Stop et de Troutville.

J'espère que cette guerre va enfin se terminer, parce que nos garçons nous manquent terriblement.

À propos, Wilbur a voulu s'engager l'autre jour. Dieu merci, il est trop vieux et il a les pieds plats. Sinon, on aurait été dans de beaux draps.

... Dot Weems...

Maison de retraite de Rose Terrace

OLD MONTGOMERY HIGHWAY, BIRMINGHAM, ALABAMA

27 juillet 1986

Evelyn avait repris tous les kilos qu'elle avait perdus avec son régime et en avait gagné quatre de plus. Elle était tellement hors d'elle qu'elle ne remarqua même pas que Mrs. Threadgoode avait une fois de plus mis sa robe à l'envers.

Elles piochaient aujourd'hui dans une boîte de deux kilos de Divinity Fudge.

— Je tuerais pour un pain de beurre, dit soudain Mrs. Threadgoode. Cette margarine qu'on nous sert ici a un goût de lard rance. On en a assez mangé de cette saleté pendant la Grande Dépression. Je croyais bien ne plus en revoir. Alors je m'en passe et tartine mon pain grillé avec de la compote de pommes.

» Quand j'y pense, Ruth et Idgie ont acheté ce café en 1929, c'est-à-dire en pleine crise, eh bien, jamais on n'y a senti l'écœurante odeur de la margarine. Idgie se débrouillait toujours pour avoir du bon beurre fermier. C'est curieux tout de même que toutes ces années-là, au café, restent pour moi les meilleurs souvenirs, alors que tout autour de nous ce n'était que misère. Oh, nous n'étions pas privilégiés, loin de là, on a lutté comme les autres, mais nous étions heureux ; il y avait tant de joie et de chaleur humaine dans cette maison.

» Tous les soirs, on s'asseyait tous ensemble au café et on écoutait la radio. Fibber McGee et Molly, Amos et Andy, Fred Allen… je ne me souviens plus des blagues qu'ils racontaient, mais je peux vous assurer qu'ils étaient tous bons. Je ne peux pas regarder les programmes à la télé aujourd'hui. On ne voit que des gens qui s'assassinent et se crient des insultes. Fibber McGee et Molly ne criaient jamais. Amos et Andy le faisaient un peu, mais c'était drôle. Même les gens de couleur à la télé ne sont pas aussi gentils qu'ils l'étaient autrefois. Sipsey lui aurait tanné la peau, à Big George, si elle l'avait entendu parler comme certains le font de nos jours.

» Et il n'y a pas que la télé. Mrs. Otis m'a dit qu'un jour au supermarché elle avait dit à un jeune garçon de couleur qu'elle lui donnerait dix cents s'il voulait bien lui porter ses provisions jusqu'à la voiture. Elle m'a raconté qu'il l'avait regardée pire que si elle était un chien et qu'il avait continué son chemin. Et les Blancs sont pires encore. Quand Mrs. Otis a heurté avec sa voiture une rangée de caddies sur le parking du supermarché, les gens lui ont fait de bien vilains gestes en passant. Je n'avais jamais vu de tels comportements. Il n'y a pas de mot pour ça.

» Je ne veux même plus regarder les informations à la télé. Il y a des crimes et des guerres partout. Ils devraient administrer des tranquillisants à la planète entière. Comme ils ont fait ici pour ce pauvre Mr. Dunaway. Je crois que toutes ces atrocités qu'on voit à l'écran, ça ne fait que rendre les gens plus mauvais qu'ils ne sont déjà. Moi, quand je vois ça, j'éteins le poste.

» Tenez, même les émissions religieuses ont changé. Il faut voir aujourd'hui ces prédicateurs déchaînés hurler comme s'ils étaient possédés par le démon. Leurs visages apparaissent en gros plan, et on dirait des monstres prêts à vous dévorer si jamais ils pouvaient sortir du poste. Ils suent, tempêtent, vous menacent du pire comme si rien qu'à les voir ce n'était pas déjà un cauchemar ! Quand j'allume ma télé et que je tombe sur ces diables, j'éteins tout de suite.

» Je ne crois pas que les gens soient heureux, aujourd'hui, en tout cas pas comme nous l'étions. Les visages qu'on croise dans la rue sont fermés, durs, des têtes de bulldogs à qui on aurait volé leur os. Même les enfants semblent amers, frustrés, comme si on les avait privés de dessert pour le restant de leurs jours.

— C'est vrai, approuva Evelyn, et je me demande pourquoi les gens sont comme ça, aussi agressifs et méchants...

— Oh, c'est général, ma bonne. La fin du monde est proche. Je ne suis pas certaine qu'on puisse voir l'an 2000. Les bons prédicateurs, ceux qui ne vous hurlent pas dans les oreilles, eh bien, ils disent tous qu'on n'en a plus pour longtemps. C'est écrit dans la Bible. Bien entendu, ils n'en sont pas certains. Seul Dieu sait vraiment ce qui nous pend au nez.

» Je ne sais pas combien de temps à vivre m'accordera encore le bon Dieu, mais je peux vous dire que je vis du mieux possible chaque jour qui passe, comme si c'était le dernier. Je suis prête pour le grand voyage. Et c'est la raison pour laquelle je n'ai rien dit au sujet de Mr. Dunaway et de Vesta Adcock. Quand on veut vivre en paix, il faut d'abord laisser les autres faire de même.

— Mr. Dunaway et Vesta Adcock ? demanda Evelyn.

— Ils seraient tombés amoureux. C'est ce qu'ils disent. Oh, vous auriez dû les voir se tenir par la main et s'embrasser dans tous les coins de la maison. Quand la fille de Mr. Dunaway a appris ça, elle a piqué une de ces colères ! Elle a débarqué ici comme une furie et elle a menacé de poursuites le directeur. Et elle a traité Mrs. Adcock de vieille allumeuse !

— Oh non !

— Oui, ma belle, c'est comme je vous le dis. Elle a dit que Mrs. Adcock essayait de leur enlever leur cher père. Bref, elle a ramené ce pauvre Dunaway à la maison, de peur qu'il n'ait des relations… charnelles avec Mrs. Adcock. Geneene, mon infirmière préférée, dit que le pauvre a perdu ses moyens dans ce domaine depuis belle lurette et qu'il ne pourrait pas faire de mal à une mouche… Alors quel mal peut-il y avoir à les laisser se bécoter, dites-le-moi ? Vesta a le cœur brisé. On ne sait pas ce qu'elle est capable de faire.

» Vous savez, ici, chez ces puritains, ce n'est pas la tolérance qui les étouffe.

— Oui, je m'en doute, dit Evelyn.

LA GAZETTE DE WEEMS

(Bulletin hebdomadaire de Whistle Stop, Alabama)

1er août 1945

Un homme à la laque !

Si j'étais pas mariée avec lui, je ne l'aurais jamais cru... Ma chère moitié traînait l'autre jour au dépôt de trains, là où ils repeignent tous les wagons qui ont servi au transport des troupes. Eh bien, ce nigaud a trouvé moyen de tomber dans un bac rempli de cent litres de peinture laquée. Il s'est dépêché d'en sortir, mais la laque a séché si vite qu'il était verni des pieds à la tête en moins de temps qu'il n'en faut pour le dire. Il a fallu faire appel à Opal pour qu'elle lui enlève la peinture des cheveux, enfin de ce qu'il lui en reste. C'est heureux que nous n'ayons pas d'enfants, parce que je me demande où je trouverais le temps de m'en occuper.

Nous sommes tous bien heureux que la guerre soit finie. Bobby Scroggins, Tommy Glass et Ray Limeway sont tous rentrés. Hourra !

Rien que de bonnes nouvelles. Ninny Threadgoode est venue m'apporter un trèfle à quatre feuilles. Elle m'a dit qu'Albert et elle en avaient découvert trois dans son jardin. Merci, Ninny.

... Dot Weems...

Maison de retraite de Rose Terrace

OLD MONTGOMERY HIGHWAY, BIRMINGHAM, ALABAMA

15 août 1986

Geneene, l'infirmière noire qui se disait plus dure que l'acier, mais qui ne l'était pas, avoua à Mrs. Threadgoode qu'elle était épuisée. Hier, elle avait été de service de nuit, aujourd'hui, elle remplaçait une collègue, et elle était venue s'asseoir un moment et fumer une cigarette. Mrs. Otis était à son cours de macramé, aussi Mrs. Threadgoode était-elle heureuse d'avoir de la compagnie.

— Vous connaissez cette femme qui vient me voir le dimanche ?

— Quelle femme ?

— Evelyn.

— Qui ?

— Cette petite bonne femme rondelette, Evelyn... Evelyn Couch... la belle-fille de Mrs. Couch.

— Ah oui, je vois.

— Elle m'a dit que depuis qu'elle s'était fait insulter par un malotru en faisant ses courses, elle s'était prise de haine pour tous ses semblables. Je lui ai dit : « Ma belle, il n'y a rien de pire que la haine. Elle vous empoisonne le cœur. Les gens sont comme ils sont ; ils n'ont pas le choix. Croyez-vous qu'une belette ait choisi d'être une belette ? Les gens sont faibles, voilà tout.

» Evelyn m'a dit aussi qu'il lui arrivait de haïr son mari. Elle le voit assis toute la journée devant sa télé, à regarder ses matches de football, et parfois il lui vient une envie furieuse de lui flanquer un grand coup de batte de base-ball sur le crâne. Pauvre Evelyn, elle croit qu'elle est la seule au monde à avoir de mauvaises pensées. Je lui ai dit que son problème était une chose naturelle qui arrivait à tous les vieux couples.

» Je me souviens quand Cleo a eu ce premier dentier dont il était si fier. L'appareil cliquetait à chaque fois qu'il prenait une bouchée, et ça me tapait tellement sur les nerfs que parfois je me levais de table rien que pour ne plus l'entendre... et Dieu sait si j'aimais cet homme plus que tout au monde ! Mais ce genre de chose finit toujours par s'arranger. Un jour, je ne sais pas si son dentier s'est arrêté de faire ce bruit ou bien si c'est moi qui m'y étais habituée, mais toujours est-il que je ne l'ai plus entendu. Tous les couples passent par là.

» Tenez, Idgie et Ruth... vous n'avez jamais vu deux personnes plus attachées l'une à l'autre. Eh bien, elles ont quand même eu leurs problèmes. Ruth est même venue s'installer chez nous pendant quelque temps. Je n'ai jamais su le pourquoi de leur brouille, je ne l'ai jamais demandé non plus, parce que ça ne me regardait pas, mais je crois que c'était parce que Idgie allait un peu trop souvent à la rivière, chez sa copine Eva Bates. Ruth craignait qu'Eva n'encourage Idgie à boire un peu trop pour sa santé, ce qui était vrai, sauf qu'Idgie n'avait pas besoin d'encouragements pour picoler.

» Comme je l'ai dit à Evelyn, tout le monde a ses petits défauts.

» La pauvre, elle me donne du souci. La ménopause l'a durement frappée. Elle m'a dit qu'elle n'avait pas seulement envie d'assommer Ed mais que depuis quelque temps elle imaginait qu'elle s'habillait tout en noir et qu'elle sortait la nuit pour tuer tous les méchants à coups de mitraillette ! Vous vous rendez compte ?

» Je lui ai dit : “Ma chérie, vous regardez trop la télé, et il ne faut plus que vous pensiez des choses pareilles ! Et puis ce n'est pas à nous de juger les autres. C'est écrit dans la Bible, qu'il y a un jour prévu pour ça, un jour où Jésus redescendra sur Terre pour juger les vivants et les morts.”

» Evelyn m'a fait remarquer que pour les morts ce serait trop tard, et je l'ai trouvée bien audacieuse de douter de la résurrection. Quoique, à la réflexion, ça ferait peut-être beaucoup trop de monde sur terre, si jamais les morts revenaient.

L'AMICALE DES PÊCHEURS DE WAGON WHEEL

WARRIOR RIVER, ALABAMA

3 juin 1946

Il y avait de la lumière et des rires, et le juke-box vomissait ses décibels jusque de l'autre côté de la rivière. Seule à une table au milieu du brouhaha, Idgie carburait à la bière. Pas du whisky cette nuit-là, parce que la veille elle en avait assez bu pour que ça lui dure vingt-quatre heures.

Son amie Eva batifolait avec des gars de la campagne qui étaient censés assister le soir même à une réunion du Club des Élans, à Gate City. Comme elle passait devant Idgie, elle lui dit :

— Eh bien, ma fille, tu en tires, une tronche ! On dirait un lézard avec une gueule de bois !

Dans le juke-box, Hank Williams beuglait qu'il était tellement seul ce soir qu'il se demandait s'il passerait la nuit.

— Ruth a déménagé, répondit Idgie.

— Quoi ?

Eva s'assit à côté d'elle.

— Elle est partie s'installer chez Cleo et Ninny.

— Mais, grand Dieu, pourquoi ?

— Elle est en pétard contre moi.
— Je m'en doute, mais qu'est-ce que tu lui as fait ?
— Je lui ai menti.
— Hum ! Et c'était quoi, ton mensonge ?
— Que j'allais voir ma sœur Leona et John à Atlanta.
— Tu n'y es pas allée ?
— Non, je suis partie dans les bois.
— Avec qui ?
— Avec personne. J'avais besoin d'être seule, c'est tout.
— Pourquoi tu ne le lui as pas dit ?
— Je ne sais pas. Peut-être que j'en ai eu marre de toujours dire ce que j'allais faire ou ne pas faire. J'avais besoin d'air, tu comprends. Alors j'ai menti. Voilà tout. C'est pas très grave, non ? Grady ment à Gladys, et Jack ment à Mozell.
— Oui, mais, ma chérie, tu n'es pas Grady ni Jack, et Ruth n'est ni Gladys ni Mozell. Oh, ça ne me plaît pas du tout, ce genre de chose. Tu aurais donc oublié les mille morts que tu as endurées quand elle n'était pas là ?
— Eva, j'ai seulement besoin d'un peu de liberté de temps en temps.
— Je comprends ça, Idgie, mais il faut que tu réalises que cette fille a tout abandonné pour vivre avec toi. Elle a tout quitté, la ville où elle est née, ses amis, tout, pour te rejoindre. Toi et Stump, vous êtes les seules personnes qui lui restent au monde. Toi, tu as encore ta famille, tes frères, tes sœurs, tes amis...
— Ouais, et je me demande parfois s'ils ne l'aiment pas plus qu'ils ne m'aiment.
— Écoute, Idgie, je vais te dire une chose. Ruth n'au-

rait qu'à claquer dans ses doigts pour avoir tout le monde à ses pieds, hommes et femmes. Alors, à ta place, je réfléchirais un peu avant de m'en aller gambader dans les bois.

À cet instant, Helen Claypoole, une femme d'une cinquantaine d'années, une vieille habituée de Wagon Wheel, qui buvait et couchait avec quiconque voulait bien lui payer un verre, sortit des toilettes. Elle était si soûle qu'elle avait rentré le dos de sa robe dans sa culotte et elle s'en fut rejoindre en titubant la tablée d'hommes qui l'attendaient.

— Tiens, regarde-moi celle-là, dit Eva, la désignant. En voilà une qui a toute sa liberté. Tout le monde se fout pas mal de ce qu'elle fait ou pas, ça, tu peux en être sûre.

Idgie regarda Helen, la bouche maculée de rouge à lèvres, les cheveux lui tombant sur le visage, posant sur les hommes assis en face d'elle un regard dénué de toute expression.

— Bon, je m'en vais, dit Idgie. Je vais réfléchir à tout ça.

Deux jours plus tard, Ruth reçut un mot tapé à la machine.

Si tu mets en cage un animal sauvage, tu peux être sûre qu'il mourra, mais si tu le laisses libre, neuf fois sur dix il reviendra à la maison.

Ruth appela Idgie pour la première fois depuis trois semaines.

— J'ai bien reçu ton mot, et je pense qu'on pourrait peut-être en parler.

Idgie bondit de joie.

— Oui, parlons-en. J'arrive tout de suite, dit-elle.

Comme elle raccrochait, elle se demanda si elle n'irait pas jurer sur la Bible devant le révérend Scroggins que plus jamais elle ne mentirait à Ruth.

Comme elle tournait le coin de la rue et arrivait en vue de la maison de Cleo et de Ninny, elle ralentit le pas en se souvenant soudain de ce que lui avait dit Ruth. Quel mot ? Elle ne lui avait jamais envoyé de mot !

NOUVELLES
DE BIRMINGHAM

15 octobre 1947

D'un seul bras il conduit son équipe à une cinquième victoire consécutive

Alors que les deux équipes de Whistle Stop et d'Edgewood étaient à égalité à deux minutes de la fin, Buddy (Stump) Threadgoode a offert la victoire à Whistle Stop avec une passe phénoménale à quarante mètres des poteaux.

« Stump est notre meilleur joueur, a déclaré Delbert Naves, l'entraîneur de l'équipe, au cours d'une récente interview. Il n'a qu'un bras, mais son esprit combatif fait la différence. En dépit de son handicap, il est l'auteur de trente-trois des trente-sept points marqués cette année par l'équipe. Il est capable de se saisir de la balle, de la protéger contre sa poitrine et de la lancer en moins de deux secondes avec une force et une précision stupéfiantes. »

« Stump » excelle également au base-ball et au basket-ball. Il est le fils de Mrs. Ruth Jamison de Whistle Stop, et quand nous lui avons demandé quel était le secret de sa réussite sportive, il nous a répondu qu'il la devait à sa tante Idgie, qui lui avait appris tous les secrets du football.

THE WHISTLE STOP CAFÉ

WHISTLE STOP, ALABAMA

28 octobre 1947

Stump, de retour de l'entraînement, venait de se servir un Coca quand Idgie, qui bavardait au comptoir avec Smokey, lui dit :

— Hé ! Stump, j'ai deux mots à te dire !

— Quoi, qu'est-ce que j'ai fait ? protesta ce dernier.

— Je vais te le dire, petit, répondit-elle à Stump, qui mesurait maintenant un mètre quatre-vingts et se rasait depuis un an. Allons dans la pièce de derrière.

Il la suivit en traînant un peu les pieds et se laissa choir sur une chaise.

— Où est M'ma ? demanda-t-il.

— À une réunion, à l'école. Maintenant, dis-moi, jeune homme, qu'as-tu dit à Peggy cet après-midi ?

Il prit un air innocent.

— Peggy ? Peggy qui ?

— Tu sais très bien qui. Peggy Hadley.

— Je ne lui ai rien dit.

— Ah oui ? Alors peux-tu m'expliquer pourquoi elle est arrivée ici en larmes il y a pas plus d'une heure ?

— Je ne sais pas.

— Est-ce qu'elle ne t'a pas demandé de l'emmener au bal de Sadie Hawkins, cet après-midi ?

— Ouais, c'est possible. Je ne m'en souviens pas.

— Et qu'est-ce que tu lui as répondu ?

— Allez, tante Idgie, je n'ai pas envie d'aller au bal avec elle. C'est qu'une gosse.

— Qu'est-ce que tu lui as répondu ?

— Je ne sais pas, moi, que j'avais pas le temps.

— Qu'est-ce que tu lui as répondu, Stump ?

Cette fois, le ton sec d'Idgie alarma Stump.

— Oh, je plaisantais, c'est tout.

— Tu plaisantais, hein ? Non, Stump, tu faisais seulement le paon devant tes copains, tu fanfaronnais, comme tu aimes tant le faire !

Il se tortilla, mal à l'aise, sur sa chaise.

— Tu lui as dit de repasser te voir quand elle aurait un peu plus de nichons. C'est bien ça que tu lui as dit, hein, Stump ?

Il ne répondit pas.

— C'est ça ?

— Tante Idgie, je plaisantais.

— Ouais, t'as de la chance de ne pas avoir pris une baffe.

— Son frère était là, avec moi.

— Eh bien, lui aussi n'aurait pas volé un coup de pied au cul.

— Elle fait toute une histoire pour rien du tout.

— Pour rien du tout ? Mais tu ne vois donc pas le courage qu'il faut à une fille pour aller demander à un garçon de l'emmener au bal ? Et devant ses copains encore ! Et toi, tu n'as rien trouvé de mieux à faire que de l'humilier ! Écoute, petit, ta mère et moi, on ne t'a pas élevé pour que tu deviennes un plouc, un bouseux ignorant et grossier. Ça te ferait quoi si c'était à ta mère qu'on avait parlé comme ça ? Et si une fille te disait de revenir la voir quand tu aurais pris un peu plus de bite ?

Stump rougit jusqu'aux oreilles.

— Ne dis pas ces choses, tante Idgie.

— Et pourquoi pas ? Je ne veux pas que tu te conduises comme un malpropre. C'est ton droit de ne pas vouloir aller au bal, mais tu ne parleras plus jamais comme ça à Peggy ou à n'importe qui d'autre. Tu m'entends ?

— Oui, tante Idgie.

— Et tu vas lui présenter tes excuses, tout de suite !

Stump se leva docilement.

— Rassieds-toi, je n'en ai pas terminé avec toi.

Stump se rassit en soupirant.

— Qu'est-ce qu'il y a encore ?

— Je voudrais que tu me dises, Stump, ce qui ne va pas avec les filles, dit Idgie d'un ton radouci.

Stump la regarda d'un air embarrassé.

— Comment ça ?

— Écoute, je ne me suis jamais mêlée de ta vie privée. Tu as dix-sept ans et te voilà un homme, à présent, mais ta mère et moi, nous nous inquiétons un peu à ton sujet.

— Pourquoi ?

— Parce qu'on te voit toujours traîner avec tes copains, et qu'à ton âge ce n'est pas normal.

— Pourquoi, c'est mal d'avoir des copains ?

— Pas du tout, je voulais dire qu'il n'y a pas que des garçons sur terre, qu'il y a aussi des filles, comme tu as dû le remarquer, et j'en connais plus d'une qui te mange des yeux, mais toi tu ne leur donnerais même pas l'heure si elles te la demandaient.

Silence.

— Tu te conduis comme un âne à chaque fois que l'une d'entre elles se risque à t'adresser la parole. Je t'ai vu.

Stump se prit d'intérêt pour la toile cirée qui recouvrait la table.

— Regarde-moi quand je te parle... Ton cousin Buster est déjà marié, avec un bébé en route, et il n'a qu'un an de plus que toi.

— Et alors ?

— Alors tu n'as jamais emmené une seule fille au cinéma, et à chaque fois qu'il y a un bal à l'école, tu t'en vas chasser.

— J'aime la chasse.

— Moi aussi, mais il n'y a pas que la chasse et le sport dans la vie.

Stump soupira de nouveau.

— Pour moi, il n'y a que ça.

— Je t'ai acheté cette voiture parce que je pensais que tu pourrais emmener Peggy en balade, mais tout ce que tu sais faire, c'est y entasser tes copains et faire le zouave sur la route.

— Toujours Peggy !

— Peggy ou une autre... je ne veux pas te voir finir tout seul comme Smokey.

— Smokey est très bien comme il est.

— Peut-être, mais il serait encore mieux avec une femme et une famille. Qu'est-ce que tu feras si jamais il nous arrive quelque chose, à ta mère ou à moi ?

— J'suis pas un crétin, je m'en sortirai.

— J'en doute pas, Stump, mais je serais plus tranquille si je te savais heureux avec quelqu'un. Les filles bien seront déjà toutes mariées quand tu te réveilleras. Et puis qu'est-ce que tu as contre Peggy ?

— Rien, elle est très bien.

— Je sais qu'elle te plaît. Tu lui envoyais des billets doux avant que tu te prennes pour le roi de la prairie.

Pas de réponse.

— Tu as quelqu'un d'autre en vue ?

— Non.

— Personne, alors ?

— NON, PERSONNE ! ET MAINTENANT FICHE-MOI LA PAIX ! cria Stump, excédé.

— Écoute, Stump, dit Idgie, tu es peut-être le champion sur un terrain de foot, mais c'est moi qui t'ai torché et tu ne m'impressionnes pas. Qu'est-ce qui ne va pas avec les filles ?

Stump se mura dans le silence.

— Dis-le-moi, fils.

— Je ne sais pas de quoi tu parles. Faut que j'y aille, maintenant.

— Aller où, Stump ? Reste assis.

Il attendit, les yeux baissés.

— Tu n'aimes pas les filles ? demanda doucement Idgie.

— Si, je les aime bien, répondit Stump, évitant le regard d'Idgie.

— Alors pourquoi ne sors-tu pas avec elles ?

— J'suis tout ce qu'il y a de plus normal, si c'est ça qui t'inquiète. Mais seulement...

Il essuya sa paume moite sur son pantalon.

— Vas-y, fiston, tu sais que tu peux te confier à moi. On a souvent parlé ensemble, non ?

— Je sais, mais je n'ai pas envie de discuter de ça.

— Et moi, je veux qu'on en discute. Vas-y, je t'écoute.

— Mais qu'est-ce que je peux dire... marmonna-t-il. C'est seulement que... que si jamais une fille me demandait de le faire...

— De coucher avec toi, tu veux dire ?

Stump acquiesça de la tête, les yeux baissés.

— Eh bien, à ta place, je trouverais plutôt flatteur qu'une fille me propose ça, non ?

Stump essuya d'un revers de main la sueur qui perlait à sa lèvre supérieure.

— Qu'y a-t-il, Stump ? Tu n'aurais pas de problème physique, par hasard ? Des difficultés à... à bander ? Parce que si c'est le cas, on ira voir un médecin.

Stump secoua la tête.

— Non, c'est pas ça. Tout va très bien de ce côté-là, je peux faire ça douze fois par jour.

Idgie haussa les sourcils, étonnée d'un tel chiffre.

— Voilà au moins une bonne nouvelle, dit-elle.

— Ouais, sauf que je le fais tout seul... ça m'est jamais arrivé avec une fille.

— En tout cas, ça ne peut pas te faire de mal, mais tu ne crois pas que tu devrais essayer... à deux ? Beau comme tu es, ne me dis pas que tu n'en as pas eu l'occasion.

— Des occasions, j'en ai eu, c'est sûr... mais je... je...

Idgie sentit la voix de Stump se briser et, l'instant d'après, les larmes ruisselaient sur son visage. Il la regarda.

— J'ai la trouille, tante Idgie. Une trouille d'enfer, tu comprends ?

Jamais Idgie n'aurait soupçonné que Stump puisse avoir peur, lui qui avait toujours été si courageux, lui que rien n'avait jamais effrayé.

— La trouille de quoi, fils ?

— Je ne sais pas, moi... la trouille de perdre l'équilibre à cause de mon bras et de lui tomber dessus, et puis je... je ne sais pas vraiment comment on fait... Je pourrais lui faire mal... qu'est-ce que j'en sais ?

Il évitait de nouveau le regard d'Idgie.

— Stump, regarde-moi. De quoi as-tu peur, réellement ?

— Je te l'ai dit.

— Tu as peur que la fille se moque de toi, c'est ça ?

Finalement, après un silence, il répondit :

— Oui, c'est ça... qu'elle se moque...

Et il porta la main à son visage, honteux de pleurer.

À cet instant, Idgie fit une chose qu'elle ne faisait pas souvent ; elle se leva et prit Stump dans ses bras pour le bercer comme un bébé.

— Mon chéri, ne pleure pas. Tout se passera bien, tu verras. Tante Idgie ne te laissera pas tomber. Non, elle te laissera pas.

Et tandis qu'elle tentait de réconforter Stump, Idgie se demandait désespérément ce qu'elle pourrait bien trouver pour aider son enfant.

Tôt, dans la matinée de dimanche, Idgie emmena Stump à la rivière, comme elle l'avait fait bien des années plus tôt. Elle poussa la barrière aux roues de chariot, arrêta la voiture devant l'une des cabanes de rondins et fit descendre Stump.

La porte de la cabane s'ouvrit, et une femme aux yeux verts et à l'opulente chevelure rousse apparut. Elle s'était baignée, parfumée, maquillée, et sa robe légère soulignait ses épaules rondes, ses seins lourds, ses hanches pleines.

— Approche, mon sucre, dit-elle à Stump, tandis qu'Idgie repartait.

LA GAZETTE
DE WEEMS
(Bulletin hebdomadaire
de Whistle Stop, Alabama)

1947

Stump Threadgoode le champion !

Stump Threadgoode, fils d'Idgie Threadgoode et de Ruth Jamison, a eu un grand article dans les *Nouvelles de Birmingham*. Félicitations. Nous sommes tous fiers de lui, mais n'allez au café que si vous avez envie d'entendre Idgie vous raconter par le détail les deux heures du match, dont la troisième mi-temps s'est terminée au café.

Ma chère moitié n'a aucun sens de la mode. Je suis revenue l'autre jour de chez Opal avec un nouveau filet à cheveux très élégant, et il a trouvé que ça ressemblait à un filet à papillons. Pour couronner le tout, il m'a emmenée pour notre anniversaire de mariage dans un restaurant italien à Birmingham, alors qu'il sait très bien que je suis au régime... Les hommes ! Il est aussi difficile de vivre avec que de s'en passer.

À propos, nous sommes désolés d'apprendre le triste sort d'Artis O. Peavey.

... Dot Weems...

SLAGTOWN

ALABAMA

17 octobre 1949

Artis O. Peavey vivait à ce moment-là avec sa deuxième femme, Madeline, née Poole, qui était domestique dans une riche famille de la très sélecte Highland Avenue. Ils habitaient dans la maison de Madeline, au numéro 6 de Tin Top Alley, faubourg noir au sud de Birmingham. Tin Top Alley n'était rien d'autre qu'une rangée de baraques en bois avec des toits de tôle et des bouts de terre battue pour jardins, qu'égayaient çà et là des bacs à douche plantés de fleurs aux couleurs vives.

C'était tout de même mieux que leur logement précédent, des communs délabrés avec, pour toute adresse, n° 2, Alley G.

Artis trouvait le quartier très agréable. Il était à un bloc de Magnolia Point, où il pouvait flâner devant les boutiques et retrouver les autres maris dont les femmes travaillaient en maison. Le soir, après dîner, le plus souvent des restes rapportés par les épouses, ils s'asseyaient tous sous les porches, et si une famille se mettait à chanter, elle ne tardait pas à être rejointe par les autres. Et puis la minceur des cloisons vous permettait d'écouter la radio ou le phonographe des voisins, et quand Bessie Smith chantait *Je suis seule ce soir,* tout le monde, dans Tin Top Alley, était désolé pour elle.

C'était un quartier vivant, où Artis se sentait bien et où il était très populaire auprès des hommes comme des femmes. Il y avait toujours un barbecue ou un ragoût de porc chez l'un ou l'autre... et s'il faisait mauvais, on pouvait toujours écouter la pluie tambouriner sur les toits.

En cet après-midi d'automne, Artis, assis sous le porche, contemplait les volutes bleues de sa cigarette. Il était content car Joe Louis était champion du monde et les Black Barons de Birmingham avaient remporté le championnat de base-ball cette année. Un chien maigre au poil jaune arriva en trottinant dans l'allée, traquant de la truffe le déchet comestible. Il appartenait à After John, un ami d'Artis, ainsi prénommé parce qu'il était né après son frère John. Le chien grimpa les trois marches branlantes du porche, la queue frétillante, en quête de sa caresse quotidienne sur la tête.

— J'ai rien pour toi aujourd'hui, mon vieux.

Le chien jaune, un rien déçu, s'en retourna à sa quête fureteuse. La Dépression ne s'était jamais arrêtée, ici, et les chiens en souffraient autant que les humains, sinon plus.

Artis vit la fourgonnette de la fourrière remonter l'allée, et l'homme en uniforme blanc mit pied à terre avec son filet. L'arrière était déjà plein de chiens aboyant leur malchance.

L'homme siffla le chien jaune.

— Viens, le chien... viens...

Amical et peu méfiant, l'animal courut à sa rencontre, et le filet s'abattit sur lui.

Artis sortit dans la rue.

— Hé, mister ! Ce chien appartient à quelqu'un.

L'homme, qui tirait le chien vers la fourgonnette, s'arrêta.

— Il est à vous ?

— Non, il appartient à After John, et vous ne pouvez pas l'emmener.

— Ça m'est égal qu'il soit à quelqu'un, il n'a ni collier ni plaque, pour moi c'est un chien errant.

L'autre homme descendit de la fourgonnette et observa la scène.

Artis plaida la cause du chien, parce qu'il savait qu'une fois qu'il serait à la fourrière, il y avait peu de chances de le récupérer, surtout quand on était noir.

— S'il vous plaît, m'sieur, laissez-moi lui téléphoner. Il travaille à Five Points, chez Mr. Fred Jones, au comptoir des crèmes glacées. Laissez-moi l'appeler.

— Vous avez le téléphone chez vous ?

— Non, m'sieur, mais je peux courir jusqu'à l'épicerie. J'en aurai pour une minute. After John est un homme un peu simple qui n'a jamais pu trouver de femme et ce chien est tout ce qu'il a. J'sais pas ce qu'il serait capable de faire s'il arrivait malheur à ce chien. Il se suiciderait peut-être.

Les deux hommes se regardèrent, et le plus grand dit :

— D'accord, mais si vous n'êtes pas revenu dans cinq minutes, on s'en va. Vous m'entendez ?

— Je reviens de suite, m'sieur, répondit Artis.

Et il partit en courant.

Il songea alors qu'il n'avait pas un cent sur lui, et il

pria pour que Mr. Leo, l'Italien qui tenait l'épicerie, lui prête un nickel. Il arriva hors d'haleine dans la boutique.

— M'SIEUR LEO, M'SIEUR LEO, J'AI BESOIN D'UN NICKEL... ILS VONT EMMENER LE CHIEN D'AFTER ; JOHN... ET ILS M'ATTENDENT... JE VOUS EN PRIE, M'SIEUR LEO...

Mr. Leo, qui n'avait pas compris un seul mot de ce que lui avait dit Artis, le pria de se calmer et de lui expliquer ce qu'il voulait, mais le temps qu'Artis ait son nickel, un jeune Blanc occupait la cabine.

Artis se mit à suer ; il savait qu'il ne pouvait demander au type de lui laisser le téléphone. Une minute... deux.

Finalement, Mr. Leo frappa à la vitre de la cabine.

— Allez, ça suffit !

Le blanc-bec mit une autre minute à prendre congé avant de raccrocher.

À peine était-il sorti qu'Artis bondit sur le téléphone... pour s'apercevoir qu'il ne connaissait pas le numéro.

Les mains moites et tremblantes, il s'empara de l'annuaire. « Jones... Jones... » Quatre pages de « Jones ». « Ah ! Fred Jones... merde, c'est son appartement. » Il lui fallait consulter les pages jaunes, mais à quelle rubrique ? Crémiers, Épiciers, Traiteurs ? Il n'y arriverait jamais. Il appela les renseignements.

— Renseignements, j'écoute. (Femme blanche, ton sec.)

— Je voudrais le numéro de Fred B. Jones, à Five Points, dit Artis, le cœur battant.

— J'en ai une cinquantaine. Vous avez une adresse plus précise ?

— Non, m'dame, Five Points, c'est tout.

— J'ai trois Fred Jones dans le quartier de Five Points... Vous voulez les trois numéros ?

— Oui, m'dame.

Il chercha un crayon dans ses poches... Et elle commença...

— Mr. Fred Jones, 18e Rue, 68 799 ; Mr. Fred Jones, 141 Magnolia Point, 68 745 ; Mr. Fred Jones, 15e Rue, 68 721...

Il ne trouva jamais un crayon, et l'opératrice raccrocha. Retour aux pages jaunes.

La sueur ruisselait de son front, lui brouillait la vue. Traiteurs... VOILÀ ! Fred B. Jones, traiteur, 68715...

Il enfonça le nickel dans la fente et composa le numéro. Occupé. Il essaya de nouveau... Occupé... Occupé...

— Bon Dieu !

Huit fois, Artis composa le numéro. Ne sachant que faire, il repartit en courant. Il tourna le coin de la rue et, Dieu merci, les deux hommes étaient toujours là, appuyés contre leur fourgonnette. Ils avaient attaché le chien par une corde à la poignée de la portière.

— Vous l'avez eu ? demanda le plus grand.

— Non, m'sieur, impossible. Ça sonne toujours occupé, mais si vous pouviez me conduire à Five Points...

— Non, comptez pas là-dessus. On a déjà perdu assez de temps comme ça, dit l'homme en s'apprêtant à détacher la corde de la poignée.

Artis était désespéré.

— Non, m'sieur, j'peux pas vous laisser faire ça.

Il plongea la main dans sa poche, et avant que les deux hommes puissent esquisser un geste, il trancha la corde d'un seul coup de lame de son cran d'arrêt et cria au chien :

— Allez, file !

Artis se tourna pour voir l'animal détaler et disparaître au coin de la rue, et il souriait quand le coup de clé à molette l'atteignit derrière l'oreille.

DIX ANS DE PRISON POUR TENTATIVE DE MEURTRE À L'ARME BLANCHE SUR LA PERSONNE D'UN EMPLOYÉ MUNICIPAL...

Les deux hommes de la fourrière auraient-ils été blancs, Artis en aurait pris pour trente ans.

BIRMINGHAM

ALABAMA

1er septembre 1986

En rentrant à la maison le jeudi soir, Ed Couch dit à Evelyn qu'il avait des problèmes avec une bonne femme au bureau, que c'était « une vraie casse-couilles », et que pas un seul type ne voulait travailler avec elle.

Le lendemain, Evelyn se rendit en ville pour acheter une robe de chambre à Big Momma et, comme elle déjeunait à la Pioneer Cafétéria, elle se posa soudain la question suivante :

Qu'entendait-on exactement par « casse-couilles » ? Ed employait beaucoup ce terme, y ajoutant des variantes du genre : « Elle veut mes couilles, celle-là ! » ou encore : « Je risque d'y laisser la peau de mes couilles si je ne fais pas gaffe ! »

Pourquoi Ed avait-il tellement peur pour cette partie de son anatomie ? Ce n'étaient jamais que deux petites poches porteuses de sperme, après tout, mais à entendre les hommes en parler, il fallait se rendre à l'évidence : elles comptaient plus que tout au monde. Mon Dieu, Ed avait manqué mourir quand l'une des deux auxquelles son fils avait droit avait refusé de descendre à la hauteur de l'autre. Le médecin avait bien tenté de le rassurer, l'assurer que cela n'affecterait en rien sa capacité génitrice, Ed en avait fait tout un drame et il avait tenu à emmener son garçon consulter un psychiatre, pour le persuader qu'il était bien un homme à part entière. Evelyn songea que ses seins ne s'étaient jamais développés comme ceux des autres femmes, et personne n'en avait perdu le sommeil.

Ed avait dit à Evelyn qu'elle ne pouvait pas comprendre, qu'elle n'était pas un homme. Il avait piqué une autre crise quand elle avait voulu faire châtrer leur chat, qui avait engrossé la chatte siamoise des voisins.

— Le faire couper ? s'était-il écrié. Et pourquoi pas le faire piquer, tant que tu y es !

Pas de doute, Ed était plutôt susceptible en ce qui concernait toute paire de noisettes.

Elle se souvenait aussi de ce qu'il avait dit de cette femme qui avait osé affronter le patron, et le plus bel éloge qu'il put faire d'elle fut de dire que « cette femme en avait, et bien accrochées ! ».

À présent qu'elle y songeait, elle se demanda en quoi le courage de cette femme avait un lien avec l'anatomie masculine. Ed n'avait pas dit qu'elle avait une « sacrée paire d'ovaires ». Pourtant les ovaires portaient des œufs, et ces œufs-là n'étaient-ils pas aussi importants que le sperme ?

Et par quel miracle cette femme avait-elle franchi la frontière testiculaire la séparant des hommes ? Mais quel funeste destin aussi pour elle que de toujours devoir prouver qu'elle en avait ! Et de quelle taille était sa paire ? Ed n'avait jamais parlé de taille en ce qui concernait ces fameuses bourses. C'était la taille du machin qui allait avec qui les passionnait tant, qui faisait que leur bonheur ou leur malheur dépendait de quelques centimètres de plus ou de moins. En tout cas seul comptait le fait d'avoir des testicules, qu'ils soient petits comme des cacahuètes ou gros comme des pastèques. En avoir ou pas, telle était la question. Et sa conclusion frappa Evelyn avec autant de force que si elle venait de découvrir le moyen de léviter ou de marcher sur l'eau. Avoir des couilles était la chose la plus importante au monde. Elle comprenait également pourquoi, dans ce monde d'hommes, elle s'était toujours sentie comme une voiture sans klaxon à une heure de pointe.

Vrai, ces deux boulettes ouvraient la porte à tout. Elles étaient la carte de crédit qui vous assurait d'être pris au sérieux, d'être écouté. Pourquoi s'étonner qu'Ed ait tant désiré avoir un garçon ?

Une autre vérité vint la frapper avec la cruauté d'une averse au sortir d'un salon de coiffure : elle n'en avait pas, et ne pourrait jamais en avoir. Un destin funeste l'avait fait naître l'entrejambe libre de tout ballottement. À moins qu'elle ne se fasse faire une transplantation. Ed pourrait lui en refiler une des siennes, ou bien elle pouvait avoir les deux d'un moribond promis à la science. Elle se les ferait monter en pendentifs et les porterait dans les grandes occasions, histoire qu'on lui prête attention. Elle pourrait aussi bien en acheter quatre...

Elle ne s'étonnait plus que le christianisme soit une affaire qui marche. Quand on pensait à Jésus et aux apôtres, ça en faisait, des roupettes ! En ajoutant celles de saint Jean-Baptiste, on obtenait quatorze paires, soit vingt-huit unités.

Oh, tout devenait limpide comme de l'eau de roche, à présent ! Comment avait-elle pu rester aussi longtemps aveugle à cette évidence ?

Il n'empêche, elle avait réussi. Elle avait découvert comment et par qui le monde était mené : par les hommes, par les possesseurs de couilles, et c'était peut-être même pour cette raison que le monde se barrait en... couilles.

Éblouie par tant de sagacité, transportée de lucidité, elle frappa joyeusement du poing sur la table. « OUAIS ! »

Vingt paires d'yeux se tournèrent vers elle. « Non, mais t'es dingue, toi », lui dirent-ils.

Evelyn termina tranquillement son déjeuner, régla l'addition et s'en fut avec toute la réserve digne de ceux qui savent.

LA GAZETTE DE WEEMS

(Bulletin hebdomadaire de Whistle Stop, Alabama)

10 juin 1948

Le Club des Cornichons donnera une soirée au bénéfice de l'école, afin qu'ils puissent offrir un nouveau jeu de ballons aux équipes de foot, de basket et de base-ball. Ces originaux célébreront un mariage bidon, où Grady Kilgore, notre shérif national, dans le rôle de la jeune mariée, convolera en justes noces au bras... d'Idgie. Julian Threadgoode, Jack Butts, Harold Vick, Pete Tidwell et Wilbur Weems se partageront les tâches de demoiselles et garçons d'honneur.

Cette loufoquerie se tiendra dans les murs de l'école le 14 juin, à sept heures du soir. L'entrée sera de vingt cents pour les grands, et de cinq cents pour les petits.

Essie Rue Limeway assurera de main de maître la musique.

Venez tous ! Je ne manquerais ça pour rien au monde, rien que pour voir ma chère moitié en demoiselle d'honneur.

À propos, le révérend Scroggins s'est plaint que cette fois on ait envoyé frapper à sa porte… un représentant en spiritueux.

… Dot Weems…

KILBEY PRISON

ATMORE, ALABAMA

11 juillet 1948

Artis O. Peavey avait été envoyé à la prison de Kilbey, plus connue sous le nom de Ferme du crime, pour avoir sorti un couteau dans la seule intention de libérer le chien d'un ami, et il avait fallu six mois d'efforts et de démarches à Idgie et à Grady pour obtenir sa libération.

Sur la route, alors qu'ils allaient chercher leur ami, Grady dit à Idgie :

— C'est heureux qu'il sorte maintenant. Il n'aurait pas tenu un mois de plus là-bas.

Grady savait de quoi il parlait, pour y avoir été gardien.

— Parce que si les gardes n'ont pas sa peau, poursuivit-il, c'est les autres négros qui l'auront. J'ai vu de braves types se transformer en bêtes féroces là-dedans. Des types ayant femme et enfants qui s'entre-égorgeaient à cause d'un giton... Les nuits, dans les blocs, c'était toujours moche, et s'il y avait pleine lune, alors c'était l'enfer. Ils devenaient cinglés et s'entre-tuaient. Le lendemain matin, il nous arrivait de sortir une vingtaine de cadavres des chambrées. Au bout de quelque temps, là-bas, la seule différence entre les hommes et les gardiens, c'est le fusil. La plupart des gardiens sont des brutes épaisses qui n'ont rien dans le caillou… Ils vont au cinéma, voient Tom Mix ou Hoot Gibson se colleter avec des hors-la-loi, et au retour ils sautent sur leurs chevaux et jouent aux cow-boys en tirant sur tout ce qui bouge. Il y en a qui sont pires que les pires des criminels qui sont là-bas. C'est pourquoi je suis parti. J'ai vu des gardiens battre un nègre à mort, juste pour se donner de l'exercice. Et d'après ce que j'ai entendu, les choses ont encore empiré.

Idgie en conçut un regain d'inquiétude et elle aurait aimé que Grady conduise plus vite.

Quand ils franchirent la grille et prirent la route qui menait au bâtiment principal, ils virent des centaines de prisonniers en uniformes à rayures bêchant dans les champs, et les gardiens à cheval se prenaient bien pour des cow-boys, comme Grady l'avait dit, galopant autour de la voiture en les dévisageant. Idgie trouva que la plupart d'entre eux avaient des têtes de débiles mentaux, aussi quelle ne fut pas sa joie en constatant qu'Artis était entier quand il arriva en compagnie d'un gardien.

Ses vêtements étaient froissés mais ses cheveux crépus bien brossés. Artis rayonnait de bonheur à la vue d'Idgie et de Grady. Les marques des coups de fouet ne se voyaient pas, et il n'avait pas de bosses sur la tête. Il souriait d'une oreille à l'autre en se dirigeant avec eux vers la voiture. Il allait rentrer chez lui…

Sur le chemin du retour, Grady dit :

— Tu sais, Artis, que je me suis porté garant de toi,

alors j'espère que tu ne vas pas t'attirer de nouveaux ennuis. Tu m'entends ?

— Non, m'sieur, plus d'ennuis. Je ne veux pas retourner dans cet endroit, non, m'sieur.

Grady lui jeta un regard dans le rétroviseur.

— C'est assez dur, là-bas, hein ?

Artis faillit rire.

— Oui, m'sieur, assez dur, comme vous dites... Ouais, assez dur.

Quand, quatre heures plus tard, ils aperçurent les aciéries de Birmingham, Artis se fit impatient comme un enfant et il voulut descendre de voiture.

Idgie essaya de le convaincre de passer d'abord à Whistle Stop.

— Ta mère et ton père, et Sipsey attendent de te voir.

Mais il les supplia de le laisser à Birmingham, juste pour quelques heures, et de le déposer dans la 8e Avenue Nord.

Idgie le retint une seconde avant qu'il ne bondisse de la voiture.

— Tu me promets d'aller voir tes parents, Artis ? Ils veulent tant te voir.

— Oui, m'dame, c'est promis.

Et, comme il descendait la 8e, il était si content d'être de retour qu'il riait tout seul.

Une semaine plus tard, il arriva au café, les cheveux lisses comme de la soie, drôlement classieux avec son nouveau feutre tout neuf, confectionné à Harlem, un à large bord, cadeau de Madeline, soulagée et heureuse de revoir son homme.

Maison de retraite de Rose Terrace

OLD MONTGOMERY HIGHWAY, BIRMINGHAM, ALABAMA

7 septembre 1986

Cette semaine, pour Evelyn et Ninny, c'était pop-corn, Coca et brownies maison.

— Ma chérie, vous auriez dû être là ce matin, vous avez manqué un spectacle. On prenait le petit déjeuner quand Vesta Adcock s'est collé une tartine de pain au son sur la tête et s'est mise à nous faire une danse du ventre en pleine salle à manger ! Ah ! si vous aviez vu ça ! Le pauvre Mr. Dunaway était tellement excité qu'ils ont dû lui donner une pilule et le ramener dans sa chambre. Geneene, l'infirmière de couleur, a fait asseoir Vesta et lui a fait manger sa tartine. Ils nous donnent du pain au son pour la constipation. Personnellement je n'ai jamais eu de problème de ce côté-là.

Elle se pencha vers Evelyn et chuchota :

— Certains de ces vieux, ici, pètent comme des chevaux, et ils ne s'en rendent même pas compte.

Ninny but une gorgée de son Coca.

— Vous savez, il y a pas mal de gens ici qui se plaignent d'avoir des infirmières de couleur. Il y en a une qui m'a dit l'autre jour qu'au fond d'eux-mêmes les Noirs haïssaient les Blancs, et que si ces infirmières en avaient l'occasion, elles nous tueraient pendant notre sommeil.

Evelyn déclara qu'elle n'avait jamais rien entendu de plus stupide.

— C'est bien ce que j'ai pensé moi-même, mais c'est votre belle-mère qui a dit ça, alors j'ai préféré me taire.

— Ça ne m'étonne pas de sa part.

— Oh ! il n'y a pas qu'elle. Vous seriez étonnée du nombre de gens qui pensent comme ça. Mais je ne suis pas d'accord, oh non ! J'ai vécu toute ma vie en compagnie des gens de couleur, et je les connais. Quand M'ma Threadgoode est morte, toutes les femmes de Troutville se sont rassemblées dans le jardin devant la fenêtre et se sont mises à chanter un de leurs negro-spirituals, *When I Get to Heaven, I'm Gonna Sit Down and Rest Awhile*[1]. Je n'oublierai jamais ça. Vous n'avez jamais entendu chanter comme ça, j'en ai la chair de poule rien que d'y penser.

» Et prenez Idgie, par exemple. Elle avait autant d'amis à Troutville qu'à Whistle Stop. Elle m'a dit un jour qu'elle préférait les gens de couleur à beaucoup de Blancs qu'elle connaissait. Oh ! il me semble l'entendre encore : "Ninny, un mauvais nègre ne vaut pas grand-chose, mais un mauvais Blanc ne vaut rien du tout..."

» Bien sûr, je ne peux pas parler pour tous, mais je n'ai jamais vu personne plus dévouée qu'Onzell l'a été pour Ruth. C'est comme si elle avait eu pour mission dans sa vie de protéger Ruth. Et croyez-moi, elle n'aurait permis

---

1. « Quand je serai au paradis, alors je pourrai m'asseoir et me reposer un peu. »

à personne, quelle que soit sa couleur, de manquer de respect à Ruth.

» Je me souviens qu'à l'époque où Ruth, lassée par les frasques d'Idgie, était venue s'installer à la maison, Onzell a dit à Idgie : "Écoutez, miss Idgie, je vais vous dire une chose... Miss Ruth est partie, et c'est pas l'envie qui m'a manqué de partir avec elle, et je voulais vous dire aussi que c'est moi qui l'ai aidée à faire ses affaires."

» Idgie est sortie de la cuisine sans rien dire. Elle savait qu'il ne fallait pas contrarier Onzell quand il était question de Ruth.

» Quand Ruth a eu ce terrible cancer à l'utérus et qu'il a fallu l'opérer à Birmingham, Onzell était là avec Idgie et moi. On a attendu toutes les trois dans la salle d'attente que le chirurgien nous rende compte de l'opération. Il n'avait pas encore enlevé sa blouse ni son bonnet quand il est arrivé. "Je suis désolé de vous l'apprendre, il nous a dit, mais je ne peux rien pour elle." Cette saleté avait atteint le pancréas, et quand ça se propage comme ça, il n'y a plus aucun espoir. Il nous a dit qu'il s'était contenté de la recoudre et de lui poser un drain.

» On l'a emmenée à la maison Threadgoode, où on l'a installée dans une des chambres du haut pour qu'elle soit plus à l'aise, et depuis cet instant, Onzell ne l'a plus quittée.

» Idgie voulait prendre une infirmière, mais Onzell n'a rien voulu savoir. Tous ses enfants étaient grands à ce moment-là, et Big George a dû se faire la cuisine.

» Pauvre Idgie et pauvre Stump, ils étaient anéantis. Ils restaient assis dans le salon, sans rien dire, le regard vide. Ruth a décliné très vite, et comme elle a souffert !

Onzell était là, avec ses médicaments, vingt-quatre heures sur vingt-quatre, et, la dernière semaine, elle n'a plus laissé entrer personne dans la chambre, excepté Idgie et Stump. Elle disait que Ruth lui avait dit qu'elle ne voulait pas qu'on la voie dans cet état.

» Je n'oublierai jamais ce qu'elle a dit, barrant de son corps la porte de la chambre. Elle a dit : "Miss Ruth est une grande dame et elle a toujours su quand il était temps de se retirer, et il n'y aura pas d'exception tant que sa fidèle Onzell sera là."

» Elle a tenu parole. Big George, Stump et Idgie étaient partis dans les bois cueillir des pommes de pin pour décorer sa chambre quand Ruth a rendu le dernier soupir. À leur retour, elle n'était plus là.

» Onzell avait appelé le Dr. Hadley, et il avait envoyé une ambulance chercher le corps pour l'emmener à la chapelle ardente à Birmingham. J'étais là avec Cleo et le Dr. Hadley quand l'ambulance est arrivée, et le docteur a dit à Onzell : "Rentre chez toi, maintenant, Onzell. J'accompagnerai Ruth et je m'occuperai de tout."

» Eh bien, ma petite Evelyn, Onzell s'est redressée de toute sa taille et elle a dit au Dr. Hadley : "Non, m'sieur, c'est ma place !" Sur ce, elle est passée devant lui, est montée dans l'ambulance et a refermé la portière derrière elle. Elle avait emporté une robe pour Ruth et son nécessaire à maquillage et quand elle est ressortie de la chapelle ardente cette nuit-là, Ruth était apprêtée comme elle aurait elle-même voulu l'être.

» C'est pourquoi personne ne pourra jamais me dire que les gens de couleur détestent les Blancs. Non, madame !

J'en ai connu beaucoup trop qui avaient un cœur énorme pour croire des sornettes pareilles !

» Je l'ai dit à Cleo l'autre jour, j'aimerais bien qu'on prenne le train pour aller à Memphis et voir Jasper. Il travaille dans une voiture-restaurant.

Evelyn regarda son amie et se fit la remarque que Ninny dérapait parfois dans le temps.

WHISTLE STOP

ALABAMA

7 février 1947

Il pleuvait ce matin-là, et Onzell avait demandé à Stump et à Idgie d'aller lui chercher des pommes de pin pour la chambre de Ruth.

— Tenez bon, miss Ruth, ça va être bientôt fini. Vous n'aurez plus mal, mon ange, dit Onzell en essuyant le visage de Ruth avec un linge mouillé.

Ruth essaya de lui sourire, mais la douleur dans ses yeux était terrible. Ces derniers jours Ruth souffrait atrocement et sans répit.

Onzell, une fidèle de l'Église de Sion et première chanteuse du chœur Halleluiah, qui croyait de tout son cœur en la miséricorde du Tout-Puissant, avait pris une décision.

Même Jésus, qui était mort pour racheter nos péchés, n'avait pas souffert comme miss Ruth Jamison.

Aussi fut-ce avec la joie la plus profonde et en son âme et conscience qu'elle donna à Ruth toute la morphine qu'elle avait mise de côté, jour après jour. Onzell vit Ruth se détendre pour la première fois depuis des semaines.

Elle s'assit au bord du lit et, prenant la main squelettique dans les siennes, elle se mit à chanter de sa voix profonde :

Il y a une terre plus belle que le jour
Mais seul le train de la foi nous y mène
Il y a une terre plus belle que le jour
Où seuls les purs et les justes se promènent.

Onzell avait fermé les yeux pour chanter, et elle sentit soudain la pièce s'illuminer de rayons de soleil qui perçaient les nuages. La chaleur du soleil lui arracha des larmes de joie. Alors qu'elle recouvrait le miroir et arrêtait la pendule, elle remercia le doux Jésus d'avoir emmené Ruth avec lui.

LA GAZETTE
DE WEEMS

(Bulletin hebdomadaire
de Whistle Stop, Alabama)

10 février 1947

Un ange est monté au ciel

Le café sera fermé demain, pour cause de décès de Mrs. Ruth Jamison, rappelée à Dieu ce week-end.

Une messe sera célébrée à l'église baptiste. S'informer de l'heure auprès du révérend Scroggins. En attendant, le corps reposera à la chapelle ardente de John Rideout, à Birmingham.

À tous ceux qui auront connu « miss Ruth », sa douceur et son sourire manqueront cruellement. Nous adressons nos plus sincères condoléances et l'expression de toute notre compassion à Idgie et à Stump.

... Dot Weems...

PIGLEY-WIGLEY SUPERMARKET

BIRMINGHAM, ALABAMA

13 septembre 1986

Quand elle allait faire ses courses le samedi, Evelyn Couch empruntait toujours à Ed sa grosse Ford LTD. La voiture, plus spacieuse, était aussi plus difficile à garer. Ça faisait cinq bonnes minutes qu'elle attendait que le vieux bonhomme, dont le véhicule occupait une place en bout de rangée, charge ses provisions dans le coffre, retrouve ses clés, s'installe laborieusement derrière le volant et démarre. Elle allait s'engager dans l'espace enfin libre quand une Volkswagen rouge légèrement cabossée s'y engouffra comme un bourdon dans une fleur.

Deux adolescentes, claqueuses de bubble-gum, les gambettes athlétiques chaussées de tongs et les fesses moulées dans un jean découpé à la tronçonneuse, en descendirent et, toutes fiérotes de leur coup, passèrent devant Evelyn.

— Excusez-moi, dit Evelyn à celle dont le T-shirt proclamait : *Elvis n'est pas mort*, mais vous avez bien vu que j'attendais cette place.

La fille la regarda avec un sourire moqueur :

— Ouais, mais comme tu vois, ma grande, j'suis plus jeune et plus rapide que toi.

Et sa copine et elle s'en furent dans le tapement caoutchouté de leurs tongs.

Evelyn resta un instant abasourdie, le regard fixé sur la Volkswagen dont la lunette arrière s'ornait d'un gros sticker : JE ROULE POUR MOI.

Douze minutes plus tard, les deux filles ressortirent du magasin, juste à temps pour voir les quatre enjoliveurs de leur VW voler à travers le parking sous le coup de boutoir de la grosse Ford. Evelyn recula et revint à l'assaut. CRASH ! Le temps que les filles complètement hystériques arrivent, Evelyn avait pratiquement réduit la caisse à l'état d'épave. La grande au T-shirt elviste poussait des cris d'orfraie et s'arrachait les cheveux.

— Mon Dieu ! Mais regardez ce que vous avez fait ! Vous êtes folle ?

Evelyn baissa sa vitre et, penchant la tête, lui dit :

— Ouais, mais comme tu vois, ma p'tite, j'suis plus vieille et mieux assurée que toi.

Et sur ces paroles, elle démarra.

Ed, qui travaillait pour une compagnie d'assurances, était certes bien couvert pour tous les risques, mais il ne pouvait comprendre comment Evelyn avait pu heurter la même voiture six fois de suite par erreur.

Evelyn lui dit de se calmer et de ne pas en faire un drame. Les accidents de voiture étaient la chose la plus banale au monde. En vérité, elle avait pris grand plaisir à démolir cette Volkswagen. Ces derniers temps, elle ne connaissait la paix qu'en rendant visite à Mrs. Threadgoode et le soir, dans son lit, quand elle pensait à Whistle Stop.

Le reste du temps, c'était Towanda qui menait la danse. Aussi sentait-elle au plus profond d'elle-même une alarme sonner, et elle avait peur de franchir la mince clôture qui sépare le réel de la folie.

THE WHISTLE STOP CAFÉ

WHISTLE STOP, ALABAMA

9 mai 1949

Ce soir-là, Grady Kilgore, Jack Butts et Smokey Lonesome se marraient comme des petits fous au café. C'était la sixième fois qu'ils réussissaient à placer un pétard dans le pot d'échappement de la voiture du révérend Scroggins. Mais quand Stump sortit de la pièce de derrière, affublé d'un costume bleu et d'une cravate assortie, ils oublièrent l'homme de Dieu pour plaisanter le garçon.

— Hé, placier, où est mon siège ?

— Fichez-lui la paix, les gars, intervint Idgie. Vous ne trouvez pas qu'il est beau comme un astre ? Il a rendez-vous avec Peggy Hadley, la fille de Doc.

— Doc-doc-doc ! fit Jack, l'air plus idiot que jamais en imitant une poule.

Stump se servit un Coca-Cola en jetant un regard noir à Idgie. C'était à cause d'elle qu'il se retrouvait coincé, obligé d'accompagner Peggy au bal de fin d'année. Peggy lui plaisait bien quand il était petit, mais il était grand maintenant. Elle avait deux ans de moins que lui, portait des lunettes et ne présentait plus pour lui aucune espèce d'intérêt. Mais dès qu'elle avait appris que Stump était de retour de Georgia Tech pour les vacances, elle était venue au café et avait demandé à Idgie si elle pensait que Stump accepterait d'être son cavalier au bal de promo, et Idgie avait dit que oui, bien sûr que oui.

En parfait gentleman, il s'était dit que ça ne le tuerait pas de passer une soirée en compagnie de Peggy. Il en était moins certain à présent.

Idgie lui tendit un bouquet de roses pompons.

— Tiens, je suis allée à la grande maison et je les ai cueillies dans le jardin. Tu les offriras à Peggy. Ta mère adorait ces fleurs.

Stump leva les yeux au ciel.

— Bon Dieu, tante Idgie, pourquoi t'y vas pas à ma place ? Après tout, c'est toi qui as tout manigancé.

Il se tourna vers la tablée d'hommes :

— Hé, Grady ! Tu veux y aller ?

Grady secoua la tête.

— J'aimerais bien, mais Gladys me tuerait si elle me surprenait avec une jeunesse au bras. Mais tu ne comprends rien à ces choses-là. Attends d'être marié et vieux comme moi. Et puis je ne suis plus l'homme que j'étais.

— Si jamais tu l'as été, dit Jack.

Ils rirent, et Stump, agacé, tourna les talons.

— Bon, j'y vais. À plus tard.

Chaque année, après le bal, tous les jeunes diplômés se retrouvaient au café et ce soir-là ne faillit point à la tradition. Quand Peggy entra, si jolie dans sa robe blanche à trous-trous, son bouquet de mini roses piqué sur le sein gauche, Idgie lui dit :

— Dieu merci, tu es saine et sauve. J'étais folle d'inquiétude.

Peggy lui demanda pourquoi.

— Tu ne sais donc pas ce qu'est arrivé à cette fille, la semaine dernière, à Birmingham ? Elle était tellement excitée par son bal de promo que, pendant qu'elle posait pour la photo, elle a brûlé d'un seul coup. Un cas de combustion spontanée. En quelques secondes elle avait disparu, et il ne restait rien d'elle que sa paire de talons aiguilles. C'est tout ce que son cavalier a pu rapporter à ses parents.

— Oh, Idgie, tu te moques de moi ! s'exclama Peggy, éclatant de rire.

Stump était content que la soirée soit terminée. Ses exploits footballistiques de l'année précédente lui valaient encore l'admiration béate des filles comme des garçons, et il n'était pas sûr d'aimer ça.

Il arrêta la voiture devant la maison de Peggy et il allait sortir pour faire le tour et lui ouvrir la portière, en galant jeune homme qu'il était, quand elle enleva ses lunettes. Se penchant vers lui, elle le regarda avec ses grands yeux de myope qui la faisaient ressembler à Susan Hayward et lui dit :

— Eh bien, bonne nuit.

En vérité, jamais il n'avait vu ses yeux ; jamais il n'avait vraiment regardé ces deux lacs de velours sombre si profonds qu'il aurait pu plonger dedans. Elle avait son visage à deux centimètres du sien, et il pouvait sentir l'enivrant parfum Blanches Épaules. À ce moment, elle fut pour lui Rita Hayworth dans *Gilda*. Non, Lana Turner dans *Le facteur sonne toujours deux fois*. Et quand il l'embrassa, ce fut le moment le plus passionné qu'il eût jamais vécu.

Cet été-là, le costume bleu ne connut pas la naphtaline. Et, l'automne venu, Stump, son costume et Peggy se présentèrent devant monsieur le maire. « Je te l'avais bien dit » fut le seul commentaire que se permit Idgie.

Après quoi, il suffisait à Peggy d'enlever ses besicles et de tourner vers lui l'ambre de ses yeux pour que Stump soit pris de vertige.

BIRMINGHAM

ALABAMA

24 mai 1949

À Birmingham, les mondanités battaient leur plein parmi la bourgeoisie noire et les *Nouvelles de Slagtown* rapportaient quotidiennement les activités de la centaine de clubs où le degré de couleur déterminait la sélection : plus la peau y était claire, plus sélect était le club.

Mrs. Blanche Peavey, épouse de Jasper, qui était aussi peu foncée de peau que lui, avait été nommée présidente de la Société royale saxonne des belles de Birmingham, un club dont les membres avaient des teints si clairs que la photo de groupe annuelle avait atterri par erreur dans un journal blanc.

Jasper avait été réélu vice-grand chancelier des prestigieux Chevaliers de Pythie, aussi était-ce naturel que sa fille aînée, Clarissa, fût première débutante cette année-là et présentée au concours de la plus Belle Fleur de Slagtown.

Avec ses cheveux soyeux aux reflets d'or roussi, son teint de pêche, ses yeux verts, elle était la cavalière dont tous les garçons rêvaient.

Le jour du bal des Débutantes, Clarissa descendit en ville pour s'acheter le parfum qui siérait à l'occasion. Elle était montée au deuxième étage par l'ascenseur principal réservé aux Blancs, comme elle l'avait déjà fait souvent, sachant pertinemment que les gens de sa race devaient emprunter le monte-charge.

Elle savait également que ses parents l'auraient tuée s'ils l'avaient surprise. Se faire passer pour une Blanche était un péché impardonnable. Mais elle en avait assez de tous ces regards étonnés braqués sur elle chaque fois qu'elle prenait le monte-charge en compagnie de ses frères de race. Et puis elle était pressée.

La jolie femme en tailleur bleu derrière le comptoir se montra pleine d'attention et de politesse envers Clarissa.

— Avez-vous essayé Blanches Épaules ?

— Non, madame, je ne pense pas.

La vendeuse sortit de sous le comptoir un flacon de démonstration.

— Essayez-le. Shalimar est très populaire mais je trouve qu'il convient mieux aux brunes.

Clarissa huma son poignet que la vendeuse avait humecté.

— Oh ! c'est délicieux, dit-elle. Combien fait-il ?

— Offre spéciale, le flacon de huit onces pour quatre-vingt-dix-huit cents. Vous savez, ça vous durera bien six mois.

— Je le prends.

La vendeuse était contente.

— Il vous va à la perfection. Cash ou chèque ?

— Cash.

La femme prit l'argent et s'éloigna pour empaqueter le flacon.

Un Noir avec un manteau et un chapeau à carreaux avait observé Clarissa. Il se souvenait de l'avoir vue en photo dans le journal. Il s'approcha.

— Excuse-moi, tu serais pas la fille de Jasper ?

Frappée de terreur, Clarissa feignit de l'ignorer.

— Je suis ton oncle Artis, le frère de ton papa.

Artis, qui avait bu un peu et ne savait pas que Clarissa passait ce jour-là pour une Blanche, posa la main sur son bras.

— C'est moi, ton oncle Artis, ma petite... tu ne me reconnais pas ?

La vendeuse revenait avec son paquet quand elle vit la scène.

— NE LA TOUCHEZ PAS !

Elle accourut auprès de Clarissa, comme pour lui faire un rempart de sa blancheur.

— JE VOUS INTERDIS DE LA TOUCHER ! HARRY ! HARRY !

Le chef de rayon arriva au pas de course.

— Qu'est-ce qui se passe ?

Jouant toujours les boucliers devant Clarissa, elle cria à tue-tête :

— CE NÈGRE TIRAIT MA CLIENTE PAR LE POIGNET ! JE L'AI VU !

Harry beugla : « GARDE », et, se tournant vers Artis, les yeux étrécis comme des meurtrières, il aboya :

— Tu as touché cette femme blanche, boy ?

Artis était choqué.

— Mais... mais... c'est ma nièce ! protesta-t-il.

Sur ces entrefaites, le garde surgit, empoigna Artis, le fit tourner comme une toupie en lui immobilisant un bras dans le dos, et le poussa vers la sortie.

La vendeuse s'efforça de réconforter Clarissa.

— Ce n'est rien, ma belle, ce nègre doit être soûl ou bien fou.

Les clientes du rayon parfumerie s'étaient rassemblées autour d'elle, l'assuraient de leur sympathie.

— Vous voyez ce qui se passe quand on est trop gentil avec eux ?

Artis, qui s'était éraflé les mains et les genoux quand le gardien l'avait projeté dans la ruelle derrière le magasin, sauta dans le tramway, gagna la partie réservée aux Noirs et s'assit en se demandant si cette fille était bien Clarissa, après tout.

Des années plus tard, après que Clarissa fut mariée et mère de famille, elle vint à la Brittling's Cafétéria, où Artis travaillait comme garçon de salle. Elle lui donna un *quarter* de pourboire ; mais ni l'un ni l'autre ne se reconnurent.

LA GAZETTE DE WEEMS

(Bulletin hebdomadaire de Whistle Stop, Alabama)

10 août 1954

Série de malheurs

Ce doit être l'âge ou l'idiotie... Ma chère moitié, Wilbur, est rentrée trois jours de suite en se plaignant de migraine... et qu'y a-t-il de pire qu'un homme qui a un petit bobo ? Je suppose que c'est pour cette raison que c'est nous, les femmes, qui faisons les enfants...

De mon côté, j'ai eu beaucoup de difficultés à lire le journal ces derniers temps, aussi je suis allée consulter à l'hôpital de Birmingham, pour m'apercevoir que c'étaient les lunettes de Wilbur que j'avais au nez, et lui les miennes. Les prochaines, nous les aurons de différentes couleurs.

J'ai appris qu'il y avait eu le feu l'autre jour au salon de coiffure d'Opal. Biddie Louise Otis, qui avait la tête sous le casque, a bien cru que c'était sa tignasse qui flambait, mais ce n'étaient que de vieux cheveux qui brûlaient dans la corbeille à papiers. Naughty Bird, la shampouineuse d'Opal, a eu tôt fait de circonscrire le sinistre.

N'oubliez pas de voter. Personne ne se présente

contre Grady Kilgore mais cet homme a besoin qu'on le rassure, alors faites un geste.

À propos, Jasper Peavey est une fois de plus à l'honneur dans le *Railroad News.* C'est Big George et Onzell qui doivent être fiers.

... Dot Weems...

P-S : Le Club des Cornichons a donné ses Esquimaux glacés annuels, et c'était comme toujours hilarant. Ma chère moitié a chanté *Red Sails in the Sunset.* Vous me direz qu'il chante toujours la même chanson mais, que voulez-vous, je ne suis jamais parvenue à lui en faire apprendre une autre.

Maison de retraite de Rose Terrace

OLD MONTGOMERY HIGHWAY, BIRMINGHAM, ALABAMA

14 septembre 1986

Evelyn et Mrs. Threadgoode faisaient une promenade dans le jardin de Rose Terrace quand un vol d'oies sauvages passa dans le ciel en cancanant joyeusement.

— Oh ! Evelyn, vous n'aimeriez pas aller avec elles ? À ce sujet, je me demande où elles vont.

— En Floride, j'imagine, ou peut-être à Cuba.

— Vous croyez ?

— Oui, c'est là qu'elles vont.

— Dans ce cas je choisirais la Floride. Cuba, très peu pour moi. Smokey disait que ces oies étaient ses copines, et quand on lui demandait où il allait partir, il répondait : « Là où vont les oies. »

Elles regardèrent le vol disparaître au loin et reprirent leur promenade.

— Vous aimez les canards ? demanda Mrs. Threadgoode.

— Oui, c'est joli, les canards.

— Moi, je les adore. D'ailleurs j'adore toutes les bêtes à

plumes. Depuis toujours. Tous les matins, Cleo et moi, on prenait le café sous le porche de derrière... Quatre bonnes tasses de Red Diamond et des toasts avec de la confiture de pêche... et on écoutait les oiseaux. Il y en avait tant, et ils étaient si jolis... Des rouges-gorges, des pinsons, des chardonnerets, des mésanges, et aussi des colombes et des tourterelles... On ne voit plus autant d'oiseaux de nos jours.

» Un jour, Cleo, au moment de partir travailler, m'a montré toute une bande de merles posés sur le fil du téléphone devant chez nous, et il m'a dit : “Fais attention au téléphone aujourd'hui, Ninny, tu sais qu'ils écoutent tout ce que tu racontes. Le son de ta voix leur parvient par les pattes.” (Elle regarda Evelyn.) Vous croyez que c'est possible ?

— Cleo plaisantait, Mrs. Threadgoode, répondit Evelyn en riant.

— Oui, je m'en doute un peu, mais en tout cas, quand j'avais un secret à confier à quelqu'un, je m'assurais qu'ils étaient partis. Cleo n'aurait jamais dû me dire ça, sachant combien j'étais bavarde au téléphone. Je passais des tas de coups de fil tous les jours.

» Il y avait bien deux cent cinquante âmes à Whistle Stop en ce temps-là. Mais quand ils ont dévié la ligne de chemin de fer, la plupart des gens sont partis pour Birmingham ou ailleurs, et on ne les a plus jamais revus.

» Là où il y avait le café, ils ont construit un Big Mac, et il y a un supermarché où Mrs. Otis aimait bien aller parce qu'elle y collectionnait des coupons. Moi, je n'ai jamais rien trouvé de ce que je cherchais là-dedans, et je préférais faire mes courses à Troutville, à l'épicerie d'Ocie.

Mrs. Threadgoode se tut soudain et huma l'air comme un chien à l'arrêt.

— Oh, Evelyn, vous sentez cette bonne odeur de barbecue ?

— Non, Mrs. Threadgoode, ce sont des feuilles mortes que le jardinier fait brûler.

— Eh bien, ça sent comme un barbecue. Qu'est-ce que j'aime ça ! Je paierais un million de dollars pour en manger un comme ceux que faisait Big George, et une part de tarte au citron, la spécialité de Sipsey.

» Big George les faisait cuire dans un vieux fût en fer, derrière le café, et ça embaumait à des kilomètres à la ronde. Je le sentais depuis ma maison. Smokey a dit qu'un jour où il arrivait en train, il a reniflé l'odeur à quinze kilomètres de Whistle Stop. Les gens faisaient le voyage de Birmingham pour le barbecue de Big George. Où est-ce que vous achetez le vôtre, Ed et vous ?

— Presque toujours au Golden Rule ou chez Ollie's.

— Oui, ils en font de bons, mais pour moi, les as du barbecue, ce sont les gens de couleur. Vous n'en trouverez d'excellents que chez eux.

— Ils sont meilleurs pour tout, dit Evelyn. Je regrette de ne pas être noire.

— Vous voulez dire, de couleur ?

— Oui.

Mrs. Threadgoode regarda Evelyn avec stupeur.

— Et, Dieu pourquoi, ma belle ? La plupart d'entre eux aimeraient tellement être blancs. Ils essaient par tous les moyens de blanchir leur peau et de défriser leurs cheveux.

— Plus maintenant.

— Peut-être aujourd'hui, mais je peux vous garantir

qu'ils le faisaient de mon temps. Remerciez plutôt le Ciel qu'il ne vous ait pas faite noire. Comment peut-on vouloir une chose pareille quand on n'est pas né comme ça ?

— Oh, je ne sais pas, c'est peut-être à cause de leur gaieté, leur façon de vivre... À côté d'eux, je me suis toujours sentie... crispée. J'aimerais pouvoir rire comme eux.

Mrs. Threadgoode demeura un instant songeuse.

— Ils sont peut-être plus simples et plus joyeux que nous mais, comme nous tous, ils ont leurs peines, vous savez. Vous avez déjà vu un enterrement de couleur ? C'est triste à mourir. Ils crient et pleurent comme si on leur arrachait le cœur. Je crois qu'ils sont plus sensibles à la douleur et au chagrin que nous. Il a fallu trois hommes pour empêcher Onzell de se jeter dans la fosse, le jour de l'enterrement de Willie Boy. C'était terrible.

— Oh ! je sais bien qu'il y a du bon et du mauvais en tout, dit Evelyn. Mais je ne peux m'empêcher de les envier, d'une certaine façon. J'aimerais pouvoir être libre et spontanée comme ils le sont.

— Ma foi, je ne sais pas, dit Mrs. Threadgoode, mais ce qui est sûr, c'est que je serais drôlement heureuse si j'avais une assiette de ce barbecue de Big George et un morceau de tarte de Sipsey.

WHISTLE STOP

ALABAMA

15 octobre 1949

Naughty Bird avait seize ans quand elle posa pour la première fois les yeux sur Le Roy Grooms. Elle sut sur-le-champ qu'il était son homme, et elle le lui dit. Il travaillait comme cuisinier sur *Le Croissant,* qui faisait la ligne Atlanta-New York et s'arrêtait à Whistle Stop. Un an plus tard naissait une petite fille, que Le Roy prénomma Amande, comme la truite « aux amandes » qui figurait à la carte du wagon-restaurant.

Le Roy était bel homme ; il voyageait beaucoup et la ligne comptait de nombreux arrêts. Quand Naughty Bird apprit qu'il s'était mis en ménage avec une quarteronne de La Nouvelle-Orléans, mulâtresse presque blanche, elle en fut malade.

Elle touchait au fond du désespoir quand elle tomba sur une série d'annonces dans les *Nouvelles de Slagtown* :

PEAU TROP SOMBRE ?

DÉSIREZ-VOUS UN TEINT DE CHARME ?

Essayez la crème à blanchir du Dr. Fred Palmer.

LES BAISERS VONT AUX PEAUX CLAIRES.

Les hommes admirent une jolie peau crémeuse. Utilisez la pommade du succès, qui vous fera un teint clair et lumineux en cinq jours.

LA BEAUTÉ COMMENCE
AVEC UNE PEAU DE BLONDE.

Faites éclater votre beauté avec la crème faciale Spéciale Blanche.

DES CHEVEUX TROP CRÉPUS ?

Confiez votre chevelure à la science pour transformer en sept jours vos tire-bouchons en longues et soyeuses mèches avec la crème lissante Nuit câline.

Naughty les essaya toutes, les crèmes miracle, mais au bout d'un mois elle était toujours la fille la plus noire et la plus crépue de tout Whistle Stop, et Le Roy coulait toujours des jours heureux en compagnie de sa blanchie.

Désespérée, elle confia sa petite fille à Sipsey puis revint chez elle, où elle se mit au lit et décida d'attendre la mort.

Rien ne put la détourner de son funeste dessein. Opal tenta en vain de la convaincre de reprendre son travail au salon de coiffure. Naughty Bird ne quittait plus sa couche ni sa bouteille de gin Turkey et repassait sans cesse la même chanson d'amour. Sipsey disait que ça aurait mieux valu que Le Roy soit mort au lieu de prendre une autre femme, parce que, deux mois plus tard, Naughty Bird baignait toujours dans le chagrin et le gin.

Heureusement, le regret de Sipsey se révéla prophétique, parce que, Mr. Le Roy Grooms quitta ce monde après qu'il eut fait une chute fatale dans l'escalier en glissant sur des billes appartenant à l'un des enfants de sa quarteronne.

À l'annonce de la tragique nouvelle, Naughty Bird se leva, se prépara un solide déjeuner, prit un bain, se maquilla, mit sa plus belle robe, bref se fit belle, et prit la route de Birmingham.

Moins d'une semaine plus tard, elle était de retour avec un beau jeune homme qui avait grande allure avec un feutre à plume verte et un complet en gabardine marron.

LE MÉMORIAL DE MARTIN LUTHER KING DE L'ÉGLISE BAPTISTE

1049, 4e AVENUE NORD, BIRMINGHAM, ALABAMA

21 septembre 1986

Evelyn avait promis à Mrs. Threadgoode de confier ses problèmes au Seigneur et de Lui demander de l'aider à traverser ses épreuves. Elle ignorait toutefois où était sise la maison dudit Seigneur. Ed et elle n'avaient pas remis les pieds dans une église depuis leur tendre enfance, mais voilà qu'elle éprouvait ce jour-là un pressant besoin d'aide. Elle s'habilla et se rendit en voiture à l'église presbytérienne dans Highland Avenue, paroisse dont Ed et elle étaient censés être membres.

Mais une fois là-bas, elle continua de rouler sans raison particulière et se retrouva de l'autre côté de la ville, sur le parking du mémorial de Martin Luther King de l'église baptiste, la plus grande église noire de Birmingham, tout en se demandant ce qu'elle pouvait bien ficher là. Peut-être étaient-ce tous ces mois passés dans l'imaginaire compagnie de Sipsey, d'Onzell et de Big George.

Elle se considérait depuis toujours comme tolérante et sans préjugés raciaux. Jamais elle n'avait employé le mot « nègre » ou « négro ». Mais ses rapports avec les

Noirs avaient été ceux des Blancs de la classe moyenne, qui se bornaient le plus souvent à connaître leur femme de ménage ou celle de leurs voisins.

Quand elle était petite, elle allait parfois avec son père raccompagner en voiture leur bonne à son domicile. Il n'y avait que dix minutes de route à faire, mais c'était pour elle comme de se rendre en pays étranger : la musique, la façon de s'habiller, les maisons... tout était différent.

À Pâques, ils se risquaient dans les quartiers sud pour voir la foule de Noirs qui, en ces fêtes pascales, faisaient assaut d'extravagante élégance, déployant une incroyable palette de roses, de rouges, de verts et de jaunes.

Bien entendu, seules les femmes noires travaillaient dans les maisons. Si d'aventure il apparaissait un Noir dans le voisinage, sa mère devenait hystérique et se précipitait sur elle pour lui enjoindre de passer une robe décente, parce que « les voisins emploient un homme de couleur ! ». Depuis, Evelyn ne s'était jamais sentie très à l'aise en compagnie des hommes noirs.

En dehors de ça, l'attitude de ses parents à l'égard des Noirs avait été celle de la majorité des Blancs à ce moment-là ; ils les trouvaient amusants et gentils, de grands enfants dont il fallait s'occuper. Chacun avait une anecdote comique à rapporter concernant sa bonne, et l'on secouait la tête avec amusement à l'idée du nombre d'enfants qu'ils mettaient au monde. On leur donnait ses vieux habits, ses restes de repas ; on les aidait quand ils avaient des difficultés. Mais en grandissant, Evelyn alla de moins en moins dans les quartiers sud et, trop occupée par sa propre existence, se désintéressa de la communauté noire.

Aussi, dans les années 1960, quand les troubles commencèrent, elle – tout comme la majorité des Blancs de Birmingham – avait été choquée. Les gens autour d'elle disaient que ce ne pouvaient être « nos gens de couleur » qui causaient tant de dégâts, mais certainement des agitateurs extérieurs venus du Nord.

Il était généralement admis que « nos gens de couleur sont heureux comme ils sont ». Des années plus tard, Evelyn se demanda où elle avait eu la tête et comment elle avait pu ne pas voir ce qui se passait à deux pas de chez elle.

Après que les médias eurent dénoncé la « répression sanglante » de Birmingham, les Blancs furent à la fois perplexes et irrités qu'on les traite de racistes et de brutes demeurées, car c'était rayer d'un trait les bonnes relations qu'ils avaient eues avec les Noirs.

Mais vingt-cinq ans plus tard, Birmingham avait un maire noir et, en 1975, la ville, autrefois connue comme la cité de la haine et de la peur, avait été nommée ville de l'année par le magazine *Look*. Il était dit que de nombreux ponts avaient été jetés entre les deux communautés, et que de nombreux Noirs partis au Nord rentraient maintenant chez eux. Blancs comme Noirs revenaient de loin.

Evelyn le savait, mais elle ne fut pas moins étonnée du nombre de Cadillac et de Mercedes qui se garaient tout autour d'elle. Elle s'était laissé dire qu'il y avait de riches Noirs à Birmingham, mais elle ne les avait jamais vus.

Comme elle observait les fidèles qui affluaient, toute sa peur des hommes noirs revint soudain.

Elle jeta un coup d'œil dans la voiture pour s'assurer que les portières étaient bien fermées, et elle était prête à repartir quand une famille – papa, maman et leurs deux enfants – passa près d'elle. Leurs rires la ramenèrent à la réalité : quelques minutes plus tard, elle rassemblait tout son courage et entrait dans l'église.

Mais, même après que le placeur, œillet à la boutonnière et sourire aux lèvres, l'eut saluée d'un joyeux « Bonjour » et l'eut conduite dans l'aile, elle tremblait encore. Elle avait espéré une place au fond, et voilà qu'elle se retrouvait assise en plein milieu. Elle suait par tous les pores et n'avait plus de jambes. Elle remarqua pourtant que presque personne ne prêtait attention à elle. Deux enfants devant elle se retournèrent pour la regarder ; elle leur sourit, mais ils ne lui rendirent pas son sourire. Elle allait partir quand un homme et une femme vinrent prendre place de chaque côté d'elle. Elle était de nouveau prisonnière et, pour la première fois de sa vie, au milieu d'une foule de Noirs.

La seule tache pâle était celle de son visage, seule page blanche d'un livre en couleurs, seule fleur anémiée de tout le jardin.

La jeune femme assise à côté d'elle était d'une grande beauté, et habillée comme dans les magazines de mode. Elle aurait pu être top-model à New York, dans sa robe de soie gris perle, avec des escarpins et un sac à main en peau de serpent. Comme elle jetait un timide regard autour d'elle, Evelyn se fit la remarque qu'elle n'avait jamais vu une foule aussi élégante de toute sa vie. Trouvant cependant les pantalons des hommes trop serrés, elle concentra son attention sur les femmes.

En vérité, elle les avait toujours admirées, avait toujours envié leur force, leur chaleur. Elle s'était toujours demandé comment elles pouvaient s'occuper avec tant d'amour des enfants des Blancs et soigner ces vieux Blancs et ces vieilles Blanches avec un tel dévouement. Elle n'en aurait jamais été capable elle-même.

Elle les vit se saluer, apprécia leur aisance, la grâce nonchalante avec laquelle elles se déplaçaient, même les plus plantureuses. Elle prit soudain conscience que toute sa vie elle les avait côtoyées sans jamais les voir vraiment. Ces femmes étaient belles, grandes, élancées, les pommettes saillantes comme ces reines égyptiennes, et leurs seins et leurs croupes saillaient sous les étoffes légères.

Et dire que ces gens dans le passé s'étaient efforcés de paraître blancs ! Ils devaient bien se marrer dans leurs tombes, en voyant aujourd'hui tous ces jeunes Blancs essayer si fort d'avoir l'âme, le look et la sono « black », et ces jeunes Blanches se coiffer afro et porter le boubou ! Le soleil tourne et les temps changent…

Peu à peu, Evelyn se détendit. Elle s'était attendue à ce que l'église à l'intérieur soit différente mais, comme elle jetait un nouveau regard autour d'elle, elle songea qu'elle ressemblait aux autres églises blanches de Birmingham. Puis, soudain, l'orgue mugit un accord, et les deux cent cinquante chanteurs du chœur, costumes rouges pour les hommes et robes marron pour les femmes, se levèrent et chantèrent avec une force et une conviction qui manquèrent renverser Evelyn sur sa chaise :

Oh happy day
Oh happy day
When Jésus washed my sins away
He taught me how to sing and pray

And live rejoicing every day
Oh happy day
Oh happy day[1]

Quand ils se furent rassis, le révérend Portor, un colosse dont la voix emplissait l'église, se leva de derrière son pupitre et commença son prêche, « La joie d'aimer Dieu ». Cet homme était convaincu de ce qu'il disait, sentit immédiatement Evelyn. Poursuivant son sermon, il renversait de temps à autre la tête en arrière pour rire et crier son bonheur. Et les fidèles et l'orgue qui accompagnaient la puissante voix lui donnaient le répons avec la même ferveur.

Evelyn s'était trompée ; elle n'était pas dans une église de Blancs, où les sermons avaient la froideur et la pâleur des peaux.

L'enthousiasme du prêcheur était communicatif et se répandait comme un feu à travers la congrégation. Pour lui, Dieu n'était pas un dieu vengeur, mais un dieu de bonté, d'amour, de clémence et de joie. Et les paroles qu'il lançait vers ses fidèles se faisaient chant, ses mouvements se faisaient danse, et l'assemblée lui répondait avec la même félicité joyeuse :

— Vous ne pourrez connaître la joie que si vous aimez votre voisin...

— *C'est vrai, sir.*

— Que si vous aimez vos ennemis...

1. « Ô jour béni, ô jour béni / Quand Jésus a lavé mes péchés / Il m'a appris à chanter et à prier / Et à me réjouir de chaque jour à vivre / Ô jour béni, ô jour béni. »

— *Oui, sir.*

— Débarrassez-vous de l'envie, cette vieille diablesse...

— *Oui, sir.*

— Dieu peut pardonner...

— *Oui, il le peut.*

— Alors, pourquoi pas vous ?

— *Vous avez raison, sir.*

— Se tromper est humain... pardonner est divin...

— *Oui, sir.*

— Il n'y aura pas de résurrection pour les cadavres que dévorent les vers du péché...

— *Non, sir.*

— Mais Dieu peut vous élever...

— *Oui, il le peut.*

— Oh ! Dieu est bon...

— *Oui, sir.*

— Quel ami nous avons en Jésus...

— *Vous avez raison, sir.*

— Vous pouvez être baptisé, circoncis, galvanisé, mais ça ne veut rien dire si vous n'êtes pas un citoyen du royaume des cieux...

— *Non, sir.*

— Merci, Jésus ! Merci, Jésus ! Dieu tout-puissant ! Nous louons Ton Nom ce matin et merci, Jésus ! Alléluia ! Alléluia Jésus !

Quand il eut terminé, toute l'église explosa en « Amen ! » et « Alléluias ! », et le cœur reprit jusqu'à ce que toute l'assistance palpite au chant de : « Êtes-vous lavés dans le sang ? / Le sang pur de l'agneau / Oh, dites-moi, doux enfants / Êtes-vous lavés dans le sang ? »

Evelyn n'avait jamais été quelqu'un de religieux, mais

ce jour-là elle fut soulevée de son siège et débarrassée de cette peur qui l'avait clouée au sol toute sa vie.

Elle sentit son cœur s'ouvrir et s'emplir de l'émerveillement d'être vivante.

Elle flotta jusqu'à l'autel, où un Jésus blanc, le corps décharné, une couronne d'épines enfoncée sur la tête, la regarda du haut de sa croix et lui dit : « Pardonne-leur, mon enfant, car ils ne savent pas ce qu'ils font... »

Mrs. Threadgoode avait raison, songea Evelyn. Elle avait confié ses ennuis au Seigneur, et Il l'en avait soulagée.

Evelyn respira profondément et le lourd fardeau de ses ressentiments s'échappa de lui-même dans l'air, emportant Towanda avec lui. Evelyn était libre ! Et à cet instant elle pardonna au rustaud du supermarché, au médecin de sa mère, aux minettes du parking... et elle se pardonna à elle-même. Elle était libre. LIBRE ! Comme tous ces gens qui l'entouraient, qui eux aussi avaient souffert et n'avaient pas laissé la haine et la peur tuer l'amour qu'ils avaient en eux.

À ce moment-là, le révérend Portor invita ses fidèles à serrer la main de leurs voisins. La superbe jeune femme assise à côté d'Evelyn lui serra la main et lui dit :

— Dieu vous bénisse.

Evelyn pressa avec chaleur la main tendue :

— Merci. Merci du fond du cœur.

Comme elle quittait l'église, elle se retourna pour regarder une dernière fois derrière elle. Peut-être était-elle venue pour découvrir ce que c'était qu'être noir. À présent elle comprenait qu'elle ne pourrait jamais le savoir, pas plus que ces Noirs ne pourraient jamais entrer dans la peau d'un Blanc. Evelyn savait qu'elle ne reviendrait pas ici. Ce lieu était le leur. Mais, pour la première fois de sa vie, elle avait éprouvé de la joie. Une joie pure, authentique, cette même joie qu'elle avait surprise souvent dans les yeux de Mrs. Threadgoode, mais elle n'en avait pas pris conscience alors. Elle savait également qu'elle ne ressentirait peut-être plus jamais un tel transport. Toutefois elle s'en souviendrait toute sa vie. Elle regretta de ne pas avoir pu s'ouvrir à l'un des fidèles de ce qu'elle avait éprouvé parmi eux en ce glorieux matin. Cela aurait été merveilleux de pouvoir le faire, pensa-t-elle.

Cela aurait été encore plus merveilleux si elle avait su que la jeune femme qui lui avait serré la main était la fille aînée de Jasper Peavey, employé des wagons-lits, qui, comme elle-même, avait réussi dans la vie.

NOUVELLES DU RAIL

1er juin 1950

Un employé hors pair

« Son unique désir est de voir les gens heureux et de rendre leur voyage le plus agréable possible. Regardez bien cet homme remarquable promu meilleur employé du train ce mois-ci quand vous lui taperez amicalement dans le dos. »

C'est ainsi qu'un passager du *Croissant d'Argent*, Cecil Laney, dépeint l'employé des wagons-lits Jasper Q. Peavey.

Travailleur acharné, il n'a jamais reçu que des félicitations depuis son entrée au chemin de fer, à l'âge de dix-sept ans, comme porteur à la gare centrale de Birmingham, Alabama. Depuis, il a été cuisinier, convoyeur de marchandises, employé de station, serveur de voiture-restaurant, puis employé des wagons-lits en 1935. Il a été nommé président de la Fraternité des employés des wagons-lits, branche de Birmingham, en 1947. Mr. Laney poursuit : « Les attentions de Jasper commencent dès l'instant où le passager monte dans le train. Il veille à ce que chacun ait ses bagages correctement rangés ; pendant le trajet, il vous rend ces mille petits services qui vous facilitent la vie, et ce sans jamais se départir de son bon sourire.

» Quelques minutes avant l'arrivée en gare, il annonce toujours : “Nous arriverons dans cinq minutes en gare de… Si je puis vous aider pour vos bagages, c'est avec plaisir que je le ferai.”

» Pour nous, passagers réguliers, il est un ami de confiance, un hôte attentif, un gardien vigilant, un homme toujours prêt à voler à votre secours. Providence des mères harassées, il chaperonne leurs enfants. Il est d'une politesse exquise, et sa bonne humeur est communicative. Il est rare de rencontrer un homme tel que lui par les temps qui courent.

Jasper est un prédicateur laïque à l'église baptiste de la 16e Rue à Birmingham, et il est père de quatre filles : deux d'entre elles sont professeurs, une autre fait ses études d'infirmière, et la plus jeune projette de partir à New York pour y apprendre la musique.

Félicitations à Jasper Q. Peavey, notre remarquable meilleur employé du train en ce mois de juin.

LA GAZETTE DE WEEMS

(Bulletin hebdomadaire de Whistle Stop, Alabama)

27 août 1955

Fermeture de la gare de triage

Nous sommes tous tristes de la fermeture de la gare de triage. Nous perdons non seulement nos trains mais aussi la plupart de nos vieux amis, qui s'en vont chercher du travail ailleurs. Nous ne pouvons qu'espérer que le trafic ferroviaire reprenne normalement le plus vite possible.

Grady Kilgore, retraité de la compagnie L & N, dit que le pays n'est rien sans ses trains, et que ce n'est qu'une question de temps avant que le gouvernement en prenne conscience. Je dis, moi, que la L & N finira bien par retrouver ses esprits et remettre nos chers trains sur leurs rails.

La Georgia Pacific Seabord a également fermé sa ligne. Il ne reste que la Southern Railroad. C'est à croire qu'ils ne veulent plus de passagers.

Et voilà qu'on apprend que le café va fermer. Plus assez de clients, dit Idgie.

À propos...

Ma chère moitié va très bien, et je me demande ce qu'il couve.

... Dot Weems...

UNE NUIT, UN TRAIN, PRÈS DE ROANOKE, VIRGINIE

VOITURE PULLMAN N° 16

23 décembre 1958

Jasper Peavey écoutait le roulement du train filant dans la nuit à travers le paysage blanchi de neige. Il gelait dehors mais il faisait bon et chaud dans la voiture. C'était l'heure où tout le monde dormait et où lui-même avait enfin la paix. Plus de sourire dents blanches, plus rien... Enfin tranquille.

Il était à un mois de partir en retraite avec une pension confortable de la Southern Railroad. Jasper était arrivé à Birmingham un an après son frère Artis et, malgré leur gémellité et leur condition de nègre selon la loi, ils avaient mené deux existences complètement différentes.

Jasper aimait beaucoup son frère, mais il l'avait rarement vu.

Artis avait vite trouvé sa place dans le milieu du jeu et de la nuit, dans la 4e Avenue Nord, où le jazz chauffait et où les dés roulaient vingt-quatre heures sur vingt-quatre. Jasper, lui, avait trouvé abri dans une pension pour jeunes chrétiens et il s'était rendu à l'église baptiste de la 16e Rue dès le premier dimanche de son arrivée. Ce fut là que miss Blanch Maybury jeta son dévolu sur ce garçon au teint clair moucheté de taches de rousseur. Blanch était la fille unique de Mr. Charles Maybury, un citoyen respecté, éducateur renommé et principal du collège réservé aux gens de couleur, aussi fut-ce par elle que Jasper fut naturellement introduit dans la bourgeoisie intellectuelle noire.

Le père de Blanch regretta quelque peu le manque de culture et d'instruction de Jasper, mais la couleur de sa peau et sa bonne éducation compensaient largement ses insuffisances.

Dès qu'il fut marié, Jasper se mit d'arrache-pied au travail. Tandis qu'Artis claquait son fric en femmes et en extravagances vestimentaires, Jasper dormait dans les dortoirs glacés et infestés de rats que la compagnie offrait aux employés de couleur quand ils étaient en déplacement. Jasper économisa sou par sou jusqu'à ce que Blanch et lui puissent s'acheter le piano de leurs rêves, car un piano dans une maison c'était quelque chose. Il donnait dix pour cent de ses gains à l'Église et il ouvrit un compte d'épargne pour que ses enfants puissent entrer plus tard à l'université. Jamais il ne but une seule goutte de whisky, n'emprunta d'argent, ne dut un dollar à quiconque. Il avait été l'un des premiers Noirs de Birmingham à s'installer dans le quartier blanc d'Enon Ridge, connu plus tard sous le nom de « colline de la Dynamite ». Après que le Klan eut fait sauter la maison de brique rouge de Jasper et celles de ses voisins, beaucoup partirent, mais Jasper resta. Il avait enduré des années de « Hé ! Bamboula ! », « Hé ! Boy ! », « Hé ! Blanche-Neige ! », il avait vidé les crachoirs, nettoyé les W-C, ciré les chaussures, et porté des tonnes de bagages, au point de ne plus pouvoir trouver le sommeil tant il avait mal au dos et aux épaules. Il avait souvent pleuré d'humiliation quand il y avait un vol et que les surveillants du train fouillaient d'abord les armoires du personnel de couleur.

Il en avait dit des « Oui, m'sieur » et des « Oui, m'dame », et souri et apporté à toute heure de la nuit leur alcool à des grandes gueules de voyageurs de commerce. Il avait essuyé sans broncher les insultes de pimbêches, avait accepté que des gosses l'appellent « sale négro », avait été traité comme de la merde par des conducteurs de train blancs et s'était fait voler ses pourboires par ses collègues noirs. Il avait nettoyé les banquettes souillées de vomi et traversé cent fois le comté de Cullman, où de grands panneaux menaçaient : NÈGRE, N'ATTENDS PAS LE COUCHER DU SOLEIL POUR TE TIRER.

Il avait enduré tout ceci. Mais...

Il avait acheté le caveau familial, il avait envoyé ses quatre filles à l'université, et pas une d'entre elles n'aurait à vivre de pourboires. Il n'avait pas eu d'autre but durant toutes ces années passées à s'éreinter l'échine.

Et puis il y avait eu les trains. Si son frère Artis avait aimé une ville, Jasper, lui, avait aimé les trains. Les voitures-bars aux parois lambrissées de chêne, aux fauteuils de velours rouge. Les trains, la poésie de leurs noms... *La Flèche du Couchant... La Palme Royale... La Nouvelle-Orléans... Le Rapide de Dixie... Le Bourdon de Feu... Le Fantôme du Crépuscule... Le Diamant Noir... La Belle du Sud... L'Étoile d'Argent...*

Et cette nuit, il roulait dans la *Grande Comète d'Argent,* beau et profilé comme une fusée, qui faisait la ligne La Nouvelle-Orléans-New York, l'un des derniers grands rapides de luxe encore en circulation. Il avait pleuré à chaque fois que ces grandioses machines avaient été mises au rancart pour rouiller lentement dans quelque dépôt...

Jasper, qui lui aussi avait fait son temps, les rejoindrait bientôt. Pas plus tard que la veille, il avait entendu son petit-fils Mohammed Abdul Peavey dire à sa mère qu'il ne voulait pas marcher à côté de son grand-père dans la rue parce qu'il avait honte de le voir saluer bien bas les Blancs et chanter à l'église ces vieux chants de nègres.

Jasper songeait qu'il aurait peut-être dû agir autrement, mais en vérité quel choix avait-il eu ? Et puis il ne s'en était pas mal sorti, et c'était le plus important.

HÔTEL ST. CLAIR

(CONFORT MODERNE)
411, 2e AVENUE NORD, BIRMINGHAM, ALABAMA

23 décembre 1965

La chambre avait peut-être été confortable trente-cinq ans auparavant mais il n'y avait plus à présent qu'un vieux lit défoncé, une chaise et une ampoule nue qui se balançait au bout d'un fil. La pièce était plongée dans le noir. Smokey, assis au bord du lit, fumait une cigarette en contemplant par l'unique fenêtre la vieille gare aujourd'hui désaffectée. Il songeait aux nuits étoilées, aux rivières aux eaux vives et au whisky qu'on buvait en joyeuse compagnie ; il songeait au temps où il pouvait respirer l'odeur de la terre après la pluie sans se mettre à tousser et à cracher ses poumons, au temps où Idgie et Ruth tenaient le café, au temps où tous les trains passaient par Whistle Stop.

Il ne lui restait que les souvenirs et, par les nuits solitaires, il sautait dans l'un d'eux, comme il avait autrefois sauté dans les trains, et se laissait emporter par la magie de la mémoire. Une vieille chanson jouait sans cesse dans sa tête :

Volute blanche de ma cigarette,
Où t'en vas-tu dans la nuit bleue ?
Volute blanche de ma cigarette,
Sa beauté encore m'émeut,
Volute bleue de mes nuits blanches…

Maison de retraite de Rose Terrace

OLD MONTGOMERY HIGHWAY, BIRMINGHAM, ALABAMA

21 septembre 1986

En arrivant ce dimanche, Evelyn Couch trouva Mrs. Threadgoode endormie et, à voir ce visage ridé figé par le sommeil, elle prit soudain conscience de l'âge de son amie, et cela lui fit peur.

— Mrs. Threadgoode ! l'appela-t-elle en la secouant doucement.

Mrs. Threadgoode ouvrit les yeux, porta la main à ses cheveux pour en réparer le désordre et demanda à Evelyn :

— Oh, ma belle, ça fait longtemps que vous êtes là ?

— Non, je viens juste d'arriver.

— Eh bien, promettez-moi de ne pas me laisser dormir les jours de vos visites. D'accord ?

Evelyn s'assit et donna à la vieille dame une assiette en carton avec un sandwich barbecue, une part de tarte au citron, une fourchette en plastique et une serviette en papier.

— Oh, Evelyn ! Où avez-vous acheté ça ? Là-bas, au café ?

— Non, c'est moi qui l'ai fait.

— Vraiment ? Oh ! Dieu vous bénisse !

Evelyn avait remarqué que depuis ces deux derniers mois, son amie avait tendance à confondre les époques, et il lui arrivait même de l'appeler Cleo. Au début, elle se reprenait en riant mais elle s'en apercevait de moins en moins, à présent.

— Désolée de m'être assoupie comme ça. Mais il n'y a pas que moi ; tout le monde ici est épuisé.

— Pourquoi ? Vous ne pouvez pas dormir la nuit ?

— Ma belle, ça fait des semaines que personne ici ne prend plus de repos. Vesta Adcock passe des nuits entières à téléphoner. Elle appelle tout le monde, du maire de la ville au président, et même la reine d'Angleterre l'autre soir, pour se plaindre de je ne sais plus quoi. Et avec ça, si vous la voyiez, elle est maquillée comme une vieille poule.

— Mais pourquoi ne ferme-t-elle pas sa porte ?

— Elle la ferme.

— Alors pourquoi ne lui enlèvent-ils pas le téléphone de sa chambre ?

— Ma chère Evelyn, c'est bien ce qu'ils ont fait, mais elle continue d'appeler quand même.

— Mon Dieu, elle a perdu la tête ?

— Oh, disons plutôt qu'elle n'a plus les pieds sur terre.

— Oui, c'est le moins qu'on puisse dire.

— Ma chère Evelyn, je boirais volontiers un soda avec cette tarte. Voudriez-vous aller m'en chercher un ? J'irais volontiers moi-même, mais je n'y vois plus assez bien pour trouver la fente.

— Oh ! j'aurais dû y penser, je suis désolée.

— Tenez, voici un nickel.

— Allons, Mrs. Threadgoode, je vous en prie, laissez-moi vous l'offrir.

— Non, Evelyn, prenez, insista Mrs. Threadgoode, je ne veux pas que vous dépensiez votre argent pour moi. Je ne boirai que si c'est moi qui paie.

Finalement, Evelyn prit les cinq cents et, comme d'habitude, rajouta les soixante-cinq autres nécessaires pour acheter un soda aujourd'hui.

— Merci, ma petite... Evelyn, est-ce que je vous ai jamais dit que je détestais les choux de Bruxelles ?

— Non. Pourquoi ne les aimez-vous pas ?

— Je ne sais pas, à vrai dire. Mais j'aime tous les autres légumes. Pas les surgelés ni les conserves, toutefois. Je les aime frais, comme le maïs, les haricots secs, les tomates vertes en beignets...

— Savez-vous que la tomate est un fruit ? fit observer Evelyn.

Mrs. Threadgoode s'en montra surprise.

— Non, vraiment ?

— Parfaitement.

— Quand je pense que je l'ai prise pour un légume pendant toute ma vie ! dit Mrs. Threadgoode, l'air perplexe. Je les ai toujours cuisinées comme des légumes. Et vous me dites que c'est un fruit !

— Oui, c'est ce que j'ai appris à l'école des arts ménagers.

— Eh bien, je ferai semblant de ne pas le savoir ; même si je me trompe, je préfère voir ces chères tomates comme des légumes. En tout cas, les choux de Bruxelles en sont, eux, n'est-ce pas ?

— Oui.

— Ah ! je préfère ça. Et les haricots de Lima aussi ?

— Oui, des légumes secs.

— À la bonne heure !

Mrs. Threadgoode mordit avec appétit dans sa tarte, demeura silencieuse un instant, puis un sourire éclaira son visage.

— Vous savez, Evelyn, j'ai fait un rêve merveilleux cette nuit. P'pa et M'ma Threadgoode se tenaient devant le porche de la vieille maison et ils me faisaient signe de les rejoindre. Et bientôt j'ai vu Cleo arriver, et Albert et tous les Threadgoode, et ils m'appelaient, me pressant de revenir parmi eux. Moi, j'en avais terriblement envie, mais je savais que je ne le pouvais pas. Je leur ai dit que je devais attendre que Mrs. Otis se soit adaptée à sa vie ici, et M'ma m'a dit de sa voix douce : « Alors, dépêche-toi, Ninny, parce qu'on t'attend tous. »

Mrs. Threadgoode se tourna vers Evelyn.

— Il y a des fois où il me tarde tellement d'aller au paradis. La première chose que je ferai en arrivant là-bas, c'est de chercher Railroad Bill... Ils n'ont jamais pu découvrir qui il était. Bien sûr, c'était un homme de couleur, mais je suis certaine qu'il est au paradis parmi les anges. Vous ne le pensez pas, Evelyn ?

— Il y est sûrement, ça ne fait pas de doute.

— Tant mieux, parce que si quelqu'un mérite d'y être, c'est bien lui. J'espère seulement que je saurai le reconnaître.

THE WHISTLE STOP CAFÉ

WHISTLE STOP, ALABAMA

3 février 1939

La salle était comble à l'heure du déjeuner, et Grady Kilgore mit le cap sur la porte de la cuisine.

— Tu veux bien me servir une assiette de beignets aux tomates vertes avec du thé glacé, Sipsey ? Je suis pressé.

C'était le cinquième hiver d'affilée que Railroad Bill sévissait. Comme Grady revenait dans la salle avec son assiettée de beignets, Charlie Fowler, un ingénieur de la Southern Railroad, l'appela :

— Hé, Grady ! Railroad Bill a encore frappé la nuit dernière, à ce qu'il paraît ? Mais que fait donc la police ?

Il y eut des rires, et Grady, s'installant au comptoir, répliqua :

— Vous pouvez rigoler, les gars, mais c'est pas drôle. Ce salopard s'est fait cinq trains cette semaine.

Jack Butts ricana.

— Ce nègre vous en fait voir de toutes les couleurs, pas vrai, Grady ?

— J'ai entendu dire qu'il a vidé un wagon entier de

conserves entre ici et Anniston, et que le soleil n'était pas encore levé que toutes les boîtes avaient été ramassées ! dit Wilbur Weems en mâchouillant un cure-dent.

— Ouais, et ce salopard de nègre a balancé du même train dix-sept jambons destinés à l'armée, et en plein jour encore !

Ces paroles eurent le don de faire rire Sipsey qui apportait son thé glacé à Grady.

— Y a rien de drôle à ça, Sipsey, grommela Grady. Maintenant, j'ai sur le dos un inspecteur du gouvernement venu tout exprès de Chicago, et j'ai rendez-vous avec lui cet après-midi à Birmingham. Ton Railroad Bill va finir par me coûter mon poste.

— Paraît que vous avez failli l'avoir, dit Wilbur Weems.

— C'est la vérité, répondit Grady. Art Bevins l'a manqué de deux minutes la nuit passée, à la sortie de Gate City. Ses jours sont comptés, c'est moi qui vous le dis.

— Si tu veux, Grady, dit Idgie qui revenait de la cuisine, je peux vous envoyer Stump en renfort. Je suis sûre qu'avec un seul bras, il fera mieux que toute votre bande réunie.

— Tais-toi donc, Idgie, et redonne-moi de ces foutus beignets ! rétorqua-t-il en lui tendant son assiette vide.

Ruth, derrière le comptoir, rendit sa monnaie à Wilbur.

— Vraiment, Grady, je ne comprends pas votre acharnement. Sans Railroad Bill, tous ces gens crèveraient de faim, ou de froid s'ils n'avaient pas quelques pelletées de charbon à mettre dans leur poêle.

— Je suis d'accord avec toi, Ruth. C'est jamais rien que quelques boîtes de conserve et un peu de charbon, comme tu dis, mais le dernier mot doit rester à la loi. La compagnie du chemin de fer a dû mettre douze autres surveillants sur la ligne, et moi je me retrouve de garde toutes les nuits.

Smokey Lonesome, qui buvait son café à l'autre bout du comptoir, fit remarquer :

— Douze hommes contre un vieux p'tit nègre ? C'est comme de tirer une mouche avec un canon, tu ne trouves pas ?

— Allons, te tracasse pas, Grady, dit Idgie en lui tapant dans le dos, Sipsey m'a dit que si vous n'arrivez pas à attraper ce démon, c'est parce qu'il est capable de se changer en renard ou en lapin.

Wilbur demanda à Grady à combien se montait la prime pour sa capture.

— Elle est maintenant de deux cent cinquante dollars, et elle passera sûrement à cinq cents avant qu'on lui ait mis la main dessus.

Wilbur secoua la tête.

— Bon sang, ça fait un joli paquet de fric, ça ! Et à quoi il ressemblerait, ce Railroad Bill ?

— D'après ceux qui l'auraient aperçu, à un p'tit nègre avec une cagoule.

— À un p'tit nègre drôlement futé et courageux, j'dirais, ajouta Smokey.

— Ouais, peut-être, Smokey, peut-être bien qu'il est futé et courageux, mais quand je l'aurai chopé, il sera plus qu'un p'tit nègre tout désolé. Merde, ça fait des semaines que j'ai pas dormi une seule fois chez moi !

— Hé, Grady, dit Wilbur, d'après ce qu'on raconte, ça doit pas te changer beaucoup !

— Ouais, c'est terrible, on m'a dit que même Eva Bates

se plaignait, renchérit Jack Butts, provoquant un éclat de rire général.

— Jack, tu ne devrais pas parler comme ça, intervint Charlie Fowler. Pense un peu à tous ceux qui essaient de consoler Eva.

Grady se leva et jeta aux rieurs un regard noir.

— Vous n'êtes qu'une bande d'ignorants, les gars ! Rien qu'une bande d'ignorants !

Il alla décrocher son chapeau de la patère puis, avant de sortir, il se tourna vers la salle.

— On devrait appeler ce café Le Rendez-vous des Ignares. Et j'crois que j'ai plus qu'à aller voir ailleurs.

Paroles qui déclenchèrent une nouvelle tempête de rires, à laquelle Grady lui-même participa volontiers, car où aurait-il bien pu aller ailleurs qu'au Whistle Stop Café ?

1520 WILLINA LANE

ATLANTA, GÉORGIE

27 novembre 1986

Stump Threadgoode, encore fringant à bientôt cinquante-sept ans, était venu dîner chez sa fille Norma à l'occasion de Thanksgiving. Il venait de regarder le match de football Alabama-Tennessee et prenait le dessert avec son épouse, Peggy, Norma et son mari, Macky, leur fille Linda et son amoureux, grande perche binoclarde qui se destinait au métier de chiropracteur.

Stump se tourna vers ce dernier.

— J'avais un oncle, Cleo, qui était chiropracteur. Il n'a jamais gagné un sou avec son métier… Il faut dire qu'il soignait tout le monde gratuitement. Mais c'était pendant la Crise, et de toute façon personne n'avait d'argent.

» Ma mère et ma tante Idgie tenaient un café. C'était rien qu'une baraque en rondins, mais je peux vous assurer qu'on a toujours mangé à notre faim, et avec nous tous ceux, Blancs comme Noirs, qui venaient frapper à notre porte. Jamais tante Idgie n'a refusé une assiette à personne, ni un verre, si le bonhomme en avait besoin.

» Elle avait toujours une flasque de whisky dans son

tablier, et ma mère lui disait : “Idgie, tu encourages ces pauvres gens dans leur vice.” Tante Idgie, qui aimait bien lever le coude elle-même, lui répondait : “Ruth, un homme ne vit pas que de pain.”

» Ils étaient douze à quinze vagabonds à venir tous les jours au café. Mais le travail ne leur faisait pas peur. Pas comme les clochards d’aujourd’hui. Ils ratissaient les feuilles mortes ou balayaient le trottoir. Idgie les laissait toujours faire quelque chose, pour ménager leur fierté. C’étaient pour la plupart de braves gars qui n’avaient pas eu de chance. Le meilleur ami d’Idgie était un vieil *hobo* du nom de Smokey Lonesome. Et si quelqu’un méritait votre confiance, c’était bien Smokey. Jamais rien pris qui ne lui appartienne.

» Les vagabonds en ce temps-là avaient leur code de l’honneur. Smokey m’a dit qu’un jour ils en ont attrapé un qui avait volé de l’argenterie dans une maison. Eh bien, ils l’ont tué sur-le-champ et ils ont rapporté les couverts à leurs propriétaires. À cette époque, on ne fermait jamais les maisons à clé. Ceux qu’on croise maintenant sur les routes sont d’une tout autre espèce. Tous des drogués et des ivrognes qui dévaliseraient un aveugle.

» Tante Idgie ne s’est jamais rien fait voler. Bien sûr, ajouta-t-il en riant, c’est peut-être à cause de ce fusil de chasse qu’elle gardait près de son lit... Cette bonne femme était dure comme du fer, hein, Peggy ?

— Plus dure encore.

— Oh ! c’était la femme la plus brave et la plus généreuse que j’aie jamais connue, mais elle pouvait être vache avec ceux qui ne lui plaisaient pas. Elle avait une dent contre ce prêcheur de l’église baptiste où M’ma enseignait.

C'était un buveur d'eau et un jour, en chaire, il a eu le malheur de dénoncer les libations d'Eva Bates, la meilleure amie d'Idgie, et ça, c'est une chose qu'elle ne lui a jamais pardonnée. À chaque fois qu'un étranger venait chez nous pour acheter du whisky, elle l'envoyait frapper chez le révérend. « Vous voyez la maison verte, là-bas ? Le propriétaire a le meilleur whisky du pays. » Et quand les types cherchaient la bagatelle, c'était encore chez ce malheureux qu'elle les envoyait.

— Stump, tu ne devrais pas leur raconter ces histoires, intervint Peggy qui revenait de la cuisine.

Stump haussa les épaules en riant.

— Mais au fond d'elle-même, elle était sans méchanceté. C'est elle qui a sorti de prison le propre fils du révérend, Bobby Lee, qui était descendu faire la nouba à Birmingham avec des copains, et ces crétins n'avaient rien trouvé de mieux à faire que se balader en caleçon dans les couloirs de leur hôtel et de balancer de la fenêtre de leur chambre des petits ballons remplis d'eau, sauf que Bobby Lee avait remplacé l'eau par de l'encre, et qu'un des ballons s'est écrasé sur la femme d'un conseiller municipal qui se rendait au bras de son mari à une réception.

» Ça lui a coûté deux cents dollars, à Idgie, pour le sortir de taule, le Bobby, et deux cents autres pour effacer son nom du registre de la police, afin que son père n'en sache rien... J'étais avec elle quand elle est allée chercher le gosse, et elle lui a dit que si jamais il parlait à quiconque de ce qu'elle avait fait pour lui, elle lui couperait ce que vous savez. Elle était comme ça, Idgie, le cœur sur la main, mais elle ne voulait surtout pas que ça se sache.

» Toute cette bande du Club des Cornichons était

comme ça. Ils rendaient des tas de services mais détestaient la publicité. Le plus drôle de l'histoire, c'est que Bobby Lee a fait ses études de droit et qu'il a été procureur général sous le gouvernement de Folsom.

Norma, sa fille, vint chercher le reste des assiettes.

— P'pa, raconte-lui donc l'histoire de Railroad Bill.

Linda jeta à sa mère un regard exaspéré.

— Railroad Bill ? Tu veux que je raconte encore cette vieille histoire ? s'écria Stump, feignant la stupeur.

Le petit ami de Linda, malgré son envie d'emmener Linda faire un tour dans sa voiture, se crut obligé de dire :

— Moi, je veux bien l'entendre.

Macky sourit à sa femme. Ils avaient entendu cent fois la ballade de Railroad Bill et ils savaient combien Stump prenait plaisir à la conter.

— On était en pleine crise et il y avait ce bonhomme, qu'on appelait Railroad Bill, qui volait dans les trains transportant des denrées destinées aux réserves gouvernementales pour les donner aux gens de couleur qui souffraient de la famine. Il balançait tout ce qu'il pouvait sur la voie et disparaissait avant que les surveillants puissent lui tomber dessus. Ça a duré des années, et Railroad Bill était devenu un personnage de légende pour tous les Noirs du pays. C'était leur Robin des bois ; ils racontaient qu'on l'avait vu se changer en lapin ou en renard ou courir plus vite que les trains. Les surveillants qui avaient pu l'apercevoir disaient qu'il portait un long manteau noir et une cagoule sur la tête. Il y avait même une chanson qui chantait ses exploits. Sipsey disait que, chaque dimanche à l'église, tout le monde priait pour Railroad Bill.

» Le chemin de fer offrait une énorme récompense

pour sa capture, mais personne à Whistle Stop ne l'aurait jamais dénoncé, même si on avait su qui c'était.

» À un moment, je me suis demandé si ce n'était pas Artis Peavey, le fils de notre cuisinier. Il avait la même taille et c'était un garçon rapide comme l'éclair. Je l'ai suivi des jours et des nuits entières mais je n'ai jamais pu le prendre en flagrant délit. Je devais avoir neuf ou dix ans à l'époque et j'aurais donné n'importe quoi pour le voir faire.

» Et puis un matin, un peu avant que le jour se lève, j'ai eu besoin d'aller aux toilettes. J'étais à moitié endormi, et quand je suis entré dans la salle de bains, il y avait ma mère et tante Idgie, l'eau coulait dans le lavabo, et M'ma m'a repoussé en me disant : “Attends une minute, Stump”, et elle a fermé la porte.

» J'avais une envie terrible de faire pipi, et j'ai dit : “Vite, M'ma, c'est pressé !” Je les ai entendues qui chuchotaient, et elles n'ont pas tardé à sortir. Tante Idgie s'essuyait les mains et le visage. Quand je suis entré, le lavabo était encore noir de poussière de charbon et, par terre, derrière la porte, il y avait une cagoule noire.

» J'ai compris soudain ce que ma tante et Grady Kilgore, le shérif, qui était aussi détective pour le compte de la Southern Railroad, se murmuraient tous les jours à l'oreille. C'était Grady qui la renseignait sur les horaires des trains... et Railroad Bill n'était autre que tante Idgie...

— Oh, grand-père, tu es sûr de ça ?

— Et comment ! Tu ne peux pas savoir de quoi ta grand-tante était capable. C'était un garçon manqué, et elle n'avait peur de rien, je peux te le dire. (Il se tourna vers Macky.) Je t'ai jamais raconté ce qu'elle a fait la fois où Wilbur et Dot Weems se sont mariés et ont passé leur nuit de noces dans un grand hôtel de Birmingham ?

— Non, je ne crois pas.

— Stump, tu ne vas pas raconter cette histoire devant les enfants ! intervint Peggy.

— T'inquiète pas, Peggy. Wilbur était membre du Club des Cornichons, et, juste après la cérémonie, Idgie et sa bande ont filé à Birmingham aussi vite qu'ils ont pu et ils ont soudoyé un garçon de chambre de l'hôtel pour qu'il les laisse entrer dans la suite que les Weems avaient réservée, et ils ont mis dans le lit toutes sortes de machins...

— Stump, inutile de rentrer dans les détails, veux-tu ? le rappela à l'ordre Peggy.

Stump éclata de rire.

— Bref, ils leur ont préparé une belle surprise et ils sont rentrés à Whistle Stop. Quand Wilbur et Dot sont revenus de leur lune de miel, ils se sont empressés de leur demander s'ils avaient pris du bon temps à l'hôtel Redmond, et c'est là qu'ils ont appris qu'ils s'étaient trompés d'hôtel et qu'un autre pauvre couple en voyage de noces avait dû avoir le choc de sa vie.

Peggy secoua la tête.

— Vous vous imaginez une chose pareille ?

Norma passa la tête par la porte de la cuisine.

— P'pa, raconte-leur le poisson-chat que tu as pêché dans la Warrior.

Le visage de Stump s'éclaira.

— Ah oui ! vous ne pouvez pas savoir comme il était gros, ce poisson. Il pleuvait, ce jour-là, et je me souviens que ce monstre a mordu si fort que j'ai glissé sur la rive et que j'ai dû me cramponner ferme pour ne pas être entraîné dans la rivière. La foudre tombait de tous les côtés, et j'ai mis des heures à le sortir de l'eau. Je ne sais pas, moi, mais il devait peser plus de vingt kilos, ce poisson-chat, et il était long comme ça...

Stump leva son unique bras.

Et, comme tant d'autres avant lui, le grand dadais à besicles s'efforça bêtement de deviner la longueur de la fameuse prise jusqu'à ce que Linda mette fin à son supplice en pointant un doigt accusateur sur son grand-père.

— Décidément, grand-père, tu n'en rates pas une.

Dans la cuisine, Norma gloussait.

Maison de retraite de Rose Terrace

OLD MONTGOMERY HIGHWAY, BIRMINGHAM, ALABAMA

28 septembre 1986

Aujourd'hui, il y avait au menu des chips et du Coca, et, à la demande de Mrs. Threadgoode, des figues Newtons comme dessert. Elle dit à Evelyn que depuis trente ans Mrs. Otis mangeait trois de ces figues par jour pour éviter la constipation.

— Notez bien que moi, c'est pour le goût que je les aime. Mais je vais vous dire ce qui est bon. Quand j'étais à la maison et que je n'avais pas envie de faire la cuisine, j'allais chez Ocie acheter des petits pains de seigle et je les arrosais de sirop d'érable. C'était mon dîner, et ce n'était pas cher. Vous devriez essayer une fois.

— Et moi, Mrs. Threadgoode, je vous recommande les nonnettes.

— Des nonnettes ?

— Oui, ce sont des petits pains d'épice fourrés à la confiture.

— Ah ! ça, ce doit être rudement bon. On devrait en manger un de ces jours, hein ?

— Oui, je vous en apporterai.

— Vous savez, Evelyn, je suis tellement contente que vous ne suiviez plus cet affreux régime. Les légumes crus vous auraient tuée. Je n'ai pas voulu vous le dire avant, mais Mrs. Adcock a bien failli y rester avec un de ses régimes amaigrissants. Elle a tellement mangé de carottes et de céleri crus qu'on a dû la conduire d'urgence à l'hôpital et lui ouvrir le ventre pour voir ce qu'elle avait. Et elle a dit que le médecin lui avait enlevé le foie pour mieux l'examiner et qu'il lui a glissé des mains et a rebondi trois fois par terre avant qu'ils puissent le ramasser. Elle prétend que depuis elle souffre terriblement du dos.

— Oh, Mrs. Threadgoode, vous ne croyez tout de même pas ce qu'elle raconte ?

— En tout cas, c'est ce qu'elle nous a affirmé à table l'autre soir.

— Mais on ne peut vous enlever le foie comme ça...

— Elle a peut-être confondu avec les reins, mais, il n'empêche, si j'étais vous, je supprimerais les carottes crues.

— Je suivrai votre conseil, Mrs. Threadgoode. (Evelyn grignota une chips.) Il y a une chose que je voulais vous demander. Ne m'avez-vous pas dit une fois qu'Idgie avait tué un homme ? Ou bien est-ce moi qui ai mal compris ?

— Oh ! non, ma belle, ce sont les gens qui ont pensé ça. Surtout quand elle a été jugée pour meurtre avec Big George dans ce tribunal de Géorgie...

— Quoi ? Elle est passée aux assises ?

— Ça, assise, elle ne l'était pas tout le temps. Elle a dû se lever à chaque fois qu'elle devait répondre au juge. Mais je ne vous ai pas raconté ?

— Non, jamais.

— Oh, c'était terrible, vous savez ! Je m'en souviendrai toujours. J'étais en train de faire la vaisselle, ce matin-là, quand Grady Kilgore est arrivé à la maison pour voir Cleo. Il était pâle comme un mort. Il a dit à Cleo : « Cleo, je préférerais me couper le bras droit plutôt que de faire ce que je suis obligé de faire. Figure-toi que je dois arrêter Idgie et Big George, et je voudrais que tu viennes avec moi. »

» Vous savez, Idgie était une amie de toujours, et ça le tuait, Grady, de devoir faire une chose pareille. Il a dit à Cleo qu'il avait failli démissionner mais qu'il avait pensé que ce serait pire encore que ce soit un étranger qui lui passe les menottes.

» Cleo lui a demandé : “Bon Dieu, Grady, mais arrêtée pour quoi ?”

» Grady lui a répondu qu'elle et Big George étaient soupçonnés du meurtre de Frank Bennett. Ça remontait à si longtemps, tout ça, que je ne savais même pas qu'il était mort ou disparu, celui-là.

— Pourquoi étaient-ils soupçonnés ? demanda Evelyn.

— Il paraît qu'Idgie et Big George l'avaient menacé de le tuer, et la police de Géorgie le savait, aussi quand ils ont retrouvé sa camionnette...

— Quelle camionnette ?

— La camionnette de Frank Bennett. Un type s'était noyé dans la Warrior, pas loin de chez Eva Bates, et c'est en recherchant le corps, je parle du noyé, qu'ils sont tombés sur la camionnette. Ça prouvait que Frank était bien passé à Whistle Stop en 1930.

» Grady était furieux qu'un imbécile ait appelé la police de Géorgie pour leur communiquer le numéro d'immatriculation... Ruth était morte depuis huit ans, et Stump et

Peggy étaient mariés et installés à Atlanta, on était donc en 1955 ou 1956.

» Le lendemain, Grady a emmené Idgie et Big George en Géorgie, et Sipsey est allée avec eux. Personne n'aurait pu l'en empêcher. Et puis, en dehors de Sipsey, Idgie ne voulait personne de la famille pour l'accompagner. On est donc restés à la maison, à attendre en nous tournant les sangs.

» Grady n'a rien dit à personne de l'affaire, et ceux qui savaient se taisaient. Dot Weems l'a su, mais elle n'en a rien dit dans sa gazette.

» Je me rappelle que, la semaine du procès, on est allés à Troutville, Albert et moi, pour voir Onzell, qui était morte de peur à l'idée que Big George soit reconnu coupable du meurtre d'un Blanc, parce que alors il passerait sur la chaise, tout comme Mr. Pinto.

À cet instant, Geneene, l'infirmière, entra et s'assit un instant pour fumer une cigarette et se détendre.

— Oh ! Geneene, dit Mrs. Threadgoode, je vous présente mon amie Evelyn, je vous en ai parlé, c'est elle qui a une ménopause difficile.

— Enchantée.

— Moi de même.

Puis Mrs. Threadgoode demanda à Geneene si elle ne trouvait pas que, jolie comme elle l'était, Evelyn ne devrait pas vendre des produits de beauté Mary Kay.

Evelyn espéra que l'infirmière les laisserait, pour que Mrs. Threadgoode reprenne son histoire, mais malheureusement Geneene s'attarda et Ed fut bientôt là, impatient de partir. Aussi était-elle très frustrée à la pensée de devoir attendre une semaine pour connaître l'issue du procès.

— N'oubliez pas de me raconter la suite, dit-elle en partant à Mrs. Threadgoode.

— La suite ? demanda son amie avec stupeur.

— Oui, le procès.

— Oh oui ! ça, c'était quelque chose, vous savez...

TRIBUNAL DU COMTÉ

VALDOSTA, GÉORGIE

24 juillet 1955

Un orage menaçait, et l'air dans la salle était lourd et humide.

Idgie, moite de sueur, coula un regard vers son avocat, Ralph Root, un ami de Grady, et le vit dénouer sa cravate pour mieux respirer.

C'était le troisième jour du procès. Tous les hommes qui s'étaient trouvés chez le coiffeur de Valdosta, le jour où Idgie avait juré à Frank Bennett qu'elle le tuerait s'il portait de nouveau la main sur Ruth, avaient déjà témoigné. Jake Box venait de prendre place à la barre des témoins.

Idgie se tourna vers la salle, cherchant du regard Smokey Lonesome en se demandant anxieusement où il pouvait bien être. Grady avait fait passer le mot qu'Idgie avait des ennuis et qu'elle avait besoin de lui. Pourquoi n'était-il pas ici ? Que lui était-il arrivé ? Elle commençait à redouter le pire.

À ce moment-là, Jake Box, désignant Big George, déclara :

— C'est lui. C'est bien lui que j'ai vu menacer Frank avec un couteau, et cette femme était avec lui.

Un brouhaha de voix s'éleva dans la salle à l'idée qu'un Noir ait pu menacer un Blanc. Grady Kilgore s'agita sur son siège. Sipsey, la seule autre Noire présente, était là-haut, au balcon, gémissant et priant pour son « petit », qui approchait alors de la soixantaine.

Sans même prendre la peine d'interroger Big George, le représentant du ministère public demanda à interroger Idgie, qui vint prendre place à la barre.

— Connaissiez-vous Frank Bennett ?

— Non, monsieur.

— En êtes-vous sûre ?

— Oui, monsieur.

— Prétendriez-vous me faire croire que vous n'avez jamais rencontré l'homme dont l'épouse, Ruth Bennett, a été votre associée pendant dix-huit ans ?

— C'est exact.

Il pivota sur ses talons, les pouces enfoncés dans les poches de son veston, pour faire face aux jurés, comme pour les prendre à témoin de l'énormité de ce qu'il entendait.

— Ainsi, selon vous, vous ne seriez jamais allée à Valdosta et vous ne seriez jamais entrée chez ce coiffeur pour y menacer de mort Frank Bennett, que vous prétendez ne pas connaître ?

— Je n'ai pas dit ça, monsieur. Je suis bien allée à Valdosta, mais j'ai cru comprendre que vous me demandiez si j'avais fait la connaissance de Frank Bennett, et ma réponse est non. Je l'ai menacé de le tuer, mais nous n'avons jamais été, comme vous pourriez le dire, officiellement présentés.

Des hommes dans la salle, qui n'appréciaient pas les manières pompeuses de l'homme de loi, rirent franchement.

— Donc, vous reconnaissez avoir menacé de mort Frank Bennett ?

— Oui, monsieur.

— N'est-il pas vrai également que vous soyez venue en septembre 1928 en Géorgie, accompagnée de votre homme de couleur, pour venir y chercher la femme et l'enfant de Frank Bennett ?

— Seulement la femme, l'enfant est venu plus tard.

— Quand ?

— Le temps habituel, neuf mois.

La salle entière explosa de rire, tandis que le frère de Frank, Gerald, assis au premier rang, jetait un regard noir à Idgie.

— Est-il vrai que vous vous soyez acharnée à détacher de Frank Bennett son épouse en lui faisant croire qu'il n'avait aucune moralité et qu'il ne pouvait être pour elle un mari convenable ?

— Non monsieur, je n'ai pas eu à me donner cette peine. Elle le savait déjà.

Nouveaux rires dans la salle.

Le ministère public commença à s'énerver.

— Avez-vous oui ou non forcé sa femme à partir avec vous en Alabama ?

— La forcer ? Non, monsieur, elle avait déjà fait ses valises et elle nous attendait quand nous sommes arrivés.

Ignorant la réponse d'Idgie, il poursuivit :

— N'est-il pas vrai que Frank Bennett soit venu à Whistle Stop, Alabama, dans le but de reprendre ce qui lui appartenait de droit, son épouse et son petit garçon, et que vous et votre homme de couleur l'ayez tué afin que cette femme et cet enfant ne puissent retrouver un foyer heureux ?

— Non, monsieur.

— Êtes-vous consciente d'avoir brisé ce qu'il y a de plus sacré sur cette terre... une famille chrétienne avec un père aimant, sa femme et son enfant ? D'avoir brisé les liens du mariage entre un homme et une femme, qui avaient prononcé leurs vœux à l'église baptiste de la Colombe du matin, ici même à Valdosta, le 1er novembre 1924 ? D'avoir contraint une brave femme à rompre son serment fait devant Dieu ?

— Non, monsieur, je n'en ai pas conscience.

— Je me doute que vous avez dû abuser de la naïveté de cette pauvre femme, que vous lui avez promis une vie facile et licencieuse, et qu'elle vous a suivie dans un moment d'égarement, mais que plus tard, quand son mari est venu la chercher, vous n'avez pas hésité à le tuer de sang-froid pour l'en empêcher.

Il se tourna alors vers elle et hurla :

— OÙ ÉTIEZ-VOUS LA NUIT DU 13 DÉCEMBRE 1930 ?

Idgie se mit à transpirer.

— J'étais au domicile de ma mère, à Whistle Stop.

— Qui était avec vous ?

— Ruth Jamison et Big George. Il nous avait accompagnées toutes les deux ce soir-là.

— Ruth Jamison peut-elle en témoigner ?

— Non, monsieur.

— Pourquoi pas ?

— Parce qu'elle est morte il y a huit ans.

— Et votre mère ?

— Elle est morte également.

Le maître du barreau exécuta une nouvelle pirouette pour se retrouver face aux jurés.

— Ainsi, miss Threadgoode, vous attendriez de douze hommes intelligents qu'ils vous croient sur parole, vous et vous seule, alors que les deux témoins qui pourraient appuyer vos dires sont décédés et que le troisième est un bon à rien de nègre !

Envolée fort imprudente car, malgré tout son trac, Idgie ne pouvait accepter que l'on traite ainsi Big George devant elle.

— Oui, je m'attends à ce que ces hommes me croient, espèce de gros lard prétentieux et sans cervelle !

La salle explosa de rire, et le juge tenta en vain de réclamer le silence.

Cette fois, ce fut Big George qui gémit. Il avait supplié Idgie de ne pas chercher à témoigner en sa faveur, mais elle était fermement décidée à lui procurer un alibi pour cette nuit-là. Elle savait qu'elle était l'unique chance qu'avait Big George de sauver sa peau. La parole d'une Blanche pesait cent fois plus que les voix de tous les Noirs de Troutville qui auraient pu témoigner que Big George était chez eux la nuit du meurtre. Elle n'allait pas laisser Big George aller en prison, même si sa propre vie en dépendait ; et c'était peut-être le cas.

Le procès prenait une vilaine tournure pour Idgie, et quand elle reconnut le témoin-surprise qu'on venait d'introduire dans la salle, elle s'attendit au pire. Il arriva à la barre, plus courbé par son sacerdoce et plus pieux que jamais… son ennemi de toujours, l'homme à qui elle avait joué tant de tours pendables durant tant d'années.

— Votre nom, je vous prie, demanda le juge.

— Révérend Herbert Scroggins.

— Profession ?

— Pasteur de l'église baptiste de Whistle Stop.

— Placez votre main droite sur la Bible.

Le révérend Scroggins informa le juge qu'il avait apporté sa bible personnelle, sur laquelle il posa sa main en jurant de dire la vérité, toute la vérité et rien que la vérité.

Idgie, toutefois, était perplexe, car elle venait de réaliser que le témoin était cité par la défense. Pourquoi son avocat ne l'avait-il pas informée de son intention ? Elle l'aurait mis en garde contre ce cul béni qui n'avait jamais manifesté envers elle que la plus vive réprobation !

Mais il était trop tard ; il venait de prendre place à la barre des témoins, et Ralph Root lui demandait :

— Révérend Scroggins, pourriez-vous dire à la cour la raison pour laquelle vous m'avez appelé au téléphone hier au soir de Whistle Stop et répéter ce que vous m'avez déclaré ?

Le révérend se racla la gorge.

— Oui, je voulais vous dire que je savais où se trouvaient Idgie Threadgoode et George Pullman Peavey la nuit du 13 décembre 1930.

— Étaient-ils tous deux au domicile de Mrs. Threadgoode, ainsi que l'accusée l'a déclaré précédemment ici même ?

— Non, ils n'y étaient pas.

Merde, pensa Idgie.

Son avocat insista :

— Voulez-vous dire, révérend Scroggins, que ma cliente aurait menti à la cour ?

Le révérend pinça les lèvres.

— Ma foi, monsieur, en tant que chrétien, je ne saurais vous dire si elle a menti ou pas. Je crois plutôt qu'elle s'est trompée de date. (Il ouvrit sa bible à une page qu'il avait marquée d'un signet.) J'ai pris l'habitude, voyez-vous, de mentionner dans ma bible les dates exactes des activités de notre paroisse et, en la consultant l'autre soir, j'ai constaté que le soir du 13 décembre a eu lieu notre réunion annuelle pour le renouveau de la foi, et sœur Threadgoode était là, ainsi que son homme à tout faire, George Peavey, qui tenait le stand des rafraîchissements – comme il le faisait chaque année depuis vingt ans.

L'auguste représentant du ministère public bondit.

— Objection, Votre Honneur ! Cela ne veut rien dire. Le meurtre aura pu avoir lieu à n'importe quelle heure durant les deux jours suivants.

Le révérend Scroggins lui jeta un regard sévère puis se tourna vers le juge.

— C'est justement ce que je voulais préciser, votre honneur. Notre réunion pour le renouveau de la foi dure trois jours et trois nuits.

— Êtes-vous certain que miss Threadgoode a été présente pendant ces trois jours ? demanda l'avocat d'Idgie.

Le révérend Scroggins parut offensé qu'on puisse mettre sa parole en doute.

— Bien sûr qu'elle était là ! (Il se tourna vers les jurés.) Miss Threadgoode n'a jamais manqué une seule de nos activités, et en outre elle est la première chanteuse dans le chœur de notre église.

Pour la première fois de sa vie, Idgie était bouche bée, stupéfiée, abasourdie par ce qu'elle entendait. Pendant des années les membres du Club des Cornichons s'étaient pris pour les rois du canular, les champions de la baliverne et les princes de la sornette, et voilà que le révérend venait en cinq minutes de réduire leurs exploits à de tristes exercices pour manchots de l'imaginaire. Et le bougre était tellement convaincant qu'elle se demandait si, après tout, elle n'y avait pas réellement été, à cette réunion du renouveau !

— En vérité, poursuivait le génie, nous tenons sœur Threadgoode en si haute estime à la paroisse que tous nos fidèles sont venus en autocar lui apporter leur soutien.

Sur ce, les portes de la salle s'ouvrirent, et entra en file indienne une sacrée bande : Smokey Lonesome, Jimmy Harris, dit Tête de Nœud, Alan Vance, dit Triplepatte, et une bonne douzaine d'autres de ces vagabonds du rail qu'Idgie et Ruth avaient nourris pendant les années noires et que Smokey avait réussi à réunir juste à temps. Tous avaient le cheveu fraîchement coupé par Opal, étaient rasés de près et impeccablement habillés de vêtements d'emprunt.

Un par un, ils défilèrent à la barre des témoins, décrivant dans le détail cette réunion pour le renouveau de la foi des 13, 14 et 15 décembre 1930. Puis, la dernière – mais non des moindres – vint témoigner, Eva Bates, vêtue bien sobrement, hormis un chapeau à fleurs. Elle manqua briser le cœur des jurés en racontant que sœur Threadgoode lui avait confié cette nuit-là qu'elle s'était sentie touchée par la grâce divine après le merveilleux prêche du révérend Scroggins qui avait fustigé tous ceux qui cédaient à la tentation de la chair et s'adonnaient à la boisson.

Le juge, petit homme maigre au cou de poulet, ne se donna même pas la peine de demander au jury son verdict. Il donna de son marteau et lança d'un ton de reproche au ténor de l'accusation :

— Vous trouvez qu'il y avait là matière à procès, Percy ? D'abord, il n'y a même pas de cadavre, et après cela c'est toute l'église baptiste de Whistle Stop qui vient témoigner ! Votre dossier Bennett est aussi vide que votre cervelle ! Comme nous l'avons toujours soupçonné, Frank Bennett s'est probablement soûlé et il est tombé avec sa voiture dans la rivière, où les poissons l'ont mangé depuis longtemps. Aussi, nous concluons très officiellement à une mort accidentelle.

Il assena un nouveau coup sonore de son marteau.

— Affaire classée !

Sipsey, là-haut, dans le balcon, se mit à danser. Grady poussa un grand soupir de soulagement.

Le juge, l'honorable Curtis Smoote, savait pertinemment qu'il n'y avait jamais eu de réunion pour le renouveau de la foi un mois de décembre. Et de son siège, il avait également vu que ce n'était pas une bible qu'avait le révérend à l'intérieur de sa liseuse en cuir. Il avait rarement vu une bande de vagabonds du rail aussi bien récurés. On aurait dit qu'ils s'étaient frotté le visage au gant de crin. Et puis la fille du juge était morte deux semaines plus tôt, vieille avant l'âge après une chienne de vie dans les faubourgs de la ville, et cela à cause de Frank Bennett. Aussi il lui importait peu de savoir qui avait tué cet enfant de salope.

Après que tout fut fini, le révérend Scroggins alla serrer la main d'Idgie.

— À dimanche prochain à l'église, sœur Threadgoode, lui dit-il avec un clin d'œil.

Quand Bobby, son fils, avait appris qu'Idgie était soupçonnée de meurtre, il avait appelé son père pour lui apprendre qu'elle l'avait jadis fait sortir de prison et tiré d'un bien mauvais pas. Aussi Scroggins, l'homme à qui elle avait joué plus d'un vilain tour, s'était-il senti son obligé et avait volé à son secours.

Idgie en resta coite pendant un bon moment. Ce n'est que dans la voiture, sur le chemin du retour à Whistle Stop, qu'elle retrouva l'usage de la parole.

— Vous savez, dit-elle à Grady, à Big George et à Sipsey, je me demande ce qui est pire : aller en prison ou devoir être aimable envers le révérend pour le restant de mes jours.

Maison de retraite de Rose Terrace

OLD MONTGOMERY HIGHWAY, BIRMINGHAM, ALABAMA

5 octobre 1986

Evelyn s'était montrée très impatiente d'arriver à la maison de retraite ce dimanche, pressant Ed pendant tout le trajet de conduire plus vite. Elle s'arrêta un instant dans la chambre de Big Momma pour la saluer et lui offrit une nonnette, mais comme d'habitude Big Momma refusa :

— Si jamais je mangeais ce machin, je serais malade comme un chien. Ça m'a toujours dépassée que vous puissiez avaler toutes ces cochonneries.

Evelyn s'excusa et se hâta de gagner le salon des visiteurs.

Mrs. Threadgoode, qui avait mis sa robe vert pomme, accueillit Evelyn d'un joyeux « Bonne année ! ».

Evelyn prit place à côté d'elle et la considéra d'un air soucieux.

— Mrs. Threadgoode, le nouvel an n'est que dans trois mois !

Mrs. Threadgoode eut un petit rire espiègle.

— Je le sais bien, mais je pensais qu'on pourrait

prendre un peu d'avance. Histoire de s'amuser un peu. Tous ces gens ici sont tellement sinistres.

Evelyn lui tendit le paquet de nonnettes.

— Oh, Evelyn, mais ce sont des petits pains d'épice !

— Oui, vous vous rappelez, je vous en ai parlé la dernière fois.

— Ils ont l'air appétissants. (Elle en sortit un du paquet et l'examina.) Ça ressemble à des Dixie Cream Donut. Merci, ma belle... Vous connaissez les Dixie Cream Donut ? Ils sont légers comme des plumes. Quand Cleo allait quelque part, je lui demandais toujours de m'en rapporter une douzaine pour Albert et moi. Et il m'en prenait un assortiment, six à la gelée et six au sucre glacé...

Evelyn ne put s'empêcher de l'interrompre.

— Mrs. Threadgoode, racontez-moi ce qui s'est passé au procès.

— Le procès d'Idgie et de Big George ?

— Oui.

— C'était quelque chose, je vous le dis. On se faisait tous un sang d'encre. On croyait bien ne plus jamais les revoir, vous savez, et puis ils ont été relaxés tous les deux. Ils avaient pu prouver sans qu'il y ait l'ombre d'un doute où ils se trouvaient et ce qu'ils faisaient au moment où le meurtre avait été commis. Cleo disait que c'était pour protéger quelqu'un d'autre qu'Idgie avait bien voulu porter le chapeau.

Evelyn demeura songeuse un instant.

— Qui d'autre aurait pu en vouloir à Frank Bennett ?

— Ça, c'est toute la question. Certains disaient que ce pouvait être Smokey Lonesome. D'autres soupçonnaient Eva Bates et sa bande. C'étaient pas des tendres, ceux de la rivière. Ceux du Club des Cornichons non plus, d'ailleurs. Difficile à dire... Et puis, bien sûr... on ne peut éliminer Ruth.

Evelyn parut surprise.

— Ruth ? Où était-elle la nuit du meurtre ? Quelqu'un devait le savoir, non ?

Mrs. Threadgoode secoua la tête.

— Non, personne ne l'a jamais su – en tout cas, pas avec certitude. Idgie a prétendu qu'elle était avec Ruth chez M'ma, qui était malade. Et je veux bien la croire. Mais il y en a eu qui se sont posé des questions. Tout ce que je sais, c'est qu'Idgie aurait préféré mourir plutôt que de voir Ruth impliquée dans un meurtre.

— Et ils n'ont jamais trouvé le coupable ?

— Non, jamais.

— Si ce n'est ni Idgie ni Big George, qui ça peut être, à votre avis ?

— Ça, c'est la question à cent dollars, hein ?

— Vous n'aimeriez pas avoir la réponse ?

— Bien sûr que si. Qui ne le voudrait pas ? C'est l'une des plus grandes énigmes de ce monde. Mais, ma chérie, personne ne le saura jamais excepté celui qui a tué, et Frank Bennett lui-même. Et comme vous le savez... les morts ne parlent pas.

L'ASILE DE JIMMY HATCHER

345, 23e AVENUE SUD, BIRMINGHAM, ALABAMA

23 janvier 1969

Smokey Lonesome était assis au bord de son lit, secoué par la toux rauque que lui arrachait la première cigarette de la journée. Après que le café avait fermé, Smokey avait traîné quelque temps dans le pays. Puis il avait trouvé un emploi de serveur au Streetcar Dinner, à Birmingham, mais il avait fini par se faire renvoyer pour avoir un peu trop souvent un coup dans l'aile.

Deux semaines plus tard, frère Jimmy l'avait trouvé à moitié mort de froid sous le viaduc de la 16e Rue et l'avait conduit dans son hospice de South Avenue. Smokey avait passé l'âge de vagabonder ; sa santé déclinait rapidement, et il n'avait presque plus de dents. Mais frère Jimmy et sa femme l'avaient nourri, soigné, et Smokey avait passé chez eux le plus gros de ces quinze dernières années.

Frère Jimmy était un brave homme, un ancien alcoolique qui, comme il le disait lui-même, avait fait le long chemin « de Jack Daniel à Jésus » et avait depuis consacré sa vie à venir en aide aux malheureux.

Il chargea Smokey de la cuisine. La nourriture provenait essentiellement de dons, le plus souvent du poisson surgelé et des pommes de terre. Mais personne ne se plaignait.

Quand il n'était pas à la cambuse ou fin soûl, Smokey passait ses journées à jouer aux cartes avec les autres pensionnaires. Il en avait vu de drôles, dans cet hospice… Un homme qui avait perdu quatre doigts à la main droite y avait fait un jour la connaissance d'un jeunot qui s'était avéré être son propre fils, qu'il avait abandonné en bas âge. Le père et le fils, tous deux au bout du rouleau, se retrouvant dans le même endroit, au même moment ! Smokey avait vu des types qui avaient été médecins, avocats ; il y en avait même un qui avait été sénateur du Maryland.

Smokey avait demandé à frère Jimmy comment des hommes riches, instruits, des hommes qui avaient fait de brillantes carrières, avaient pu tomber si bas. Jimmy lui avait répondu qu'il y avait toujours au départ une déception sentimentale. « Ils ont eu une femme et ils l'ont perdue, ou bien ils n'ont pas pu avoir celle qu'ils ont toujours désirée. Et puis c'étaient des faibles qui ont cherché la consolation dans l'alcool et ont dégringolé une à une les marches qu'ils avaient gravies. »

Six mois plus tôt, Jimmy était mort, et l'asile, qui se trouvait dans le vieux Birmingham en cours de rénovation, était promis à la démolition. Smokey devrait bientôt déménager. Pour aller où, il ne le savait pas encore…

Il descendit l'escalier. Il faisait une belle journée. L'air était vif et le ciel bleu. Smokey eut envie de marcher un peu.

Il passa devant le stand de hot dogs de Gus, prit la direction de l'ancienne gare et du viaduc de l'Arc-en-ciel, et il suivait depuis un bon moment la voie du chemin de fer quand il s'aperçut qu'il dirigeait ses pas vers Whistle Stop.

Il n'avait jamais été rien d'autre qu'un vagabond sans feu ni lieu, un éternel errant. Un amoureux de la liberté qui avait contemplé les étoiles filantes depuis la portière d'un wagon de marchandises roulant dans la nuit. Il n'avait jamais jugé de l'état de prospérité du pays qu'à travers la longueur des mégots qu'il ramassait sur les trottoirs. Il avait parcouru le pays de l'Alabama à l'Oregon, ne se fixant jamais nulle part, n'appartenant à personne. Mais Smokey Jim Phillips n'en avait pas moins aimé une femme. Une seule, à laquelle il avait été fidèle toute sa vie.

Oh ! il avait couchaillé de-ci de-là, avec des femmes aussi perdues que lui dans des hôtels borgnes, dans les bois, dans les dépôts ferroviaires. Mais son cœur n'avait battu que pour une seule.

Il l'avait aimée dès l'instant où elle était apparue dans cette robe d'organdi, là-bas, au café de Whistle Stop. Il l'avait aimée tout le temps et, aux pires moments de sa vie, quand il se retrouvait dans quelque asile de nuit en compagnie d'ivrognes, quand une averse le surprenait sur la route sans rien d'autre sur lui qu'un pauvre veston et un feutre cabossé, quand il avait atterri dans cet hôpital pour vétérans où on lui avait enlevé un poumon, ou la fois où ce chien lui avait arraché la moitié de la cuisse, il lui suffisait alors de fermer les yeux pour oublier ses misères. Il entrait dans le café et la revoyait. Des scènes lui revenaient... Ruth riant avec Idgie... Ruth debout derrière le comptoir, serrant Stump contre elle, repoussant de son front une mèche auburn... Ruth le regardant d'un air soucieux quand il toussait un peu trop.

« Smokey, prends donc une autre couverture pour cette nuit. Ils annoncent du froid... Smokey, pourquoi faut-il que tu disparaisses tout le temps ? On s'inquiète tellement à chaque fois que tu t'en vas comme ça... »

Il ne l'avait jamais touchée, sauf pour lui serrer la main. Il ne l'avait jamais serrée contre lui ni embrassée. Mais il lui avait été fidèle comme un chien. Il aurait tué pour elle, car elle était de ces femmes pour lesquelles on peut tuer. À l'idée que quelqu'un puisse lui faire du mal, il en avait l'estomac retourné.

Il n'avait volé qu'une seule chose dans sa vie. Une photo de Ruth, prise le jour de l'inauguration du café. Elle se tenait devant la porte, son bébé au creux d'un bras, une main en visière au-dessus des yeux pour s'abriter du soleil. Cette photo ne l'avait jamais quitté. Il l'avait mise dans une enveloppe et épinglée à l'intérieur de sa chemise pour ne pas la perdre.

Et même après sa mort, Ruth était restée vivante dans son cœur. Elle ne pourrait jamais mourir pour lui. Bizarre, tout de même, qu'il l'ait aimée pendant toutes ces années, et qu'elle n'en ait jamais rien su. Idgie, elle, le savait, mais elle n'avait jamais rien dit. Elle n'était pas femme à vous faire honte d'aimer.

Elle avait battu la campagne pour essayer de le retrouver quand Ruth était tombée malade, mais il était cette fois encore parti à la vagabonde. Quand il était revenu, Idgie l'avait emmené au cimetière.

Ils savaient ce qu'ils éprouvaient l'un et l'autre. Le même chagrin les unissait. Oh, ils n'en avaient jamais parlé ! Ceux qui souffrent le plus en disent toujours le moins.

RUTH JAMISON
1898-1947
DIEU L'A RAPPELÉE À LUI

NOUVELLES

DE BIRMINGHAM

Dimanche 26 janvier 1969

Un homme meurt de froid

Le corps d'un homme de race blanche, non identifié, âgé d'environ soixante-quinze ans, a été découvert vendredi matin en bordure de la voie ferrée à un peu moins de deux kilomètres de Whistle Stop. La victime, qui ne portait qu'une salopette et une veste légère, est manifestement morte de froid pendant la nuit. L'homme n'avait sur lui aucun papier d'identité, seulement la photographie d'une jeune femme.

LA GAZETTE DE WEEMS

(Bulletin hebdomadaire de Whistle Stop, Alabama)

9 décembre 1956

Fermeture prochaine de la poste

Après la fermeture du café et du salon de coiffure d'Opal, j'aurais dû me douter que ce serait mon tour. J'ai reçu l'avis par la poste. Notre bureau va donc fermer ses portes et le courrier passera désormais par Gate City. Ce sera une bien triste journée pour moi. Mais je continue de tenir la gazette, et si vous avez des nouvelles à me communiquer, téléphonez-moi ou passez me voir à la maison, ou encore communiquez-les à ma chère moitié, dans le cas où vous tomberiez sur lui.

Depuis qu'Essie Rue a trouvé un emploi d'organiste au Dreamland Roller Rink, à Birmingham North, son mari et elle envisagent d'aller s'installer là-bas. J'espère toutefois qu'ils ne mettront pas leur projet à exécution parce que, après le départ de Julian et d'Opal, il ne reste plus de la vieille bande que Ninny Threadgoode, Biddie Louise Otis et votre servante.

J'ai le regret de vous apprendre que, cette semaine, Vesta Adcock a été cambriolée. Ses figurines d'oiseaux ainsi qu'un peu d'argent qu'elle gardait dans sa commode ont disparu.

Et moi, c'est mon sac à main qu'on a volé ! Je l'avais laissé dans la voiture quand je suis allée l'autre jour au cimetière fleurir la tombe de ma mère. Les temps ont changé. Comment peut-on faire des choses pareilles, je vous le demande ?

À propos, qu'y a-t-il de plus triste que des jouets d'enfant sur une tombe ?

... Dot Weems...

Maison de retraite de Rose Terrace

OLD MONTGOMERY HIGHWAY, BIRMINGHAM, ALABAMA

12 octobre 1986

Evelyn se leva tôt ce dimanche-là et s'activa aux fourneaux pour préparer sa surprise à Mrs. Threadgoode. Elle réchauffa le plat juste avant qu'ils partent, l'enveloppa dans du papier alu et le plaça dans un sac ignifugé, afin qu'il garde toute sa chaleur. De nouveau, elle pressa Ed de conduire le plus vite possible.

Sa vieille amie l'attendait, et Evelyn lui fit fermer les yeux pendant qu'elle défaisait son paquet et ôtait le couvercle du pot de thé glacé à la menthe qu'elle avait également préparé.

— Bon, vous pouvez regarder, maintenant.

Quand Mrs. Threadgoode vit ce qu'il y avait dans l'assiette, elle battit des mains, aussi joyeuse qu'un enfant découvrant ses cadeaux de Noël. Elle avait devant elle de beaux beignets de tomates vertes, bien croustillants, du maïs à la crème, six fines tranches de bacon frit accompagnées de haricots de Lima, et quatre petits pains au lait dorés à point.

Evelyn eut les larmes aux yeux en voyant le bonheur de

son amie. Elle lui dit de manger tout de suite pendant que c'était chaud, puis elle s'excusa une minute et s'en fut trouver Geneene pour lui remettre une enveloppe contenant cent dollars et lui demander si elle voulait bien s'assurer qu'en son absence Mrs. Threadgoode ait tout ce qu'elle aurait envie de manger. Elle tendit vingt-cinq dollars à l'infirmière pour la dédommager de sa peine.

Geneene repoussa gentiment sa main.

— Non, pas d'argent pour moi. Mrs. Threadgoode fait partie de mes protégées. Ne vous inquiétez pas, Mrs. Couch, je m'occuperai bien d'elle.

Quand Evelyn revint, son amie avait tout mangé.

— Oh ! Evelyn, je ne sais pas pourquoi vous me gâtez comme ça. C'est le meilleur repas que j'aie pris depuis que le café a fermé.

— Je vous gâte parce que vous le méritez.

— Ça, je ne sais pas. Mais je suis très touchée par votre gentillesse, vraiment très touchée, ma petite Evelyn. Et tous les soirs, je prie le Seigneur qu'il vous protège.

— Je sais, dit Evelyn, s'asseyant à côté de son amie.

Elle prit sa main dans la sienne et lui annonça qu'elle allait s'absenter de Birmingham pendant quelque temps, mais qu'à son retour elle aurait une belle surprise pour elle.

— J'adore les surprises. C'est plus gros qu'une boîte de biscuits ?

— Je ne peux pas vous le dire, sinon ce ne serait plus une surprise.

— Oui, bien sûr… Alors partez, maintenant, et revenez vite, parce que vous savez que je ne vais pas arrêter de me demander ce que c'est, cette surprise. Un coquillage ?

Vous allez en Floride ? Opal et Julian m'ont envoyé un coquillage de Floride.

Evelyn secoua la tête.

— Non, ce n'est pas un coquillage. Il ne faut plus me poser de questions. Vous verrez bien ce que c'est.

Elle lui remit une feuille de papier pliée.

— Je vous ai noté le numéro de téléphone et l'adresse où vous pouvez me joindre, n'hésitez pas à m'appeler si vous avez besoin de moi, c'est d'accord ?

Mrs. Threadgoode lui répondit que oui et elle retint sa main jusqu'à ce qu'il soit l'heure. Puis elles se rendirent toutes deux jusqu'au hall d'entrée, où Ed les attendait.

— Comment allez-vous aujourd'hui, Mrs. Threadgoode ? demanda-t-il.

— Oh, très bien, mon garçon... J'ai le ventre bien rempli de beignets de tomates vertes et de haricots de Lima que ma belle Evelyn m'a apportés.

Evelyn l'embrassait pour lui dire au revoir quand une petite vieille sèche comme un pruneau, affublée d'une chemise de nuit rose, le cou enveloppé d'un renard, marcha vers elles en criant d'une voix forte :

— Vous devez quitter ces lieux immédiatement. Mon mari et moi nous venons d'acheter cette maison, et tout le monde devra avoir débarrassé le plancher à six heures tapantes !

Et elle poursuivit son chemin, semant la terreur dans les couloirs de Rose Terrace.

Evelyn regarda Mrs. Threadgoode.

— C'était Vesta Adcock ?

Mrs. Threadgoode hocha la tête.

— Oui, en chair et en os. Bien que de chair, elle n'en

ait plus tellement. De cervelle non plus, d'ailleurs, ajouta-t-elle en riant.

Evelyn se joignit de bon cœur à son rire. Puis elle l'embrassa une dernière fois et suivit Ed. Comme elle allait franchir la porte, Mrs. Threadgoode lui cria :

— Dites... une petite carte postale... ça me ferait tellement plaisir !

UNITED AIRLINES VOL 763

BIRMINGHAM-LOS ANGELES

14 octobre 1986

Sept ans plus tôt, Evelyn Couch faisait ses courses au centre commercial quand, passant devant la vitrine d'un marchand de téléviseurs, elle remarqua sur l'un des écrans une grosse femme qui lui parut vaguement familière. Elle s'arrêta et, comme elle essayait de se rappeler qui ça pouvait être et quelle émission c'était, il lui sembla que la femme lui rendait son regard. Et puis soudain… *Mon Dieu, mais c'est moi !* C'était elle-même que la caméra vidéo filmait ! Elle fut horrifiée.

C'était la première fois qu'elle mesurait à quel point elle était forte. Ça s'était fait presque à son insu au fil des ans, et maintenant la voilà qui ressemblait exactement à sa mère.

Après ça, elle avait tâté de tous les régimes possibles, mais sans pouvoir tenir un seul d'entre eux le temps prescrit pour en attendre un quelconque résultat. Elle avait même échoué deux fois à la fameuse « diète de la dernière chance ».

Elle s'était inscrite à un club de culture physique, mais

les efforts accomplis pour enfiler l'un de ces horribles collants l'avaient épuisée au point qu'elle était rentrée se coucher.

Elle avait lu dans *Cosmopolitan* que la chirurgie esthétique était aujourd'hui capable de vous traquer et de vous sucer la cellulite jusqu'au plus profond de vos bourrelets, mais sa phobie de l'institution médicale et de ses représentants l'avait dissuadée de tenter l'aventure.

Puis elle avait remarqué qu'il y avait des femmes plus grosses qu'elle et, pour célébrer cette découverte, elle s'était offert le menu gastronomique au Pancake House, à deux pas de chez elle. Le comestible était alors devenu le seul élément d'intérêt dans sa vie, et les douceurs, en particulier, avaient animé une existence qui en manquait singulièrement...

Mais à présent, après cette multitude de dimanches passés en compagnie de Mrs. Threadgoode, les choses avaient commencé de changer. Ninny Threadgoode la faisait se sentir jeune. Après tout, elle avait encore la moitié de sa vie devant elle. Son amie la croyait capable de vendre les produits de beauté Mary Kay. Personne ne lui avait jamais prêté la moindre aptitude, et elle-même encore moins que les autres. Plus Mrs. Threadgoode lui en parlait, plus elle y pensait elle-même comme étant du domaine du possible, moins Towanda maraudait dans sa tête, une machette dans une main, un colt 45 dans l'autre, et elle commença même de se voir toute en sveltesse et bonheur... derrière le volant d'une Cadillac rose.

Et puis elle s'était rendue au mémorial de Martin Luther King, et il en avait résulté un véritable miracle : pour la première fois de sa vie, elle avait arrêté de penser à se tuer ou à en découdre avec tous les salopards, pour s'avouer qu'elle désirait avant tout vivre. Aussi, toutes voiles encore gonflées de souffle spirituel, elle avait rassemblé son courage et, avec l'aide de deux Valium à 5 mg, elle s'était rendue chez un médecin. Elle tomba sur un homme jeune et charmant qui l'ausculta sans qu'elle en éprouve la moindre angoisse ni même de la gêne et ne découvrit rien d'anormal. Son taux d'œstrogène était faible, tout comme l'avait diagnostiqué Mrs. Threadgoode. Le docteur lui prescrivit une boîte de Prémarin, dont elle éprouva les bienfaits dès les premières doses.

Un mois plus tard, elle eut un orgasme d'une violence qui flanqua une trouille bleue à Ed.

Dix jours plus tard, Ed commençait à faire de la gymnastique au YMCA.

Moins de deux semaines après avoir reçu sa valise d'échantillons de produits Mary Kay, Evelyn sollicita un emploi de démarcheuse auprès du directeur de la succursale Mary Kay à Birmingham et entreprit de suivre des cours de soins esthétiques. Elle en oublia même une fois de… déjeuner.

Les choses allaient donc bon train ; pas assez vite au goût d'Evelyn, toutefois. Aussi puisa-t-elle cinq mille dollars dans les économies du ménage, fit ses bagages, et se retrouva en cette journée du 14 octobre à bord d'un avion volant vers la Californie et un établissement d'amaigrissement. La Ferme de l'éternelle minceur, dont elle dévorait la brochure qu'ils lui avaient envoyée avec autant d'émoi que s'il se fût agi de son premier jour de classe.

UNE JOURNÉE À LA FERME

7 heures : une heure de marche soutenue, alternant allure ville et allure campagne.

8 heures : café et 25 cl de jus de tomates sans sel.

8 h 30 : exercices d'éveil accomplis au son de I'm So Excited *par les Pointer Sisters.*

9 heures : cours de stretching, utilisant balles et ballons, cerceaux et baguettes.

11 heures : jeux aquatiques, avec ballons et bouées.

12 heures : déjeuner… 250 calories.

13 heures : temps libre pour massages et soins de la peau… avec Bottes et Mitaines, un traitement à base d'huile essentielle pour les pieds et les mains.

18 heures : dîner… 275 calories.

19 heures : artisanat d'art… Mrs. Jamie Higdon vous enseignera la peinture et les natures mortes (avec fruits artificiels exclusivement).

Le vendredi seulement : Mrs. Alexander Bagge vous apprendra l'art de confectionner des paniers dans de la pâte à pain (non comestible).

WHISTLE STOP

ALABAMA

7 novembre 1967

Hank Roberts venait tout juste d'avoir vingt-sept ans et il possédait sa propre entreprise de construction. Ce matin-là, avec son copain Travis, qui portait ses cheveux longs, il avait démarré un nouveau chantier. Le gros bulldozer grondait et grinçait en déblayant le terrain vague qui bordait l'ancienne maison des Threadgoode dans First Street et sur lequel l'église baptiste projetait d'élever une annexe en brique rouge.

Travis, qui avait déjà fumé deux joints, arpentait le terrain et flanquait de grands coups de pied dans la terre retournée en marmonnant tout seul.

— Quelle merde ! Jamais rien vu d'aussi dément ! Ni d'aussi dégueulasse...

Hank arrêta bientôt sa machine pour déjeuner, et Travis l'appela :

— Hé, mec, viens voir cette merde !

Hank le rejoignit et vit que le sol qu'il venait de retourner était plein de têtes de poisson, qui n'étaient plus que de fines ossatures bordées de dents aiguës, ainsi que de têtes de cochons et de poulets qui avaient dû composer l'ordinaire de gens depuis longtemps disparus.

Hank était un garçon de la campagne et il avait déjà vu ce genre de choses.

— Ouais, et alors ? dit-il, haussant les épaules.

Il alla s'asseoir avec sa cantine au pied d'un arbre et, déballant son repas, mordit dans le premier de ses quatre sandwiches. Travis était encore sous le choc de ce qu'il avait découvert et il continuait d'arpenter le terrain, soulevant du bout de ses santiags des os, des crânes et des dentures.

— Bon Dieu de merde, il doit y avoir des centaines de têtes là-dedans ! Tu trouves pas ça bizarre, toi ?

— C'est rien que des têtes de volailles et de cochons ! répondit-il, agacé. Commence pas à me prendre la tête !

Travis gratta le sol du pied et se figea soudain. Puis, d'une voix mal assurée, il appela de nouveau :

— Hé, Hank !

— Quoi encore ?

— T'as déjà vu une tête de cochon avec un œil de verre ?

Hank se leva et le rejoignit.

— Ça alors ! murmura-t-il, découvrant un crâne humain qui dardait sur lui l'éclat bleu d'un œil de verre. Ça alors...

THE WHISTLE STOP CAFÉ

WHISTLE STOP, ALABAMA

13 décembre 1930

Ruth et Idgie étaient allées voir M'ma Threadgoode qui était malade, et Sipsey était descendue de Troutville pour garder le bébé, comme elle le faisait souvent. Ce soir-là, elle avait emmené Artis avec elle, pour ne pas être seule quand elle rentrerait chez elle plus tard dans la nuit. Le garçon aux gencives bleues avait onze ans, et c'était un vrai diable, mais Sipsey avait un faible pour lui.

Il était huit heures du soir et Artis dormait déjà. Sipsey écoutait la radio en grignotant du pain grillé tartiné de mélasse.

Dehors, il n'y eut pas d'autre bruit que le craquement des feuilles mortes, tandis que la camionnette noire immatriculée en Géorgie s'arrêtait derrière le café, tous feux éteints.

Deux minutes plus tard, un Frank Bennett ivre poussait la porte de la cuisine d'un coup de pied et surgissait dans la chambre, pistolet au poing. Menaçant Sipsey de son arme, il se dirigea vers le berceau. Sipsey bondit pour protéger le bébé, mais il la repoussa violemment. Elle revint à la charge.

— Touchez pas à c'petit ! C'est le bébé de miss Ruth !

— Dégage de là, sale négresse !

Cette fois, il la frappa d'un coup de crosse à la tempe avec une telle force qu'elle s'effondra, du sang sourdant par une oreille.

Artis se réveilla en sursaut.

— Grandma ! hurla-t-il en se précipitant auprès d'elle, pendant que Frank Bennett s'emparait du nourrisson et ressortait par où il était venu.

Il n'y avait qu'un croissant de lune cette nuit-là, et juste assez de lumière pour que Frank distingue la silhouette de sa camionnette. Il ouvrit la portière et posa le bébé – qui n'avait pas poussé un seul cri – sur la banquette avant. Il s'apprêtait à monter quand il perçut un bruit au-dessus de lui... Un bruit sourd, comme si l'on avait frappé avec une masse une souche d'arbre recouverte d'une couverture. Le son était en vérité celui d'une poêle en fonte de deux kilos cinq s'abattant sur son épaisse tignasse d'Irlandais, une fraction de seconde avant que son crâne ne se fende sous le choc. Il était mort avant même de toucher le sol. Sipsey enjamba le corps, reprit le bébé et retourna en toute hâte dans la chambre.

— Personne touchera à c'petit, ça non, pas tant que Sipsey sera là !

Frank Bennett n'avait pas songé un instant qu'elle puisse se relever après un coup de crosse pareil, pas plus qu'il ne s'était douté que ce bout de femme sec comme un sarment maniait deux poêles en fonte à la fois depuis l'âge de onze ans. Ça lui avait coûté la vie.

Comme elle passait devant Artis, pétrifié, elle lui dit :

— Cours chercher Big George. J'ai tué un homme blanc, j'l'ai tué net.

Artis s'en fut sur la pointe des pieds vérifier les dires de sa grand-mère et, comme il se penchait au-dessus de la forme étendue, il vit cet œil de verre luire à la pâle lueur de la lune.

Il courut si vite jusque chez lui qu'il en oublia de respirer et il manqua s'évanouir juste avant d'arriver. Big George dormait, mais Onzell était encore debout, s'affairant dans la cuisine.

Il entra en trombe, se tenant les côtes à deux mains.

— Faut... que... j'voie... Daddy !

— J'te conseille de pas le réveiller, si tu veux pas goûter du... commença Onzell, mais Artis était déjà dans la chambre en train de secouer le géant.

— Daddy ! Daddy ! Lève-toi ! Faut que tu viennes avec moi !

Big George se réveilla en sursaut.

— Qu... qu'est-ce qui s'passe, garçon ?

— J'peux pas te le dire. Grandma te demande au café !

— Grandma ?

— Oui ! Tout de suite ! Elle a dit que tu viennes tout de suite !

Big George enfila son pantalon.

— J'espère pour toi, garçon, que c'est pas une blague.

Onzell, qui avait suivi Artis, prit un chandail pour aller avec eux, mais Big George lui dit de ne pas bouger.

— Elle est pas malade, au moins ? demanda-t-elle, inquiète.

— Non, elle est pas malade. Il vaut mieux que tu restes ici.

Jasper arriva à moitié endormi dans le living.

— Qu'est-ce qu'il y a ?

— Rien, mon chéri, répondit Onzell. Va te recoucher, et ne réveille pas Willie Boy.

Quand ils furent hors de la maison, Artis dit :

— Daddy, Grandma a tué un homme blanc.

Des nuages masquaient la lune, et Big George ne pouvait voir le visage de son fils.

— C'est toi qui seras mort, dit-il, quand j'saurai à quoi m'en tenir.

Sipsey était dehors derrière la maison quand ils arrivèrent. Big George se pencha pour tâter le bras froid de Frank, qui sortait du drap dont Sipsey l'avait recouvert. Puis, se redressant, il considéra le cadavre en secouant la tête.

— T'as bien réussi ton coup, M'ma, dit-il d'une voix sourde.

Mais malgré toute sa stupeur, Big George fut prompt à réagir. Il n'y avait aucune excuse possible pour un Noir qui avait tué un Blanc en Alabama, et il n'eut pas à réfléchir à deux fois à ce qu'il devait faire.

Il empoigna le corps de Frank Bennett et le balança sur son épaule.

— Viens, garçon, dit-il à Artis.

Il se dirigea vers la remise en bois au fond de la cour et déposa à terre son fardeau.

— Tu vas m'attendre ici jusqu'à ce que je revienne. Il faut que je me débarrasse de sa camionnette.

Une heure plus tard, quand Idgie et Ruth rentrèrent,

le bébé dormait comme un ange dans son berceau. Idgie raccompagna Sipsey chez elle et lui confia qu'elle était inquiète de l'état de santé de M'ma Threadgoode. Sipsey ne lui raconta jamais qu'elles avaient failli ne jamais revoir l'enfant.

Artis attendit toute la nuit dans la remise, le cœur pétri d'un mélange d'angoisse et d'excitation. À quatre heures du matin, il ne put résister ; il ouvrit son canif et, dans le noir, il frappa le corps à travers le drap... Une, deux, trois, quatre fois, et il continua, incapable de se refréner.

Le jour commençait à poindre quand la porte grinça sur ses gonds, et Artis en fit pipi dans son pantalon. C'était son père. Il avait conduit la camionnette de Frank Bennett jusqu'à la rivière, non loin de chez Eva Bates, et il avait fait le chemin du retour à pied... soit plus de quinze bornes.

— Il faut qu'on brûle ses vêtements, dit Big George en ôtant le drap, et père et fils restèrent tous deux interdits.

Les premiers rayons du soleil filtraient à travers les planches, et Artis leva des yeux ronds comme des soucoupes vers son père :

— Daddy, cet homme blanc n'a plus de tête.

Big George opina du chef en grommelant :

« Hum... hum... hum... » Sa mère avait tranché le cou de sa victime et enterré la tête quelque part.

— Garçon, aide-moi à lui enlever ses frusques, dit-il, revenant de sa stupeur.

Artis n'avait encore jamais vu un homme blanc nu. Avec cette peau rose, il ressemblait à ces cochons une fois qu'on les a ébouillantés.

Big George lui tendit le drap taché de sang et les vêtements et lui dit d'aller au plus profond des bois et de les enterrer profondément, puis de rentrer à la maison et de ne rien dire du tout. À personne. Jamais.

Artis s'en fut en courant dans les bois et, comme il se mettait à creuser un trou sous d'épais taillis, il ne put s'empêcher de sourire. Il avait un secret. Un grand secret qu'il devrait garder pour lui sa vie durant. Un secret qui lui donnerait de la force quand il se sentirait faible. Un secret que lui seul et le diable connaîtraient. Cette pensée lui procura un plaisir immense. Il ne pourrait jamais ressentir la colère, la douleur et l'humiliation de ses frères de race. Il était différent d'eux. Il le serait toujours. Il avait frappé à coups de couteau un Blanc...

Et si jamais des Blancs lui faisaient du mal, il pourrait toujours penser en son for intérieur : *J'ai lardé un des vôtres, un jour...*

À sept heures trente, Big George avait déjà tué un cochon et mis de l'eau à bouillir dans le grand chaudron...

Plus tard, dans l'après-midi, quand Grady avait rappliqué avec ces deux policiers de Géorgie pour interroger son Daddy à propos du Blanc disparu, Artis avait failli tomber dans les pommes en voyant l'un des hommes s'approcher et jeter un coup d'œil dans l'énorme marmite. Il était sûr que le type avait vu le bras de Frank Bennett danser parmi les morceaux de cochon. Mais évidemment il n'en était rien car, deux jours plus tard, le même bonhomme, un gros rougeaud, dit à Big George qu'il n'avait jamais mangé meilleur barbecue de sa vie, et il lui demanda quel était son secret.

Big George sourit et répondit :

— Merci, m'sieur, mais pour tout vous dire, le secret est dans la sauce.

LA GAZETTE DE WEEMS

(Bulletin hebdomadaire de Whistle Stop, Alabama)

10 novembre 1967

Découverte d'un crâne

Mardi matin, un crâne humain a été découvert dans le terrain vague situé derrière l'ancienne maison des Threadgoode. Il ne s'agit pas du crâne d'un Indien, a déclaré le coroner de Birmingham. Il n'est pas assez vieux, et il a un œil de verre. L'homme a eu la tête tranchée, et le coroner soupçonne un règlement de compte entre joueurs. Quiconque aurait des renseignements sur une personne portée disparue et porteuse d'un œil de verre est prié de s'adresser aux *Nouvelles de Birmingham.* Ou bien de m'appeler, et je transmettrai. C'est un œil bleu.

Ma chère moitié m'a encore joué un tour imbécile samedi dernier : il a eu une crise cardiaque, et c'est moi qui ai bien failli y rester. Le médecin a dit que ce n'était qu'un malaise et qu'il devrait renoncer au tabac. J'ai donc hérité d'un ours grognon à la maison, mais je le dorlote de mon mieux, et j'ai servi pendant toute la semaine à monsieur son petit déjeuner au lit. S'il y en a parmi vous qui auraient le courage de venir me donner un coup de main… ils seront les bienvenus, mais n'apportez pas vos cigarettes, parce qu'il essaiera de vous en piquer. Je le connais, il m'en a déjà volé un paquet. Il ne me reste plus qu'à arrêter moi-même de fumer…

Je l'emmènerai en vacances dès qu'il ira mieux.

… Dot Weems…

HÔTEL DES GENTLEMEN
CHAMBRES DE LUXE

8e AVENUE NORD, BIRMINGHAM, ALABAMA

2 juillet 1979

Un gentleman de couleur demanda à un autre gentleman de couleur :

— Il est dingue, ce nègre, ou quoi ? Qu'est-ce qu'il a à rigoler comme ça ?

Le Noir au visage grêlé derrière le comptoir de la réception répondit :

— Oh, ça fait un bail qu'il a perdu la boule.

— Et il loge ici ?

— Ouais, c'est une femme qui l'a amené ici il y a deux ans.

— Et qui paie la chambre ?

— Elle.

— Hum.

— Elle vient le voir deux fois par jour, le matin pour l'habiller, et le soir pour le mettre au lit.

— C'est ce qu'on appelle se la couler douce.

— Ouais, on peut dire ça.

Artis O. Peavey, qui faisait l'objet de cette conversation, trônait sur un canapé capitonné d'un velours rouge élimé jusqu'à la trame et dont la bourre sortait de tous les trous et entailles que les ans y avaient laissés. Il semblait fixer d'un regard embrumé la pendule murale qu'entourait un néon rose. Il n'y avait rien d'autre sur le mur, hormis une publicité pour des cigarettes, où l'on voyait un beau couple de Noirs savourer une Salem, à la fumée « fraîche comme une source de montagne ». Artis renversa la tête en arrière et rit de plus belle, exhibant des gencives bleues qui avaient jadis porté une belle rangée de dents en or.

Pour ceux qui venaient à passer par là, Mr. Peavey était assis dans le salon délabré d'un hôtel miteux sur une serviette fournie par la maison, car il lui arrivait plus souvent qu'à son tour de mouiller son pantalon malgré le slip en caoutchouc que la femme l'aidait à enfiler tous les matins. Mais pour Mr. Artis O. Peavey, on était en 1936... Et en ce moment même il descendait la 8e Avenue Nord, vêtu d'un costume en peau de requin rouge, avec aux pieds une paire de richelieus vert pomme à cinquante dollars, les cheveux fraîchement défrisés et lisses comme de la laque. Et à son bras en ce samedi soir, il avait miss Betty Simmons, qui passait pour être la perle noire des nuits de Birmingham.

Ils se dirigeaient vers Ensley, prendraient le tramway pour aller au Tuxedo Junction, où Count Basie – ou bien Cab Calloway ? – était à l'affiche.

Pas étonnant s'il riait. Il était content, Artis. Et merci, mon Dieu, il ne se souvenait que des bons moments, pas des mauvais, quand ce n'était pas drôle du tout d'être un « négro » par un samedi soir. Ces longues, épouvantables nuits à la prison de Kilby, battu comme plâtre aussi bien par les matons que par ses frères d'infortune, toutes ces nuits où il fallait dormir d'un œil et être prêt à tuer pour ne pas être tué. Aussi, depuis pas mal de temps, la mémoire d'Artis fonctionnait comme le Frolic Theater : on n'y jouait que des pièces légères, des comédies et des romances où il tenait la vedette en compagnie de beautés à la peau cannelle, aux croupes rebondies et aux yeux promettant des douceurs caramel...

Il tapa du poing l'accoudoir de chrome usé jusqu'au fer en riant de nouveau. Il rejouait cette fois le rôle brillant qu'il avait tenu durant son séjour à Chicago en parlant de tous les célèbres jazzmen qu'il avait écoutés dans le Sud. Ethel Waters la divine, Lena, Bessie, Louis et les autres... Il avait su oublier les insultes des Blancs et le mépris des Blanches. Et c'était précisément ce dernier qui lui donnait la fierté d'être noir.

Moi, désirer une femme blanche ? Non, mec, j'ai jamais fricoté avec une peau blanche. J'ai jamais mis de lait dans mon café.

Et c'était vrai, il n'avait aimé que les femmes couleur de nuit... Plus noire était la mûre, plus sucré le jus. Et ils étaient nombreux, tous ceux qui auraient pu l'appeler Daddy. Et puis, ces coups bas, ces offenses, il les avait d'autant mieux supportés qu'il avait un secret...

Ouais, la vie était douce... Il y avait les femmes, les palabres entre hommes, les eaux de Cologne, les robes de soie en tas au pied d'un lit, les beaux feutres qu'on baissait sur les yeux, les manteaux à col de fourrure, les baisers de femme pour vous souhaiter bonne nuit, la fumée des havanes, la montre en or qu'on sortait de son gousset pour savoir l'heure ou épater la galerie... Un boogie-woogie au Black Shadow Lounge... Ouais, il s'en était payé, du bon temps...

Un bond dans les années 1950, maintenant. Il se vit devant le Masonic Temple Drugstore, faisant sonner des pièces de monnaie dans sa poche. Il aimait ça, que ça sonne et trébuche, mais il ne se serait jamais éreinté pour de l'argent. Il se contentait d'une poche pleine de *quarters* et de *dimes*, qu'il gagnait au bonneteau ou aux dés dans les ruelles. Mais le plus souvent, c'était une femme reconnaissante qui lui glissait un peu de fraîche dans la poche.

Quand il dut cesser ses activités à l'âge de quatre-vingts ans, pour cause d'usure naturelle, il y eut plus d'une dame déçue dans Slagtown. Artis était de cette espèce rare et précieuse : un homme à femmes.

Le film s'accélérait, à présent, et les images et les sons se mêlaient. Ça filait trop vite à son goût. Il tapa du talon sur la moquette rapiécée et, comme par magie, la bobine ralentit, ralentit... Et voilà qu'il était petit garçon. M'ma s'activait dans la cuisine, au café... Il devait faire gaffe à ne pas se trouver dans ses jambes, parce que dans ce cas, elle avait la main leste... Il y avait Naughty Bird et Willie Boy... et le gentil Jasper... Grandma Sipsey aussi, qui plongeait ses petits pains au maïs dans de la mélasse... Et miss Idgie et miss Ruth... Ah ! celles-là, elles l'avaient toujours traité comme s'il avait été blanc... Et Stump... Et Smokey Lonesome... De braves gens, ceux-là...

Et le vieil homme qui gigotait, rigolard, sur son canapé, se détendit soudain et sourit. Il est dehors, derrière le café, à aider son Daddy à préparer le barbecue, et il est heureux... On a un secret, tous les deux, hein, Daddy ? pense-t-il.

Son Daddy lui donne une belle part de viande bien grillée, toute croustillante et odorante, et aussi une bouteille de soda à l'orange, et le petit garçon part en courant dans les bois pour se régaler à l'ombre des pins, au pied desquels les aiguilles font un tapis doux et crissant...

Le gentleman au visage grêlé fit le tour du comptoir et alla secouer Artis O. Peavey, qui souriait maintenant aux anges et avait cessé de s'agiter.

— Ça y est, c'est fini, ce cinéma ?

L'homme fit soudain un bond en arrière.

— Merde ! Mais il est mort, ce con !

Il se tourna vers l'autre gentleman.

— Et non seulement ça, mais il a pissé sur le canapé ! Même la moquette est trempée !

Mais Artis s'en fout pas mal... Il est dans les bois, mordant à belles dents dans son barbecue.

LA FERME DE L'ÉTERNELLE MINCEUR

8e AVENUE NORD, BIRMINGHAM, ALABAMA

5 décembre 1986

Ça faisait presque deux mois qu'Evelyn était pensionnaire à la ferme, et si elle avait effectivement perdu du poids au sens propre – déjà douze kilos –, elle en avait gagné au sens figuré. Elle avait trouvé son groupe, son milieu, celui qu'elle avait cherché toute sa vie. Elles étaient toutes ici, ces croqueuses de Nuts, de Mars et de MilkyWay, femmes au foyer replètes, divorcées et célibataires à la dure existence et aux chairs molles, toutes espérant prendre un nouveau départ dans la vie, un départ ventre plat et jambes galbées.

Elle n'aurait jamais pensé que ce serait aussi chouette. Pour Evelyn Couch et ses compagnes aspirant à la minceur éternelle, il n'y avait rien de plus passionnant que de deviner quel dessert basses calories leur serait servi au dîner. Serait-ce une tarte chiffon au potiron à cinquante-cinq calories ou une crème fouettée zéro pour cent de matière grasse ?

Comment aurait-elle pu deviner que la perspective d'une matinée Bottes et Mitaines ferait battre son cœur ?

Mais il s'était passé autre chose encore, un phénomène dont elle n'aurait pas même osé rêver. Elle était devenue populaire ! Elle était devenue une personne à la compagnie hautement appréciée ! À peine une nouvelle débarquait-elle qu'on lui demandait : « Avez-vous rencontré cette adorable femme d'Alabama ? Attendez un peu de l'entendre parler, elle a un accent tellement délicieux, et puis c'est un sacré numéro ! »

Evelyn n'aurait jamais imaginé qu'elle puisse avoir un talent de comique et même un accent charmant, mais force lui était de constater qu'à chaque fois qu'elle ouvrait la bouche les autres femmes se pâmaient. Aussi profitait-elle pleinement de sa célébrité et tenait-elle sa cour chaque soir au coin du feu. Elle s'était particulièrement liée avec trois mères de famille de Thousand Oaks, une qui s'appelait Dorothy et les deux autres Stella. Elles formaient un quatuor que liaient les mêmes espoirs de sveltesse et elles s'étaient promis de se revoir au moins une fois l'an le restant de leurs jours, une promesse dont Evelyn ne doutait pas qu'elle serait tenue.

Après le cours de stretching et souplesse, elle enfila son nouveau survêtement bleu roi et s'arrêta à la réception pour y prendre son courrier. Scrupuleux, Ed lui faisait suivre tous les prospectus publicitaires qui poubellisaient d'ordinaire sa boîte aux lettres, mais aujourd'hui il y avait aussi une lettre en provenance de Whistle Stop, Alabama, comme l'attestait le cachet de la poste. Elle l'ouvrit en se demandant qui pouvait bien lui écrire de là-bas.

Chère Mrs. Couch,

J'ai le regret de vous apprendre que dimanche dernier, vers six heures et demie du matin, votre amie Mrs. Cleo Threadgoode est décédée à son domicile. J'ai avec moi plusieurs choses qu'elle désirait vous laisser. Mon mari et moi-même serons heureux de vous les apporter à Birmingham, à moins que vous ne préfériez passer les prendre ici. Vous pouvez me joindre au 555-7760, à toute heure de la journée, je ne bouge pas de chez moi.

Sincèrement vôtre,

Mrs. Jonnie Hartman

Soudain Evelyn ne se sentit plus aussi délicieuse et drôle, et elle eut envie de rentrer chez elle.

WHISTLE STOP

ALABAMA

8 avril 1987

Evelyn attendit la première belle journée de printemps avant d'appeler Mrs. Hartman, car il lui était d'une certaine manière insupportable de découvrir Whistle Stop sous la grisaille hivernale. Elle sonna à la porte, et une femme brune au visage agréable vint lui ouvrir.

— Oh, Mrs. Couch, entrez donc ! Je suis tellement contente de faire votre connaissance ! Mrs. Threadgoode m'a parlé si souvent de vous qu'il me semble vous connaître.

Elle conduisit Evelyn dans une cuisine immaculée. Sur une petite table de formica vert, elle avait disposé deux tasses à café et un cake encore tiède de la chaleur du four.

— J'étais désolée de devoir vous envoyer cette lettre, mais je savais que vous voudriez être au courant.

— Je vous remercie de l'avoir fait. Je ne savais même pas qu'elle avait quitté Rose Terrace.

— Je sais. Son amie Mrs. Otis est morte environ une semaine après votre départ.

— Mon Dieu ! Je l'ignorais... Mais pourquoi ne m'a-t-elle rien dit ?

— Je lui ai bien suggéré de le faire, mais elle m'a répondu que vous preniez des vacances et qu'elle ne voulait pas vous déranger. C'est comme ça qu'elle était, toujours à s'inquiéter des autres...

» Nous avons emménagé à côté de chez elle quand Cleo, son mari, nous a quittés. Aussi ça fait plus de trente ans que je la connaissais, et je ne l'ai jamais entendue se plaindre une seule fois, et Dieu sait si elle n'a pas eu une vie facile. Son fils, Albert, était comme un enfant. Mais tous les jours, elle le rasait, le baignait, le poudrait, comme s'il avait été un bébé... Jamais enfant n'a été autant aimé qu'Albert Threadgoode. Dieu la bénisse, elle me manque tellement, mais à vous aussi, je le sais.

— Oui, elle me manque, et je m'en veux beaucoup de ne pas avoir été là. J'aurais peut-être pu faire quelque chose. Je l'aurais emmenée chez un médecin...

— Non, ma bonne dame, il n'y avait rien à faire. Elle n'était pas malade. Chaque dimanche, nous la conduisions à l'église, et quand nous arrivions, elle nous attendait, assise, toute pimpante sous son porche, prête à partir. Mais ce dimanche-là, quand nous sommes passés la prendre, elle n'était pas là. Ray, mon mari, est allé frapper à la porte et, comme il n'obtenait pas de réponse, il est entré. Quand il est revenu un moment plus tard, il était seul. « Ray, où est Mrs. Threadgoode ? » je lui ai demandé. Et il m'a répondu : « Chérie, Mrs. Threadgoode est morte », puis il s'est assis sur les marches et il a pleuré. Elle est morte en paix, pendant son sommeil. Je crois qu'elle savait que son heure était proche parce qu'elle me disait, à chaque fois que j'allais la voir : « Jonnie, s'il m'arrivait quelque chose, je voudrais qu'Evelyn ait ces bricoles. » Vous ne pouvez pas savoir tout le bien qu'elle pensait de vous. Elle était sûre de vous voir arriver un jour au volant d'une Cadillac rose. La pauvre, elle ne possédait rien que quelques souvenirs. À propos, je vais vous chercher ce qu'elle vous a laissé.

Mrs. Hartman revint avec un petit tableau représentant une jeune fille aux seins nus sur une balançoire sur fond de château et de bulles bleues, une boîte à chaussures et un bocal à harengs contenant de petites pierres grises.

Evelyn souleva ce dernier.

— Qu'est-ce qu'il y a dedans ?

Mrs. Hartman rit.

— Ses calculs rénaux. Dieu seul sait pourquoi elle a voulu vous les laisser.

Evelyn ouvrit la boîte à chaussures. À l'intérieur, elle trouva l'acte de naissance d'Albert, le diplôme de chiropracteur décerné à Cleo par l'institut Palmer, à Davenport, Iowa, en 1927, et une quinzaine de faire-part de décès. Puis elle sortit une grande enveloppe remplie de photographies. La première était celle d'un homme et d'un petit garçon en costume de marin, assis sur un croissant de lune. Suivait une photo scolaire datée de 1939 d'un garçonnet aux cheveux blonds, au dos de laquelle était écrit *Stump Threadgoode, 10 ans*. Puis il y avait un portrait de famille, les Threadgoode au grand complet, pris en 1919. À voir ces visages légèrement flous, Evelyn eut le sentiment de retrouver de vieux amis. Elle reconnut tout de suite Buddy, aux yeux noirs pétillants et au sourire charmeur. Et Essie Rue et les jumelles, et Leona, qui posait comme une reine, et la petite Idgie, avec au bras le coq en bois qui était son jouet fétiche. Et derrière, Sipsey, sérieuse comme un pape dans son tablier blanc...

En dessous il y avait la photo d'une jeune femme en robe blanche, se tenant dans le même jardin, s'abritant les yeux de la main et souriant à la personne qui prenait la photo. Evelyn trouva qu'elle était peut-être la plus belle créature qu'elle ait jamais vue, avec ces longs cils qui ombraient son regard et un sourire d'une infinie douceur. Mais elle ne la reconnut pas. Elle demanda à Mrs. Hartman si elle savait qui c'était.

Mrs. Hartman chaussa ses lunettes qu'elle portait suspendues à une chaîne autour de son cou et examina la photo d'un air perplexe. Puis son visage s'éclaira.

— Oh, mais je sais qui c'est ! s'exclama-t-elle. C'est cette amie qui vivait chez eux... Elle venait de Géorgie... Ruth... Ah ! son nom de famille m'échappe...

Mon Dieu, songea Evelyn, Ruth Jamison ! Le cliché devait dater de ce premier été qu'elle avait passé à Whistle Stop. Elle la regarda de nouveau. Elle savait par Mrs. Threadgoode que Ruth était belle, mais pas à ce point.

La photo suivante était celle d'une femme grisonnante portant une casquette de chasseur et assise sur les genoux d'un père Noël, et au verso une main nerveuse avait écrit : *Joyeux Noël, 1956.*

Mrs. Hartman rit en la voyant.

— Oh, c'est cette folle d'Idgie Threadgoode ! Elle tenait le café ici dans le temps.

— Vous la connaissiez ?

— Qui ne la connaissait pas ? Quel numéro, celle-là ! Elle ne cessait jamais de vous étonner.

— Regardez, Mrs. Hartman… une photo de Mrs. Threadgoode.

Prise devant les magasins Loveman's, à Birmingham, elle devait dater d'une vingtaine d'années, car Mrs. Threadgoode avait déjà les cheveux blancs et ne différait guère de la vieille dame qu'Evelyn avait connue.

Mrs. Hartman prit la photo.

— Je me souviens de cette robe. Elle était bleu marine à pois blancs. Elle a dû la porter pendant trente ans. Elle voulait qu'après sa mort on donne tous ses vêtements au Secours baptiste. Elle n'avait pas grand-chose, la pauvre, juste un vieux manteau et quelques robes d'intérieur. Le Secours a emporté le peu de meubles qu'elle avait, sauf la petite balancelle sous le porche. Je n'ai pas voulu qu'ils la prennent. Elle s'asseyait là tous les jours pour regarder les trains passer. Ça ne me plaisait pas de la donner à des étrangers. Elle se trouve maintenant chez ma fille, Terry.

Evelyn continuait de faire l'inventaire de la boîte.

— Regardez, Mrs. Hartman, il y a un vieux menu du Whistle Stop Café. Il doit dater des années 1930. Vous vous imaginez ces prix ? Un barbecue pour dix cents… et on pouvait avoir un dîner complet pour trente-cinq cents ! Et cinq cents la portion de tarte !

— Quand on pense que de nos jours il faut dépenser au moins cinq à six dollars pour se mettre quelque chose sous la dent… Et encore, sans compter la boisson !

Evelyn trouva une photo d'Idgie avec une paire de lunettes sans verres et un faux nez avec moustache, posant en compagnie de quatre bonshommes déguisés comme des clowns. En dessous, quelqu'un avait écrit : *Le Club des Cornichons… Esquimaux glacés, 1942.* Elle tomba ensuite sur une carte postale de Cleo, et sur celles qu'elle avait elle-même envoyées de Californie, sur un menu des wagons-lits datant des années 1950, un tube de rouge à lèvres à moitié usé, une copie ronéotypée du psaume 90, et un bracelet d'hôpital sur lequel était inscrit :

Mrs. Cleo Threadgoode

Âge : quatre-vingt-six ans

Et tout au fond de la boîte, il y avait une enveloppe adressée à *Mrs. Evelyn Couch.*

— Tenez, elle a dû m'écrire une lettre.

Elle l'ouvrit et lut :

Evelyn,

Voici quelques-unes des recettes de Sipsey. Elles m'ont procuré tant de plaisir que j'ai eu envie de vous les donner, surtout celle des beignets de tomates vertes.

Je vous aime, ma chère petite Evelyn. Soyez heureuse, comme je le suis moi-même.

Votre amie,

Mrs. Cleo Threadgoode

Mrs. Hartman dit :

— Dieu la bénisse, elle voulait tellement que vous ayez ces quelques souvenirs.

Une grande tristesse étreignait le cœur d'Evelyn. Elle replia la lettre, la remit dans l'enveloppe tout en pensant : Mon Dieu, cette femme a vécu pendant quatre-vingt-six ans, et tout ce qui reste d'elle tient dans une boîte à chaussures !

Evelyn demanda à Mrs. Hartman si elle pouvait lui dire où se trouvait l'emplacement du café.

— Oh, c'est à trois cents mètres d'ici. Ça me ferait plaisir de vous y accompagner, si vous voulez.

— J'aimerais beaucoup mais je ne voudrais pas vous déranger...

— Vous ne me dérangez pas du tout. Je vais éteindre le feu sous mes haricots et mettre mon rôti au four, et je suis à vous.

Evelyn rangea les photos dans la boîte et alla la déposer dans sa voiture. Puis, en attendant Mrs. Hartman, elle gagna le petit jardin de Mrs. Threadgoode. Comme elle levait les yeux vers le bouleau dont les feuilles argentées bruissaient sous la brise, elle éclata de rire. Le balai que Mrs. Threadgoode avait jeté un an plus tôt aux geais jacasseurs était toujours coincé entre deux branches, et sur le fil du téléphone était posée la bande de merles que Mrs. Threadgoode soupçonnait d'espionner ses conversations téléphoniques. La maison était telle que son amie l'avait décrite, avec ses jardinières de géraniums soulignant de gros traits rouges les deux petites fenêtres.

Quand Mrs. Hartman arriva, elles se rendirent en voiture à l'endroit où se trouvait le café, à une vingtaine de mètres au plus de la voie ferrée, et où se dressait aujourd'hui un sinistre Big Mac. À côté, il y avait une petite maison de brique rouge, elle aussi abandonnée, mais sur la pancarte poussiéreuse accrochée derrière la fenêtre on pouvait encore lire : OPAL, SALON DE COIFFURE. Tout était comme Evelyn se l'était imaginé.

Mrs. Hartman lui montra aussi un bâtiment en béton, avec un drugstore au rez-de-chaussée et un club de remise en forme au premier étage. Autrefois, c'était le magasin de P'pa Threadgoode.

Evelyn lui demanda s'il lui était possible de voir Troutville.

— Bien sûr, c'est juste de l'autre côté de la voie.

Evelyn fut étonnée de découvrir que Troutville n'était qu'un minuscule hameau de baraques vétustes. Mrs. Hartman désigna une petite maison dont les volets pendaient de guingois et lui apprit que c'était là que Big George et Onzell avaient vécu jusqu'à ce qu'ils aillent s'installer chez leur fils Jasper, à Birmingham.

Elles passèrent ensuite devant l'épicerie tenue par Ocie, située sur le côté d'un entrepôt en bois à moitié en ruine. Au-dessus de la porte étaient clouées de vieilles réclames des années 1930, aux couleurs fanées.

— Mrs. Hartman, croyez-vous qu'il y ait encore du soda à la fraise ? demanda Evelyn, à qui la vue des réclames avait rappelé un souvenir d'enfance.

— Oh, je pense.

Evelyn se rangea sur le côté et elles entrèrent dans l'épicerie. Mrs. Hartman s'approcha d'un vieil homme en chemise blanche et bretelles assis sur une chaise et se mit à lui crier aux oreilles :

— Ocie, c'est Mrs. Couch, une amie de Ninny Threadgoode !

À la seconde où il entendit le nom de Mrs. Threadgoode, le visage d'Ocie s'éclaira. Il se leva et, allant vers Evelyn, il la serra avec effusion contre lui. Evelyn, qui n'avait jamais été de sa vie embrassée par un Noir, en fut abasourdie. Ocie se mit à lui parler, mais elle ne put comprendre un seul mot de ce qu'il lui disait parce qu'il n'avait plus une seule dent.

Mrs. Hartman lui cria de nouveau :

— Non, Ocie, ce n'est pas sa fille ! C'est son amie Mrs. Couch, de Birmingham.

Ocie n'en continua pas moins de lui sourire d'une oreille à l'autre.

Mrs. Hartman fouilla dans la glacière et en sortit une boîte de soda à la fraise.

— Tenez, j'en ai trouvé une, dit-elle à Evelyn.

Evelyn sortit son porte-monnaie pour payer, mais Ocie lui dit quelque chose qu'elle ne comprit pas davantage.

— Il ne veut pas d'argent, Mrs. Couch. Il tient à vous l'offrir.

Evelyn, au comble de la confusion, remercia Ocie, et il les suivit jusqu'à la voiture en continuant de baragouiner et de sourire.

— AU REVOIR ! AU REVOIR ! lui hurla Mrs. Hartman.

Puis, se tournant vers Evelyn :

— Il est sourd comme un pot.

— Oui, je m'en suis doutée. Je n'en reviens pas qu'il m'ait embrassée comme ça.

— Vous savez, il aimait tellement Ninny. Il la connaissait depuis qu'il était gosse.

Elles retraversèrent la voie ferrée, et Mrs. Hartman dit :

— Si vous prenez la prochaine rue à droite, je vous montrerai l'ancienne maison des Threadgoode.

Juste comme elles tournaient au coin de la rue, elles la virent : une grande maison de bois blanc dont la façade s'ornait d'une vaste véranda à colonnades.

Evelyn arrêta la voiture, et les deux femmes descendirent.

La plupart des fenêtres étaient brisées ou barrées de

planches, et le parquet de la véranda était en grande partie défoncé. Ne pouvant entrer par-devant, elles en firent le tour.

— Quel dommage de voir une belle maison comme ça en ruine ! s'émut Evelyn.

Mrs. Hartman approuva.

— À l'époque, c'était la plus belle demeure de Whistle Stop. Mais tous les Threadgoode sont partis, à présent, et je suppose qu'ils ne tarderont plus à la démolir.

Lorsqu'elles arrivèrent dans le jardin de derrière, une surprise les attendait. La vieille treille qui flanquait le mur était entièrement couverte de milliers de roses pompons.

Evelyn jeta un coup d'œil à l'intérieur par la vitre brisée d'une fenêtre ; elle vit une antique table de cuisine, et elle se demanda combien de tranches de cake ou de biscuit de Savoie avaient été coupées sur le plateau émaillé.

Elle remercia longuement Mrs. Hartman quand elle la déposa devant chez elle.

— Mais tout le plaisir était pour moi. Vous savez, plus personne ne vient par ici depuis que les trains n'y passent plus. Je regrette que nous nous soyons rencontrées en de si tristes circonstances, mais je suis contente de vous avoir connue et, je vous en prie, revenez quand vous voudrez.

Bien qu'il se fît tard, Evelyn décida de repasser devant la maison des Threadgoode. La nuit tombait vite, et comme elle s'approchait, ses phares illuminèrent les fenêtres d'une telle façon qu'elle eut l'impression de voir des gens à l'intérieur. Et soudain, elle crut entendre le piano et la voix d'Essie Rue : « Hé ! Les filles de Buffalo, viendrez-vous ce soir, viendrez-vous ce soir... »

Evelyn arrêta la voiture et, secouée de sanglots, le cœur déchiré, elle se demanda pourquoi il fallait que les gens vieillissent et meurent.

LA GAZETTE DE WEEMS

(Bulletin hebdomadaire de Whistle Stop, Alabama)

25 juin 1969

Douleur des adieux

Je suis désolée de devoir vous annoncer que ce sera le dernier bulletin. Depuis que j'ai emmené ma chère moitié en vacances dans le sud de l'Alabama, il trépigne d'impatience de s'installer là-bas. Nous avons trouvé une maison au bord de la baie, et nous comptons partir dans une quinzaine de jours. Comme ça, ce grand nigaud pourra pêcher jour et nuit si ça lui plaît. Je lui passe tous ses caprices, mais il a beau être têtu comme une mule, il est toujours l'élu de mon cœur. Je ne sais que dire de ce départ, aussi je ne m'étendrai pas là-dessus. Nous avons tous les deux grandi ici, à Whistle Stop, et nous y avons passé les plus beaux moments de notre vie, nous y avons connu nos amis les plus chers. Mais ils s'en sont presque tous allés ailleurs, aujourd'hui. Le pays n'est plus le même et, avec toutes ces autoroutes qu'ils ont construites, on ne sait même plus où finit Birmingham et où commence Whistle Stop.

Quand je regarde en arrière, j'ai l'impression qu'après que le café a fermé le cœur de la ville s'est arrêté de battre. Le Whistle Stop Café était le foyer de tous ceux qui n'en avaient pas, c'était là qu'on se retrouvait tous, c'était là qu'était la vie.

Il nous reste nos souvenirs, et j'ai toujours avec moi ma chère moitié.

... Dot Weems...

P-S : Si l'un d'entre vous passait par Fairhope, Alabama, qu'il vienne nous voir. Il me trouvera derrière la maison, en train de vider les poissons de Monsieur.

CIMETIÈRE DE WHISTLE STOP

WHISTLE STOP, ALABAMA

19 avril 1988

La deuxième année suivant la mort de Mrs. Threadgoode, Evelyn se rendit à Pâques au cimetière de Whistle Stop. Elle apporta un beau bouquet de lis et y alla dans sa Cadillac rose flambant neuve, la broche Mary Kay à la boutonnière – un bourdon de quatorze carats incrusté de deux yeux en émeraude –, autre récompense pour sa réussite.

Elle avait eu un déjeuner avec son groupe Mary Kay, et le soleil commençait à décliner quand elle arriva. La plupart des visiteurs étaient partis, et des bouquets de toutes les couleurs fleurissaient les tombes.

Evelyn dut faire le tour du cimetière avant de trouver la concession de la famille Threadgoode. La première tombe qu'elle vit était celle de Ruth Jamison. À côté, un ange de pierre veillait sur une double stèle :

WILLIAM JAMES
THREADGOODE
1850-1929

ALICE LEE CLOUD
THREADGOODE
1856-1932

À NOS PARENTS CHÉRIS
CE N'EST QU'UN AU REVOIR

La tombe voisine était celle de :

JAMES LEE (BUDDY) THREADGOODE
1898-1919
RAPPELÉ À DIEU AVANT L'HEURE
IL VIT TOUJOURS DANS NOS CŒURS

Puis elle trouva les stèles de Cleo, d'Edward, de Mildred, mais pas de Mrs. Threadgoode. Où était-elle ?

Puis elle la vit, plus loin sur la droite :

ALBERT THREADGOODE
1930-1978
NOTRE ANGE SUR LA TERRE
ENFIN SAUF DANS LES BRAS DE JÉSUS

Et à côté :

MRS. VIRGINIA (NINNY) THREADGOODE
1899-1986
LE CIEL L'ATTENDAIT

Le souvenir de sa douceur revint à Evelyn, et elle mesura avec plus d'acuité encore combien la vieille dame lui manquait. Les larmes lui brouillaient la vue tandis qu'elle disposait les fleurs sur la pierre, puis elle entreprit d'arracher les herbes qui en léchaient les bords. Elle se consolait à la pensée que s'il y avait un paradis, Mrs. Threadgoode devait certainement y être. Elle se demanda s'il y aurait jamais sur terre une autre âme aussi pure que la sienne... Elle en doutait.

C'est curieux, pensa-t-elle. Grâce à Mrs. Threadgoode, elle n'avait plus peur de vieillir ni de mourir comme avant, et la mort elle-même lui paraissait presque familière. Elle avait l'impression que Mrs. Threadgoode était toute proche, juste derrière une porte.

Evelyn se mit à parler doucement à son amie.

— Je suis désolée de ne pas être venue plus tôt, Mrs. Threadgoode. Si vous saviez combien de fois j'ai pensé à vous et souhaité pouvoir vous parler. Je me suis sentie tellement mal de ne pas vous avoir vue avant que vous nous quittiez. Je n'ai jamais eu l'occasion de vous remercier. Sans vous, je ne sais ce que je serais devenue.

» J'ai réussi à l'avoir, vous savez, cette fameuse Cadillac rose. Je pensais que ça me rendrait heureuse, mais certainement pas autant que si j'avais pu vous emmener en promenade avec. Comme j'aurais aimé venir vous chercher un dimanche, et on serait allées manger un barbecue chez Ollie.

Elle passa de l'autre côté de la stèle et continua d'arracher les mauvaises herbes tout en parlant.

— On m'a demandé si je ne voulais pas travailler comme bénévole au service psychiatrique de l'hôpital universitaire... et je crois bien que je vais accepter. Après tout, je suis bien sortie de ma névrose, alors je saurai peut-être aider les autres à sortir de la leur.

» Et vous n'allez pas le croire, Mrs. Threadgoode, mais je suis grand-mère maintenant. Et doublement, parce que Janice a eu des jumelles. Et vous vous souvenez de Big Momma, la maman d'Ed ? Eh bien, nous l'avons mise à Meadowlark Manor, où elle se trouve beaucoup mieux, et j'en suis bien contente, parce que je détestais me rendre à Rose Terrace après que vous n'y étiez plus. La dernière fois que j'y suis allée, Geneene m'a dit que Vesta Adcock était plus folle que jamais et ne supportait toujours pas le départ de Mr. Dunaway.

» Vous manquez à tout le monde : Geneene, vos voisins les Hartman... Je suis passée les voir et Mrs. Hartman m'a remis ce que vous m'avez laissé. J'utilise tout le temps les recettes de Sipsey. À propos, j'ai perdu vingt et un kilos depuis la dernière fois que nous nous sommes vues. Il ne m'en reste plus que quatre à perdre.

» Ah ! votre ami Ocie est mort le mois dernier, mais je suppose que vous devez le savoir. Et aussi... je savais que j'oubliais quelque chose : Vous vous souvenez de cette photo de vous dans cette robe bleu marine à pois de chez Loveman ? Je l'ai fait encadrer et elle est sur mon guéridon dans le salon. Figurez-vous qu'en la voyant une de mes clientes m'a dit : "Evelyn, c'est fou ce que vous ressemblez à votre mère !" C'est pas quelque chose, ça, Mrs. Threadgoode ?

Evelyn raconta encore à son amie tout ce qu'elle se rappelait de cette année écoulée, et elle ne partit qu'avec la certitude que Mrs. Threadgoode savait que sa « petite Evelyn » allait bien.

Elle souriait en se dirigeant vers la sortie. Comme elle repassait devant la tombe de Ruth, elle s'arrêta soudain.

Il y avait sur la stèle un bocal en verre rempli de roses pompons qui n'y était pas tout à l'heure. À côté du pot, une enveloppe était posée, adressée d'une écriture nerveuse à

RUTH JAMISON

Evelyn, étonnée, prit l'enveloppe et l'ouvrit, pour découvrir à l'intérieur une de ces vieilles cartes de Pâques des années 1920 représentant une petite fille tenant au bras un panier d'œufs de toutes les couleurs. Elle déplia la carte :

À toi, si douce et si gentille,
Si belle et si aimable
Si sincère et si pure
À toi, la plus adorable
de toutes les créatures

Et la carte était signée :

Toujours je me souviendrai de toi.
Ton amie, la charmeuse d'abeilles

Evelyn eut beau regarder tout autour d'elle dans le cimetière, elle ne vit personne.

NOUVELLES

DE BIRMINGHAM

17 mars 1988

Une personne âgée portée disparue

Mrs. Vesta Adcock, une pensionnaire de la maison de retraite de Rose Terrace âgée de quatre-vingt-trois ans, n'est pas revenue de sa promenade, après qu'elle eut déclaré qu'elle avait besoin de prendre l'air et de marcher un peu.

Elle portait au moment de sa disparition une robe de chambre rose avec un renard, une paire de mules bleues en fourrure synthétique, était probablement coiffée d'un bonnet rouge et avait un sac à main incrusté de perles noires.

Un chauffeur d'autobus a déclaré avoir vu hier soir une vieille dame correspondant à ce signalement monter à l'arrêt situé près de Rose Terrace et demander un billet de correspondance…

On est prié d'adresser toute information concernant cette personne à Mrs. Virginia Mae Schmitt, directrice de la maison, au 555-7760.

D'après son fils, Mr. Earl Adcock, Mrs. Vesta Adcock n'aurait plus toute sa raison.

NOUVELLES

DE BIRMINGHAM

20 mars 1988

La disparue retrouvée dans un nid d'amour !

Mrs. Vesta Adcock, âgée de quatre-vingt-trois ans, disparue de la maison de retraite de Rose Terrace il y a quatre jours, a été retrouvée au Bama Motel, à East Lake. Son compagnon, Mr. Walter Dunaway, de Birmingham, a été admis à l'hôpital universitaire à la suite d'un malaise cardiaque.

Mrs. Adcock a demandé à retourner à Rose Terrace. Vivement déçue, elle a déclaré : « Walter n'est pas l'homme que je croyais. »

L'état de santé de Mr. Dunaway est jugé satisfaisant.

NOUVELLES

DE BIRMINGHAM

MARIANNA, FLORIDE

22 mai 1988

Bill et Marion Neal et Patsy, leur fillette de huit ans, avaient roulé toute la journée quand ils passèrent devant une petite buvette en bordure de la route. BOISSONS FRAÎCHES, ŒUFS DU JOUR, MIEL, FRUITS ET LÉGUMES FRAIS, POISSONS-CHATS, annonçait la pancarte.

Tout le monde avait soif dans la voiture, et Bill s'arrêta. Il n'y avait personne à la buvette mais ils aperçurent un peu plus loin deux hommes âgés en salopette assis au pied d'un gigantesque saule. L'un d'eux se leva et s'approcha.

— Salut, bonnes gens. Qu'y a-t-il pour votre service ?

Quand elle entendit la voix, Marion réalisa que ce n'était pas un vieil homme mais une vieille femme aux cheveux blancs et au visage tanné par le soleil.

— Nous voudrions trois Coca, s'il vous plaît.

Patsy contemplait les pots de miel alignés sur une étagère.

Alors que la vieille femme ouvrait trois bouteilles

de Coca glacées, Patsy, désignant l'un des pots de miel, demanda :

— Qu'est-ce qu'il y a dedans ?

— Ma foi, c'est un morceau de gâteau de miel, sorti tout droit de la ruche. Tu n'en as jamais vu ?

Patsy était fascinée.

— Non, m'dame.

— Vous êtes de quel coin ?

— De Birmingham, répondit Marion.

— Ça alors, moi aussi ! J'habitais juste à côté, un petit bled que vous ne devez pas connaître, Whistle Stop.

— Mais je connais, dit Bill. C'est là qu'il y avait la gare de triage. Et il y avait aussi un petit café célèbre pour ses barbecues.

La vieille femme eut un grand sourire.

— C'est vrai.

Bill montra la pancarte.

— Je ne savais pas qu'il y avait du poisson-chat dans le coin.

— Ouais, du poisson-chat d'eau salée, mais je n'en ai pas de frais, aujourd'hui.

Elle jeta un coup d'œil à la petite fille pour voir si elle écoutait.

— La semaine dernière j'en ai attrapé un, mais il était tellement gros que j'ai pas pu le sortir de l'eau.

— Vraiment ? dit Patsy.

Les yeux bleus de la vieille dame étincelèrent.

— Oui, vraiment. En vérité, ce poisson-chat était à ce point énorme qu'on l'a pris en photo, et la photo elle-même pesait vingt kilos.

La fillette pencha la tête de côté.

— Vous êtes sûre ?

— Bien sûr que j'en suis sûre. Mais si tu ne me crois pas...

Elle se tourna en direction du saule et appela :

— Hé, Julian ! Va me chercher à la maison la photo de ce poisson-chat qu'on a attrapé la semaine dernière !

Il lui répondit d'une voix traînante :

— Impossible... elle est trop lourde pour mon vieux dos.

— Tu vois, qu'est-ce que je te disais ?

Bill se marrait, et Marion régla les consommations. Ils allaient partir quand Patsy tira sur la manche de sa mère.

— M'ma, est-ce que je peux avoir un pot de miel, s'il te plaît ?

— Mais, ma chérie, on en a plein à la maison.

— Pas avec du gâteau des abeilles dedans. S'il te plaît, M'ma.

Marion regarda sa fille puis hocha la tête.

— C'est combien, le pot ? demanda-t-elle à la vieille dame.

— Le miel ? Voyons voir. (Elle se mit à compter sur ses doigts, puis dit :) Vous n'allez pas le croire, mais vous avez une foutue veine, parce que aujourd'hui... c'est gratuit.

Patsy ouvrit de grands yeux.

— Vraiment ?

— Ouais, tout ce qu'il y a de plus gratuit.

Marion dit :

— Oh ! ça me gêne terriblement de ne pas vous payer. Laissez-moi vous donner quelque chose.

La vieille femme secoua énergiquement la tête.

— Non, c'est gratuit, parce que vous l'avez gagné. Vous ne le savez pas, mais votre petite fille se trouve être ma millionième cliente du mois.

— Moi ? s'écria Patsy.

— Ouais, la millionième !

Marion sourit.

— Si vous insistez. Patsy, qu'est-ce qu'on dit ?

— Merci, m'dame.

— De rien. Écoute, Patsy, si jamais tu repasses dans le coin, arrête-toi pour dire bonjour, d'accord ?

— D'accord, m'dame.

Comme ils démarraient, Bill klaxonna et la fillette se pencha par la fenêtre pour lui dire au revoir de la main. La vieille femme, au bord de la route, lui rendit son signe jusqu'à ce que la voiture disparaisse au loin.

FIN

RECETTES DE SIPSEY

AVEC LES COMPLIMENTS D'EVELYN COUCH

Biscuits secs au babeurre

2 bols de farine
2 cuillers à café de levure
2 cuillers à café de sel
1 pincée de bicarbonate
2 cuillers à soupe d'huile végétale
1 bol de babeurre

Mélanger les quatre premiers ingrédients, ajouter l'huile, puis le babeurre. Rouler la pâte et la découper en rondelles qu'on mettra au four à 175 °C sur une plaque graissée jusqu'à ce qu'elles dorent.

Biscuits préférés de Naughty Bird !

Pain de maïs à la poêle

1 pincée de bicarbonate
1 grand bol de babeurre
2 bols de farine de maïs tamisée

1 cuiller à café de sel
1 œuf
1 cuiller à soupe de saindoux

Dissoudre le bicarbonate dans le babeurre, mélanger avec le sel, l'œuf, ajouter le saindoux. Mettre dans un moule à cake et cuire au four à feu moyen pendant 30 minutes.

Bon à en mourir !

Tarte à la noix de coco

3 jaunes d'œufs
1 tasse à café de sucre
1 pincée de sel
2 cuillers à café de maïzena
1 cuiller à soupe de beurre fondu
2 tasses à thé de lait écrémé
1 tasse à thé de noix de coco râpée
1 cuiller à café de vanille ou de rhum
1 pincée de noix de muscade
1 fond de tarte (pâte brisée ou sablée)

Battre les jaunes d'œufs, y incorporer le sucre, le sel, la maïzena et le beurre. Verser le lait, mélanger et placer au bain-marie en remuant jusqu'à épaississement. Ajouter la noix de coco, et laisser refroidir. Mettre la vanille, la noix de muscade, verser dans le fond de tarte déjà passé au four.

Couvrir avec les blancs battus en neige, et mettre au four à feu doux pendant 15 à 20 minutes.

Miam-miam.

Tarte aux noix de pécan

2 bols de noix de pécan broyées
1 tasse à café de sucre roux
1 tasse à café de sirop de maïs
1 cuiller à soupe de farine
1 cuiller à café de vanille
1 pincée de sel
3 œufs
50 grammes de beurre
1 pâte brisée ou sablée

Beurrer un moule à tarte de 30 centimètres, étaler la pâte et y disposer les noix de pécan. Bien mélanger le sucre, le sirop de maïs, la farine, la vanille, le sel. Battre les œufs et les incorporer à l'appareil. Verser le tout sur la pâte, parsemer de noisettes de beurre et cuire au four à feu moyen pendant environ une heure.

Un vrai péché de gourmandise. Stump adorait.

Poulet frit à la sudiste

Une poêle de bonne taille
du sel et du poivre
du lait
1 bol de farine

Découper le poulet en morceaux. Bien les saler et les poivrer. Laisser le sel s'imprégner avant de les tremper dans le lait pendant 30 minutes. Fariner, resaler et repoivrer un peu. Faire frire à feu vif jusqu'à obtenir une belle couleur dorée. Observer un temps de cuisson plus long pour les morceaux plus charnus.

Au revoir, Mr. Poulet.

Boulettes au bouillon de poule

2 bols de farine
3 cuillers à soupe de levure
1 cuiller à café de sel
1/2 bol de lait
2 cuillers à soupe d'huile de maïs
1 casserole de bouillon de poule

Mélanger la farine, la levure et le sel. Puis ajouter le lait et l'huile. Prendre la valeur d'une cuiller à soupe par boulette qu'on fera cuire 15 minutes dans le bouillon porté à ébullition, en les retournant de temps en temps.

Ça devrait s'envoler de la fourchette.

Lard frit à la sauce aux yeux rouges

Découper le lard en tranches fines, les faire frire doucement à la poêle en les saupoudrant légèrement de sucre roux jusqu'à ce qu'elles soient bien dorées de chaque côté puis les réserver au chaud. Déglacer la poêle avec une tasse d'eau ou de café et laisser bouillir jusqu'à ce que la sauce rougisse. Verser sur les tranches de lard.

Bon appétit !

Gruau de maïs

2 cuillers à soupe de beurre
1 cuiller à café de sel
1 casserole d'eau bouillante
1 bol de gruau de maïs

Saler l'eau, la porter à ébullition, ajouter le beurre, puis le gruau. Laisser cuire 30 à 40 minutes à feu doux en remuant de temps à autre.

Excellent contre la constipation.

Poisson-chat frit

1 kg de poisson-chat, bien vidé et débarrassé de sa peau
1 tasse à thé de farine tamisée

sel et poivre selon le goût
1 tasse à thé de chapelure de maïs
3 cuillers à soupe de saindoux ou d'huile

Passer un linge mouillé sur les morceaux de poisson et les rouler dans le mélange de farine, de sel, de poivre et de chapelure de maïs. Les faire frire à la poêle jusqu'à ce qu'ils soient parfaitement dorés.

Dieu soit loué d'avoir créé le poisson-chat !

Côtes de porc en sauce

4 tranches de bacon
4 belles côtes de porc
1/2 tasse à thé de farine
sel, poivre
1 tasse à thé de lait

Faire d'abord frire le bacon, fariner les côtes, saler et poivrer. Garder ce qui reste de farine. Faire dorer les côtes de chaque côté. Baisser le feu, couvrir et laisser cuire pendant une bonne vingtaine de minutes, le temps qu'elles soient bien attendries et parfaitement cuites. Verser le restant de farine dans leur jus, le faire roussir, verser le lait sur les côtes et remuer jusqu'à ce que la sauce se lie.

Big George pouvait en manger huit d'un coup.

Les pois aux yeux noirs de Sipsey

1 bol de pois mouchetés
1 casserole d'eau
1 oignon émincé
1 morceau de poitrine demi-sel
ou 8 tranches de bacon
1 piment rouge

Verser tous les ingrédients dans la casserole et laisser mijoter pendant 3 heures.

C'est encore meilleur le lendemain.

Maïs à la crème

6 épis de maïs doux
2 cuillers à soupe de beurre
1 bol de lait et 1 verre d'eau
sel et poivre

Égrener les épis de maïs, faire cuire à feu doux avec le beurre en ajoutant lentement le lait et l'eau, saler, poivrer. Laisser cuire 10 minutes.

C'est très bon pour la santé.

Haricots de lima et haricots beurre

1 bol de haricots frais
sel et poivre selon le goût
1 morceau de poitrine demi-sel
ou 6 tranches de bacon

L'eau dans la casserole doit juste recouvrir les haricots. Porter à ébullition, puis baisser le feu et cuire jusqu'à ce qu'ils soient tendres.

Les choses simples sont souvent les meilleures.

Patates douces au sucre

L'équivalent d'une demi-tasse à thé de beurre
1 tasse à thé de sucre roux
6 belles patates douces
qu'on aura préalablement cuites à l'eau
1/2 cuiller à café de sel
1/2 tasse à thé d'eau
2 pincées de cannelle

Dans une poêle, faire chauffer le beurre et le sucre jusqu'à obtenir un mélange doré. Placer alors les tranches de patates douces et les faire revenir des deux côtés dans le caramel en formation. Ajouter le sel, l'eau, la cannelle, baisser le feu et couvrir jusqu'à ce que les patates soient bien tendres.

Un régal !

Gombos frits

Bien laver les gombos, couper les queues. Les découper en sections de 2 centimètres, les rouler dans de la chapelure de maïs et les faire frire dans du saindoux avec des petits morceaux de bacon jusqu'à obtention d'une belle couleur brune. Égoutter sur une serviette en papier, saler, poivrer, servir chaud.

C'est mieux que le pop-corn !

Navets et chou frisé

Laver les légumes et les couper en morceaux. Faire bouillir dans une casserole un os de jambon ou un morceau de lard. Y ajouter les légumes, le sel, le poivre, une cuiller à café de sucre. Couvrir et laisser cuire à feu doux. Égoutter et disposer dans un plat. Servir le bouillon à part, dans lequel on pourra tremper son pain de maïs.

Guérit tous les maux !

Beignets de tomates vertes

1 belle tomate par personne
sel et poivre
chapelure de maïs
saindoux

Découper les tomates en rondelles, assaisonner avec poivre et sel, puis les paner. Les faire frire de chaque côté dans le saindoux bien chaud.

À mourir de plaisir !

Beignets de tomates vertes à la sauce au lait

3 cuillers à soupe de saindoux
4 belles tomates fermes,
découpées en tranches épaisses
œufs battus
chapelure
farine
lait
sel et poivre

Bien chauffer le saindoux dans la poêle. Plonger les tomates dans les œufs battus. Les faire frire lentement jusqu'à ce qu'elles soient bien dorées des deux côtés. Disposer les tomates dans un plat. Saupoudrer de farine le saindoux resté dans la poêle et bien mélanger, puis ajouter une tasse à thé de lait chaud et cuire en remuant jusqu'à épaississement de la sauce. Ajouter sel et poivre selon le goût. Verser sur les tomates, servir chaud.

Il n'y a rien de meilleur au monde !

REMERCIEMENTS

Je souhaite remercier ici les personnes suivantes, dont l'aide et les encouragements m'ont été précieux lors de la rédaction de ce livre : mon agent, Wendy Weil ; mon éditeur, Sam Vaughan ; Martha Levin. Merci également à Gloria Safier, Liz Hock, Margaret Cafarelli, Anne Howard Baily, Julie Florence, James « Daddy » Hatcher, Dr. John Nixon, Gerry Hannah, Jay Sawyer et Frank Self, ainsi qu'à DeThomas/Bobo & Associates, Barnaby et Mary Conrad et la *Santa Barbara Writers' Conference*, Jo Roy et la bibliothèque municipale de Birmingham, Jeff Norell, le Birmingham Southern College, Anne Harvey et John Loque, Oxmoor House Publishing. Sans oublier, bien sûr, Lisa McDonald, ma dactylo et mon bras droit, et sa fille Jessaiah, qui a été si sage quand sa maman et moi travaillions. Enfin, je salue et remercie tous mes amis de l'Alabama. Mon cœur est avec eux.

MIXTE
Papier issu de sources responsables
FSC® C003309
FSC
www.fsc.org

L'éditeur de cet ouvrage s'engage dans une démarche de certification FSC® qui contribue à la préservation des forêts pour les générations futures.

Pour en savoir plus :
www.editis.com/engagement-rse/

Achevé d'imprimer en février 2021
par Normandie Roto Impression s.a.s., à Lonrai
N° d'impression : 2100531

Imprimé en France